Eva Lucia Bolsani

Räuberherz und Taugenichts

Eva Lucia Bolsani

Räuberherz und Taugenichts

kinky gay fairytale

Impressum

Bibliografische Information der Deutschen Nationalbibliothek: Die Deutsche Nationalbibliothek verzeichnet diese Publikation in der Deutschen Nationalbibliografie; detaillierte bibliografische Daten sind im Internet über http://dnb.dnb.de abrufbar.

Die automatisierte Analyse des Werkes, um daraus Informationen insbesondere über Muster, Trends und Korrelationen gemäß §44b UrhG (Text und Data Mining) zu gewinnen, ist untersagt.

Coverdesign von Eva Lucia Bolsani, unter Verwendung von Stockfotos von Shutterstock.com und KI-generierten Elementen von Leonardo.ai.

Verlag: BoD · Books on Demand GmbH, Überseering 33, 22297 Hamburg, bod@bod.de

Druck: Libri Plureos GmbH, Friedensallee 273, 22763 Hamburg

ISBN: 978-3-8192-4715-6

Inhaltsverzeichnis

Zu Risiken und Nebenwirkungen

Ein *kinky gay fairytale*? Was zum Teufel ist das denn?

Ehrlich gesagt, wusste ich das auch nicht – bis ich eines geschrieben habe. Jetzt bin ich ein bisschen schlauer und kann euch einen kleinen Beipackzettel zur vorliegenden Geschichte anbieten:

Was ist drin? Genau das, was draufsteht: eine märchenhafte Geschichte aus einem Märchenland, in dem es Märchenprinzen, Märchenschlösser und märchenhaft finstere Räuber gibt. Vielleicht gibt es in diesem Märchenland sogar einen Drachen, aber dazu liegen keine gesicherten Erkenntnisse vor – eventuell handelt es sich dabei also um ein Märchen.

In dieser zauberhaften Welt haben überholte Konventionen ausgedient. Hier darf jeder lieben, wen er möchte, und niemand wundert sich, wenn ein Prinz das Herz eines Mannes erobert oder eine mutige Heldin sich in eine andere Frau verliebt. Auch die sexuelle Revolution hat ihren Weg ins Märchenland gefunden. Küssen ist hier nicht mehr das Höchste der Gefühle – ein bisschen mehr Spaß ist durchaus erlaubt. Den findet ihr in einigen wenigen expliziten Szenen zwischen Mann und Frau und in etlichen heißen Momenten zwischen zwei Männern.

Natürlich steht es mir als Märchenerzählerin nicht zu, den Bewohnern des Märchenlandes Kinks oder Vorlieben zu verbieten. Tatsächlich gibt es auch dort Menschen, die Freude an Spielarten finden, die wir wohl dem Soft-SM-Bereich zuordnen würden. Nichtsdestotrotz ist und bleibt »Räuberherz und Taugenichts« ein Märchen, und deswegen gilt auch hier, was für alle Märchen gilt: Lesende dürfen gerne mit Leander und Thore ins Märchenland reisen und mitträumen – aber bitte keine voreiligen Nachahmungen! Also bitte: keine Kinder im Wald aussetzen, keine Äpfel vergiften und niemanden ohne klare Zustimmung fesseln oder übers Knie legen.

Viel Spaß beim Lesen!
  Eva Lu

Es war einmal ...

... *ein riesiger Drache, dessen schuppige Haut in dunklem Grün schimmerte und dessen gewaltige Schwingen die Sonne verdunkelten, wann immer er seine Höhle verließ. Die Menschen erzitterten vor Angst, denn der Drache forderte jedes Jahr ein Opfer: einen unschuldigen jungen Mann.*

In jenem Jahr fiel das Los auf den jungfräulichen Kaspar, und nackt wie am Tage seiner Geburt wurde er vor die Höhle des Drachen geführt. »Komm nur herein«, *lockte die Bestie mit ihrer rauchigen Stimme. Mit weichen Knien und zitternd vor Angst betrat Kaspar die Behausung des Untiers.*

Die ganze Höhle schien in ein schillerndes Grün getaucht zu sein, und obwohl Kaspar fürchten musste, jeden Moment verschlungen zu werden, kam er nicht umhin, die Schönheit des Schuppenkleides der Bestie zu bewundern.

»Hör zu«, *sagte der Drache.* »Diene mir ein Jahr, und ich werde dich freilassen. Widersetzt du dich aber, bist du des Todes.«

»Ich werde dich nicht enttäuschen«, *entgegnete Kaspar so mutig er konnte.* »Soll ich dir vielleicht einen Tee kochen?«

... Fortsetzung folgt

»Tee kochen! Was zur Hölle?!«

Leander knallte das Buch zu, so heftig, dass sein Weinkelch fast vom Tisch gefallen wäre. Jetzt, wo es endlich spannend wurde, hörte es auf – an der besten Stelle!

Es konnte Wochen, wenn nicht sogar Monate dauern, bis er an die Fortsetzung herankam. Solche Bücher standen schließlich nicht in der landgräflichen Bibliothek herum. Leander hatte die Ballade beim Stadtfest bei einem schmierigen Händler zwischen allerlei Tand entdeckt, und es hatte ja auch wirklich vielversprechend begonnen … die wilde Bestie, der tapfere, nackte Jüngling … was da alles Aufregendes passieren könnte! Doch was auch immer es war, Leander würde es womöglich nie erfahren. Ein furchtbares Ärgernis war das.

Er trank seinen Wein in einem Schluck aus, ließ den leeren Weinkelch danach achtlos auf das Tischchen fallen und starrte aus dem Fenster. Was er dort sah, war so langweilig wie der ganze Tag bisher: blauer Himmel, weiße Wolken. Die Dienerschaft bereitete die Kutsche für die Reise vor, während er nichts tun konnte, außer zu warten.

Wenn es doch endlich losginge! Die Einladung zu Maximilians opulentem Spektakel – seine Worte, nicht Leanders –, bei dem es sich in Wahrheit um eine stinknormale Fasanenjagd handelte, war seine Rettung. Dem strengen Regiment seines Vaters für ein paar Tage zu entkommen, der ihn ohnehin nur mit Vorträgen über seine Pflichten langweilen würde, war Gold wert.

Dazu wäre es allerdings vonnöten, das Schloss auch irgendwann mal zu verlassen!

Gerade als der Prinz jede Hoffnung auf eine baldige Abreise aufgegeben hatte, öffnete sich die schwere Tür seines Gemachs. Sein Diener Felix trat ein und verneigte sich leicht. »Eure Hoheit, die Kutsche ist bereit.«

»Das wurde auch Zeit.« Leander stand auf, nicht ohne demonstrativ zu seufzen, und maß Felix mit einem vorwurfsvollen Blick. »Die Sonne steht bereits hoch am Himmel. Ich werde als Letzter eintreffen.«

Felix grinste, während er dem Prinzen den Reiseumhang umlegte. »Ihr seid der Ehrengast, Hoheit. Niemand wagt es, ohne Euch zu beginnen.«

»Erspar mir die Schmeicheleien, Felix. Das ist lächerlich.« Leander, der sich bereits umgewandt hatte und zur Tür unterwegs war, drehte sich noch einmal um, griff nach dem Ohr seines frechen Dieners und zog ein wenig daran. Nicht besonders heftig, schließlich wollte er Felix nicht ernsthaft wehtun.

»Auf dem Schloss des Fürsten solltest du lieber dein vorlautes Mundwerk im Zaum halten, bevor Maximilian dir befiehlt, es mit Seife auszuwaschen. Diener soll man weder sehen noch hören«, mahnte er, auch wenn er selbst es damit nicht so genau nahm. Nicht bei Felix, der seit ihrer Kindheit immer an seiner Seite war. Sie waren etwa gleich alt, und hätte Felix nicht die Livree eines Dieners getragen, man hätte sie gar für Brüder halten können.

Wären die Umstände anders, könnten sie vielleicht sogar Freunde sein.

Leander wischte den unsinnigen Gedanken beiseite, während er würdevoll durch die langen Gänge des Schlosses schritt. Seine Freunde gehörten allesamt dem Adel an, so wie Maximilian – auch wenn dieser ein unerträglicher Langweiler war, der sehr zu Leanders Verdruss sein Erbe bereits angetreten hatte. Zweifellos würde Maximilian die gesamte Jagdgesellschaft wieder stundenlang mit Klagen über seine fürstlichen Pflichten *unterhalten*.

Aber wenn Leander erst Landgraf war, würde er es ihm mit gleicher Münze heimzahlen! Denn was bedeuteten die Pflichten eines popeligen Fürsten schon im Vergleich zu denen eines mächtigen Landgrafen? Lächerlich! Bis dahin musste er Maximilians Prahlereien eben erdulden. Denn eines war sicher: So lahmarschig Maximilian auch war, seine Einladung zur Jagdgesellschaft war ein Geschenk des Himmels. Lieber ertrug Leander die öden Reden, als im Schloss seiner Eltern zu versauern, wo das letzte aufregende Ereignis der Angriff eines Drachen vor über 500 Jahren gewesen sein musste!

Da der Prinz sich bereits nach einem späten Frühstück pflichtbewusst von seinen Eltern verabschiedet hatte, konnte er nun ohne weitere Verzögerung aufbrechen. Auch wenn er vor Ungeduld fast platzte, schritt Leander gelassen durch den ehrwürdigen Haupteingang des Schlosses, Felix wie ein Schatten an seiner Seite.

Draußen wartete der Kutscher Hans mit der prächtigen Droschke. Hastig riss der Mann sich den Hut vom Kopf und verneigte sich, ebenso wie die drei Soldaten, die neben ihren Pferden warteten. Leander quittierte die Geste mit einem flüchtigen Nicken. Ohne ein Wort stieg er ein, gefolgt von Felix, der die Tür hinter ihnen schloss und ihm gegenüber Platz nahm. Mit einem lauten Knall ließ Hans die Peitsche durch die Luft sausen, und die Kutsche setzte sich endlich ruckelnd in Bewegung.

»Drei Bewaffnete«, brummte Leander und verzog das Gesicht. »Ich sehe ja aus wie ein Feigling! Als ob irgendein Gauner den Mut hätte, die Kutsche des Prinzen anzugreifen! Dieser verfluchte Händler und seine Märchen über Räuberbanden im Wolfstann.« Er schnaubte verächtlich. »Ich wette, kein Wort davon ist wahr. Der Pfeffersack hat seine Waren bestimmt irgendwo versteckt, um sie anderswo für das Dreifache zu verkaufen. Die ganze Geschichte stinkt wie ein Misthaufen im Hochsommer.«

»Ihr glaubt, der Mann lügt, Hoheit?«

»Allerdings. Diese Räuber sind nichts als ein Ammenmärchen.«

Felix' Haltung blieb ruhig, doch seine Augen verengten sich kaum merklich. Er lehnte sich vor, seine Stimme leise, aber klar. »Vielleicht. Aber was, wenn nicht? Ein Händler, der alles verliert, hat nicht viel zu lachen, Hoheit. Sein Kummer verdient zumindest Beachtung, finde ich.«

Die Kutsche rumpelte über eine Unebenheit. Schweigen breitete sich zwischen ihnen aus, nur unterbrochen vom rhythmischen Hufschlag der Pferde. Eine leichte Röte stieg in Leanders Wangen. Wie machte Felix das nur? Mit wenigen Worten gelang es ihm stets, Leander ins Wanken zu bringen, und dabei klang er noch immer wie der ergebenste Diener.

Trotzdem war das Unsinn! Diese Räuber waren nichts weiter als Hirngespinste, erfunden von gierigen Händlern oder gelangweilten Dorfbewohnern. Leander reckte das Kinn und zog seine Mundwinkel zu einem überheblichen Lächeln hoch. »Nun, wenn das so ist ... dann haben diese Gauner gewiss auch die Fortsetzung der Drachenballade gestohlen. Jetzt werde ich nie erfahren, wie es ausgeht!«

Felix' Lippen zuckten, während er kaum merklich den Kopf schüttelte. Seine Augen blitzten kurz auf. »Natürlich, Hoheit. Die Räuberbande hat es auf literarische Meisterwerke abgesehen. Besonders auf Drachengeschichten.«

Fast erwartete Leander, dass Felix ihn daran erinnern würde, dass die angeblichen Räuber laut den Gerüchten nur Nahrungsmittel und Münzen stahlen. Doch sein Diener hatte sich scheinbar wieder an seine Stellung erinnert und schwieg.

Leander spürte, wie sich ein Gefühl der Zufriedenheit in ihm ausbreitete. So gehörte es sich. Er streckte die Beine aus, bis seine Stiefel auf der gegenüberliegenden Bank ruhten. »Weck mich, wenn wir angekommen sind – oder wenn du einen Räuber erspähst.«

Auch wenn Leander nicht an die Geschichte glaubte, musste er zugeben, dass ein Überfall eine willkommene Abwechslung wäre. Mit einem zufriedenen Lächeln schloss Leander die Augen und ließ seiner Fantasie freien Lauf. Er stellte sich vor, wie er sich heldenhaft vor Felix und Hans stellte, die Armbrust entschlossen auf den schaurigen Räuberhauptmann gerichtet. Der Mann, von Furcht gepackt, ließ sein rostiges Schwert fallen und floh in die Wälder. Ha! Maximilians langweilige Monologe würden dagegen verblassen, und Leander wäre der Held der Jagdgesellschaft.

Es war eine weit angenehmere Vorstellung, als sich mit der bitteren Wahrheit zu befassen, dass sein Vater ihm wahrscheinlich keinen einzigen Bewaffneten als Eskorte mitgegeben hätte, wenn Leander drei Brüder statt seiner drei Schwestern hätte.

Die Kutsche des Prinzen rumpelte durch die adrette Stadt Trällerbach, doch der Mann, der sich genau in diesem Augenblick dem Liebesspiel hingab, bekam davon nicht das Geringste mit.

Kunststück, galt seine ganze Aufmerksamkeit doch seiner heutigen Bettgefährtin. Genüsslich ließ Thore seine Lippen über die üppigen Brüste der Frau wandern, die nackt, hilflos und vollkommen verzückt vor ihm lag. Ihre Nippel reckten sich ihm bereits hart und vorwitzig entgegen, und Thore stupste sie neckisch mit seiner Zunge an – dann biss er herzhaft zu. Matilda, die Frau des Bürgermeisters, stöhnte voller Wollust und riss an den Seilen, die ihrem fülligen Körper fast jede Bewegungsfreiheit nahmen. Ihre Hüften bockten nach oben, doch Thore dachte gar nicht daran, ihrem gierigen Leib bereits jetzt Erlösung zu schenken.

»Verfluchter, nichtsnutziger Halunke«, keuchte die außerhalb dieses Raumes so respektable Frau, »mach schon, du elender Wichtelarsch!«

»Gedulde dich gefälligst, Weib«, schnurrte Thore und leckte über ihre geschundene Brustwarze. »Dein Gezeter wird dir wenig nutzen. Wenn du nicht artig bist, werde ich dich die Peitsche spüren lassen.«

»Oh ... ja!«, keuchte Matilda.

»Unersättliches Weibsbild«, schimpfte Thore gespielt streng. »Dein Gebaren ist einer Dame unwürdig, immer fordernd und ohne Scham, als gäbe es für dich weder Anstand noch Zügel! Ist dies das Benehmen einer anständigen Frau?«, fragte er süffisant, ehe er einen ihrer Nippel zwischen seine Zähne zog.

»Neiiiiin ...« Nun kreischte die gefesselte Frau wie eine empörte Elster. »Bestrafe mich! Ich verdiene die Peitsche!«

»Das tust du gewiss«, bestätigte er. Matilda wand sich sichtlich erregt vor ihm, und Thore nutzte die günstige Gelegenheit, um kräftig in das Fleisch ihres üppigen Hinterteils zu kneifen. Sofort wurde er mit einem erneuten Stöhnen belohnt.

Doch die Peitsche würde nur eine unanständige Fantasie bleiben, ein Spiel in Gedanken, das niemals Wirklichkeit werden konnte. Ihr Mann, der Bürgermeister, war zwar ein törichter Einfaltspinsel – jeder andere hätte längst Verdacht geschöpft. Wenn Matilda von ihrer Freundin zurückkehrte, zerzaust und strahlend wie ein Honigkuchenpferd nach befriedigenden Stunden, bemerkte er nichts. Doch die Striemen einer Peitsche würden selbst diesem Tölpel nicht entgehen. Zumal der Bürgermeister, wie es hieß, regelmäßig auf die Erfüllung der ehelichen Pflichten bestand.

Etwas, das Thore nur allzu gut nachvollziehen konnte. Ein Prachtweib wie Matilda würde er gewiss jeden Tag beglücken, und nicht nur das, im Gegensatz zu ihrem Angetrauten würde er stets dafür sorgen, dass sie auch bekam, was sie brauchte.

Apropos …

»Ich werde dir dein vorlautes Maul schon stopfen«, verkündete er und machte sich an den Schnüren seiner Beinkleider zu schaffen. Dann schwang er eines seiner Beine über ihren gefesselten Leib und klemmte diesen wunderbar kurvigen Körper mit all den verlockenden Rundungen zwischen seinen kräftigen Schenkeln ein, während er sein Glied hervorholte.

Matilda gab ein klägliches Jammern von sich, als sie verstand, worauf er hinauswollte. Doch unnachgiebig öffnete Thore mit seinen Fingern ihre Lippen, tastete in der warmen Höhle ihres Mundes nach ihrer feuchten Zunge. »Wenn du meinen Prügel brav schluckst, lege ich dich übers Knie und versohle dich so lange, bis dein prächtiger Arsch rot ist wie die Äpfel des Bauern Magnus, bevor ich dich nehme«, verkündete Thore. Einem solchen Angebot würde die lüsterne Frau sicherlich nicht widerstehen können.

»Du nichtsnutziger Schuft …«, schimpfte Matilda, und ihre prallen Brüste bebten, während sie sich zwischen seinen Schenkeln wand. »Steck dein Kolben dahin, wo er hingehört.«

Doch Thore gab nicht nach. Grinsend umfasste er seinen harten Schaft und ließ seine Hand genüsslich auf und abwandern. »Ich kann es mir auch einfach selbst besorgen und dich mit meinem Saft besudeln.« Als wolle sein Schwanz seine Worte unterstreichen, quollen ein paar Lusttropfen aus seiner Spitze hervor. Thore packte fester zu, ließ seine Faust rascher auf und abwandern und genoss das Gefühl seiner schwieligen Hände auf seinem besten Stück.

»Verdammter Koboldkopf«, fluchte Matilda und riss an ihren Fesseln. »Na gut!«, stieß sie hervor, und dann öffnete sie wie ein hungriges Vögelchen ihre vollen Lippen.

Thore fackelte nicht lang und versenkte sich gierig in der feuchten, warmen Höhle, genoss es, zu sehen, wie Matilda darum kämpfte, ihn ganz zu schlucken, während erste Tränen aus ihren weit aufgerissenen Augen kullerten. »So ist es gut«, feuerte er sie an. »Braves Mädchen!«

Es war wunderbar, ja, geradezu himmlisch. Sollte Gevatter Tod eines Tages nach ihm greifen, so wünschte er sich, dass es in genau solch einem Moment geschehen möge. Denn dass er eines Tages in der Hölle landen würde, stand außer Frage. Doch wenn seine letzten Minuten auf Erden erfüllt wären von solch sinnlichem Rausch, würde er die Feuer der Unterwelt gewiss leichter ertragen!

Eine Stunde später sanken Thore und Matilda erschöpft auf die Matratze und rangen nach Atem. Thore betrachtete die herrlich geröteten Rundungen seiner Gespielin. Ihre Wangen glühten wie Rosenblüten im Frühling, ihr Hintern erinnerte an ein angeheiztes Kaminfeuer – und fühlte sich vermutlich auch so an. Wie sehr er es genoss, für beides verantwortlich zu sein!

Schließlich erhob er sich, löste ihre Fesseln und begann, seine Kleidung in Ordnung zu bringen. Matilda, ganz die herrische Bürgermeistergattin, ließ sich ebenfalls nicht lange bitten. Im Gegensatz zu den meisten ihrer Geschlechtsgenossinnen legte die Frau des Bürgermeisters keinen Wert auf endlose Zärtlichkeiten, wenn er sie erst befriedigt hatte. »Hilf mir mit dem Korsett«, befahl sie knapp.

Thore gehorchte mit einem schiefen Lächeln und kämpfte mit den Schnüren. »Es ist immer leichter, eine Frau aus ihrer

Unterwäsche zu befreien, als sie wieder hineinzubekommen«, murmelte er.

»Mach schon, Taro! Du stellst dich an wie ein Jüngling in der Hochzeitsnacht.«

Natürlich kannte Matilda seinen wahren Namen nicht, auch wenn es ihn so oder so ins Verderben stürzen würde, wenn ihr heimliches Treiben jemals entdeckt würde, ganz gleich, ob sie ihn nun als Taro oder Thore kannte. Schließlich war er nicht einfach nur ihr Liebhaber, der sich nahm, was eigentlich einzig ihrem angetrauten Mann zustand. Nein, er befriedigte Matilda auf eine Weise, die bei vielen Menschen auf Unverständnis stoßen würde. Nicht bei Thore, der kam ihren Wünschen nur allzu gerne nach. Doch wer würde ihm glauben, dass es auf ihren ausdrücklichen Wunsch hin geschah, wenn er seinen Schwanz in die Spalte einer Frau stieß, die gefesselt auf dem Bett lag? Matilda würde jedenfalls gewiss kein Wort zu seiner Verteidigung sagen, dazu war sie zu schlau.

Andererseits – eines Tages würden die Schergen des Landgrafen Thore so oder so aufspüren. Auch das Glück eines Teufels fand irgendwann sein Ende, und dann würde sein Leben am Galgen enden, daran gab es keinen Zweifel.

Denn in Wahrheit war er ein Gejagter. Sein Name stand auf Steckbriefen, und auf sein Haupt war ein fürstliches Kopfgeld ausgesetzt – eine Summe, die sogar für einen Bürgermeister schwer zu ignorieren gewesen wäre. Aber Thore wusste, wie man unauffällig blieb. Matilda ahnte vermutlich, dass er nicht das war, was er vorgab zu sein. Doch sie hatte nie gefragt, und er hatte ihr nie mehr gesagt, als sie hören wollte.

Es war auch nicht das erste Mal, dass er einem anderen Mann Hörner aufsetzte – seit er im Wald lebte, ließ Thore ungern eine der wenigen Gelegenheiten verstreichen, seine Lust zu stillen. Doch hier ging es um mehr. Matilda lieferte ihm Informationen

– und dafür nahm er gern das Risiko in Kauf, die Stadt zu betreten.

Nachdem sie sich beide wieder in einen halbwegs vorzeigbaren Zustand gebracht hatten, schenkte Thore zwei Kelche Wein ein. Nicht, um den Abschied hinauszuzögern – dies war schließlich keine Liebesaffäre. Sondern um ihr Geschäft abzuschließen.

Während Matilda genüsslich an ihrem Wein nippte, fragte Thore sie ganz nebenbei nach allem, was ihn interessierte: Welche Händler reisten in den nächsten Tagen durch den Wald? Welche Route nahmen die Karren, und welche Fracht verbarg sich unter ihren Planen? Wie stark war die Eskorte? Solche Informationen waren für ihn von unschätzbarem Wert. Nur so konnte er abwägen, ob ein Überfall lohnenswert oder schlichtweg zu riskant war.

Die Gespräche zwischen ihnen klangen immer wie harmloser Klatsch. Doch obwohl die Frau des Bürgermeisters im Bett gerne bezwungen werden wollte – und bei allen Göttern, sie schenkte Thore ihre Hingabe nicht, er musste sie sich hart erkämpfen – war Matilda eine sehr kluge Frau. Kein einziges Mal hatte sie ihm die Route eines Händlers verraten, an dem ihr Mann finanziell beteiligt war.

Nachdem Thore alles Wichtige in Erfahrung gebracht hatte, war er bereits im Begriff, sich zu verabschieden, doch Matilda schien in Plauderlaune zu sein und schwatzte weiter.

»Man sagt, unser Prinz Leander wolle sich Maximilians Jagdgesellschaft anschließen«, begann sie mit deutlich hämischem Unterton in der Stimme. »Natürlich reist er mit drei bewaffneten Männern, damit ihm im düsteren Wolfstann auch ja nichts passiert.«

Thore zuckte mit den Schultern. Er hatte den Prinzen einmal aus der Ferne gesehen – ein schlaksiger, blonder Jüngling, der in einem übertrieben prunkvollen Wams herumlief. Ein eingebildeter Pfau war das, gewiss überzeugt von seiner eigenen Wichtigkeit. Damit unterschied er sich in nichts von all den anderen Adeligen, denen Thore in seinem Leben – sehr zu seinem Leidwesen – bereits begegnet war.

Eine lohnende Beute war das Grafensöhnchen jedenfalls nicht. Was sollte ein Überfall auf ihn schon einbringen? Sicher, an seinen Fingern würden gewiss einige funkelnde Schmuckstücke stecken, solcher Tand stand bei den Adligen hoch im Kurs. Aber was nützte das Thore, da er keine Möglichkeit hatte, das Gold einzuschmelzen? Die Ringe einfach zu verkaufen, wäre zu gefährlich – zu leicht könnte jemand das edle Geschmeide erkennen und Fragen stellen, die Thore lieber unbeantwortet ließ. Nein, das Risiko war weit größer als der mögliche Gewinn.

Doch während Matilda recht unverhohlen über den Prinzen lästerte, kam Thore ein anderer Gedanke. Der Prinz war der einzige Sohn des Landgrafen. Gewiss würde der Graf sich nicht lumpen lassen, sollte sein Spross im finsteren Wald verloren gehen und ein wagemutiger Retter ihn wohlbehalten zurückbringen. Natürlich war das Unterfangen gewagt, doch mehr als einmal hängen konnten sie Thore schließlich nicht, oder? Und selbst wenn … beim zweiten Mal war es ihm wahrscheinlich schnurz.

Er würde den Plan, der sich da gerade in seinem Kopf formte, mit seinen Leuten besprechen. Mit galantem Lächeln küsste er Matildas Hand, was sie mit einem Schnauben quittierte. »Bis in drei Wochen«, versprach er vage, schlich durch die Hintertür hinaus und machte sich auf den Weg in Richtung Stadtmauer.

Thore schritt entschlossen voran und passierte alsbald unbehelligt das Stadttor. Dahinter sah die Welt anders aus. Kein Kopfsteinpflaster, keine prächtigen Fachwerkhäuser – nur schlammige Pfade und windschiefe Hütten, zusammengezimmert aus alten Brettern.

»Hallo, schöner Mann, wie wär's?« Ein zerlumptes Weibsbild verzog ihre Lippen, die sie mit dem Saft zerdrückter Holunderbeeren tiefrot gefärbt hatte, zu einem zahnlosen Grinsen und hob mit beiden Händen ihren Busen an, als Thore an ihr vorbeikam.

Doch er schüttelte nur den Kopf und setzte seinen Weg unbeirrt fort. Früher hätte er der Frau ein paar Münzen zugesteckt, doch der törichte Narr, der er damals gewesen war, existierte längst nicht mehr. Die paar Groschen würden ohnehin nur in selbstgebrannten Schnaps fließen, und er brauchte jeden Taler für seine Bande.

Bald erreichte er den Schuppen mit dem löchrigen Dach, in dem sein Wallach Rumpel untergebracht war. Wie viele andere auch sah Thore keinen Sinn darin, den erhöhten Zoll zu zahlen, nur um hoch zu Ross die Stadttore zu passieren. Da gab er Rumpel lieber in die Obhut des ehemaligen Kutschers Alarik.

Rasch überzeugte sich Thore, dass es dem Pferd an nichts fehlte und Sattel wie Zaumzeug unversehrt und vollständig waren. Zufrieden zählte er Alarik das vereinbarte Salär in die schwielige Hand. Doch bevor Alarik wie gewohnt mit seinem Lamento über die harten Zeiten beginnen konnte, unterbrach ihn Thore: »Sag, du warst doch früher Kutscher im Schloss. Kennst du den Prinzen Leander?«

Einen Moment lang flackerte etwas auf Alariks Gesicht, ein Schatten von Schmerz, der sich schnell in ein melancholisches Lächeln verwandelte. »Nun, ich kannte den Prinzen, als er noch ein Knabe war«, begann er bedächtig. »Ein furchtloser Recke war er damals wahrlich nicht.«

Thore nickte auffordernd, und mit leiser Stimme erzählte der alte Mann von einer Nacht, als die Familie von einem Fest zurückkehrte. »Der kleine Prinz stieg mit seinen Eltern aus der Kutsche, und im flackernden Schein der Fackeln huschte plötzlich ein großer, dunkler Schatten an der Schlossmauer entlang. Da geriet der kleine Leander in helle Panik. ›Ein Drache!‹ rief er aus vollem Halse und rannte kreischend ins Schloss. Dabei war es nicht das Untier, welches seit 500 Jahren kein Mensch mehr zu Gesicht bekommen hat, sondern nur die Gans der Küchenmagd, die offenbar aus ihrem Verschlag entwischt war.«

Nachdenklich rieb der alte Kutscher sich mit einer Hand über das stoppelige Kinn. »Bis zu jenem Tag hatte sich der kleine Prinz gerne im Stall aufgehalten, doch nun machten sich die Stallburschen einen Spaß daraus, ihn zu necken. Sie schlichen sich hinter den Jungen und taten so, als wären sie selbst der Drache, der ihn holen wolle, und die ganze Dienerschaft lachte über ihn.«

Thore fühlte einen Funken Mitleid in sich aufsteigen, doch er drückte ihn rasch nieder. Hier, vor den Toren der Stadt, waren die Kinder froh, wenn sie wenigstens eine Mahlzeit am Tag ergattern konnten, es gab keinen Grund, das Prinzlein zu bedauern.

Alariks nächste Worte bestätigten dies nur. »Der Prinz beklagte sich bei seiner Mutter über die Streiche, die ihm gespielt wurden, und die Stallburschen bekamen den Stock zu spüren. Ein Schicksal, das auch die Küchenmagd ereilt hatte, nachdem sie die Gans hatte entwischen lassen«, fuhr der alte Kutscher fort. »Danach wurde Felix, der Sohn der Köchin, als

Leibdiener für Leander auserkoren, und seitdem haben wir den Prinzen im Stall kaum mehr zu Gesicht bekommen.«

Wie Thore es sich gedacht hatte! Ein verwöhnter Balg war der Prinz, nichts weiter. Er war zu seiner Mutter gerannt und hatte dafür gesorgt, dass die Stallburschen gezüchtigt wurden. Es würde dem Prinzen gewiss nicht schaden, ein paar Tage in Gefangenschaft zu verbringen – im Gegenteil, das könnte ihn vielleicht sogar ein wenig Demut lehren.

Denn ohne es zu wissen, hatte ihm der alte Mann eine entscheidende Information geliefert: Wenn Leanders Eltern schon auf harmlose Streiche so heftig reagierten – wie viel würden sie dann wohl für die Rückkehr ihres einzigen Sohnes zahlen?

Grinsend sattelte er Rumpel und schwang sich auf den Rücken des Wallachs. Dieser Ausflug nach Trällerbach war weit erfolgreicher gewesen, als Thore erwartet hatte!

Ein Prinz verirrt sich ... fast nie

Die Kutsche ruckelte über einen holprigen Waldweg und schüttelte ihre Insassen dabei ordentlich durch. An Schlaf war nicht zu denken, und die endlosen Baumreihen boten wenig Abwechslung. Leander war so gelangweilt, dass er fast laut aufgestöhnt hätte.

Um sich abzulenken, wandte er sich an Felix, den er in den letzten Tagen auf Maximilians Schloss kaum zu Gesicht bekommen hatte. Höchste Zeit, ihm von seinen Heldentaten zu berichten!

»Ach, Felix, hättest du mich nur auf der Jagd gesehen! Den prächtigen Fasan, der beim Festmahl im Mittelpunkt stand, den habe ich ganz allein erlegt.« Leander richtete sich stolz auf. »Kein anderer Pfeil als meiner hat das Tier getroffen. Du kannst dir vorstellen, wie die anderen aussahen – wie unerfahrene Knaben!«

Felix nickte höflich, ein kleines, gezwungenes Lächeln auf den Lippen. Leander fuhr fort: »Und dann diese Hofdame ... wie hieß sie doch gleich? Es war ein Leichtes, ihr einen Kuss zu rauben!«

Doch selbst in seinen eigenen Ohren klangen die Worte hohl. Ja, er hatte den Fasan getroffen – aber Maximilian leider auch, und die Etikette gebot es, dem Gastgeber die Ehre zu lassen. Und die Hofdame? Es war Amalia, die Gouvernante von Maximilians Schwester, die erschreckend alte dreißig Lenze zählte und bekannt dafür war, Küsse nicht eben selten zu verteilen.

»Hast du schon einmal jemanden geküsst?«, fragte Leander, in der Hoffnung, sich von dem dumpfen Gefühl in seiner Brust abzulenken.

Felix' Gesicht zeigte ein verträumtes Lächeln, bevor er den Blick rasch abwandte.

»Oho! Wer war es denn?«, neckte Leander ihn. »Die dralle Liesel aus der Küche? Oder gar die schüchterne Magda, die immer so verlegen unter ihrer Dienstmädchenhaube hervorlugt?«

Auch wenn Felix seinen Blick respektvoll gesenkt hielt, war das Schmunzeln, das seine Mundwinkel umspielte, nicht zu übersehen. Langsam und bedächtig schüttelte er den Kopf.

Leanders Neugier wuchs. »Sag schon!«, forderte er. »Dein Geheimnis ist bei mir sicher!« Selbst wenn es eine seiner zimperlichen Schwestern wäre, würde er Felix nicht tadeln – obwohl er sich kaum vorstellen konnte, was sein Diener an diesen spröden Ziegen finden könnte.

Felix zögerte noch einen Moment, doch dann bekannte er: »Es ist Rutger.«

»Der Stallmeister?«, fragte Leander verblüfft, musste dann aber zugeben, dass der fesche Kerl eine weit bessere Wahl war als eine seiner Schwestern. Zwar war Rutger ein wenig älter als Felix und Leander, aber keineswegs so uralt wie Amalia. Da hatte sein Diener einen guten Fang gemacht.

»Seid ihr ein Paar?«, hakte der Prinz nach.

»Nein. Es ist noch ganz frisch«, sagte Felix fest, doch dann biss er sich auf die Lippe, als wolle er sich selbst davon abhalten, mehr zu offenbaren.

Leanders Blick blieb an Felix' malträtiertem Mund hängen. Wie mochte es sein, Felix zu küssen? Er hatte schon Männer geküsst, warum nicht? Weiter als das war er mit einem Kerl jedoch nie gegangen. Mit Frauen hatte er schon Erfahrung, aber das gehörte schließlich zum Leben eines jungen Prinzen dazu. Er zählte ja bereits achtzehn Lenze, war jung, gesund und von adeligem Geblüt, da erwartete niemand von ihm, dass er ausschließlich seine eigene Hand benutzte, um seine Gelüste zu stillen. Aber Felix … Felix war sein Diener. Das machte es einfacher. Felix musste schließlich gehorchen.

Doch als Leander die Idee weiterdachte, kamen ihm Zweifel. Was, wenn Felix höflich, aber bestimmt Nein sagte, wenn er einen Kuss forderte? Felix hatte ihn schon oft mit geschickten Worten umgestimmt, warum nicht auch jetzt?

Nein, das war es nicht wert. Sie waren keine Freunde, durften keine sein, aber Felix war ihm von allen Menschen auf dem Schloss am vertrautesten. Es wäre lästig, wenn es zwischen ihnen seltsam wurde, nur wegen eines Kusses, der Leander nicht einmal wichtig war. Und so verträumt, wie Felix gerade aussah, hatte der auch anderes im Sinn.

»Du hast dich in ihn verknallt, gib's zu!«, bohrte Leander weiter.

Felix' Ohren färbten sich rosa, wieder zögerte er einen Moment, doch dann nickte er entschlossen. »Ja, das habe ich wohl, Hoheit.«

Interessiert beugte der Prinz sich vor. Die Langeweile, die ihn soeben noch geplagt hatte, war verflogen. Er musste unbedingt erfahren, was die beiden außer Küssen sonst noch so getrieben hatten!

Leander hatte Rutger einmal gesehen, wie er mit freiem Oberkörper an einem Zaun arbeitete, und das Spiel seiner kräftigen Muskeln hatte ihn schon damals insgeheim beeindruckt. Doch nun fragte er sich unwillkürlich, ob Rutger an anderer Stelle ebenso gut ausgestattet war. Gewiss war es so!

Hatte Felix den Phallus des Stallmeisters bereits gesehen? Ihn angefasst oder gar in den Mund genommen? Oder – und bei diesem Gedanken wurde Leander ganz schwummerig – hatte Felix sich dem Stallmeister auf noch intimere Weise hingegeben?

Er musste *alles* darüber wissen, unbedingt, weil …, weil …? Weil Felix sein Diener war, natürlich! Und Leander konnte es sich nicht riskieren, dass Felix seine Pflichten vernachlässigte, nur weil dieser Rutger ihn schlecht behandelte. Ja, genau so war es. Das Wohlbefinden eines Prinzen stand schließlich an erster Stelle.

»Und? Was läuft da sonst noch?«, fragte er atemlos.

Felix hob den Kopf, sein Blick war ruhig und er antwortete leise, aber gelassen: »Das ist meine Sache, Hoheit.«

Leander schnaubte. Es ärgerte ihn, wie souverän Felix blieb. Gleichzeitig musste er sich eingestehen, dass er ein bisschen beeindruckt war.

Gerade öffnete er den Mund, um Felix weiter zu löchern, doch bevor er ein Wort sagen konnte, kam die Kutsche mit einem heftigen Ruck zum Stehen. Der Prinz wurde nach vorn geschleudert und landete unsanft auf den Polstern.

»Was zum …?«, begann er, doch ein markerschütternder Schrei ließ ihn verstummen.

Es war das gequälte, schmerzerfüllte Kreischen einer Frau. Leander vergaß augenblicklich Felix' amouröse Abenteuer und beugte sich neugierig aus dem Kutschenfenster.

Was er sah, ergab wenig Sinn. Eine Frau – allein, mitten im finsteren Wolfstann? Wie konnte das sein? Sie lag am Wegesrand, ihr Bein war unter einem umgestürzten Baumstamm eingeklemmt. Der Stamm war dick genug, um ein Pferd zu erschlagen, doch die Frau war am Leben – sie wand sich und schrie so schrill, dass es in Leanders Ohren schmerzte. Ihr knallrot geschminkter Mund verzog sich grotesk und ihre liederliche Kleidung – ein löchriger Rock und ein schmutziges Mieder – ließen keinen Zweifel an ihrem Stand.

Leander schreckte zurück. Doch nicht der Anblick der Frau ließ ihn zurückweichen, sondern der Gestank, der ihm in die Nase kroch – eine abscheuliche Mischung aus Moder, Schweiß und Verwesung. Würgend griff er nach einem seiner parfümierten Taschentücher, riss es aus seinem Wams und presste es sich vor Mund und Nase.

»Macht schon, helft ihr«, rief er durch das Fenster den Soldaten zu, seine Stimme höher, als er wollte. »Seid wenigstens einmal zu etwas nütze!«

Der Anführer der Eskorte öffnete den Mund, doch Leander ließ ihn nicht zu Wort kommen. »Beeilt euch! Wir fahren langsam weiter!«

Er war gewiss kein Unmensch, der die arme Frau in ihrem Unglück zurückließ, aber niemand konnte von einem Prinzen erwarten, sich einer derartig widerlichen Lage länger als nötig auszusetzen.

»Zwei von euch sollen uns folgen, sobald ihr den Baumstamm beiseite geräumt habt, und einer von euch bringt das Weib zu einem Heiler!«, befahl der Prinz. »Los, worauf wartet ihr noch!«

Ihr Kutscher Hans ließ sich das nicht zweimal sagen. Mit einem Schnalzen der Zügel setzte er die Droschke in Bewegung. Leander ließ sich zurück in die Polster fallen und schloss die Augen, doch das Bild der schreienden Frau ließ ihn nicht los. Irgendetwas nagte an ihm, etwas, das er nicht recht benennen konnte. Wäre es womöglich seine Pflicht gewesen, auszusteigen und selbst Hand anzulegen?

»Ihr hättet nichts weiter tun können, Hoheit«, holte Felix' Stimme ihn aus seinen wirren Gedanken zurück.

Leander öffnete die Augen und sah seinen Diener an. Felix begegnete seinem Blick mit jener gelassenen Ernsthaftigkeit, die Leander manchmal zur Weißglut trieb und die ihn gleichzeitig beruhigte.

»Dieses Gekreische …«, begann er, dann stockte er. Es gab keinen Grund, sich zu rechtfertigen, und doch verspürte er das Bedürfnis, etwas zu sagen.

»Die Soldaten sind weit besser geeignet, der Frau zu helfen«, meinte Felix ruhig. Dann hob er die Brauen und zwinkerte Leander verschwörerisch zu. »Und wir sollten dringend etwas tun, um diesen schrecklichen Gestank aus unseren Nasen zu bekommen.«

Felix griff nach der kleinen Reisetasche, die neben ihm lag, und zog eine Flasche hervor. »Ich habe vorgesorgt, Hoheit, und etwas von Fürst Maximilians Weinvorräten eingepackt.«

Leander nahm die Flasche, betrachtete sie einen Moment und lachte trocken. »Natürlich hast du das. Was würde ich bloß ohne dich tun?«

»Das frage ich mich auch manchmal, Hoheit«, erwiderte Felix mit einem Augenzwinkern.

Leander ließ sich den Wein schmecken, während die Kutsche gemächlich weiterfuhr. Als er aus dem Fenster sah, bemerkte er, wie sie abbog und einem hölzernen Wegweiser nach Trällerbach folgte. Bald wären sie zurück, und diese grauenhafte Episode läge hinter ihm.

Vom Wein schläfrig geworden, schloss er die Augen und versuchte, an Drachen und heiße Küsse zu denken, während das sanfte Schaukeln der Kutsche ihn langsam in den Schlaf wiegte.

Thore schmunzelte zufrieden, während er von seinem Versteck aus beobachtete, wie sein Plan aufging. Die Kutsche mit dem Prinzen fuhr weiter, während die Männer der Eskorte sich hastig von ihren Pferden schwangen, um der vermeintlich verletzten Frau zu helfen.

Natürlich ahnten sie nicht, dass sie damit genau in seine Falle getappt waren. Bis sie ihre Aufgabe vollendet hatten, würde die Kutsche längst auf dem falschen Weg tiefer in den Wolfstann hinein sein – dank des Wegweisers, den seine Männer vorhin verstellt hatten. Sobald die Soldaten aufbrachen, würde der Pfeil am hölzernen Pfosten wieder in die richtige Richtung weisen, und die Bewaffneten würden den Weg nach Trällerbach einschlagen. Ihren Prinzen würden sie nie wieder einholen.

Natürlich waren die Räuber in der Überzahl und hätten die Soldaten auch leicht ohne diese List überwältigen können. Aber dann hätte es bestimmt Verletzte gegeben. Warum sollte Thore so ein Risiko eingehen, wenn es nicht unbedingt nötig war?

Wie erwartet, hatte der beißende Gestank von verrotteten Tierkadavern, garniert mit altem Bilsenkraut und wilder Zwiebel, den verwöhnten Prinzen rasch in die Flucht geschlagen. Es roch aber auch so abscheulich, dass selbst er kaum atmen konnte, während er auf der Lauer lag.

Er beobachtete, wie die Soldaten den schweren Baumstamm mit vereinten Kräften zur Seite rollten. Doch als sie sich dann zu der Frau hinabbeugten, um ihr aufzuhelfen, erhob sich diese mit Leichtigkeit. Sie klopfte sich den Staub von den Röcken, als wäre nichts gewesen.

Die Soldaten starrten sie verblüfft an. Mit einem kecken Grinsen hob Bess ihre Röcke bis zur Hüfte und präsentierte den Männern die nackte Haut ihrer Beine, die lediglich ein paar harmlose Kratzer zierten. »Alles in bester Ordnung, meine Helden!«, flötete sie und zwinkerte ihnen zu. »Überzeugt euch gern selbst davon!«

Thore biss sich auf die Zunge, um nicht laut loszulachen, als die Soldaten daraufhin ihre Hände nicht mehr bei sich behalten konnten. Eifrig betatschten sie die unverhüllten Beine der Frau mit ihren riesigen Händen. Eine Weile ließ Bess sie gewähren, ehe sie die Röcke wieder sinken ließ. »Genug jetzt«, sagte sie und schüttelte tadelnd den Kopf. »Ihr solltet euch lieber sputen, wenn ihr euren Prinzen einholen wollt! Es ist nicht gut, allein im Wolfstann unterwegs zu sein, bin ich nicht das beste Beispiel dafür?«

Die Männer blickten sich erschrocken um. Doch die Kutsche war längst aus ihrem Blickfeld verschwunden. Der Anführer der Truppe zögerte, sichtlich hin- und hergerissen zwischen Pflicht und Versuchung. Erst als Bess sie mit einer wedelnden Handbewegung ungeduldig fortscheuchte, setzte er seine Männer mit einem scharfen Befehl in Bewegung.

Kaum waren auch die Reiter außer Sicht, da kam Thore breit grinsend aus seinem Versteck und reichte der Hure ihren vereinbarten Lohn. »Das Schauspiel war wahrlich jeden Gulden wert«, sagte er schmunzelnd, während Bess die Münzen geschickt in ihrem Mieder verschwinden ließ.

»Nur raus damit, wenn ich noch etwas für dich tun kann«, entgegnete sie keck und zwinkerte ihm verführerisch zu. »Bei so einem feschen Mannsbild wie dir nehme ich auch nur die Hälfte. Und nach der ganzen Fummelei wäre ich nicht abgeneigt, mich ein bisschen näher mit dir zu beschäftigen.«

Tatsächlich war der Anblick ihrer nackten Schenkel auch nicht ohne Wirkung auf Thore geblieben. Zu gerne hätte er sich das Weibsbild geschnappt und ihr gezeigt, wie gefährlich es werden konnte, ihn zu reizen. Doch unglücklicherweise fehlte ihm dazu die Zeit. So beschränkte sich Thore darauf, grob ihr Haar zu packen und sie mit einem Ruck an sich heranzuziehen. Erschrocken keuchte Bess auf, als er die Hüfte kreisen und sie spüren ließ, was für ein prächtiger Schwengel sich unter dem Stoff seiner Beinkleider befand. Gierig schob er seine Zunge zwischen ihre rotgeschminkten Lippen und plünderte ihren Mund. Seine Hände glitten an ihren Flanken nach unten, packten ihren Hintern und kneteten die prächtigen Backen. Bess stöhnte in seinen Mund, und als er sich schließlich von ihr löste, keuchte sie, als sei sie soeben den ganzen Weg von Trällerbach hierher gerannt.

»Geh jetzt«, sagte Thore streng und gab ihr einen kräftigen Klaps auf den Hintern. »Balinor wird dich begleiten, und wenn du ihm Unterschlupf für die Nacht gewährst, soll es dein Schaden nicht sein.«

Bess schob enttäuscht die Unterlippe vor, doch Thore hatte sich bereits abgewandt. Die Frau war vergessen – ebenso wie der harte Schaft zwischen seinen Beinen. Sein Blick wanderte in die Richtung, in die die Kutsche verschwunden war.

Er hatte eine Falle gestellt, und wenn ihn nicht alles täuschte, saß bereits ein Prinzlein darin.

Als Leander die Augen öffnete, fühlte er sich überraschend erfrischt – zumindest bis er aus dem Fenster sah. Bäume, so weit das Auge reichte. Kein Schloss, kein Dorf, kein Trällerbach.

Er gähnte ausgiebig, rieb sich mit beiden Händen übers Gesicht und verzog den Mund. »Wie überaus unerfreulich«, murrte er und warf Felix einen vorwurfsvollen Blick zu.

»Kaum eingeschlummert, da bin ich auch schon wieder wach. Und zu Hause sind wir wohl immer noch nicht!«

Felix nickte verständnisvoll, widersprach jedoch leise: »Ihr irrt, Hoheit. Ihr habt tief geschlafen, gewiss eine Stunde oder länger. Seht nur, die Dämmerung hat bereits eingesetzt.«

Leander blinzelte und beugte sich erneut zum Fenster hinaus. Tatsächlich – die Schatten des Waldes waren länger geworden, und das einst strahlende Grün hatte sich in ein düsteres, unheimliches Grau verwandelt. Wie war das möglich? Sollten sie Trällerbach nicht längst erreicht haben?

Mit wachsender Ungeduld hämmerte er gegen die Wand der Kutsche, um Hans' Aufmerksamkeit zu erregen.

Mit einem heftigen Ruck kam die Droschke zum Stehen. Leander beugte sich aus dem Fenster und rief aufgebracht: »Wie kann es sein, dass wir immer noch durch diesen verfluchten Wald zuckeln? Hast du etwa einen Abstecher zu deinem Liebchen gemacht, oder haben Kobolde unsere Räder mit unsichtbaren Bremsklötzen blockiert?«

Hans drehte sich auf dem Kutschbock zu ihm um, kratzte sich verlegen am Kopf und schaffte es nicht, seinem Prinzen in die Augen zu sehen. »Verzeiht, Hoheit … Ich … Es scheint, als hätte ich mich verfahren! Dabei habe ich die Wegweiser nach Trällerbach sorgfältig beachtet, das schwöre ich!«

Leander schnaubte und spürte, wie Wut in ihm aufstieg. Doch bevor er eine spitze Bemerkung machen konnte, zeigte Hans zwischen die Bäume. »Seht, dort, Hoheit. Lichter! Gewiss ein Lager von Holzfällern oder der Meiler eines Köhlers. Ich dachte, wir könnten da nach dem Weg fragen.«

Leander folgte Hans' ausgestrecktem Finger und entdeckte das Flackern von Lichtern, die wie Geisteraugen durch das Unterholz blitzten.

»So, dachtest du das!« Seine Stimme troff vor Spott. »Ein Prinz, der nach dem Weg fragen muss! Fantastisch!« Er ballte die Fäuste, atmete tief durch und zwang sich, seinen Zorn zu zügeln. Es hatte keinen Sinn, Hans anzuschreien – auch wenn es befriedigend gewesen wäre.

»Na schön«, sagte er schließlich und lehnte sich zurück. »Fahre zu den Waldgeistern oder wer auch immer dort haust. Aber vergiss nicht zu erwähnen, dass wir nur dank deiner Unfähigkeit in dieser misslichen Lage sind.«

Dennoch – er konnte nur hoffen, dass sich das nicht herumsprach. Er würde zum Gespött der Leute werden, nicht etwa Hans, dessen Schuld das doch alles war! Leander spürte, wie sein Magen sich verknotete. Maximilians Wein schien ihm nicht bekommen zu sein.

Felix räusperte sich leise. Als Leander zu ihm hinübersah, begegnete er seinem Blick, der wie immer ruhig und aufmerksam war.

»Die Holzfäller werden Augen machen«, meinte sein Diener, ein leichtes Lächeln auf den Lippen. »Sicher haben sie noch nie einen Prinzen gesehen. Wahrscheinlich erzählen sie sich noch ewig am Lagerfeuer von der prächtigen Kutsche, und irgendwann ist es eine Geschichte, die sie ihren Enkeln vor dem Schlafengehen erzählen.«

Einen Moment lang hielt Leander inne. Dann unterdrückte er den Anflug eines Lächelns.

»Hah! Wenn schon, dann hoffe ich, sie vergessen nicht zu erwähnen, wie prunkvoll mein neues Wams ist«, murmelte er, während Hans die Kutsche bereits in Richtung der flackernden Lichter lenkte.

Ein weiteres Mal wurden sie ordentlich durchgeschüttelt, als die Kutsche über wurzelige Pfade rumpelte. Zunächst glaubte

Leander, Hans habe recht behalten und sie würden auf ein Holzfällerlager stoßen. Doch als die Kutsche schließlich auf einer kleinen Lichtung zum Stehen kam, sah der Prinz, dass er sich geirrt hatte.

Vor ihnen erhob sich ein uraltes Gebäude, dessen hölzerne Balken unter dicken Moosflecken kaum noch zu erkennen waren. Die Fensterläden hingen schief in den Angeln, und aus dem krummen Schornstein quoll träge Rauch, der sich zäh in der feuchten Abendluft verlor. Über dem Eingang baumelte an zwei rostigen Eisenketten ein windschiefes Holzschild. Leander kniff die Augen zusammen und entzifferte mühsam die Worte: »Wirtshaus im Wolfstann«.

Ein Frösteln lief ihm über den Rücken. Dieses Haus war nicht nur heruntergekommen – es hatte etwas Unheimliches, als würde es die Dunkelheit des Waldes in sich aufsaugen.

»Wer um alles in der Welt sollte an diesem gottverlassenen Ort einkehren?«, murmelte Leander vor sich hin.

Hans kletterte vom Kutschbock und strich sich die Jacke glatt. »Hier kann man uns gewiss den richtigen Weg weisen, Hoheit.«

Doch Leander zögerte. Sein Blick wanderte zu den schmutzigen Fenstern, die wie blinde Augen auf die Lichtung starrten. Der Wald schien plötzlich noch stiller geworden zu sein, selbst das Rauschen der Blätter war verstummt.

»Halt!«, befahl er hastig. »Wo ist eigentlich die Eskorte? Sie müsste jeden Moment eintreffen. Wir sollten besser auf sie warten.«

Leander ließ sich wieder in die weichen Polster der Kutsche sinken, während er nach einer Erklärung für sein Zögern suchte, die ihn nicht wie einen Feigling dastehen ließ. Doch ehe ihm etwas einfiel, rief Felix plötzlich: »Schaut nur, Hoheit! Dort kommt jemand!«

Leander schnellte hoch und spähte aus dem Fenster. Am Rand der Lichtung bewegten sich zwei Gestalten durch das schwindende Licht. Ach, warum trug er nur seinen Dolch nicht bei sich!

Doch die Fremden wirkten alles andere als bedrohlich. Gekleidet in grobe, robuste Kleidung, hatte sich einer der Burschen eine bunt gemusterte Mütze tief über die Ohren gezogen, auf dem Kopf des anderen saß ein wenig schief und keck ein dunkler Schlapphut, sodass die breite Krempe sein halbes Gesicht verbarg. Beide trugen ein Bündel auf dem Rücken und hielten einen knorrigen Wanderstock in der Hand.

Leander atmete erleichtert auf. »Handwerksburschen auf der Walz«, stellte er fest, während die beiden sich ihnen weiter näherten.

»Guten Abend, die Herren!«, rief der mit der Mütze, kaum dass sie nahe genug an die Kutsche herangekommen waren. Er hob eine Hand zum Gruß, als wolle er einen Eid ablegen. »Ihr habt Glück! Das Wirtshaus im Wolfstann ist das beste Gasthaus weit und breit. Der Wein dort ist gewürzt wie in den feinsten Häusern – besser noch, wie ein Sonnenstrahl an einem Wintermorgen!« Sein breites Grinsen entblößte eine Zahnlücke, während sein Kamerad die Worte mit einem eifrigen Nicken bestätigte.

Hans hob interessiert den Kopf. »Ihr wart schon einmal hier?«

»Na klar!«, prahlte der mit der Mütze. »Sieht ja nach nix aus, aber drin ist es gemütlich wie in einer kuscheligen Bärenhöhle! Und der Wein ist der beste im ganzen Wolfstann. Ein Schluck davon, und die Kälte kriecht aus euch raus wie Mäuse aus einem Kornspeicher.«

Leander runzelte die Stirn. Bärenhöhle? Mäuse? Zudem hatten diese Burschen vermutlich eine ganz andere

Vorstellung von gutem Wein als ein Prinz. »Wir müssen nach Trällerbach«, sagte er mit gespielter Geduld und musterte die beiden skeptisch. »Kommt ihr von dort?«

Der mit dem Schlapphut rieb sich nachdenklich das Kinn, als hätte er von diesem bedeutenden Ort noch nie gehört. »Trällerbach …?«, murmelte er gedehnt, dann deutete er in die Richtung, aus der die Kutsche gekommen war. »Da lang!«

»Nein, nein«, fiel ihm der mit der Mütze ins Wort und wies energisch in die entgegengesetzte Richtung. »Da geht's doch nur tiefer in den Wald hinein. Bis ins Land der Kobolde würdet ihr fahren, wenn ihr diesem Pfad folgt. Da lang müsst ihr, und an der nächsten Abzweigung links.«

»Unsinn!«, murrte der mit dem Schlapphut und deutete vage in eine andere Richtung, wo nicht einmal ein Weg zu sehen war. »Das ist eine Sackgasse. Ihr solltet lieber den südlichen Pfad nehmen, das spart auch Zeit.«

»Papperlapapp!«, schnaubte der mit der Mütze und funkelte seinen Begleiter an. »Du tust ja, als hättest du zum Frühstück die Weisheit in dich hineingelöffelt!«

»Und du tust ja so, als hättest du den Wolfstann erbaut!«, konterte der andere, wobei ihm sein Schlapphut beinahe vom Kopf rutschte.

»Es geht nun mal hier lang«, erklärte der mit der Mütze selbstbewusst und malte mit seinem knorrigen Stock einen verschlungenen Weg in die Luft: »Links, dann rechts, nochmal rechts, dann wieder rechts, dann links, rechts, links – und schon seid ihr da!«

Leander seufzte und warf Felix einen genervten Blick zu. »Offensichtlich sind die beiden nicht besonders helle«, murmelte er.

Felix antwortete nicht, doch seine Mundwinkel zuckten leicht, als wollte er ein Kichern unterdrücken.

Leander richtete sich in seinem Sitz auf. »Wir kehren ein und warten in der Schenke auf die Eskorte«, bestimmte er schließlich. »Vielleicht verfügen die Wirtsleute über mehr Orientierungssinn.« Sein abfälliger Blick auf die beiden Burschen ließ keinen Zweifel daran, was er von ihrem Geschwätz hielt.

Insgeheim musste der Prinz jedoch zugeben, dass die Vorstellung, mit diesen möglicherweise ein wenig einfältigen, aber freundlichen Gesellen einen gewürzten Wein zu trinken, weitaus verlockender war, als weiter in der kühlen Kutsche auszuharren.

Das Wirtshaus im Wolfstann

Gemeinsam mit Hans, Felix und den beiden Handwerksburschen betrat Prinz Leander das Gasthaus. Ein Teil von ihm hatte gehofft, dass es drinnen ein wenig freundlicher wirken würde – vielleicht ein prasselndes Feuer, saubere Tische, ein Hauch von zivilisierter Gastfreundschaft. Doch diese Hoffnung wurde schnell enttäuscht.

Die Stube war düster und roch nach Moder und altem Rauch. Auf den Tischen schienen sämtliche Überreste des in den letzten Jahrzehnten verschütteten Weines zu kleben, und in allen Ecken hingen Spinnweben. Viel wärmer als draußen war es hier auch nicht.

Die Wirtin, die mit verschränkten Armen vor ihnen stand, passte perfekt zu diesem verwahrlosten Ort. Ihr wirres, graues Haar war zu einem schlampigen Dutt gebunden, der aussah, als hätte ihn eine Krähe gebaut, und eine große Warze prangte auf ihrer schiefen Nase. Leander schluckte unwillkürlich und fragte sich, ob es nicht doch besser gewesen wäre, in der Kutsche zu warten.

Doch da rief der Handwerksbursche mit der Mütze: »Seht nur, wen wir euch mitgebracht haben! Solch elegante Reisende bekommt ihr gewiss nicht oft zu Gesicht. Habt ihr nicht einen eigenen Raum für die hohen Herrschaften? Es wäre doch schade, wenn sich die edlen Gäste mit dem gemeinen Volk in dieser ... äh ... charmanten Stube abgeben müssten!«

Die Wirtin stieß ein kurzes, meckerndes Lachen aus, das Leander unwillkürlich zusammenzucken ließ. »Na, wenn's sein muss«, krächzte sie schließlich und deutete mit einem knochigen Finger auf eine wackelige Treppe im hinteren Teil der Stube. »Oben gibt's einen Raum, der vielleicht euren edlen Nasen gerecht wird.«

Zweifelnd musterten die Neuankömmlinge die windschiefen Stufen. »Nach dir«, sagte Hans knapp, woraufhin die Wirtin erneut ihr meckerndes Lachen ausstieß und ohne zu zögern die knarrende Stiege erklomm.

Die Gruppe folgte ihr langsam und stieg die Treppe mit wachsendem Misstrauen hinauf. Oben angekommen öffnete die Wirtin eine schwere Tür und trat zur Seite, um den Blick auf das dahinterliegende Zimmer freizugeben.

Der Raum war klein, mit abgewetzten Sesseln, einem schiefen Tisch und vier schmalen Lagerstätten. Doch zumindest war er nicht ganz so verdreckt wie die Schankstube, und in einem winzigen Kamin flackerte sogar ein gemütliches Feuer.

»Ich hoffe, dieses Gemach trifft den Geschmack der herrschaftlichen Gäste«, spottete die Wirtin und wischte sich mit einer knochigen Hand die Nase. »Aber seid gewarnt – manchmal verirren sich die Ratten in die guten Zimmer. Sie wissen auch, wo das beste Essen zu finden ist.«

Leander schüttelte sich innerlich. In diesem heruntergekommenen Gasthaus würde er gewiss nichts essen. Aber gegen einen Humpen von dem angeblich so wunderbaren gewürzten Wein hätte er nichts einzuwenden.

»Es ist bereits dunkel. Wir sollten bis zum Morgengrauen hier in Sicherheit bleiben«, schlug Hans verlegen vor.

Leander schnaubte und richtete sich zu voller Größe auf. »Da ich offenbar mit einem Kutscher gestraft wurde, der schon bei

Tageslicht den rechten Weg nicht findet, scheint das wohl klüger zu sein.«

Felix zog kaum merklich die Augenbrauen hoch, aber bevor sich Leander weiter ereifern konnte, kam der Handwerksbursche mit der Mütze wieder herein. Er balancierte drei Becher in den Händen, aus denen ein verlockender Duft aufstieg.

»Für unsere hochherrschaftlichen Gäste«, verkündete er mit einem schelmischen Grinsen und stellte die Becher auf den Tisch.

Der Prinz schnupperte interessiert und probierte vorsichtig, wonach er zugeben musste, dass die Wirtin offenbar unfähig war, einen Besen oder einen Putzlappen zu handhaben, aber davon, wie man einen Wein würzte, verstand sie etwas.

Auch Hans sprach dem roten Wein nach Kräften zu und stimmte mit dem Prinzen darin überein, dass der Rebensaft nach dem dritten Kelch sogar noch besser schmeckte als beim ersten Schluck. Nur Felix schien dem Getränk wenig abgewinnen zu können. Sein Becher blieb fast unberührt, und schließlich schob er ihn seufzend Leander zu, der ihn mit einem amüsierten Grinsen entgegennahm.

Nicht, dass es nötig gewesen wäre. Die beiden Handwerksburschen, die sie vor der Wirtschaft getroffen hatten, schienen es sich zur Aufgabe gemacht zu haben, sie mit Nachschub zu versorgen. Kaum war ein Becher geleert, tauchte einer der beiden mit einem frischen auf.

Jedes Mal, wenn die Burschen den Raum betraten, bemerkte Leander, wie viel voller und lauter es unten geworden war. Von der Schankstube drangen Gelächter, lautes Gegröle und das Klirren von Krügen herauf. Es ging hoch her, und Leander war mehr als erleichtert, dass er nicht bei diesen ungehobelten Gestalten sitzen musste.

Doch insgeheim fragte er sich schon, woher all diese trink-freudigen Gäste plötzlich kamen. Er war schon oft durch den Wolfstann gereist, ohne einer Menschenseele zu begegnen. Wirklich seltsam.

Mit jedem Schluck wurde diese Frage jedoch bedeutungs-loser. Der Wein machte alles weicher, verschwommener. Leander ließ sich tiefer in die Polster seines Sessels sinken. Die warme Luft des Feuers vermischte sich mit dem beruhigenden Summen des Alkohols in seinem Kopf, und er schloss träge die Augen.

Nur Felix störte seine Ruhe, da er scheinbar einfach nicht stillsitzen konnte. Unruhig rutschte sein Diener auf seinem Platz hin und her, bis er schließlich leise zur Tür hinaus-schlüpfte.

Hm. Wahrscheinlich war er losgezogen, um noch Holz für das Feuer zu holen. Leander wäre es lieber gewesen, wenn Felix ihm vorher aus den unbequemen Stiefeln geholfen hätte, doch zu seinem Glück übernahm Hans diese Aufgabe mit geübten Händen.

Zufrieden streckte der Prinz seine bestrumpften Beine aus und ließ den Kopf erneut in die Polster sinken.

»Hoheit! Hoheit, bitte wacht auf! Ihr seid in großer Gefahr!«

Felix schüttelte ihn kräftig an den Schultern, und allein dieser Umstand sorgte dafür, dass Leander rasch erwachte. So ein unerhörtes Benehmen war ja noch nie vorgekommen! Doch wo war er? Ach ja, dieser unfähige Hans hatte sie statt in das Schloss Trällerbach in eine heruntergekommene Wirtschaft chauffiert. Und jetzt spielte auch noch sein Diener verrückt. Was war nur los mit dieser Welt?

Felix ließ ihn kaum Luft holen. »Dem Himmel sei Dank, Hoheit! Bitte, Ihr müsst mir zuhören. Ihr seid in Gefahr!« Seine

Stimme war eindringlich, fast flehend. »Ich habe die anderen Gäste belauscht. Es sind keine harmlosen Trunkenbolde – es sind die Räuber!«

Leander blinzelte irritiert. »Räuber? Hier? Unsinn!« Er schüttelte den Kopf und versuchte, sich aufzurichten, doch sein Körper war schwer wie Blei. »Leg dich endlich hin und geh mir nicht auf die Nerven, nur weil du nicht schlafen kannst.« Er schnaubte abfällig. »Darüber reden wir noch!«

Doch Felix rührte sich nicht vom Fleck. »Ist Euch denn gar nichts seltsam vorgekommen?«, flüsterte er drängend. »Erst die verletzte Frau, dann verirrt sich Hans, der uns schon so oft sicher durch den Wald gebracht hat. Und dieses Wirtshaus …« Er machte eine weit ausholende Geste. »Eine beheizte Stube, die wie durch Zauberei auf uns gewartet hat? Das stinkt doch alles zum Himmel!«

»Gestunken hat es nur bei der Frau«, maulte Leander, doch er hörte selbst, dass er weniger überzeugend klang, als es wünschenswert gewesen wäre. Felix' Worte sickerten in seinen Kopf, und obwohl er sich bemühte, sie abzuschütteln, regten sich Zweifel in ihm.

»Es war eine Falle!«, flüsterte Felix, jetzt so leise, dass sich Leander aufrichten musste, um ihn zu verstehen. »Hans kann nichts dafür, dass wir uns verfahren haben – die Wegweiser waren absichtlich verstellt. Die beiden Handwerksburschen gehören zu den Räubern. Ihre Aufgabe war es, uns zu täuschen, uns in Sicherheit zu wiegen. Die Eskorte wird niemals eintreffen. Wir sind allein.«

Leander starrte Felix an. »Von einem erfahrenen Kutscher wie Hans hätte ich erwartet, dass er nicht auf falsche Schilder hereinfällt«, grummelte er schließlich, mehr aus Trotz als aus Überzeugung.

Felix warf einen kurzen Blick auf Hans, der zusammengesunken und tief schlafend auf einem der Sessel saß. »Sie planen, Euch gefangen zu nehmen, Hoheit«, fuhr Felix atemlos fort. »Hans und mich werden sie zurückschicken, um dem Herrn Grafen eine Botschaft zu überbringen. Sie wollen eine ›Belohnung‹, weil sie Euch ›in Sicherheit‹ gebracht haben.«

Ein Schauer lief Leander über den Rücken. Jetzt spürte er es – das Prickeln nackter Angst. Was, wenn Felix recht hatte? Was, wenn sie tatsächlich von Räubern umzingelt waren?

Die Vorstellung, in die Gewalt dieser Gauner zu geraten, ließ ihm das Blut in den Adern gefrieren. Sie würden ihn festhalten, ihn wie ein Tier behandeln, vielleicht sogar …

Er presste die Hände gegen die Schläfen. Ihm wurde flau im Magen.

»Das werde ich nicht zulassen!«, sagte Felix fest.

Leander starrte ihn an, seine Gedanken noch schwer vom Wein. »Was könnten wir schon gegen eine ganze Räuberbande ausrichten?«, fragte er schließlich mit einem traurigen Lächeln. »Wir haben ja nicht einmal meine Jagdwaffen. Die liegen noch in der Kutsche.«

Er seufzte und schloss für einen Moment die Augen, während seine Gedanken zu einer heldenhaften Vorstellung abschweiften. Wäre doch nur seine Armbrust zur Hand! Dann könnte er Felix und Hans verteidigen, bis die Eskorte merkte, dass etwas nicht stimmte und sie hier aufspürte. Immerhin war er es gewesen, der den prächtigen Fasan erlegt hatte – gewiss würden die Räuber es nicht wagen, sich ihm entgegenzustellen.

»Hoheit!«, rief Felix eindringlich. »Nicht wieder einschlafen! Hört mir doch zu!«

Leander blinzelte irritiert. »Was?«, murmelte er.

»Wir tauschen die Kleider«, erklärte Felix entschlossen. »Dann denken die Räuber, ich sei der Prinz, und halten mich hier fest. Ihr könnt mit Hans fliehen.«

»Das geht doch nicht …«, protestierte Leander. Nicht sehr vehement, wie er zugeben musste.

»Doch, das wird funktionieren!«, beharrte Felix. »Wir sind in der Dämmerung angekommen. Niemand hat Euch genau angesehen. Und ähnlich genug sind wir uns – wenn ich die feinen Kleider trage, wird niemand Verdacht schöpfen.«

Leander schwieg. Es war nicht so, dass er Felix' List für töricht hielt. Im Gegenteil: Der Plan war klug, viel klüger als alles, was ihm eingefallen wäre. Aber trotzdem … »Das kann ich nicht erlauben«, sagte er schließlich. Seine Worte klangen jedoch nicht halb so bestimmt wie die seines Dieners. »Es gehört sich nicht für einen Prinzen, sich feige davonzustehlen«, fügte er widerwillig hinzu.

Felix verschränkte die Arme und funkelte ihn an, sein Blick durchdringend wie nie zuvor. »Ich werde nicht zulassen, dass Euch etwas geschieht, Hoheit. Ich habe es versprochen – und ich werde mein Versprechen halten.«

Leander öffnete den Mund, um etwas zu entgegnen, doch Felix kam ihm zuvor. »Ihr wisst doch, dass ich als Bastard …« Er räusperte sich hastig, als Leander verärgert die Stirn runzelte. »… als uneheliches Kind der Köchin niemals eine Chance gehabt hätte, Euer Kammerdiener zu werden. Diese Position ist Söhnen aus gutem Hause vorbehalten, und viele wohlhabende Familien haben es nicht gern gesehen, dass ihre Sprösslinge übergangen wurden.«

Leander nickte langsam. Das stimmte. Schließlich war Leander der Erbe des Titels, und je älter der Prinz wurde, desto höher stieg auch Felix in der Hierarchie der Bediensteten auf. Eines Tages würde Felix der persönliche Diener des

Landgrafen sein – eine verantwortungsvolle Position, die nur jemandem überantwortet wurde, der das uneingeschränkte Vertrauen des Grafen genoss.

Felix fuhr fort, seine Stimme ruhig, aber fest: »Hätte Tilda nicht für mich bei Eurer Mutter gesprochen, wäre ich nie in diese Position gelangt.«

Leander erstarrte. *Tilda.* Ein schmerzhafter Stich durchfuhr ihn, als er an seine alte Amme dachte. Wie lange war es her, seit sie das Schloss verlassen hatte?

»Zuvor hat sie lange mit mir gesprochen«, erzählte Felix weiter. »Ich musste ihr versprechen, Euch niemals im Stich zu lassen. Komme, was wolle.« Er trat einen Schritt näher, seine Haltung unbeugsam. »Dieses Versprechen werde ich heute einlösen.«

Leander konnte ihn nur mit offenem Mund anstarren. Felix sah ihn mit einem entschlossenen Blick an, als wäre die Sache längst entschieden.

»Nun gut, wenn du darauf bestehst ...«, murmelte der Prinz zögernd, doch das Unbehagen ließ sich nicht abschütteln. Hastig fügte er hinzu: »Aber ich verspreche dir auch etwas. Ich werde dafür sorgen, dass diese Banditen ihr Geld so schnell wie möglich bekommen, damit du bald ins Schloss zurückkehren kannst.«

Felix lächelte schwach. »Vielen Dank, Hoheit. Ich weiß Euren guten Willen zu schätzen. Aber nun lasst mich Euch mit dem Wams helfen. Je eher wir die Rollen getauscht haben, desto besser.«

Fröhliches Lachen schlug Thore entgegen, kaum dass er das Wirtshaus im Wolfstann betreten hatte. Seine Männer saßen an den groben Holztischen, Krüge in den Händen, und ließen sich den gewürzten Wein schmecken. Der schwere Duft des Getränks erfüllte den Raum, und lautes Lachen sowie schallende Rufe hallten bis zu den rußigen Balken hinauf.

Trotz der ausgelassenen Stimmung fiel Thore mit stiller Genugtuung auf, dass ihre Aufmerksamkeit nicht gelitten hatte. Einer seiner Männer hielt an der Treppe Wache, während die anderen immer wieder prüfende Blicke nach oben warfen. Sie mochten trinken und lachen, doch sie blieben auf der Hut – genau so, wie er es ihnen beigebracht hatte.

Gustav, der den Handwerksburschen mit der Mütze gespielt hatte, stürmte grinsend auf ihn zu. »Hauptmann! Es hat geklappt. Die fetten Gänse sind in unser Netz getappt! Jetzt sitzen sie da oben und sind besoffener als ein Mönch in der Fastenzeit!«

»Was redest du denn für Zeug?«, murrte Kalle, sein Kumpan, der ihm rasch folgte. Er nahm den Schlapphut ab und sagte mit ernster Miene: »Melde gehorsamst, Herr Hauptmann: Die Operation ist geglückt.«

Thore lächelte amüsiert. An Gustavs wirre Vergleiche hatte er sich längst gewöhnt, und Kalle, der erst vor Kurzem zu ihrer Bande gestoßen war, würde gewiss auch bald lockerer werden. »Gut gemacht, ihr beiden«, lobte er sie. »Seid ihr sicher, dass sie keine Waffen dabeihaben?«

»Sie sind harmlos wie ein neugeborenes …«, begann Gustav eifrig, doch Kalle unterbrach ihn: »Selbstverständlich, Herr Hauptmann. Die Waffen des Prinzen sind in der Kutsche. Das haben wir überprüft.«

»Der feine Herr hat mehr Gepäck dabei als eine Prinzessin bei ihrer Hochzeit!«, fügte Gustav hinzu, was sogar Kalle ein kurzes, verlegenes Lächeln entlockte.

Thore rieb sich die Hände. »Sehr gut. Wir haben die ganze Nacht, um in Ruhe nachzusehen, ob sich etwas Nützliches darin findet. Und wenn der Herr Prinz dann aufwacht, werden wir ihm klarmachen, welches unverschämte Glück er hatte, ausgerechnet uns zu begegnen. Schließlich soll es im Wolfstann ja nur so von gefährlichen Räubern wimmeln!«

Seine Männer brachen in schallendes Gelächter aus und rühmten sich lautstark ihrer Beteiligung an dem Plan. Thore ließ sie gewähren. Es gab genug harte Tage, an denen sie froren oder hungerten, da tat es gut, sie einmal so ausgelassen zu sehen.

Hauptsache, ein paar von ihnen blieben nüchtern genug, um später die Reisetruhen des Prinzen gründlich zu durchsuchen. Thore war sich sicher: Der verwöhnte Kerl würde nicht einmal merken, dass ihm etwas fehlte.

Der nächste Morgen brach an, und die ersten Sonnenstrahlen drangen durch die staubigen Fenster des Wirtshauses. Draußen verzog sich der Nebel nur langsam, und im Gasthaus war es empfindlich kühl geworden. Die Feuer waren längst erloschen, doch der schwere Duft des Gewürzweins hing noch immer in der Luft, obwohl kein Tropfen mehr übrig war.

Thore entschied, dass es Zeit war, ihre »Gäste« zu wecken. Er schickte fünf seiner kräftigsten Männer nach oben, nur für den Fall, dass es zu Gegenwehr kommen würde. Doch die verzärtelten Schlossbewohner schienen sich auf lautstarken Protest zu beschränken, allen voran der Kutscher.

»Was soll das?«, rief er empört, während er die Treppe hinunterstolperte. »Das ist eine unerhörte Frechheit! Räudige Strolche, nichts anderes seid ihr!«

Das Prinzlein hingegen schien von der unerwarteten Wendung der Ereignisse völlig erschüttert zu sein, jedenfalls hielt er sich schniefend ein parfümiertes Taschentuch vors Gesicht. Vielleicht war auch der Gewürzwein zu viel für sein edles Bäuchlein gewesen.

In der Wirtsstube angekommen, begann der Kutscher erneut zu schimpfen. »Ich verlange, dass ihr uns sofort gehen lasst! Wir werden unverzüglich nach Trällerbach aufbrechen!«

»Gemach, gemach«, sagte Thore ruhig, aber mit einer Stimme, die den Raum beherrschte. Der Diener, der bisher geschwiegen hatte, quiekte erschrocken und suchte gemeinsam mit dem Prinzen Schutz hinter dem Kutscher. Thore konnte sich ein schiefes Lächeln nicht verkneifen.

»Mir scheint, ihr habt vergessen, dass ihr euch im Wolfstann verirrt habt«, fuhr er fort. »War es nicht erst gestern, dass ihr nach dem Weg fragen musstet? Dieser Wald ist gefährlich. Es wäre unverantwortlich, den hochwohlgeborenen Prinzen erneut einem solchen Risiko auszusetzen.«

»Die Gefahr droht ihm doch von euch!«, rief der Kutscher wütend.

Thore schüttelte bedauernd den Kopf. »Dein Misstrauen verletzt mich zutiefst. Sei versichert, wir werden dem Prinzen kein Haar krümmen. Mehr noch, wir sorgen dafür, dass selbst ein Mann ohne jeglichen Orientierungssinn, wie du einer bist, sicher nach Trällerbach zurückkehrt.« Seine Stimme wurde eisig. »Natürlich erwarte ich, dass der Landgraf uns für diese Mühen angemessen entlohnt – sagen wir, 20.000 Gulden.«

Der Kutscher schnappte nach Luft. »Unverschämter Galgenvogel!«

Thore trat drohend einen Schritt näher. »Mein Name ist Thore, Hauptmann Thore. Und wenn dir dein Leben lieb ist, würde ich mir diese Beschimpfungen sparen.«

Noch bevor der Kutscher erneut zu einer Tirade ansetzen konnte, erklang die dünne Stimme des Prinzen: »Schon gut, Hans. Ich bleibe hier. Eilt nur rasch nach Trällerbach und holt das Geld.«

Thore runzelte die Stirn. Eigenartig, wie schnell der Prinz die Lage akzeptiert hatte. Hatte er das Ausmaß der Gefahr wirklich begriffen? Nun, ihm sollte es recht sein.

»Gustav, Kalle!«, kommandierte er die beiden jungen Männer an seine Seite. »Sorgt dafür, dass die Kutsche sicher nach Trällerbach gelangt. Hans, bring mir die 20.000 Gulden, und du wirst den Prinzen wohlbehalten zurückbekommen. Also merke dir den Weg gut.«

Der Kutscher funkelte ihn an, war aber klug genug, sich nicht weiter zu widersetzen. Grummelnd ließ er sich von Gustav und Kalle hinausführen, der Diener dicht hinter ihm.

»Ihr anderen, macht euch bereit zum Aufbruch«, befahl Thore. »Sigurd, du nimmst den Prinzen mit auf dein Pferd. Und pass auf, dass er nicht runterfällt – schließlich haben wir versprochen, gut auf ihn aufzupassen.«

»Bleiben wir nicht hier?«, fragte der Prinz erschrocken.

Thore lachte schallend, auch wenn das eigentlich nicht komisch war. »Haha! Nein, Hoheit. Euer Vater ist nicht gerade bekannt dafür, Schulden pünktlich zu begleichen. Und ich werde nicht riskieren, dass statt Hans mit dem Gold plötzlich Soldaten hier vor der Tür stehen.«

»Wie kannst du es wagen, das anzudeuten!«, fauchte der Diener plötzlich und trat vor.

Thore hob eine Augenbraue. Bisher hatte er den Jüngling kaum beachtet. Weshalb er sich wohl für den Landgrafen einsetzte, aber kein Wort gesagt hatte, um seinen Prinzen zu retten? Doch bevor Thore etwas sagen konnte, zog der Kutscher den Diener an sich und schob ihn rasch hinaus.

Thore zuckte mit den Achseln. Solange das Lösegeld bald seinen Weg zu ihm fand, sollte ihm alles andere egal sein.

Ein hoher Preis

Erleichtert ließ sich Leander auf die weichen Polster der Kutsche sinken, als sich diese endlich in Bewegung setzte. Es schien, als sei ihr Plan tatsächlich geglückt. Doch der Gedanke an diesen unverschämten Räuberhauptmann wollte ihn nicht loslassen. Wie konnte dieser Thore es wagen, seinen Vater zu beleidigen und von »Schulden« zu sprechen? Als ob ein Landgraf Schulden bei so einem Halunken hätte!

Leander zog die Stirn kraus und versuchte, seine Gedanken auf etwas anderes zu lenken. Doch stattdessen tauchte immer wieder Thores Gesicht vor seinem inneren Auge auf – die breiten Schultern, die zerzausten Strähnen seines dunklen Haares, der dichte Bart und die dunklen, funkelnden Augen …

Potzblitz, was dachte er da bloß?! Offenbar hatte ihm die Angst vor dem Auffliegen ihres Rollentauschs die Sinne vernebelt. Mit einem genervten Seufzen zerrte Leander am kratzigen Kragen der Dieneruniform. Dieses Ding war eine Zumutung! Wie schaffte Felix es nur, in diesen Kleidern zu atmen, geschweige denn zu arbeiten?

Die Unannehmlichkeiten, die das Gewand verursachte, und die Angst, dass die vermeintlichen Handwerksburschen ihn doch noch erkennen könnten, sorgten dafür, dass dem Prinzen die Reise endlos vorkam. Doch schließlich lichteten sich die düsteren Bäume des Wolfstanns, und Leander konnte endlich wieder den klaren Himmel über sich sehen.

Am Waldrand blieben Gustav und Kalle zurück. Sie verbeugten sich spöttisch, bevor sie ihre Pferde wendeten und im Schatten der Bäume verschwanden. Leander atmete befreit auf. Doch seine Erleichterung wich bald einem Gefühl des Widerwillens, als die Kutsche die ersten Hütten vor den Mauern von Trällerbach erreichte.

Die kleinen Häuser, wenn man sie so nennen konnte, wirkten wie Haufen aus Holz und Lehm, der jeden Moment in sich zusammenfallen könnte. Rauch stieg aus krummen Schornsteinen, und ein beißender Geruch aus Fäkalien, verrottetem Holz und billigem Schnaps erfüllte die Luft.

Leander rümpfte die Nase. Wie konnte man nur in solchem Dreck leben? Es war ihm ein Rätsel, warum diese Leute es nicht schafften, für ein wenig Ordnung zu sorgen. Hatte man nicht die Verantwortung, wenigstens den Weg vor der eigenen Haustür zu kehren? Innerhalb der Stadtmauern war das doch auch möglich.

Plötzlich entdeckte er wenige Schritte von der Straße entfernt die Frau, die am Vortag verletzt im Wald gelegen hatte. Jetzt stand sie kerzengerade da, lachte laut, und nichts an ihr wies auf irgendeine Verletzung hin.

Leander rieb sich die Augen. Kein Zweifel, das war sie – unversehrt und fröhlich.

Natürlich war ihre vermeintliche Notlage ein Trick gewesen, das hatte er längst gewusst. Aber jetzt, da der Prinz sah, dass sie offenbar unbeschadet war, keimte ein Funken Hoffnung in ihm. Scheinbar hatten die Räuber nicht das Herz, eine Frau ernsthaft zu verletzen, nur um ihn zu fangen. Vielleicht waren sie also nicht ganz so barbarisch, wie er zunächst angenommen hatte.

Dann würde auch Felix nichts zustoßen! Leander fühlte, wie sich ein wenig der Anspannung in seiner Brust löste.

Die Kutsche rollte weiter, passierte das Stadttor, und nun wurde ihr Weg von den adretten Bürgerhäusern von Trällerbach gesäumt. Die Fenster glänzten in der Sonne, kunstvoll geschnitzte Giebel ragten über die Straßen, und die Blumen in den Vorgärten blühten in allen erdenklichen Farben. Leander ließ seinen Blick zufrieden über die makellose Pracht schweifen.

Je höher sie kamen, desto steiler wurden die Straßen, bis schließlich die imposanten Türme des Schlosses vor ihnen auftauchten. Die Kutsche durchquerte das Tor und hielt im Schlosshof vor dem Haupteingang.

Mit steifen Beinen stieg Leander aus.

»Eure Hoheit!« Ein Bediensteter eilte ihm entgegen. »Was für eine Freude, Euch wohlbehalten zu sehen! Der Herr Graf erwartet Euch bereits.«

Leander ächzte leise. Was er jetzt brauchte, war ein Bad und frische Kleidung, keine Unterhaltung mit seinem Vater. Gewohnheitsmäßig wollte er sich zu Felix umdrehen, um ihm entsprechende Anweisungen zu geben – doch sein Diener harrte ja immer noch bei den Räubern aus.

Seufzend richtete sich Leander auf. Nun, je schneller er den Grafen informierte, desto schneller würde ein Bote mit dem Lösegeld aufbrechen. Schließlich war es wirklich eine Zumutung, Felix' Dienste zu entbehren. Allzu lange wollte er das wirklich nicht mitmachen.

Leander betrat die weitläufigen, prunkvoll ausgestatteten Gemächer seines Vaters, deren Wände von schweren Vorhängen und edlen Wandteppichen geschmückt waren. Der Landgraf stand am Fenster, die Hände hinter dem Rücken verschränkt, und sprach, ohne sich umzudrehen:

»Sohn, was hast du nun wieder angestellt? Man sollte meinen, selbst dir müsste es gelingen, den Wolfstann mit einer Eskorte von drei Mann zu durchqueren, ohne dass es zu einem Zwischenfall kommt. Und wer hat dir gestattet, in diesen …«, er drehte sich um und musterte Leander mit einem Blick, der ihn wie ein Insekt aufspießte, »in diesen Fetzen vor mir zu erscheinen?«

Leander öffnete den Mund, doch sein Vater ließ ihm keine Gelegenheit, zu antworten.

»Ein Skandal! Mein eigener Sohn, nicht einmal fähig, in standesgemäßer Kleidung vor seinen Vater zu treten! Was werden die Leute sagen? Alle werden sich das Maul zerreißen über diese Schande! Wo ist Felix? Schick ihn sofort herein! Wenn er es nicht schafft, dich angemessen zu kleiden, ist er wohl kaum der richtige Bursche für den Posten des Kammerdieners.«

»Aber, Eure Gnaden, hört mir doch zu …«, begann Leander verzweifelt, doch der Landgraf setzte sein Lamento unbeirrt fort.

Mit jedem Wort fühlte sich Leander kleiner, wie ein Kind, das wieder einmal die Erwartungen seines Vaters enttäuscht hatte. Die Schande, die Kleidung, die Lächerlichkeit – gewiss wusste schon das ganze Schloss darüber Bescheid und alle lachten hinter vorgehaltener Hand über ihn. Endlich schwieg der Landgraf. Er winkte Leander ab wie einen lästigen Diener. »Du kannst gehen.«

»Bitte wartet!«, platzte Leander heraus. »Ich muss Euch doch berichten, was geschehen ist!« Hastig erzählte er, wie die Räuber ihnen eine Falle gestellt hatten, wie er mit Felix die Rollen getauscht hatte, um sich zu retten, und wie sie nun 20.000 Gulden forderten. »Bitte, Eure Gnaden, Ihr müsst rasch einen Boten schicken, damit Felix bald zurückkehren kann.«

Der Landgraf brummte nachdenklich. »Da hast du ja doch einmal etwas richtig gemacht. Wie klug von dir, dich als Dienstbote auszugeben und zu entkommen.«

Leander strahlte vor Freude über das unerwartete Lob und vergaß ganz, zu erwähnen, dass es Felix gewesen war, der diesen Plan ausgeheckt hatte.

»Da hast du mir ganz schön viel Geld erspart«, sagte der Graf und rieb sich zufrieden die Hände. »Das ist ja nur recht, wenn man bedenkt, dass deine Eskapaden ohnehin schon ein Vermögen verschlingen.«

Leander erschrak. »Aber Felix ... Ihr müsst doch trotzdem bezahlen!«, stammelte er, entsetzt von der Gleichgültigkeit seines Vaters. »Sonst tun die Räuber ihm noch etwas an!«

Der Landgraf schnitt ihm mit einer herrischen Geste das Wort ab. »Papperlapapp! Ich denke gar nicht daran, für einen einfachen Diener derart viel Geld auszugeben. Es gibt genug andere, die den Posten übernehmen können. Was machst du so ein Aufhebens um ihn? Hast du dich etwa mit ihm angefreundet? Umso besser, dass er nicht zurückkehrt. Es gehört sich nicht für den zukünftigen Landgrafen, Freundschaften unter dem Gesinde zu pflegen.«

Leander spürte, wie sämtliches Blut aus seinem Gesicht wich. Das konnte sein Vater doch nicht ernst meinen. Er wollte widersprechen, wollte schreien, aber die Worte blieben ihm im Hals stecken. Der Landgraf wandte sich ab, das Gespräch war beendet.

Mit schweren Schritten und gesenktem Kopf verließ Leander die Gemächer seines Vaters und schlich in seine eigenen Räume. Dort wartete ein Zuber, gefüllt mit warmem, wohlriechendem Wasser. Doch die Aussicht auf ein Bad erfüllte ihn nicht länger mit Freude.

Wie sollte er Felix retten, wenn sein Vater das Lösegeld ver-
weigerte? Und wenn er nichts unternahm – was würden die
Räuber tun, wenn sie merkten, dass niemand zahlen würde?

Im Wald, da sind die Räuber

Noch ehe sie aufbrachen, stülpten Thores Männer ihrer Geisel einen groben Leinensack über den Kopf.

»Damit du nicht einmal weißt, in welche Richtung wir reiten!«, rief August mit einem breiten Grinsen und drehte den Jüngling mehrmals um seine eigene Achse. Der Prinz taumelte, und die Räuber lachten schallend, so albern sah es aus.

»Festhalten, Hoheit«, spottete Sigurd und hievte ihn auf ein Pferd, als wäre der Prinz ein Sack Kartoffeln. »Wäre doch schade, wenn Ihr runterpurzelt!«

Da sie nicht genug Pferde für alle hatten, waren sie stundenlang durch unwegsames Gelände und dichte Baumreihen unterwegs, bis schließlich das Lager der Räuber zwischen den mächtigen Stämmen des Wolfstanns auftauchte. Die Daheimgebliebenen kamen ihnen jubelnd entgegen, einige klopften Thore sogar auf die Schulter.

»Nehmt ihm den Sack ab und bringt ihn ins Gefängnis!«, befahl Thore, während sie abstiegen.

Der junge Mann blinzelte verwirrt ins plötzliche Licht und wich einen Schritt zurück, wobei er sich schon wieder das Taschentuch vor den Mund presste. »Gefängnis?!«

»Keine Sorge, Prinzlein, unser Knast ist fast so komfortabel wie Euer Schloss!«, sagte Sigurd grinsend und deutete auf ein Baumhaus, das ein Stück abseits lag.

Denn natürlich gab es im Wald keinen Kerker, ihr »Gefängnis« war ein etwas abseits gelegenes Baumhaus, nicht viel anderes als ihre eigenen. Allerdings führte keine Hängebrücke dorthin, nur eine wacklige Holzleiter lehnte am Stamm.

»Rauf mit dir!«, befahl Thore knapp.

Der Prinz schien inzwischen so eingeschüchtert zu sein, dass er fügsam die Leiter erklomm.

»Hier hast du alles, was du brauchst«, sagte Thore, der ihm nach oben gefolgt war. Er deutete auf einen Korb, der an einem Seil hing. »Hörst du eine Glocke, lässt du den Korb runter. Essen raus, Nachttopf rein – das Prinzip ist klar, oder? Das kriegst wohl selbst du hin.«

»Aber lehr den Topf ja nicht über unseren Köpfen aus!«, fügte Sigurd hinzu und grinste breit. »Sonst gibt's nix mehr zu futtern.«

»Wie du siehst, wirst du dich hier wie zu Hause fühlen«, ergänzte Thore. »Schließlich wirst du dort auch von vorn bis hinten bedient.« Seine Stimme triefte vor Spott.

»Deinen Arsch musste dir hier aber selber abwischen!«, fügte Sigurd kichernd hinzu.

Seltsamerweise konnte der Prinz darüber gar nicht lachen. Stattdessen plumpste er auf den Strohsack, der ihm als Bett dienen sollte, und ließ den Kopf resigniert hängen.

Thore schüttelte den Kopf, als er die Leiter wieder hinabkletterte. »Wenigstens ist er pflegeleicht.«

Unten zogen sie die Leiter weg und stellten sie beiseite.

»So«, sagte der Räuberhauptmann zufrieden und rieb sich die Hände. »Jetzt haben wir unseren Gast sicher verwahrt. Bald kommt das Lösegeld, und dann leben *wir* eine Weile wie die Fürsten.«

Drei Tage später sah die Lage längst nicht mehr so rosig aus.

Gustav kehrte von seinem erneuten Ausflug zum Wirtshaus im Wolfstann zurück, die Schultern hingen ihm tief, und sein

Gesicht war ungewohnt ernst. Kein einziges Wort kam über seine Lippen, und auch keine seiner üblichen witzigen Bemerkungen – ein untrügliches Zeichen dafür, dass er keine guten Nachrichten brachte.

Noch immer war niemand erschienen, um den Prinzen auszulösen.

Thore ging unruhig auf und ab, die Hände hinter dem Rücken verschränkt, während seine Kiefer mahlten. Was, bei allen Göttern, war da los? Wollte der Landgraf seinen Sohn etwa nicht zurück? Selbst wenn das Lösegeld ausblieb, hätten längst Soldaten den Wolfstann durchkämmen müssen! Mindestens hätte ein Berater des Landgrafen das Wirtshaus aufsuchen und versuchen sollen, die Wirtin unauffällig auszufragen. Aber nichts, gar nichts war passiert.

So ging es nicht weiter.

»Ich reise nach Trällerbach«, verkündete Thore schließlich.

Seine Männer tauschten überraschte Blicke, doch keiner wagte es, ihm zu widersprechen.

»Wenn uns irgendeine Gefahr droht, werde ich es herausfinden«, erklärte er mit Nachdruck. »Passt mir derweil gut auf den Prinzen auf. Er ist unsere Lebensversicherung – und wenn ihm etwas passiert, können wir uns schon mal ein Plätzchen auf der nächsten Hinrichtungsbühne aussuchen.«

Thore wandte sich ab und machte sich daran, Rumpel zu satteln. Er würde schon herausfinden, welch falsches Spiel Konstantin von Trällerbach diesmal spielte.

Schäferstündchen

Am nächsten Vormittag hatte Thore das Städtchen unterhalb des Schlosses erreicht. Unterwegs war ihm nichts Ungewöhnliches aufgefallen, und doch brodelte Unruhe in ihm. Jetzt stapfte er ungeduldig in der kleinen Kammer auf und ab, die Matildas Freundin ihnen stets zur Verfügung stellte.

Hatte er einen Fehler gemacht? War diese Witwe etwa nicht so verschwiegen, wie Matilda immer behauptete? Hatte sie statt ihrer Freundin die Büttel gerufen?

»Unsinn«, murmelte Thore und schüttelte den Kopf. Matilda war seine beste Informantin – sie wusste alles, was in Trällerbach vor sich ging. Und wenn jemand ihn über die Lage aufklären konnte, dann sie. Das Risiko hatte er eingehen müssen.

Als die Tür sich endlich mit einem leisen Knarren öffnete, fuhr Thore herum – doch es war nicht Matilda. Auch keine Büttel.

Stattdessen erschien Matildas Bruder Edgar – ein feister, pausbäckiger Kerl, der ein übertrieben farbenprächtiges Wams trug, als wolle er alle Augen auf sich ziehen. Edgar war einige Jahre jünger als seine Schwester und leitete das Handelskontor für Stoffe in Trällerbach.

Thore hatte ihn einige Male in Matildas Begleitung gesehen, und diese wenigen Begegnungen hatten gereicht, um zu dem Schluss zu kommen, dass Matildas Bruder eine wandelnde Witzfigur war.

Edgars erste Worte bestätigten scheinbar Thores Meinung. Matildas Bruder war nicht die hellste Kerze im Leuchter. »Ich bin nicht Matilda«, begann der Mann sichtlich nervös.

»Ach, wirklich?« Thore zog spöttisch die Augenbraue hoch, während er die unsichere Haltung des Mannes musterte.

Verlegen knetete Edgar seine Hände, und seine Wangen liefen zartrosa an, während sein Blick starr auf den Boden gerichtet blieb. »Ihr ... habt euch nicht angekündigt«, stammelte er schließlich.

Thore zog eine Augenbraue hoch. »Das ist mir durchaus bewusst«, entgegnete er mit einem dünnen Lächeln. »Unerwartete Angelegenheiten haben mich nach Trällerbach geführt, und ich hoffte, Matilda könnte ein wenig Zeit für mich erübrigen.«

Edgar schnaufte angestrengt, seine Atemzüge wurden schwerer, als hätte ihn der kurze Satz völlig überfordert. »Ich soll Euch bestellen, es täte ihr leid, aber ... es lässt sich nicht einrichten.«

Thore nickte langsam. Das hatte er bereits befürchtet. »Nun, das ist bedauerlich, aber nicht zu ändern.« Er ließ Edgar keine Zeit, sich weiter zu winden. »Ich danke Euch, dass Ihr Euch die Mühe gemacht habt, mir dies persönlich mitzuteilen.«

Doch anstatt sich zurückzuziehen, blieb Edgar wie angewurzelt stehen. Seine Hände zitterten, und seine Wangen hatten inzwischen die Farbe eines vollreifen Apfels angenommen.

Thore verschränkte die Arme vor der Brust und musterte ihn höhnisch. »Was wollt Ihr noch?«, fragte er mit kalter Schärfe. »Wollt Ihr mir etwa einen Vortrag darüber halten, dass ich Eure Schwester nicht länger entehren soll?«

Edgar schüttelte hastig den Kopf, und seine Stimme zitterte, als er hervorbrachte: »Im ... im Gegenteil.«

Thore blinzelte überrascht. Das kam unerwartet. Sehr unerwartet.

»Ich dachte … vielleicht … ich könnte Euch zu Diensten sein, wenn Ihr es wünscht.«

Einen Moment lang herrschte Schweigen. Thore musterte den feisten Kerl skeptisch. »So?«, fragte er langsam, die Worte mit spöttischem Misstrauen durchtränkt.

»Bitte … Herr!«

Na, wenn das mal keine Überraschung war! Thore hatte sich noch nicht von seiner Verwunderung erholt, da schlurfte Edgar schon ungelenk zwei Schritte weiter in den Raum hinein. Seine Lippen bebten und kleine Schweißperlen rannten über sein rundes Gesicht. Er schien es wahrlich ernst zu meinen.

Warum nicht? Thore war nicht abgeneigt. Die ganze Situation mit dem Prinzen zehrte an seinen Nerven, ein wenig Dampf abzulassen würde ihm guttun.

»Weißt du überhaupt, auf was du dich da einlässt?«, erkundigte er sich lauernd.

Die Frage zeigte Edgar offenbar deutlich genug, dass sein Gegenüber interessiert war. Ächzend sank er vor Thore auf die Knie. »Ja, Herr«, kam es eifrig von unten. »Bitte erlaubt mir, Euch zu verwöhnen.«

»Du bist ein unwürdiger Wurm«, stellte Thore fest. Da er Edgar kaum kannte, musste er sich auf sein Bauchgefühl verlassen, doch es schien ihm nicht so, als lege Matildas Bruder Wert auf Süßholzgeraspel.

»Ja, ich weiß, Herr! Ich bin es nicht mal wert, Eure Stiefel zu küssen.«

Aha! Thore hatte recht gehabt, der Mann genoss es, erniedrigt zu werden. »Nun, das würde ich nicht so sehen«, spottete er. »Lass dich nicht aufhalten und beweise mir deine Verehrung!«

Sofort rutschte Edgar ein Stück nach vorn und presste seine vollen Lippen auf Thores Stiefel. Dabei brachte er das Kunststück fertig, gleichzeitig nach oben zu schielen und Thore mit großen, runden Augen anzusehen, als wolle er herausfinden, ob Thore gefiel, was er tat.

Und ob es ihm gefiel! Nun sah Edgar nicht mehr lächerlich und albern aus. O nein, alles andere als das! Thore spürte, wie ein Schauer der Erregung durch seinen Körper rann. Der rundliche Mann war wunderschön in seiner Hingabe und Unterwerfung.

Nur zu gerne hätte Thore ihm das gesagt, aber er wusste ja nun, dass es nicht das war, was Edgar hören wollte. Also nannte er den Tuchhändler einen räudigen Köter und eine nichtsnutzige Küchenschabe, und Edgar dankte es ihm, indem er Thores Stiefel küsste, als handle es sich dabei um die weichen Lippen seines Liebchens.

»Genug jetzt!«, herrschte Thore ihn schließlich an.

Edgar wich zurück, blieb jedoch artig auf den Knien. Dennoch hatte Thore keine Schwierigkeiten zu erkennen, wie sehr sich die Beinkleider des anderen Mannes inzwischen im Schritt ausbeulten. Matildas Bruder hatte sein Tun zweifelsohne genossen, und auch Thore hatte die Situation nicht kaltgelassen. Er öffnete die Schnüre seiner Beinkleider.

»Du bist ein ekelhafter Geselle«, beschimpfte er den Mann weiter, »aber was soll's, ein dreckiges Maul ist so gut wie das andere. Dann zeig mir mal, ob du nur hohle Versprechungen gemacht hast, du widerliches Insekt!«

Eifrig öffnete Edgar seinen Mund, während Thore seinen harten Schaft hervorholte. Zitternd streckte Edgar seine Hände nach ihm aus.

»Was soll das, Pfoten weg! Hinter den Rücken damit! Wage es nicht, mich anzufassen!«, herrschte Thore den Knienden an, und als dieser nur langsam gehorchte, schlug er ihn mit seinem Phallus rechts und links gegen die Wangen. Der Demütigung halber, nicht weil es wehtat.

Edgar stöhnte wohlig, das Zelt in seiner Hose wurde größer, und als Thore die Spitze seines Glieds gegen seine Lippen drückte, gab er sofort nach und machte sich eifrig schlabbernd daran, sein Versprechen einzulösen.

Ganz gewiss machte der Kerl das nicht zum ersten Mal! Seine Zunge umschmeichelte Thores Schaft, Edgar schmatzte und leckte, saugte und küsste und sah Thore dabei mit großen, strahlenden Augen so erfreut an, als handle es sich bei dessen Glied um die leckerste Zuckerstange, die er jemals gekostet hatte.

Thore musste arg an sich halten, um den Mann nicht für seinen Enthusiasmus zu loben. Zu gerne hätte er ihm gesagt, wie sehr er die talentierte Zunge genoss, die ihm gerade höchste Freuden schenkte. Wie gut es sich anfühlte, als auch seine Eier, eines nach dem anderen, in Edgars warmem, feuchtem Mund verschwanden, wie großartig sich seine Lippen auf seiner Haut anfühlten.

Doch gerade, weil Edgar ihm solche Freuden schenkte, würde er es ihm mit gleicher Münze heimzahlen und tat das, was Edgar am meisten begehrte: Er nannte ihn einen unfähigen Armleuchter und armseligen Gnom.

Dabei sah der Mann wunderbar aus, wenn er einen Schwanz im Mund hatte, wie er um ihn herum schluckte und sabberte und leckte. »Hässliches Wiesel«, stieß Thore zwischen zusammengebissenen Zähnen hervor.

Edgar stöhnte vor Lust um seinen Schaft herum, was ein erneutes Schaudern bei Thore auslöste. Er konnte ein erregtes

Keuchen nicht länger vermeiden. Edgar ließ sich nicht beirren, auch wenn der Sabber ihm inzwischen über das Kinn lief und seine bunten Kleider bekleckerte.

»Genug jetzt, du Tollpatsch!«, herrschte Thore ihn an, als er sich kaum noch beherrschen konnte. Er packte Edgars Haar und riss den Kopf des Knienden brutal zurück. »Maul auf, du Wicht!«

Edgar stöhnte verzückt und öffnete seine prallen Lippen. Gierig stieß Thore nun kräftig zu, doch Matildas Bruder machte gar keine Anstalten, sich zu wehren. Immer noch hatte er die Hände brav hinter dem Rücken verschränkt und nahm alles, was Thore ihm gab, nur zu gerne an.

Immer schneller, immer wilder wurden Thores Bewegungen, und ein Stöhnen kam tief aus seinem Inneren, ehe er sich in diese wunderbar warme Höhle ergoss.

Edgar schluckte und schluckte und schluckte, doch es war eine Weile her, dass sich Thore dem Liebesspiel hatte widmen können, und so musste Edgar schließlich vor der schieren Menge kapitulieren.

Langsam zog sich Thore zurück und blickte auf den Mann herab, der ihm gerade diese Freuden geschenkt hatte. Edgars Spucke mischte sich mit Thores Saft, beides lief über sein Kinn, in seinen Augenwinkeln hingen Tränen, doch mit dem glücklichen Strahlen, das er Thore schenkte, sah er absolut umwerfend aus.

»Komm hoch«, sagte Thore und deutete auf die unvermindert große Beule zwischen Edgars Beinen. »Ich kümmere mich darum.«

Das Lächeln verrutschte ein wenig. »Nein, Herr. Das habe ich nicht verdient. Ich war unartig!«

Thore runzelte die Stirn, doch Edgar redete schon weiter: »Ich habe … Wenn ich Matilda begleitet habe, hat sie mir erlaubt ... an der Tür zu lauschen. Sie war einverstanden, aber es war unschicklich, es Euch nicht zu sagen. Und Ihr wart heute so gut zu mir, deshalb will ich dafür büßen. Eines Tages werde ich mir vielleicht die Gunst verdient haben, bis dahin werde ich mir die Erfüllung meiner lüsternen Träume versagen.«

Hm. Auch das war nichts, was Thore gefiel, aber er würde sich nach den Wünschen seines Gespielen richten.

»Dennoch solltest du aufstehen«, sagte er sanft und half Edgar sogar dabei, als der sich mühsam aufrappelte.

Als sie einander wieder gegenüberstanden, verneigte sich Edgar leicht. »Danke. Das war unglaublich. Wenn ich mich nun zurückziehen dürfte ...«

»Nein«, beschied Thore ihm knapp, um dann etwas sanfter hinzuzufügen: »Ich respektiere, dass du daran nichts ändern willst«, er deutete auf Edgars Schoß, wo sich dessen Erregung immer noch deutlich abzeichnete, »aber ich werde nicht zulassen, dass du die ehrbaren Bürger Trällerbachs damit erschreckst.«

Edgars Gesicht nahm die Farbe eines tiefroten Weines an, und er trat mit sichtlichem Unbehagen von einem Bein auf das andere. Aber Thore würde hier nicht nachgeben – nicht nur, weil er Edgar so nicht wegschicken wollte. Da der Mann nun schon mal hier war, würde sich vielleicht auch noch die Gelegenheit ergeben, ihn ein wenig auszuhorchen.

Thore ließ sich schwer auf das breite Bett in der Kammer sinken, in dem er sonst mit Matilda Vergnügen fand, und klopfte neben sich auf die Strohmatratze. »Leg dich her.«

»Wirklich?«, fragte Edgar mit großen, ungläubigen Augen.

»Komm schon«, lockte Thore, und der Tuchhändler rutschte zögernd näher, ehe er sich vorsichtig neben den Räuberhauptmann legte. Kaum lag er, zog Thore ihn ohne weiteres

Zögern an sich. Edgar schmiegte sich an ihn, warm und weich wie ein zufriedenes Kätzchen.

Mit langsamen Bewegungen fuhr Thore durch Edgars verschwitzte Haarsträhnen. Es war ein Moment der Ruhe, ein Moment, den er in seinem Leben selten fand. So etwas wie Nähe – und mehr noch, Vertrauen – konnte er sich nicht leisten. Er war ein Gejagter, ein Mann, dessen Leben ständig auf der Kippe stand. Aber solche Augenblicke wie dieser zeigten ihm, was er vermisste.

Nach einer Weile löste er sich von dem Mann und räusperte sich. »Genug der Zärtlichkeiten«, sagte er leichthin. »Was gibt es Neues in Trällerbach? Erzähl mir den neuesten Klatsch, das wird dich ein wenig ablenken.«

Pflichtbewusst begann Edgar zu berichten, wenn auch noch ein wenig zögerlich. »Nun, der Apotheker wurde wieder mit der Marktfrau gesehen. Man munkelt, er könnte bald um ihre Hand anhalten. Und der Schmied …«

Thore hörte nur halb zu. Der übliche Tratsch der Bürger interessierte ihn nicht besonders, doch es war Teil seines Spiels, mit dem er sich unauffällig Informationen verschaffte.

»Und der Prinz?«, fragte er scheinbar beiläufig. »Noch keine Prinzessin in Sicht, die ihm das Herz stehlen will?«

Edgars Gesicht verdüsterte sich. »Halb Trällerbach lacht derzeit über den Prinzen. Man sagt, er sei in der Kleidung eines Dienstboten von seiner Reise zu Fürst Maximilian zurückgekehrt. Und sein Kammerdiener …«, Edgar senkte die Stimme, »… ist seitdem spurlos verschwunden. Die Leute reden viel darüber.«

Thore erstarrte.

Die Worte hallten in seinem Kopf wider wie ein Donnerschlag.

Ein verkleideter Prinz.

Ein verschwundener Diener.

Es war sonnenklar, was dahintersteckte.

Einen Moment lang rang er mit sich. Das Feuer des Zorns loderte in ihm auf, und am liebsten hätte er vor Wut aufgeschrien. Doch er biss die Zähne zusammen, zwang sich, den aufkochenden Ärger hinunterzuschlucken. Es war nicht Edgars Schuld, und der Tuchhändler sollte nicht unter seiner Dummheit leiden.

»Ich finde das alles nicht lustig«, fügte Edgar mit leiser Stimme hinzu.

Thore zwang sich zu einem knappen Nicken. »Du hast recht«, murmelte er.

Während Edgar weiterredete, versuchte Thore, die Fassung zu bewahren. Seine Gedanken rasten. Die Räuberbande hielt den falschen Mann gefangen, und der Landgraf würde keinen Finger rühren, um ihn freizukaufen. Thore hatte sich ein Kuckucksei ins Nest legen lassen – und wer wusste, was das für Konsequenzen haben würde?

Thore zwang sich dazu, sich auf Edgar zu konzentrieren. Er hatte diesen Mann lange für einen eitlen, oberflächlichen Gecken gehalten – doch je mehr er ihm zuhörte, desto klarer wurde ihm, dass Edgar alles andere als das war. Nicht nur hatte er sich überraschend entgegenkommend gezeigt, er schien auch ein tief mitfühlender Mensch zu sein, der sich wirklich um das Schicksal anderer kümmerte.

Thore verspürte erneut den Wunsch, ihm etwas zurückzugeben.

»Das Lauschen an der Tür hat jetzt ein Ende!«, sagte er mit gespielter Strenge. »Beim nächsten Mal kommst du einfach mit herein.«

Edgars Augen wurden groß, und seine Wangen glühten in einem satten Rot. »Ich darf …?«

Thore grinste spöttisch. »Vorausgesetzt natürlich, Matilda hat nichts dagegen.«

»Bestimmt ist sie begeistert«, versicherte Edgar eifrig, seine Stimme überschlug sich fast. Doch dann stockte er und biss sich auf die Lippe. »Allerdings hat das bisher auch noch nie einer ihrer ...« Er verstummte abrupt.

»Noch nie einer ihrer Bettgefährten erlaubt?«, vollendete Thore den Satz mit einem breiten Grinsen, und Edgar nickte verlegen.

»Keine Sorge«, sagte Thore und lehnte sich entspannt zurück. »Ich mag Matilda sehr, aber ich bin nicht verliebt. Sie ist nicht die Einzige für mich, und ich bin sicher, ich bin auch nicht der Einzige für sie.«

Edgars Lächeln wurde weicher, fast vertraulich. »Das verstehe ich. Meine Frau und ich ... wir lieben uns, aber ... wir teilen nicht gern das Bett.«

Das war ein Thema, das Thore nicht zu vertiefen gedachte, und da ihr Gespräch seinen Zweck erfüllt hatte und die Erregung des Mannes deutlich sichtbar nachgelassen hatte, schickte er den Tuchhändler mit einigen freundlichen Worten davon.

Doch kaum war die Tür hinter Edgar ins Schloss gefallen, da konnte sich Thore nicht länger beherrschen. Er ballte die Fäuste und stieß einen wütenden Fluch aus. »Verdammte Hochstapler! Dieser feine Prinz und sein gerissener Diener haben uns an der Nase herumgeführt!«

Er trat gegen einen der Bettpfosten, sodass das Holz laut krachte. »Bei allen Göttern, wie blind kann man nur sein! Ich hätte es merken müssen! Da stolziert dieser verwöhnte Lackaffe in Dienstbotenkleidung zur Tür hinaus, und keiner merkt es!«

Aufgebracht lief Thore in der Kammer herum und raufte sich die Haare. »Und wir, dummen Narren, bewachen den falschen Kerl, während der Prinz gemütlich im Schloss sitzt! Verflucht sollen sie sein, alle beide! Ich werde diesem falschen Prinzen den Hals umdrehen!«

O ja, etwas Gutes hatte die Situation ja. Es gab jemanden, der seinen Zorn verdient hatte!

Ein trickreicher Stallmeister

Leander saß in seinem prunkvollen Gemach und ließ den Blick gedankenverloren aus dem Fenster schweifen. Der Weinkelch neben ihm blieb unberührt, ebenso wie die verführerisch duftenden Gebäckstückchen, die Madalwin ihm vor einer halben Stunde hingestellt hatte. Normalerweise hätte er längst zugegriffen, doch heute lockte ihn nichts.

Seine Gedanken kreisten um das Gespräch mit seinem Vater. Der Landgraf hatte ihm keine Erklärungen gegeben – aber das tat er ohnehin selten. Es war nie notwendig. Wenn Graf Konstantin etwas anordnete, wurde es befolgt. Diskussionen darüber fanden nicht statt.

Das Lösegeld würde nicht bezahlt werden. Punkt. Der arme Felix war auf sich allein gestellt. Und an seiner Stelle würde sich nun Madalwin um seine Garderobe und seinen Tagesablauf kümmern.

Leander hätte nicht sagen können, warum ihn das so störte. Es war doch gleichgültig, wer ihm half, seine Kleidung anzulegen und ihm seinen Wein brachte. Doch die Vorstellung, dass Felix nicht mehr da war – dass er vielleicht nie zurückkehren würde – hinterließ eine seltsame, drückende Leere.

Natürlich war das Unsinn. Sein Vater würde ihn auslachen, wenn er davon erfuhr, dass er Felix vermisste. Aber trotzdem …

Felix fehlte ihm, und – auch wenn sich das ebenso wenig schickte – Leander mochte den neuen Diener nicht.

Jedes Mal, wenn Madalwin ihm beim Ankleiden half, fiel Leander dieses schmierige Lächeln in dessen Gesicht auf. Dann noch diese übertrieben freundlichen Bemerkungen. Madalwin betonte ständig, er würde alles dafür tun, um dafür zu sorgen, dass der Prinz stets standesgemäß gekleidet war – das war doch nichts als Hohn und Spott! Leander war überzeugt, dass der neue Diener hinter seinem Rücken über ihn lachte.

Felix hätte das nie getan. Felix war nicht nur ein Diener gewesen, sondern der Einzige, der wirklich an seiner Seite gestanden hatte. Je mehr Zeit verstrich, desto deutlicher spürte Leander, dass er wünschte, er könne Felix seinen Freund nennen.

Aber Freunde ließ man nicht einfach im Stich!

Leander starrte auf seine Hände, die zitternd in seinem Schoß ruhten. Hätte er doch nur ein wenig Geld beiseitegelegt! Aber nein – alles war für Tand draufgegangen. Prunkvolle Gewänder, funkelnder Schmuck … Dinge, die ihm jetzt nichts mehr nutzten.

Sein ganzes Leben war eine einzige verschwenderische Fassade – wertlos in dem Moment, in dem es wirklich darauf ankam.

Madalwin betrat leise die Gemächer und trat mit einem betont sorgenvollen Gesichtsausdruck zum Prinzen. »Aber Eure Hoheit! Ihr habt ja gar nichts von den köstlichen Plätzchen angerührt. Denkt doch an Euren Ausritt, da wollt Ihr doch bei Kräften sein!«

Leander verzog unwillig das Gesicht und schob den Teller mit einer beiläufigen Geste von sich. Den Teufel würde er tun, und auf diesen Satansbraten von Hengst steigen! »Geh und richte dem Stallmeister aus, ich sei unpässlich!«, sagte er, und scheuchte den Diener mit einer wedelnden Handbewegung hinaus.

Wie er diesen Kerl hasste! Madalwin sprach es nicht aus, aber Leander spürte genau, dass er ihn verachtete. Oh, gewiss würde er sich in der Küche breitmachen und mit überheblichem Lächeln verkünden, dass der feine Prinz wieder einmal einen seiner berühmten »Migräneanfälle« hatte, sobald eine Herausforderung drohte.

Der Gedanke ließ Leanders Nacken heiß werden. War es denn so verwerflich, dass er kein wilder Reiter war? Seine Talente lagen eben woanders! Er beherrschte alle höfischen Tänze, wusste genau, welche Weine man zu welchem Wildbraten servierte, und konnte stundenlang höfliche Konversation machen, ohne sich ein einziges Mal zu wiederholen.

Aber für Madalwin war der Prinz dennoch eine Witzfigur, da war sich Leander sicher.

Unruhig wanderte er zu einem der Fenster und starrte hinaus auf den Schlosshof. Dort führte Rutger gerade den Hengst aus dem Tor. Groß, kräftig und mutig sah der Stallmeister aus, wie er das gefährliche Pferd an einem dünnen Strick mit sich führte.

Und Felix hatte sich in ihn verliebt.

Endlich kam Leander mal ein sinnvoller Gedanke. Wenn der Stallmeister die Gefühle seines Dieners erwiderte … dann würde er bestimmt sofort losziehen, um Felix zu befreien. Leander musste ihm nur den Weg zu diesem Wirtshaus erklären. Ha. Ein Kinderspiel. Der starke Mann würde Felix holen, und alles wäre wieder gut.

Nun ja, die Räuber waren auch keine Hänflinge gewesen, so einfach würde es nicht sein. Hm …

Gewiss wäre Rutger längst losgezogen, wenn er die entsprechenden Mittel hätte. Entschlossen schritt Leander zu dem Tischchen, auf dem seine Schmuckschatulle stand. Er kramte darin herum und entnahm schließlich die wertvollste Brosche und den teuersten Ring. Das sollte genügen, damit Rutger sich kaufte … na, was auch immer man eben brauchte, um seinen Geliebten zu befreien.

Leander strahlte, wenn er daran dachte, wie aufregend das sein würde. Felix musste ihm nachher alles darüber erzählen.

Jetzt ärgerte sich Leander, dass er nicht selbst in den Stall gegangen war, sondern Madalwin vorgeschickt hatte. Aber was sollte es – am späten Nachmittag würde sich gewiss eine Gelegenheit ergeben, Rutger unauffällig aufzusuchen.

Leider gelang es ihm bis zum Abendmahl nicht, seinen hartnäckigen Diener loszuwerden, sodass er seinen Plan erst nach dem endlos erscheinenden Familienessen umsetzen konnte. Sein Vater hatte einmal mehr über die Unfähigkeit aller ihrer Untergebenen gespottet, und seine Mutter und seine Schwestern schienen kein anderes Thema mehr zu kennen als eine vorteilhafte Ehe – die Leander natürlich durch den jüngsten Skandal sabotiert habe.

Endlich konnte Leander die ganze Misere hinter sich lassen. Er schlüpfte ungesehen in den Stall. Wie er es gehofft hatte, war Rutger gerade dabei, zu kontrollieren, ob die Stallburschen auch alle Pferde ordnungsgemäß versorgt hatten.

»Hallo!«, rief Leander aufgeregt. Sein Herz klopfte vor Freude – endlich unternahm er etwas, um Felix zu retten!

Rutger zuckte nicht einmal zusammen, drehte sich nur langsam um. Sein Blick war düster, und Leander bemerkte die Schatten unter seinen Augen, das angespannte Zucken seines Kiefers. Der Stallmeister sah aus, als hätte er seit Tagen kaum geschlafen. Wahrscheinlich machte er sich Sorgen um Felix … ja, das war ja … also … gut?

»Hoheit.« Das klang, als hätte er ihn verflucht.

Leander ließ sich davon nicht beirren. »Ich habe eine Idee!«, verkündete er eifrig, ungeachtet der abweisenden Haltung des Stallmeisters. »Ich erkläre dir den Weg zum Wirtshaus im Wolfstann, und von dort aus kannst du die Räuber zu ihrem Lager verfolgen und Felix retten.«

Rutger verschränkte die Arme vor seiner breiten Brust und musterte Leander mit einem so abschätzigen Blick, dass dieser unwillkürlich einen Schritt zurückwich.

»Aha«, knurrte er. »Ihre Hoheit haben also doch so etwas wie ein Gewissen. Sieh an. Aber selbst die Drecksarbeit machen? Nein, dafür seid Ihr Euch natürlich zu schade. Bluten sollen lieber die anderen.«

Leander blinzelte irritiert. Mit so viel Verachtung hatte er nicht gerechnet. Wenn es nicht um Felix ginge, hätte er Rutger einfach stehen lassen. Aber das konnte er nicht.

»Ich habe dir auch etwas mitgebracht«, sagte er trotzig und zog die Schmuckstücke aus seiner Weste. »Du kannst sie verkaufen oder die Räuber damit bestechen oder … was auch immer dir sinnvoll erscheint.«

Rutger machte keine Anstalten, sie zu nehmen. »Was soll ich mit solch nutzlosem Tand?« Seine Stimme klang noch kälter als zuvor. »Kein ehrlicher Händler wird mir einen vernünftigen Preis zahlen – weil jeder glauben wird, ich hätte sie gestohlen. Und die Räuber?« Er hob eine Augenbraue. »Die sehen das gewiss genauso. Oder haben sie etwa Schmuck geraubt, als sie Euch in ihrer Gewalt hatten?«

Seltsamerweise hatten sie das wirklich nicht. Leander hatte so ein Gefühl, dass er warme Stiefel und einen dicken Umhang in seinen Reisetruhen gesehen hatte, die nun fehlten … aber sicher war er sich nicht. Aber an Wertgegenständen fehlte jedenfalls nichts.

»Aber wenn du ihnen sagst, dass Felix nicht der Prinz ist, sind sie sicher froh, wenn sie überhaupt etwas bekommen«, versuchte er es dennoch.

Rutger stieß ein trockenes Lachen aus. »O ja, das kommt sicher gut an. Die Gauner werden uns am nächsten Baum aufknüpfen, wenn sie das erfahren.«

Leander seufzte und ließ die Schultern hängen. Sein Blick fiel auf die verschmähten Schmuckstücke in seiner Hand. War seine Idee wirklich kindisch gewesen? »Ich will Felix zurück …«, sagte er wehleidig.

Rutger schnaubte. »Natürlich. Ihr denkt nur an Euch.«

Jetzt wurde Leander doch sauer. Er steckte den Schmuck mit einer knappen Bewegung wieder ein, stemmte die Hände in die Hüften und funkelte den Stallmeister wütend an.

»Felix ist mir wichtig!«, fauchte er. »Ich habe wenigstens überhaupt mal darüber nachgedacht, wie er zu befreien wäre! Du hast kein Recht, dich über meine Bemühungen lustig zu machen – was hast du denn bisher unternommen, hm?«

Rutger blinzelte erstaunt. Aber als er wieder sprach, klang er nicht mehr so abfällig. »Ich habe tausend Möglichkeiten durchgespielt, glaubt mir, Hoheit. Und keine davon führte dazu, dass es gut für uns ausging.« Seine Stimme wurde leiser. »Wir brauchen das Geld, dann bekommen wir Felix zurück. Könnt Ihr nicht noch mal mit dem Landgrafen reden?«

Leander scharrte mit den Füßen. »Hab ich schon versucht«, murmelte er. Er wollte gar nicht mehr daran denken, mit welch gemeinen Bemerkungen ihn sein Vater abgespeist hatte. »Weichei« war noch das Harmloseste gewesen. »Er wird nicht zahlen, da ich ja nicht in Gefahr bin.«

Rutger rieb sich nachdenklich über das Kinn. »Hm. Und was, wenn Ihr doch in Gefahr wärt?«, fragte er leise.

Leander runzelte die Stirn. »Wie meinst du das?«

Rutger zog die Arme wieder vor der Brust zusammen. »Wir machen den Tausch einfach rückgängig.«

Leander stolperte zurück. »Was? Nein!« Mit Grauen dachte er an die rauen Gesellen, an ihr gemeines Gelächter, den furchterregenden Hauptmann ... nein, das ging nicht! Sie warfen ihre Gefangenen gewiss in irgendein dunkles Loch, und selbst, wenn sein Vater bald zahlen würde ... nein! Nein, das würde er nicht aushalten. Er schüttelte heftig den Kopf.

Rutger verschränkte die Arme und lehnte sich gegen einen Pfosten der Box, aus der ein Rappe neugierig zu ihnen herüberblickte. »Pff. Hab ich mir doch gedacht.«

»Was?«, krächzte Leander.

Rutger zuckte die Schultern. »Dass Ihr ein Feigling seid, Hoheit.«

Leanders Kinn klappte fast herunter. »Ich bin kein Feigling!«, rief er empört.

»Ach nein?«, Rutger zog eine Augenbraue hoch. »Warum seid Ihr dann hier und versucht, mich für Euer Abenteuer einzuspannen? Doch nur, weil Ihr lieber in Eurer warmen Stube sitzt, gewürzten Wein trinkt und Euch den Bauch mit süßem Gebäck vollschlagt, anstatt ein Wagnis einzugehen. Ich weiß ja nicht, wie Ihr das nennen würdet, Hoheit, aber in meiner Welt heißt das Feigheit!«

Leander ballte die Fäuste. »Ich versuche doch, eine Lösung zu finden! Ich habe dich nicht um Hilfe gebeten, damit du mich beleidigst!«

Rutger musterte ihn abschätzend. »Ich beleidige Euch nicht. Ich sage nur die Wahrheit. Aber wisst Ihr was? Vielleicht habt Ihr ja recht. Vielleicht ist es besser, wenn Ihr hierbleibt.«

Leander blinzelte misstrauisch. »Wie meinst du das?«

»Felix spricht immer gut von Euch, die Götter mögen wissen, weshalb. Wenn Ihr ihn nun auch noch rettet, werde ich mir den

Rest meines Lebens anhören müssen, dass Ihr sein Held seid –
nein, danke.«

Niemand hatte Leander je einen Helden genannt.

»Ganz abgesehen davon, dass die Leute anfangen werden,
Lieder von dem heroischen Prinzen zu singen, der seinen
Diener aus der Hand der Räuber befreit hat ...« Rutger
schüttelte sich übertrieben, als fände er allein den Gedanken
ekelig.

»Ein ... Lied?«, stammelte Leander.

Rutger winkte ab. »Was soll's ... mir wird schon was einfallen, wie ich Felix finden und da rausholen kann. Dann
werde ich sein Held sein.« Rutger grinste selbstgefällig.

In Leanders Vorstellung ritten Helden in glänzenden
Rüstungen in die Schlacht. Sie erschlugen Drachen, retteten
Jungfrauen, führten Armeen zum Sieg. Helden waren Männer
wie sein Vater – kalt, entschlossen, ohne Furcht. Nicht Prinzen,
die lieber süßen Wein tranken, anstatt auf ungestümen Pferden
durch den Wald zu preschen.

Aber ... wenn er Felix rettete?

Ein leises Flattern regte sich in seinem Magen. Würde man
dann wirklich über ihn singen? Würden die Menschen sich
seinen Namen merken, nicht nur als den eines Taugenichts,
sondern als den eines Mannes, der sein Wort hielt?

Ein Held.

Er richtete sich unbewusst ein wenig auf.

»Na gut!«, rief er. »Aber du kommst gefälligst mit und sorgst
dafür, dass ich sicher zu den Räubern gelange, und Felix sicher
zurück.«

Ein Lächeln erhellte Rutgers Gesicht, vielleicht das erste ehr-
liche Lächeln, das Leander jemals an ihm sah. »Um nichts in
der Welt würde ich hierbleiben, Hoheit«, sagte er ruhig.

»Gut ... äh, dann treffen wir uns ...«, begann Leander, doch Rutger unterbrach ihn sofort.

»Wir brechen gleich auf.«

Leander riss die Augen auf. »S... sofort?«

»Natürlich. Oder dachtet Ihr, wir warten, bis die Räuber Felix vor lauter Langeweile an den nächsten Baum binden?«

»Aber ... woher soll mein Vater wissen ... also ...«

Rutger verdrehte die Augen. »Ihr schreibt ihm eine Nachricht, was dachtet Ihr denn? Oder wolltet Ihr lieber um Erlaubnis fragen, Hoheit?«

Beleidigt schob Leander die Unterlippe vor. »Und dann?«

»Dann legen wir den Wisch in die Kutsche. Der Landgraf hat sie für morgen früh bestellt.«

Bei dem Gedanken, wie sein Vater den Brief fand, wurde Leander ganz schlecht. Er machte ein paar kleine Schritte in Richtung Tür. Er sollte sich die Sache lieber noch mal in Ruhe überlegen. Doch Rutgers ruhige Stimme hielt ihn auf.

»Schreibt, dass Ihr Felix Euer Ehrenwort gegeben habt und dieses als Mann von hohem Geblüt nicht brechen wollt. Ja, gewiss wird er wütend werden, aber Ihr seid sein einziger Sohn und sein Erbe. Er wird Euch ausschelten, aber mehr wird nicht geschehen. Felix und ich hingegen werden unsere Stellungen verlieren. Wir riskieren weit mehr als Ihr.«

Leander schluckte. *Ein Mann von Ehre.* Das müsste seinem Vater doch gefallen. Und er hatte Felix ja wirklich sein Wort gegeben. »Also gut«, sagte Leander schließlich.

Rutger atmete sichtlich auf. »Ich gebe euch ein paar Kleidungsstücke eines Stallburschen, damit wir ungesehen aus Trällerbach rauskommen. Ich kenne jemanden außerhalb der Stadt, bei dem wir uns zwei Pferde leihen können, und dann sind wir morgen schon bei diesem Wirtshaus!«

Leander nickte, obwohl er am liebsten davongelaufen wäre. Aber er wagte es auch nicht, einen Rückzieher zu machen. »Also gut. Außerdem brauche ich Feder, Papier und Tinte – ich schreibe diesen Brief!«

Ein Prinz auf der Pirsch

Unglücklicherweise drohte ihr Plan bereits zu scheitern, noch bevor Rutger und Leander das Schloss überhaupt verlassen hatten – denn als sie den Brief in die Kutsche legten, wurden sie von Hans überrascht.

Zum Glück ließ sich der Kutscher schnell überreden, sie nicht zu verraten, als er hörte, dass es um Felix ging. Zudem war er eine große Hilfe, denn ein wenig kleinlaut musste Leander zugeben, dass er sich gar nicht mehr so genau an den Weg zum Wirtshaus erinnerte. Doch dank Hans' Beschreibung konnte gar nichts mehr schiefgehen.

So schlichen die beiden jungen Männer durch das nächtliche Trällerbach und erreichten schließlich das Armenviertel vor der Stadt. Leander war noch nie hier gewesen. Er kannte das Elend nur aus sicherer Entfernung, wenn er mit der Kutsche daran vorbeifuhr. Damals hatte ihn schon der Gestank abgestoßen, doch nun, da er selbst durch den Dreck stapfte, war es tausendmal schlimmer.

Obwohl es mitten in der Nacht war, huschten Gestalten durch die Schatten, und Leander wagte nicht daran zu denken, was sie im Schilde führen könnten. Seine Schritte wurden langsamer, und er wünschte sich bereits ins Schloss zurück. Doch er hatte Rutger sein Wort gegeben – sie würden Felix retten, komme, was wolle!

Endlich erreichten sie einen Schuppen, der wenig vertrauenserweckend aussah – ebenso wie die alten Gäule, die mit hängenden Köpfen dösten. Andererseits war das vielleicht besser so. Mit Schaudern dachte Leander an den feurigen Hengst, den sein Vater für ihn gekauft hatte – noch nie hatte er sich auf das Biest getraut.

Rutger klopfte an eine windschiefe Tür, die dabei fast auseinanderfiel. Ein gebeugter alter Mann erschien, und nach einem kurzen, geflüsterten Gespräch wechselte ein klimperndes Säckchen den Besitzer. Dann sattelte Rutger die beiden Mähren und klopfte Leander aufmunternd auf die Schulter.

»Na los, Hoheit, da geht's rauf.«

Mühsam hievte sich der Prinz in den Sattel und war mehr als froh, dass sein Pferd brav hinter dem von Rutger hertrottete.

Doch kaum hatten sie die letzten verfallenen Hütten hinter sich gelassen, schlug Rutger ein forsches Tempo an. Die Nacht war sternenklar, der Weg gut erkennbar – dennoch hatte Leander alle Mühe, sich im Sattel zu halten. Der Wind pfiff ihm um die Ohren, und sein Pferd, das eben noch so altersschwach gewirkt hatte, trabte nun mit unerwartetem Eifer voran. Der Prinz klammerte sich an den Sattelknauf und kämpfte darum, nicht das Gleichgewicht zu verlieren.

»Mit Verlaub, Ihr seid ein miserabler Reiter, Hoheit«, bemerkte Rutger trocken, als sie den Rand des düsteren Wolfstanns erreichten.

»Hüte deine Zunge!«, maulte Leander ungehalten, doch die Hitze stieg ihm in die Wangen. Dass er so eine schlechte Figur machte, ärgerte ihn selbst am meisten. »Als Prinz habe ich bedeutendere Aufgaben, als mich im Reiten zu üben!«, fügte er patzig hinzu und versuchte, sich würdevoll im Sattel aufzurichten.

Insgeheim hoffte er jedoch, dass Rutger nicht nachfragen würde, welche bedeutenden Aufgaben das denn waren – denn ihm fiel gerade keine einzige ein.

Zum Glück mussten sie sich nun auf den Weg konzentrieren. Obwohl der Morgen bereits anbrach, fanden die ersten Sonnenstrahlen doch kaum ihren Weg durch das dichte Blätterdach. Sie hatten bereits vereinbart, ihre Gespräche im Wald auf das Nötigste zu beschränken. Falls sie jemand nach ihrem Ziel fragte, wollten sie sich als Schlossangestellte ausgeben, die ihre freien Tage nutzten, um eine alte Tante zu besuchen.

Ein Vorwand, der hoffentlich nicht auf die Probe gestellt wurde.

Gegen Mittag erreichten sie endlich das Wirtshaus im Wolfstann. Umsichtig banden sie die Pferde weit abseits der Lichtung an einen knorrigen Baum, dann schlichen sie sich durch das feuchte Unterholz näher an die windschiefe Herberge heran. Rutger entdeckte eine verborgene Stelle zwischen Brombeersträuchern, und sie krochen hinein.

Leider schienen auch zahlreiche Insekten diesen Ort für sich beansprucht zu haben, und offenbar hielten sie Leander für ihr Mittagsmahl. Er verzog das Gesicht, schlug nach den nervigen Biestern – und wurde prompt von einem Dorn zerkratzt. Ein unterdrückter Fluch entkam ihm. Prinzen waren einfach nicht dafür gemacht, sich im Wald auf die Lauer zu legen!

Rutger zupfte ihn am Ärmel und legte mahnend einen Finger auf die Lippen. Leander gab einen unwilligen Laut von sich, doch Rutger ignorierte ihn. Also saßen sie nur da, während die Zeit zäh wie Honig verstrich.

Zu allem Überfluss begann der Prinz zu frösteln. Die Stallburschenkleidung klebte kalt und feucht an seiner Haut, und er versuchte vergeblich, sich warm zu halten. Als wäre das nicht genug, tat ihm der Hintern weh – und er wollte gar nicht daran denken, wie es sein würde, wenn er wieder in den Sattel steigen musste.

»Was dauert das so lange?«, murrte Leander. »Als hätten die Räuber etwas Besseres zu tun, als nach dem Lösegeld zu schauen!«

Rutger warf ihm einen belustigten Blick zu. »Habt ein wenig Geduld, Hoheit. Wenn Ihr friert, könnt Ihr Euch gern an mich lehnen.«

Leander schnaubte. »Geht schon.«

Rutger grinste. »Dann macht Euch warme Gedanken. Ich denke zum Beispiel an Felix.«

Hm. Vielleicht konnte er Rutger gleich ein wenig ausfragen? Natürlich nicht aus Neugier, sondern um sicherzustellen, dass Felix gut behandelt wurde – ja, genau darum ging es.

»So?«, fragte Leander betont beiläufig. »Und woran denkst du da so?«

Rutger lächelte verträumt. »Daran, dass ich ihn endlich wiedersehen will. Ich weiß, Felix könnte einen besseren Mann finden als mich …«

Leander runzelte die Stirn. Eigentlich hatte er das Gefühl, dass es genau andersherum war. Mit seinen kräftigen Beinen, den starken Armen und diesem selbstbewussten Auftreten war Rutger schließlich ziemlich … na ja … attraktiv. Felix war eher schmal und schlank – nicht übel, aber auch nichts, was Leander heiß fand.

»Dabei habe ich in Felix' Gegenwart kaum ein vernünftiges Wort herausgebracht«, fuhr Rutger fort. »Niemals hätte ich mich getraut, ihn um eine Verabredung zu bitten, oder gar um einen Kuss. Wenn Felix nicht die Initiative ergriffen hätte, ich hätte nie eines von beiden bekommen.«

Leander runzelte erstaunt die Stirn. Er konnte sich Rutger nicht schüchtern vorstellen, während sein braver Diener

Rutger offenbar durchschaut und beherzt zugegriffen hatte. Das hätte er nicht erwartet.

»Und?«, fragte er. »Nur Küsse, mehr nicht? Worauf wartet ihr dann noch?«

Rutger lief rot an. »Ich … Ich hatte noch nie einen Freund. Oder eine Freundin.« Er zögerte, dann murmelte er: »Ich bin noch Jungfrau.«

Leander riss die Augen auf. »Was?«

Rutger wich seinem Blick aus. »Felix will, dass ich mir sicher bin. Aber das bin ich!« Er holte tief Luft. »Ich will mich ihm ganz hingeben.«

Nun wurde es Leander ganz schwummerig. Sicher glühten seine Wangen ebenfalls. »Du willst …?«, fragte er atemlos. »Er soll dich …«

»Ich will, dass Felix mich nimmt«, flüsterte Rutger. »Ich will ihn ganz tief in mir spüren.«

Wie bitte?! Leander öffnete den Mund, aber bevor ihm etwas wirklich Dummes entfuhr, unterbrach ihn das leise Klappern von Hufen, das sich auf der Lichtung näherte.

»Das … müssen sie sein«, krächzte Rutger, und sie duckten sich beide wieder. »Still jetzt, Hoheit!«

Das ließ sich Leander nicht zweimal sagen. Auch wenn ihm nun eher zu heiß als zu kalt war – vielleicht war es besser, dieses Thema nie wieder aufzugreifen.

Aus dem Schatten des Unterholzes beobachteten Leander und Rutger, wie zwei Reiter auf das Wirtshaus zuhielten. Es waren genau die beiden Räuber, die sich damals als Handwerksburschen ausgegeben hatten. Nur mit größter Mühe konnte sich Leander davon abhalten, aus seinem Versteck zu stürzen und ihnen den Kragen umzudrehen!

Zum Glück waren die beiden in ein lebhaftes Gespräch vertieft – nun ja, zumindest einer von ihnen plapperte unablässig, während der andere eher schweigsam zu sein schien. Aber so viel Lärm, wie sie machten, würden sie Leander und Rutger kaum bemerken.

Die Räuber hielten vor dem Wirtshaus, der Wortkarge stieg ab, trat in die Gaststube – und kam nur Sekunden später wieder heraus. »Nichts«, sagte er knapp.

Sein Gefährte riss die Arme in die Luft. »Na toll! Und wieder keine Nachricht, kein Bote, keine Gulden! Wahrscheinlich ist das Schloss so groß, dass der feine Herr Landgraf noch gar nicht gemerkt hat, dass sein Sprössling fehlt. Ist ja nicht so, als würde er täglich unter seinem Bett nachsehen, ob das Prinzlein noch da ist.«

Der andere zuckte die Schultern. »Wir können den Prinzen nicht ewig durchfüttern.«

»Ach komm. So viel isst der doch gar nicht – und Sperenzchen macht er auch keine. Ich dachte ja, so ein Prinz kreischt bei jeder Unannehmlichkeit wie eine Marktfrau, der man den Fisch geklaut hat. Aber unserer hockt da oben in seinem Nest, still wie ein Spatz im Regen.«

Leander knirschte mit den Zähnen. Spatz! Diese Halunken wagten es, ihn mit einem Spatz zu vergleichen! Doch so sehr ihn der Spott ärgerte, wenigstens wusste er jetzt, dass es Felix gut ging.

Rutger schien dasselbe zu denken. »Das ist unsere Chance«, flüsterte er.

Leander nickte. Gemeinsam schlichen sie zu ihren Pferden, bereit, die Verfolgung aufzunehmen.

Von Plänen und Elfen

Thore verließ das Städtchen Trällerbach mit schnellen Schritten, doch sein Zorn brodelte weiter. Wie hatten sie nur so blind sein können? Der kostbare Fang, auf den sie all ihre Hoffnungen gesetzt hatten, entpuppte sich als nichts weiter als ein gewöhnlicher Diener! Am liebsten wäre Thore sofort ins Lager zurückgeritten, um dem verlogenen Halunken eigenhändig den Hals umzudrehen.

Doch Thore war nicht deshalb Anführer seiner Bande, weil er zu unüberlegten Taten neigte. Also holte er zunächst seinen treuen Rumpel bei Alarik ab. Seltsamerweise stand der Wallach allein im Stall, doch Thore war zu sehr mit seinen eigenen Problemen beschäftigt, ihm fehlte die Ruhe, um sich bei Alarik nach dem Verbleib seiner alten Pferde zu erkundigen.

Stattdessen schwang er sich auf den Rücken seines Wallachs und ließ ihn flott in Richtung Wolfstann traben. Doch er trieb Rumpel nicht deswegen an, um schnellstmöglich das Lager zu erreichen, sondern lenkte das Pferd auf einen verschlungenen Pfad, der ihn zu einem seiner Lieblingsorte führen würde. Tief im Herzen des Waldes, verborgen zwischen uralten, knorrigen Bäumen, lag ein See, das Wasser war dunkel und glatt wie ein Spiegel, in dem sich die knorrigen Äste der Eichen und die dunklen Silhouetten der Tannen abzeichneten. Kein Wind kräuselte die Oberfläche, kein Laut störte die Stille, wenn man von dem gelegentlichen Rascheln der Blätter mal absah. Dort angekommen, zog er die Stiefel aus, ließ die Füße ins eiskalte Wasser gleiten und atmete tief durch.

Dieser Diener ... War er wirklich der Schuldige? Vielleicht hatte er keine Wahl gehabt. Oder er hatte einfach nur getan, was ihm richtig erschien – genauso, wie Thore es einst selbst getan hatte.

Die Vorstellung, den falschen Prinzen einfach aus dem Baumhaus zu stoßen und sich an dem Anblick zu weiden, wie er mit gebrochenen Knochen auf dem Waldboden liegen würde, hatte ihn auf dem Ritt hierher begleitet. Doch so sehr sich Thore auch ärgerte, und so gerne er seine Wut an irgendwem auslassen würde, so würde er dieses Vorhaben doch niemals in die Tat umsetzen. Auch die Vision, wie er die Peitsche schwang, bis der falsche Prinz blutüberströmt zusammenbrach, würde niemals Wirklichkeit werden.

Andere mochten solch grausame Strafen für angemessen halten. Aber so ein Mann war er nicht.

Thore atmete tief durch. Was, wenn der Diener gezwungen worden war, den Prinzen zu spielen? Vielleicht war er nur ein Werkzeug in einem Spiel, das er nicht selbst gewählt hatte. Und selbst wenn er aus Loyalität zu seinem Herrn freiwillig gehandelt hatte – hatte er es wirklich verdient, dafür bestraft zu werden?

Thore starrte in den dunklen See. Sein Spiegelbild schien ihn zu verhöhnen – nicht das Gesicht eines hartgesottenen Hauptmanns sah ihm entgegen, sondern das eines jungen Narren, der einst an das Gute geglaubt hatte. Naiv, blind für die Tatsache, dass das Wort eines einfachen Mannes nichts zählte, wenn es einem Adeligen im Weg stand.

Sein früheres Ich unterschied sich recht wenig von dem Diener, den sie gefangen hatten.

Er atmete tief durch. Der falsche Prinz hatte nur seinem Herrn gedient, wie er es für richtig hielt – genau wie Thore damals. Er konnte nicht zulassen, dass der Junge für seine Loyalität grausam bestraft wurde. Aber was sollte er mit ihm anfangen? Die Männer waren wütend, sie hatten auf das Lösegeld gehofft. Jetzt würde ihr Zorn sich an dem Gefangenen entladen, wenn Thore nichts dagegen tat.

Ach, wenn er doch eine Gefährtin oder einen Gefährten an seiner Seite hätte! Am liebsten wäre ihm ein Mann, mit dem er all dies besprechen konnte. Ein Mann, der ihm zuhören würde, der mit ihm Pläne schmiedete, aber auch den Mut hatte, ihn zurückzupfeifen, wenn er sich verrannte.

Ein Mann, der ihm tagsüber auf Augenhöhe begegnete und sich des Nachts seinem Willen beugte …

Thore stand auf und schüttelte sich, als könne er so die unliebsamen Gedanken aus dem Kopf bekommen. Es funktionierte zwar nicht, aber dieser zwecklose Wunsch nach einem Gefährten brachte ihn plötzlich auf eine Idee.

Der falsche Prinz – Thore konnte ihn nicht einfach laufen lassen, so viel stand fest. Das würde seine Männer gegen ihren Anführer aufbringen. Doch statt den jungen Burschen irgendwelchen Grausamkeiten auszusetzen, würde er ihn arbeiten lassen. Thore würde ihm die Aufgaben zuweisen, die in der Bande keiner gerne erledigte. Der Kerl würde sich die Finger schmutzig machen müssen, genau wie alle anderen.

Des Nachts aber würde Thore ihn zu sich in seine Behausung holen. Er würde so tun, als habe er Gefallen an ihm gefunden und teile sein Lager mit ihm. Auf diese Weise konnte er den Jungen beschützen, ohne dass seine Leute Verdacht schöpften. Sie würden ihren Fang als doppelt nützlich einschätzen – tagsüber als Arbeiter, nachts als einen Kerl, der ihren Hauptmann erfreute.

Wenn sich die Gemüter beruhigt hatten, konnte der Junge selbst entscheiden: Wollte er bei ihnen bleiben – oder zurückkehren an einen Ort, an dem ihn niemand vermisst hatte?

Thore lehnte sich gegen den Stamm der alten Weide und schloss die Augen. Zwar hatte er noch keine Lösung für den nächsten Winter, aber wenigstens wusste er nun, was er mit seinem unfreiwilligen Gast tun würde.

Spontan entschied sich Thore dafür, die Nacht an diesem Ort zu verbringen. Es bestand keine Notwendigkeit, ins Lager zurückzukehren und die schlechten Nachrichten sofort zu überbringen. Außerdem wollte er Rumpel nicht zwingen, im Dunkeln den tückischen Wald zu durchqueren, wo ein einziger falscher Schritt dem treuen Tier schaden könnte. Wenn er im ersten Licht des Morgens aufbrach, so würde er immer noch rechtzeitig im Lager eintreffen, ehe Gustav und Kalle erneut zum Wirtshaus im Wolfstann aufbrachen – vergeblich, wie er inzwischen wusste.

Nun, da er einmal eine Entscheidung getroffen hatte, gestattete Thore es sich, seine Gedanken wieder auf Wanderschaft gehen zu lassen. Er dachte an die unerwartete Begegnung mit dem unterwürfigen, pausbäckigen Edgar und daran, dass er solchen Freuden in den nächsten Wochen wohl entsagen musste. Schließlich wollte er seine Bande in dem Glauben lassen, er teile das Bett mit dem falschen Prinzen.

Leider war nicht davon auszugehen, dass der junge Bursche ebenso entgegenkommend sein würde wie Edgar, also stand Thore wohl oder übel eine gewisse Durststrecke bevor.

Er schloss die Augen, ließ seine Hand über seine Brust zu seinem Schritt wandern und stellte sich vor, was passieren könnte, wenn sich jemand plötzlich zu ihm gesellte. Ein schlanker, junger Elf war es, der in Thores Fantasie zu ihm kam. Nicht kriecherisch wie Edgar, o nein…

Vor ihm stand ein schlanker Elf mit langen, silbernen Haaren, die im Licht der untergehenden Sonne wie Sterne funkelten. Er wäre wunderschön anzusehen, wäre da nicht die scharfe Falte auf seiner Stirn.

»Was tust du hier, Mensch?« Auch wenn seine Stimme wie das Spiel einer Flöte klang, so waren Unmut und die Herausforderung doch deutlich herauszuhören. »Dieser See gehört mir. Er ist das Herz des Wolfstanns, und niemand hat das Recht, ihn zu betreten, ohne meine Erlaubnis.«

Thore erhob sich. Er verschränkte die Arme vor der Brust und genoss es, dass der Elf nun den Kopf in den Nacken legen musste, wenn er ihn weiterhin wütend anfunkeln wollte. »Dein See?«, spottete er. »Der See gehört niemandem, nicht einmal dem Landgrafen. Wenn überhaupt, dann gehört er den Tieren, die hier leben – den Wölfen, Hirschen und Vögeln, nicht irgendeinem dahergelaufenen Elf!«

»Dahergelaufen?« Die Wangen des Fabelwesens färbten sich rosa. »Was fällt dir ein? Du weißt gar nichts!«

»Dann sei so gütig und erkläre es mir«, forderte Thore streng.

Sichtlich eingeschüchtert wich der Elf einen Schritt zurück. »Wer hier übernachten will, muss etwas dafür bezahlen«, sagte er, aber er klang bei weitem nicht mehr so selbstsicher wie zuvor.

Thore lachte. »Du hast behauptet, der See gehöre dir. Ich hatte nicht vor, im See zu übernachten.«

Die Wangen des Elfen wurden noch röter. Aber als Thore noch einen Schritt näherkam, blieb er stehen. Obwohl Thore ihn noch nicht berührte, konnte er fühlen, wie der junge Elf zitterte. Vielleicht war es an der Zeit, einen Gang zurückzuschalten.

»Wolltest du einen bestimmten Lohn?«, schmeichelte Thore, und mit einem Mal schien die Luft zwischen ihnen zu knistern.

»Das«, sagte der Elf heiser und streckte seine Hand nach Thores Schritt aus.

Doch der Räuberhauptmann war schneller und schlug dem frechen Fabelwesen auf die Finger. »Wenn du etwas haben willst, solltest du darum bitten.«

Der junge Elf keuchte. Vor Lust? Vor Schmerz? Thore erhielt seine Antwort, als der Elf die gezüchtigten Finger in den Mund steckte, aufreizend daran lutschte und Thore dabei herausfordernd anblinzelte. »Ich denke doch gar nicht daran«, nuschelte er und schmatzte provozierend.

»So, so!« Blitzschnell packte Thore den widerspenstigen jungen Kerl, wirbelte ihn herum, presste ihn mit dem Rücken an den Baum und klemmte ihn zwischen Stamm und seinem eigenen Körper ein. Halbherzig versuchte der Elf, ihn wegzuschieben, doch Thore fing seine Arme ein und fixierte sie mit nur einer Hand über dem Kopf des Elfen. Der keuchte erneut und versuchte, sich an Thore zu reiben. Doch der drängte sich unerbittlich gegen den jungen Kerl. »Sag bitte!«

Zunächst bekam Thore nicht mehr als ein leises Wimmern. Dennoch bemerkte er, wie der Widerstand seines unerwarteten Fangs bröckelte. Wie er es liebte, das zu sehen und zu spüren! Die flackernden Augenlider, der Blick, der erst ganz weich wurde und dann hinter züchtig gesenkten Lidern verschwand, und erst dieser Körper, der nicht mehr bockte, sondern sich ganz fügsam an ihn schmiegte …

»Bitte.« Nur ein Hauch. Doch Thore belohnte das leise Nachgeben sofort. Er presste seine Lippen auf den Mund des Elfen, drängte seine Zunge zwischen die wunderbar weichen Lippen und eroberte den Mund, erforschte ihn mit allem, was er hatte. Der Elf ergab sich dem Ansturm, und bei allen Göttern, er schmeckte wunderbar süß.

»Nimm mich«, winselte Thores Eroberung, als er einmal kurz Luft holen musste.

Thore gab ihn frei. »Hose runter. Auf die Knie!«

Der junge Kerl konnte gar nicht schnell genug gehorchen, Thore kam kaum dazu, sein langes, schlankes Glied zu bewundern, das sich vorwitzig nach oben reckte, da kniete der Elf auch schon auf einem Bett aus Moos und streckte ihm sein Hinterteil entgegen.

»Bitte, bitte«, kam es leise von unten, als sich Thore nicht rührte, doch der hatte den Elf nicht absichtlich warten lassen, sondern war ganz versunken in den Anblick dieser prallen Backen gewesen. Doch nun kniete er sich rasch hinter das Fabelwesen. Thore spuckte in seine Hand, wollte ein wenig seiner Spucke auf dem niedlichen, kleinen Loch verteilen, das ihm da so ungeniert präsentiert wurde. Doch dann sah er, dass der rosige Eingang vor Öl glänzte.

»Sieh mal an, was für ein unartiger Bursche!«, knurrte er. »Warst dir verdammt sicher, dass dies hier passieren würde, hm?«

»Ja«, hauchte der Elf und verbarg sein Antlitz jedoch schamhaft zwischen seinen Armen.

Thore holte aus und schlug zu, versohlte diesem frechen Fabelwesen den Hintern, bis seine Backen dunkelrot glänzten. Der Elf hielt still, nahm alles an, was Thore ihm gab. Stöhnend hielt er inne, um sich dann endlich in dieser wunderbaren Enge zu versenken …

Thore warf den Kopf zurück, als er sich über seine Faust ergoss. Immer schneller hatte er seine Hand auf und ab bewegt, seinen harten Phallus eifrig bearbeitet, während er sich vorgestellt hatte, was er alles mit diesem hübschen Fabelwesen anstellen würde.

Nun fühlte er sich wunderbar entspannt und leicht. Thore stand auf, wusch sich die Hände im See. Als hätte er geahnt, dass sein Herr mit seinem unanständigen Tun fertig war, tauchte auch Rumpel wieder auf und rieb sein weiches Maul an Thores Schulter. »Na, wollen wir es uns gemütlich machen?«, fragte Thore, und Rumpel folgte ihm artig unter eine Weide.

Flüchtig dachte der Räuberhauptmann daran, dass er in den folgenden Nächten einen menschlichen Körper und nicht den eines Pferdes neben sich spüren würde, aber dann fielen ihm auch schon die Augen zu.

Bäumchen, wechsle dich

Es war bereits später Nachmittag, als die beiden Räuber, die sie verfolgten, endlich ihr Ziel erreicht hatten. Rutger und Leander banden ihre Pferde in sicherer Entfernung an und schlichen näher.

Leander war bis auf die Knochen erschöpft. Seine Oberschenkel brannten vom ungewohnten Reiten, und der Stoff seiner Hose scheuerte unangenehm an Stellen, an denen nichts scheuern sollte. Das Hemd klebte schweißnass an seinem Rücken, und sein Magen verlangte knurrend nach einer ordentlichen Mahlzeit. Nur die fiebrige Euphorie, Felix so nahe zu sein, sorgte dafür, dass er sich nicht wie ein trotziges Kind auf den Boden setzte und forderte, dieses elende Abenteuer möge endlich ein Ende finden.

Heroisch hatte er sich das alles vorgestellt, wie in den Geschichten seiner geliebten Bücher. Stattdessen war es einfach nur anstrengend, schmerzhaft und nervig, und von Heldentum fühlte er in diesem Moment herzlich wenig.

»Hoheit, ich habe eine Stelle entdeckt, von der aus wir das Lager überblicken können.«

Rutger deutete auf eine Eiche mit tiefhängenden Ästen. Klettern? Leander war versucht, zu protestieren, aber ihm fiel auch nichts Besseres ein. Zwar war der erste Ast nicht allzu hoch, dennoch war er auf Rutgers Hilfe angewiesen, um sich hochzuwuchten. Er fühlte sich wie ein nasser Sack. Dieses Abenteuer war nicht nur nervig. Es war eine Zumutung.

Doch als sie schließlich durch das Blätterdach spähten, vergaß Leander seine Beschwerden. Das Lager war ganz anders, als er es sich vorgestellt hatte – keine primitiven Zelte oder kläglichen Unterstände. Stattdessen erhoben sich massive Baumhäuser in schwindelerregender Höhe, verbunden durch ein Netz aus Hängebrücken, die zwischen den Kronen verborgen lagen.

Er starrte mit offenem Mund. So etwas hatte er noch nie gesehen.

Überall hallten Lachen, Gespräche und das Klirren von Werkzeug durch den Wald. Niemand schien zu erwarten, dass jemand sie aufspüren konnte. Doch wo war Felix?

»Seht nur, Hoheit. Da drüben!« Rutger deutete auf eine isolierte Plattform, ein wenig abseits der anderen, ohne Hängebrücke oder Leiter. In diesem Moment ließ ein blonder junger Mann einen Korb an einem Seil hinab.

Leanders Herz schlug schneller. »Felix«, hauchte er. Sie hatten ihn gefunden.

Rutger nickte. »Heute Nacht holen wir ihn da raus!«

Die Zeit zog sich endlos hin, bis die Dunkelheit endlich über das Lager kroch und die Räuber sich zur Ruhe begaben. Leander hatte in seinem Versteck zwischen den Ästen kurz dösen können, doch wirklich erholsam war es nicht. Immerhin würde später Felix derjenige sein, der den langen, beschwerlichen Rückweg antreten musste. Doch zunächst galt es, ihn aus dem Baumhaus zu befreien.

Mit klopfendem Herzen folgte Leander Rutger ins Lager. Der Stallmeister hatte bereits entdeckt, dass in der Nähe des Baumhauses eine Leiter lag. Lautlos hob der kräftige Mann sie auf und brachte sie wieder an ihren Platz.

»Halte sie fest, während ich hochklettere«, flüsterte Leander. »Ich muss ja ohnehin hinauf.«

Rutger nickte. Unbeholfen und mit weichen Knien machte sich der Prinz an den Aufstieg. Seine Hände wurden schwitzig. Was, wenn er abrutschte? Er schüttelte den Gedanken ab und kletterte weiter. Die Sprossen schienen endlos, doch schließlich erreichte er die Plattform. Mit letzter Kraft zog er sich hinauf und blieb keuchend liegen.

»Hoheit!« Felix' Stimme war ein erschrockenes Flüstern, doch im nächsten Moment zog er Leander auf die Beine und umarmte ihn fest. Einen Moment lang zögerte der Prinz – dann erwiderte er die Umarmung. Eine wohlige Wärme breitete sich in ihm aus. Schließlich trat Felix hastig einen Schritt zurück.

»Verzeiht, Hoheit!«, stammelte er. »Ich bitte tausendmal um Vergebung, aber… was tut Ihr nur hier?«

»Dich retten!«, verkündete Leander mit stolz geschwellter Brust. Doch dann fügte er ein wenig kleinlaut hinzu: »Der Landgraf wollte das Lösegeld nicht bezahlen. Und ich … und Rutger … also ich bin hier, um deinen Platz einzunehmen. Ich habe einen Brief im Schloss hinterlassen, gewiss wird Hans schon bald mit den geforderten Gulden im Wirtshaus eintreffen.«

Felix schlug sofort vor, gemeinsam zu fliehen. Daran hatte Leander auch schon gedacht, die Idee jedoch wieder verworfen.

»Solange noch jemand in ihrem Gefängnis sitzt, werden die Räuber euch nicht verfolgen. Du und Rutger könnt unbehelligt aus dem Wolfstann entkommen. Es ist ja nicht für lange, und sie haben dich doch gut behandelt, nicht wahr?«

Felix nickte abwesend, spähte aber über den Rand der Plattform. »Rutger ist hier?«, fragte er ehrfürchtig.

Leander war sich sicher, dass er gewonnen hatte und Felix nun schnell den Abstieg wagen würde. Doch zu seiner Überraschung verschränkte sein Diener die Arme vor der Brust und schüttelte entschlossen den Kopf. »Nein, Hoheit. Das ist zu gefährlich. Versteckt Euch mit Rutger in der Nähe des Wirtshauses, bis das Lösegeld kommt. Es genügt doch, wenn der Landgraf *glaubt*, dass Ihr in den Händen der Räuber seid. Ich bleibe hier.«

Leander blinzelte. Darauf war er gar nicht gekommen. Einen Moment lang war er versucht, Felix' Vorschlag anzunehmen. Aber würde das auch funktionieren? »Du solltest meinem Vater lieber sagen, dass die Räuber mich wirklich haben …«

Er unterbrach sich selbst, als ihn eine Erkenntnis wie ein Faustschlag traf. »O Gott!«, entfuhr es ihm. »Du hast Angst, dass mein Vater dich bestrafen wird, wenn du ihn wissen lässt, dass du mich hier zurückgelassen hast, nicht wahr? Du glaubst, du bist hier sicherer als im Schloss!«

Ein flaues Gefühl breitete sich in Leanders Magen aus. Er erinnerte sich an Hans' Zögern, als der Kutscher ihm den Weg zum Wirtshaus beschrieben hatte. Nicht, weil er Felix nicht helfen wollte – sondern weil er fürchtete, selbst in Ungnade zu fallen. Hatte Felix dieselbe Angst?

Sein Vater hatte die Männer der Eskorte, die von den Räubern überlistet worden waren, mit Schimpf und Schande aus dem Schloss gejagt, nachdem sie einen ganzen Tag am Pranger gestanden hatten. Drohte Felix das gleiche Schicksal? Leanders Herz krampfte sich zusammen bei dem Gedanken. Er schnappte röchelnd nach Luft.

Nur langsam drang Felix' ruhige Stimme zu dem Prinzen durch. »Bitte, Hoheit, beruhigt Euch. Der Landgraf wird mir nichts tun. Ihr seid es, dem meine Sorge gilt.«

Leander starrte ihn an. War das nur Loyalität – oder vielleicht mehr? Mochte Felix ihn wirklich so sehr, dass er seinetwegen bleiben wollte?

»Aber warum bist du so sicher, dass er dich nicht bestrafen wird?«, fragte Leander misstrauisch. »Er wollte ja nicht mal das Lösegeld für dich bezahlen.«

Felix zögerte. Dann sagte er leise: »Ihre Gnaden hätten wohl nichts dagegen, wenn ich einfach spurlos verschwände. Aber eine öffentliche Konfrontation wird er um jeden Preis vermeiden.«

Leander runzelte die Stirn. »Ich verstehe das alles nicht.« Dann, nach kurzem Überlegen: »Sag mal, hast du überhaupt damit gerechnet, dass der Landgraf für dich bezahlt?«

Felix seufzte schwer. »Nein. Ja. Ich weiß nicht. Ich hatte gehofft ... Ich dachte, vielleicht ... Konstantin von Trällerbach würde ... wenn ich wirklich in Gefahr wäre ...«

»Mit deinem Gestammel kann ich nichts anfangen«, brummelte Leander ungeduldig.

Felix wandte den Blick ab. Als er weitersprach, klang seine Stimme rau: »Er ist auch mein Vater, Hoheit.«

Für einen Moment schien selbst der Wind den Atem anzuhalten.

Leander taumelte. Was?!

Er machte einen Schritt zurück, und nur Felix' schneller Griff bewahrte ihn davor, von der Plattform zu stürzen. Doch ebenso hastig, wie er ihn festgehalten hatte, ließ Felix ihn wieder los.

Leander konnte ihn nur anstarren. Das konnte nicht wahr sein. Oder doch? Er dachte an all die Male, in denen Felix in seiner Nähe war. Die stille Loyalität. Ihre Ähnlichkeit, die sogar die Räuber getäuscht hatte. Wie ein Puzzlestück, das endlich seinen Platz fand, setzte sich das Bild zusammen.

»Verzeiht, Hoheit«, murmelte Felix. »Ihr hättet das niemals erfahren sollen. Es tut mir leid.«

»Wieso?«, fragte Leander, dessen Gedanken wie Herbstblätter im Sturm durch seinen Kopf wirbelten. »Du warst es doch nicht, der meine Mutter betrogen hat, sondern der Landgraf!«

»Ich wollte nicht unverschämt sein«, fuhr Felix fort, als habe er den Prinzen gar nicht gehört. Dann verneigte er sich tief. »Ich wollte Euch nur versichern, dass mir auf dem Schloss keine Gefahr droht.«

»Unverschämt?!«, fuhr Leander auf. »Wovon redest du? Denkst du, ich freue mich nicht?!«

Felix zuckte kaum merklich zusammen. »Warum solltet Ihr, Hoheit? Ihr seid der Prinz. Mein Herr.«

Mit einem entschlossenen Schritt überbrückte Leander die Distanz zwischen ihnen, legte ihm beide Hände auf die Schultern. »Spinnst du? Du bist mein Bruder! Und ich könnte mir keinen besseren wünschen!«

Felix' Kopf ruckte hoch, seine Augen weit vor Unglauben, doch da hatte Leander ihn schon in eine feste Umarmung gezogen.

»Jetzt, da ich es weiß, bestehe ich erst recht darauf, dass du gehst und ich bleibe.«

»Nein, Hoheit…«, begann Felix zu widersprechen, doch Leander schnitt ihm sofort das Wort ab.

»Hör auf, mich Hoheit zu nennen, Bruder. Ich heiße Leander.«

Bruder. Das Wort schmeckte so süß auf seinen Lippen, dass Leander es am liebsten hundertmal wiederholt hätte. Felix blieb einen Moment stocksteif – dann erwiderte er die Umarmung, zaghaft, als könne er noch nicht glauben, dass dies wirklich geschah.

Schließlich räusperte er sich und trat zurück. »Vor allem seid Ihr der Erbe der Grafschaft, Hoh… Leander«, entgegnete Felix mit ernster Miene. »Ich werde nicht zulassen, dass Ihr hier schutzlos zurückbleibt.«

Wieder einmal hatte Felix jene unnachgiebige Haltung eingenommen, an der sich Leander schon oft die Zähne ausgebissen hatte. Aber diesmal würde er nicht nachgeben. Er wusste, dass es nicht helfen würde, zu protestieren. Es mussten drastischere Maßnahmen her.

»Bitte!«, sagte er ernst.

Felix riss die Augen auf. Leander bat sonst nie um etwas. Er befahl – oder er beschwerte sich maulend, wenn er seinen Willen nicht bekam.

»Bitte, Felix«, wiederholte Leander leise. »Lass mich einmal etwas richtig machen! Geh. Ich flehe dich an.«

»Das geht so nicht.«

Was?! Selbst jetzt gab Felix nicht nach? Leander starrte ihn fassungslos an, doch sein Bruder lächelte sanft. »Wir müssen wieder Kleider tauschen«, erklärte er.

Natürlich! Wie klug sein Bruder doch war!

Hastig tauschten sie erneut ihre Gewänder, und als sie fertig waren, zögerte Leander nicht. Ohne nachzudenken zog er Felix ein letztes Mal in eine Umarmung.

Dann sah er ihm nach, als er leise die Leiter hinabkletterte. Fast hätte Leander ihm noch nachgerufen, er solle mit Rutger glücklich werden – aber das wäre selbst ihm zu dramatisch gewesen.

Was sollte schon schiefgehen?

Ein Prinz in Nöten

Der Tag brach über dem Wolfstann an, während sanfte Nebelschwaden wie Gespenster durch die uralten Bäume glitten. In der Stille des Morgens kehrte Thore auf seinem treuen Wallach Rumpel ins Lager zurück, in dem langsam das Leben erwachte. Einer nach dem anderen stiegen die Räuber aus ihren Baumhäusern herab und versammelten sich in kleinen Gruppen um den Kochplatz in der Mitte des Lagers. Rundherum standen Fässer, Kisten und ein wackliger Tisch, und über der Feuerstelle hing ein Eisenkessel, in dem sich wahrscheinlich wie immer ein dünner Eintopf befand, den ihr Küchenmeister Tuck zum Frühstück reichen würde.

Doch im Augenblick hatten die Räuber nur Augen für Thore. Wachsam blickten ihm die Männer entgegen, als er sich aus dem Sattel schwang und zu ihnen trat.

»Hauptmann!«, rief Gustav grinsend. »Du bist früher unterwegs als ein Hahn auf Brautschau! Gibt's gute Neuigkeiten?«

»Ja, wird der Landgraf endlich zahlen?«, warf ein anderer ein, während ein älterer Mann mit sorgenvoller Miene fragte: »Oder sind Soldaten unterwegs, die uns aufspüren wollen?«

»Keine Soldaten, alter Freund«, beruhigte Thore den Alten, »doch leider auch keine guten Neuigkeiten. Der Landgraf wird nicht zahlen. Wir haben nicht den Prinzen gefangen, sondern seinen Diener.«

Einen Moment lang herrschte verblüffte Stille, dann brach der Tumult los. »Dafür wird die Schlumpfnase büßen!«, »Das wird der Rübenkröte noch leidtun!«, »Holt diesen Muffelarsch runter, den nehme ich mir zur Brust!«, riefen sie wild durcheinander, während einige Besonnenere einwarfen: »Kein Lösegeld? Was wird nun aus uns? Die Vorräte werden schon knapp!«

Thore ließ sie ein wenig Dampf ablassen, dann donnerte seine Stimme über den Platz. »Ruhe!«

Die Bande verstummte augenblicklich.

»Der Junge ist kein Prinz, aber er wird uns trotzdem nützlich sein«, erklärte er knapp. »Und bevor einer von euch auf dumme Gedanken kommt – ich nehme mir den Burschen persönlich vor.«

Zustimmendes Gemurmel, ein paar finstere Blicke. Thore ignorierte es und wandte sich an Gustav und Kalle. »Ihr habt eure Botengänge zum Wirtshaus hinter euch. Auch wenn wir jetzt wissen, dass sich niemand auch nur die Bohne dafür interessiert hat, wo unser Gefangener steckt, bin ich doch froh, dass ihr diese Aufgabe so vorsichtig und zuverlässig erledigt habt.«

Kalle rieb sich verlegen das Kinn, und auch Gustav, dem sonst immer ein frecher Spruch auf den Lippen lag, blieb ausnahmsweise still.

Thore ließ seinen Blick über die Männer schweifen. Er kannte ihre Enttäuschung, ihren Frust. Sie würden es dem jungen Mann, der sich nun in ihrer Gewalt befand, in den nächsten Tagen nicht leicht machen. Egal, welche harten und unangenehmen Aufgaben er dem Gefangenen übertrug, seine Leute würden ihn den Ärger über das entgangene Lösegeld spüren lassen. Aber wenn der Bursche schlau war, würde er bald verstehen, dass all das nur einem Zweck diente – ihn heil aus dieser Sache herauszubringen.

Laute, wütende Stimmen rissen Leander unsanft aus dem Schlaf. Was sollte dieser Tumult? Noch halb im Traum, öffnete er den Mund, um nach Felix zu rufen und ihm zu befehlen, dafür zu sorgen, dass dieser Lärm sofort aufhörte – doch dann erinnerte er sich wieder daran, wo er war. Felix würde nicht kommen.

Genervt rieb sich der Prinz den Schlaf aus den Augen. Konnte man denn nicht einmal in einem lausigen Räuberlager in Ruhe ausschlafen? Wegen seiner heldenhaften Rettungs-aktion hatte er in den letzten beiden Tagen schon kaum Schlaf abbekommen. War es da wirklich zu viel verlangt, dass diese schrecklichen Menschen wenigstens morgens nicht so ein Getöse machten, ganz gleich, was unten im Lager vor sich gehen mochte?

Missmutig zog Leander die löchrige Decke enger um sich und blinzelte ins schummrige Licht, das durch die Ritzen des Baumhauses fiel. Gestern war es stockdunkel gewesen, aber da er nun schon einmal wach war, konnte er sich gleich sein schäbiges Gefängnis genauer ansehen.

Mit wachsender Verärgerung ließ Leander seinen Blick durch den Raum schweifen. Für einen Prinzen war dies wahr-lich unwürdig! Die Wände bestanden aus groben Brettern, das Dach wirkte klapprig und leckte bei Regen bestimmt, und der Strohsack, der als Bett diente, war nichts weiter als eine Beleidigung. Als einziges weiteres Möbelstück stand ein windschiefer Hocker herum, der aussah, als würde er beim nächsten Windhauch zusammenbrechen.

Auch wenn es in den letzten Tagen Felix gewesen war, der dieses Elend hatte ertragen müssen, die Räuber mussten doch davon ausgehen, dass sie einen Prinzen gefangen hatten. Da hätten sie sich wirklich mehr Mühe geben können!

Leander schüttelte angewidert den Kopf. Nicht einmal ein ordentliches Frühstück war in Sicht. Ein frisches, warmes Brot, dick mit Honig bestrichen, käme ihm jetzt recht, aber wahrscheinlich wussten diese Barbaren gar nicht, wie man ein richtiges Brot backte! Leanders Magen knurrte unzufrieden, doch es sah nicht so aus, als würde in absehbarer Zeit jemand aufkreuzen und ihm ein Frühstück servieren.

Mühsam erhob sich der Prinz von dem Strohsack und streckte seine schmerzenden Glieder. Den Helden zu spielen war eine noble Aufgabe, aber auch ziemlich anstrengend. Vor allem machte es überhaupt keinen Spaß, wenn niemand sah, wie sehr er dabei litt – und das alles für seinen Diener.

Da erinnerte er sich plötzlich daran, dass Felix nicht nur sein Diener war, sondern auch sein Bruder. Das besserte Leanders Laune zwar kurzfristig, aber nur so lange, bis er merkte, dass für seine Notdurft nur ein bereits benutzter Nachttopf zur Verfügung stand. So weit hatte er es mit der Verbrüderung ja nicht gleich treiben wollen. Eklig!

Unten im Lager hatte sich die Aufregung inzwischen gelegt, und nun spürte Leander, wie sein Baumhaus sanft zu schwanken begann. Geräusche drangen an sein Ohr, die darauf hindeuteten, dass jemand die Leiter an seinen Baum zurückgebracht hatte. Neugierig trat Leander auf die schmale Plattform vor seinem Schlafraum und blickte hinunter. Zu seiner Überraschung war es der kräftige Räuberhauptmann höchstpersönlich, der mit der geschmeidigen Leichtigkeit eines Raubtiers zu ihm hinaufkletterte.

Unwillkürlich verzog Leander das Gesicht, als ein unruhiges Flattern in seiner Brust aufstieg. Es gab keinen Grund, beeindruckt zu sein – ganz im Gegenteil! Schließlich brachte der Mann offensichtlich nicht das ersehnte Frühstück. Mit erhobenem Kinn setzte Leander seine beste, hochmütigste Miene auf und verschränkte lässig die Arme vor der Brust.

»Sieh an, der Hauptmann selbst bemüht sich hier hoch!«, spottete er. »Aber du kannst gleich wieder gehen – du hast mein Frühstück vergessen. Oder bist du gekommen, um mir die Zeit mit ein paar Räubergeschichten zu vertreiben? Keine schlechte Idee, ich langweile mich schrecklich.«

Thore schwang sich mit beeindruckender Leichtigkeit auf die Plattform und richtete sich vor ihm auf. Leanders Herz setzte einen Schlag aus – und raste dann umso schneller. Der Mann war riesig! Schon im Wirtshaus war ihm die stolze Ausstrahlung des Räuberhauptmanns nicht entgangen, obwohl er damals peinlich darauf bedacht gewesen war, ihm fernzubleiben. Doch hier, auf engstem Raum, schien der stattliche Kerl sämtliche Luft um ihn herum zu beanspruchen. Leander schluckte trocken. Bloß nicht zurückweichen.

»Ich bin Thore«, sagte der Mann, und seine tiefe, dunkle Stimme jagte einen wohligen Schauer über Leanders Rücken. »Du kannst das Theater jetzt sein lassen – auch wenn ich zugeben muss, dass du den hochmütigen Prinzen ziemlich gut spielst. Aber ich weiß, dass du nur sein Diener bist.«

Leander funkelte Thore an, die Arme immer noch trotzig vor der Brust verschränkt. »Ich weiß nicht, was du dir einbildest«, begann er mit blasiertem Ton, »aber ich bin Leander von Trällerbach, der rechtmäßige Erbe der Grafschaft. Nicht irgendein Diener!«

Thore hielt seinem durchdringenden Blick mühelos stand. »Hör auf mit diesem Unsinn, Junge«, befahl er, seine Stimme tief und schneidend. »Du bist aufgeflogen – und du steckst bis zum Hals in Schwierigkeiten.«

Leander spürte, wie ihm die Kehle trocken wurde. Trotzig warf er den Kopf in den Nacken. »Dass ich in Schwierigkeiten stecke, ist ja nichts Neues«, fauchte er. »Das habe ich einzig dir zu verdanken, du ungehobelter Klotz! Wenn du nur gekommen bist, um mich zu beleidigen, dann geh lieber und hole endlich das Lösegeld, damit ich hier verschwinden kann!«

Thore ließ ein dunkles Grollen hören, das in Leanders Brust widerhallte und ihm dummerweise weiche Knie bescherte. Er kam näher. Verdammt.

»Wir beide wissen, dass der Landgraf keinen müden Heller für dich zahlen wird.«

Leander biss die Zähne zusammen. Wie kam der Räuber nur darauf? »Du verstehst es nicht«, beharrte er. »Ich bin der Prinz, und mein hochwohlgeborener Vater wird selbstverständlich für mich zahlen. Und du – du wirst mich mit dem Respekt behandeln, der mir zusteht!«

Thore schnaubte und trat noch einen Schritt näher. Zu nah. Viel zu nah.

»Wenn hier jemand Respekt lernen muss, dann ja wohl du, Diener«, sagte er, die Worte wie scharfe Klingen. »Falls du es immer noch nicht verstanden hast – ich versuche gerade, dir den Arsch zu retten!«

Leander spürte, wie ihm die Luft wegblieb. Wieso roch dieser Mistkerl so gut? Nach Moos, Wald und Pferd, mit einem Hauch von Leder. Der Duft war unverschämt.

»Ich bin der Prinz!«, wiederholte er hastig, doch seine Stimme klang zu hoch, zu dünn. Verdammt, das war nicht der Eindruck, den er machen wollte. Er musste Thore überzeugen

– wenn der nicht losging, um das Geld aus dem Wirtshaus zu holen, würde er ewig hier festsitzen.

»Du wirst jetzt sofort mit diesem Theater aufhören«, sagte Thore in einem Ton, der Leander durch Mark und Bein ging. Er wich einen winzigen Schritt zurück. Nicht viel – aber genug, dass Thore es bestimmt bemerkt hatte.

»Und du wirst mir gefälligst zuhören«, fuhr der Hauptmann fort. »Also, wie heißt du wirklich?«

Leander funkelte ihn an, sein Herz pochte so laut, dass es in seinen Ohren dröhnte. Der Hauptmann wollte ihn doch nur einschüchtern. Das klappte nicht. Das durfte nicht klappen.

»Leander von Trällerbach«, fauchte er also und stemmte die Hände in die Hüften. »Kapier das doch endlich, du unverschämter Waldbüffel!«

Thore kniff die Augen zusammen, und seine Stimme wurde gefährlich leise. »Ich verliere gleich die Geduld mit dir. Noch eine solche Beleidigung, und du wirst mich auf eine Weise kennenlernen, die dir nicht gefällt.«

Da hatte sich Thore aber den Falschen ausgesucht! »Von einem hirnlosen Holzklotz lasse ich mir doch nicht den Mund verbieten«, schimpfte Leander, der es langsam wirklich mit der Angst bekam. »Du erkennst ja nicht einmal einen Prinzen, wenn er direkt vor dir steht, du blinder Ochse! Eine Fledermaus sieht am helllichten Tag besser als du! Komm mir bloß nicht zu nahe, du ungehobelter Troll!«

Doch Thore ließ sich nicht beeindrucken. Der Hauptmann rückte immer näher, und Leander merkte, dass ihm die Fluchtwege ausgingen. Mist. Mist. Mist.

»Unzivilisierter Wildling! Nur Muskeln, aber nichts im Kopf!« Die Worte sprudelten weiter aus ihm heraus, doch plötzlich wurde ihm bewusst, wie viele Muskeln es waren. Viel zu viele Muskeln, verdammt!

Sein Rücken stieß gegen die raue Wand des Baumhauses. Keine Flucht mehr.

Thore stand so nah vor ihm, dass Leander kaum noch atmen konnte.

»Noch ein freches Wort«, drohte Thore dunkel, »und ich schwöre dir, ich versohle dir so sehr den Hintern, dass du tagelang nicht sitzen kannst!«

Leander riss die Augen auf, und obwohl seine Wangen vor Hitze brannten, funkelte er den Räuberhauptmann trotzig an. Das konnte dieser Schurke unmöglich ernst meinen!

»Wage es ja nicht, du Dusselkopf! Ich verbiete dir, mich auch nur anzufassen …« Seine Stimme zitterte verräterisch, und er verfluchte innerlich seine eigene Schwäche.

Der Räuberhauptmann hingegen stand fest wie eine Eiche, sein entschlossener Blick ließ keinen Zweifel an seinen Absichten.

»Letzte Warnung. Entweder du verrätst mir jetzt deinen Namen und hörst dir in Ruhe den Plan an, den ich ausgeheckt habe, um dich zu retten, oder…«

Ha! Schon zuvor hatte Thore gesagt, beim nächsten frechen Wort würde er ihn kennenlernen. Bluff.

»Leck mich, du Arschgeige«, fiepte Leander.

Das war genug. »Ich werde dir schon Manieren beibringen«, knurrte Thore.

»Ach ja?«, sagte der falsche Prinz, doch Thore dachte gar nicht daran, abzuwarten, bis der Junge verstand, was nun passieren würde. Mit geübtem Griff packte er den Kleinen, wirbelte ihn herum, setzte sich auf den wackligen Hocker und legte den Kerl dabei geschickt über seinen Schoß. So, dass dessen Hinterteil schön in die Höhe ragte.

Langsam schien es dem Knaben zu dämmern, auf was das hier herauslaufen sollte, und er begann, wild zu zappeln. Thore drehte ihm unbarmherzig einen Arm auf den Rücken und klemmte die strampelnden Beine des falschen Prinzen zwischen seine Oberschenkel, wodurch er den jungen Mann perfekt fixiert hatte.

»Das wagst du nicht!«, brüllte der Diener, ganz so, als sei er wirklich der Sohn des Landgrafen. »Das kannst du nicht tun. Ich verbiete es!«

Thore schmunzelte. Da hatte sich jemand wirklich gut in seine Rolle hineingefunden. »Ich kann, und ich werde«, erklärte er ruhig und tätschelte das Hinterteil des jungen Mannes. Ein ziemlich knackiges Hinterteil, wie er nicht umhinkam, dabei festzustellen. Er würde das hier mehr genießen, als er sich vorgestellt hatte.

Die ersten Schläge führte Thore nur mit halber Kraft aus, dennoch schrie der falsche Prinz bereits wie am Spieß. Fast so, als habe ihm noch nie jemand den Hintern versohlt. Dabei war sich Thore sicher, dass die Diener im Schloss gewiss nicht mit Samthandschuhen angefasst wurden.

Ein mulmiges Gefühl breitete sich in ihm aus, als ihm klar wurde, dass es weit schlimmere Methoden gab, jemanden zu bestrafen, als eine Tracht Prügel. Methoden, die der Landgraf gewiss kannte.

Nun, so etwas gab es bei Thore nicht. »Du wirst heiser sein, bevor ich fertig bin, wenn du so weitermachst«, teilte er dem falschen Prinzen mit und schlug nun abwechselnd auf die eine, dann auf die andere Pobacke. Doch der Knabe gab sich nicht die geringste Mühe, seinen Schmerz in einer geringeren Lautstärke zu äußern, im Gegenteil. Wahrscheinlich wusste inzwischen das ganze Lager, dass hier jemand eine Abreibung bekam.

Thore sollte es recht sein. Er legte mehr Kraft in die nächsten Hiebe, klopfte den Hintern des Burschen ordentlich aus. Der Hauptmann war kein Mörder, jedenfalls keiner, der verblendete Diener umbrachte, weil sie mit ihrem Dienstherrn die Rollen tauschten, egal, wie viel Ungemach Thore die Sache brachte. Doch zugegeben – die jämmerlichen Schmerzensschreie seines Gefangenen entschädigten ihn doch recht gut für die Wut und die Enttäuschung, die er empfunden hatte, als er feststellen musste, dass es kein Lösegeld geben würde.

Schließlich hielt Thore inne. Das sollte reichen, um den widerspenstigen Kerl zur Räson gebracht zu haben. »Willst du dich vielleicht für all die unpassenden Schimpfworte entschuldigen?«, fragte er, »und mir dann endlich dein Ohr leihen?«

»Ich denke doch gar nicht daran, du miese Sumpfkröte …«, kam es von unten.

Scheinbar hatte der Kerl immer noch nicht genug. Nun, Thore konnte auch anders.

Zielstrebig fasste er um die Hüfte des jungen Mannes herum und machte sich an den Schnüren von dessen Beinkleidern zu schaffen.

»Nein!«, brüllte der falsche Prinz, als habe Thore ihm ein Messer zwischen die Rippen gestoßen. »Das wagst du nicht! Dafür wirst du hängen, du Widerling!« Dabei zappelte er wie ein Fisch auf dem Trockenen.

»Und ob ich das wage«, sagte Thore, während er mit dem umständlichen Prinzengewand und dem unerwartet heftigen Widerstand des jungen Mannes kämpfte. »Und du solltest besser still sein. Wenn du weiter so plärrst, wird bald die ganze Bande die Leiter hochklettern, um nachzusehen, ob ich dabei bin, dich abzustechen. Willst du wirklich, dass alle sehen, wie ich dir den nackten Hintern versohle?«

Das schien endlich mal zu wirken. Der falsche Prinz erstarrte, und Thore ergriff die günstige Gelegenheit, um die Schnürung der Beinkleider ein wenig zu lockern und den glänzenden Stoff ein Stück über den runden Hintern des jungen Mannes nach unten zu ziehen.

Was einen überaus verlockenden Po entblößte. Die weiche, weiße Haut hatte sich bereits schön rosa gefärbt, und beim Anblick der prallen Backen lief Thore das Wasser im Mund zusammen. Aber er hatte eine Mission. Vorrangig ging es darum, den Widerstand seines Gefangenen zu brechen, da musste Thores erwachender Schwanz leider zurückstehen.

Er holte aus. Klatsch. Ein unvergleichliches Geräusch, wenn nackte Haut auf nackte Haut traf! »Nein!«, kreischte der Gezüchtigte, doch Thore ließ sich nicht aufhalten. Er hielt sich auch nicht länger zurück, verteilte abwechselnd kräftige Hiebe auf jede Pobacke.

»Bitte … es tut mir leid«, kam es jämmerlich von unten.

Nun, die Einsicht kam, aber ein wenig spät. Thore würde schon dafür sorgen, dass der Jüngling so schnell nicht wieder vergaß, wer hier das Sagen hatte. Und ein brennender Hintern, der einen noch tagelang daran erinnerte, was geschehen war, war seiner Erfahrung nach eine wunderbare Gedächtnisstütze.

»Es ist vorbei.«

Nur langsam begriff Leander, was diese Worte bedeuteten. Thore schlug ihn nicht mehr – stattdessen strich er nun sanft über seinen glühenden Hintern.

Seltsamerweise erschütterte das Leander noch mehr als die Tatsache, dass es tatsächlich jemand gewagt hatte, ihn zu schlagen. Erneut quollen Tränen aus seinen Augen, und er schluchzte laut.

»Nun ist aber gut«, brummte Thore und zog sanft die seidene Hose des Prinzen wieder hoch. »Komm her.«

Ebenso plötzlich, wie er über den Knien des Räuberhauptmanns gelandet war, fand sich Leander nun auf dessen Schoß wieder. Der Prinz versteifte sich für einen Moment, doch dann gab er nach. Viel zu erschöpft, um sich zu wehren, verbarg er sein Gesicht an Thores breiter Schulter. Die warme, feste Umarmung des Mannes hätte unangenehm sein müssen – stattdessen klammerte sich Leander unwillkürlich an den weichen Stoff von Thores Hemd. Er wünschte verzweifelt, er könnte wenigstens die kindischen Tränen stoppen. Doch nun, da die Schleusen einmal geöffnet waren, konnte er sie nicht mehr schließen.

Thore brummte leise – ein tiefes, beruhigendes Geräusch, das Leander bis in die Knochen vibrierte. Eine kräftige Hand strich ihm langsam über den Rücken, auf und ab, tröstend, fast zärtlich.

Wieso tat er das?

Allmählich ebbte das Schluchzen ab, doch Leander spürte immer noch die Hitze in seinem Gesicht. Er sollte sich schämen. Er sollte Thore hassen. Stattdessen fühlte er sich … sicher.

Thores Stimme klang ruhig, als er sagte: »Ich verstehe ja, dass das alles ein bisschen viel war für dich. Aber du musst wirklich aufhören, dich mir zu widersetzen – und endlich zuhören.«

Leander nickte schwach. Hauptsächlich, weil er nicht riskieren wollte, dass Thore ihm noch einmal *Manieren beibrachte.*

»Ich war in Trällerbach«, fuhr der Räuberhauptmann fort. »Der Prinz ist vor ein paar Tagen zurückgekehrt. Gekleidet wie ein Diener.«

Leander schluckte. Für einen Moment überlegte er, ob er Thore die Wahrheit sagen sollte. Dass er und Felix noch einmal die Rollen getauscht hatten. Doch Zweifel nagten an ihm. Würde Thore ihm glauben? Oder annehmen, er wolle ihn erneut frech anlügen – und ihn wieder über seine Knie zwingen?

Außerdem beschäftigte ihn gerade etwas ganz anderes.

»Wahrscheinlich lacht ganz Trällerbach über den Prinzen«, murmelte er bitter.

Wie sonst hätte Thore davon erfahren, wenn nicht durch boshafte Klatschweiber? Leander vergaß, wie verheult er aussehen musste, und sah Thore vorwurfsvoll an.

Doch der schmunzelte nur gelassen. »Schon möglich«, meinte er. »Obwohl ich davon nichts mitbekommen habe. Aber selbst wenn – dann liegt das nur daran, dass niemand ahnt, dass ein genialer Plan dahintersteckt.«

»Genialer Plan«, echote Leander. Wollte der Räuberhauptmann ihn jetzt auch noch verhöhnen?

Thore ließ ein tiefes, gutmütiges Lachen hören. »Du und dein Prinz – ihr habt uns ganz schön an der Nase herumgeführt. Ich bin selbst ein Gauner, und ich erkenne gute Arbeit, wenn ich sie sehe.«

Leander vergaß für einen Moment seinen schmerzenden Hintern, während die Worte wie Balsam auf sein ramponiertes Selbstbewusstsein wirkten. Ein zufriedenes Gefühl breitete sich in ihm aus, bis ihm plötzlich einfiel, dass nicht er, sondern Felix die ganze Sache ausgeheckt hatte.

Unruhig rutschte der Prinz auf dem Schoß des Hauptmanns hin und her, was ihm jedoch sein geschundenes Hinterteil erneut schmerzhaft in Erinnerung rief. Dann noch die Vermutung, dass die Bürger von Trällerbach und Bediensteten des Schlosses ihn nicht etwa für den genialen Plan bewunderten, sondern ihn gewiss verachteten, und alles Wohlgefühl verflüchtigte sich.

Am liebsten hätte er sein Gesicht erneut an Thores Schulter vergraben. Sich noch ein wenig an ihn gekuschelt. Es fühlte sich gut an. Es fühlte sich richtig an.

Doch wie unpassend wäre es, ausgerechnet bei dem Mann Trost zu suchen, der ihn vor wenigen Minuten noch so demütigend bestraft hatte?

Er durfte sich keine Schwäche mehr erlauben.

Die Mischung aus Wut und Scham, die Leander empfand, müsste doch ausreichen, um die törichten Gefühle, die sich da in seiner Brust regten, im Keim zu ersticken. Doch irgendwie war dem nicht so.

Warum nicht?

Leander riss sich abrupt aus Thores Griff, stand auf und setzte sich steif auf den Strohsack. Doch sein geplanter hoheitsvoller Abgang geriet nicht ganz so würdevoll wie erhofft – kaum berührte sein Hintern das harte Lager, schnappte er zischend nach Luft.

Thore verzog amüsiert den Mund, sagte aber nichts.

Leander verschränkte ärgerlich die Arme vor der Brust und zwang sich, Thore nicht anzusehen.

»Ist der hohe Herr nun endlich bereit, sich meinen Plan anzuhören?«

In Thores Stimme lag ein Anflug von Spott, aber auch ein Hauch von Nachsicht.

»Ja«, grummelte Leander. »Lass hören.«

Thore seufzte tief. »Zunächst mal«, begann er und bedachte Leander mit einem warnenden Blick, »erinnern wir uns daran, dass ich hier der Hauptmann bin. Ein bisschen Respekt wäre angebracht. Oder brauchst du vielleicht noch eine kleine Erinnerung daran?« Er machte eine eindeutige Handbewegung, die keinen Zweifel daran ließ, worauf er anspielte.

»Nein, danke, *Herr Hauptmann*«, zischte Leander wütend zwischen seinen zusammengebissenen Zähnen hindurch. »Dürfte ich dann jetzt erfahren, welch gewiss hervorragenden Plan Ihr ersonnen habt?«

»Geht doch«, sagte Thore, scheinbar immun gegen die Ironie in Leanders Worten.

Doch gleich wurde er wieder ernst. »Du hast dich da in eine gefährliche Lage gebracht. Dank dir wird es kein Lösegeld geben. Entsprechend schlecht sind meine Leute auf dich zu sprechen – einige würden dir liebend gern den Hals umdrehen, und das darfst du durchaus wörtlich verstehen.«

Leander schluckte. Zum ersten Mal wurde ihm bewusst, dass er sich auf etwas eingelassen hatte, das er nicht kontrollieren konnte. »Wirst du mich in Schutz nehmen?«, fragte er – und hasste es, wie bedürftig das klang.

»Ich werde mein Bestes tun«, erwiderte Thore. Sein Blick war fest, und Leander glaubte ihm sofort.

»Aber du wirst hier arbeiten. Ein paar helfende Hände können wir immer gebrauchen – vor allem jetzt, wo wir den Verlust des Lösegelds ausgleichen müssen. Das sollte die erhitzten Gemüter beruhigen.« Thores Stimme war ruhig, aber bestimmt. »Doch dafür gibt es zwei Bedingungen. Erstens: Du gehorchst mir. Ohne Widerrede. Sonst weißt du ja inzwischen, was dir blüht.«

Leander biss sich auf die Lippe und nickte, ohne Thore anzusehen.

»Und zweitens …«

Thore machte eine Pause. Erst als Leander ihn wieder ansah, fuhr er fort: »Ich werde so tun, als hätte ich Gefallen an dir gefunden und würde dich jede Nacht vernaschen.«

»Wie bitte?!«, fragte Leander entsetzt. »Nein!« Er starrte Thore an, seine Wangen brannten ebenso heiß wie zuvor sein Hintern. »Das… das ist völlig unmöglich!«, protestierte er.

»Beruhige dich«, sagte Thore gelassen. »Dein jungfräulicher Arsch ist in Sicherheit. Es ist nur eine List, damit ich dich nachts im Auge behalten kann … mit Listen kennst du dich ja aus, wie ich weiß.«

Leander öffnete den Mund, schloss ihn wieder. »Du willst also nicht … Du stehst nicht auf Männer?«, fragte er atemlos.

»Ich stehe nicht auf *dich*«, sagte Thore lapidar, und Leander wünschte, er hätte nicht gefragt. So sehr er auch fürchtete, was hätte passieren können, wenn es anderes wäre – nun fühlte er sich seltsam enttäuscht.

»Also gut«, murmelte Leander, »aber das gefällt mir kein bisschen.«

»Du wirst es überstehen. Es ist ja nicht für ewig – nur so lange, bis der Zorn meiner Leute verraucht ist.« Thore grinste. »Außerdem, nach dem Geschrei, das du vorhin gemacht hast, dürfte eh jeder im Lager wissen, dass ich dir eine Abreibung verpasst habe.«

Leander erstarrte. »Alle … haben es gehört?«

Thore nickte, sichtlich amüsiert.

Leanders Magen krampfte sich zusammen. »Sie werden mich auslachen! Ich kann mich da unten nicht blicken lassen! Ich bleibe hier oben!«

Thore verdrehte die Augen. »Stell dich nicht so an. Denk einfach daran, dass sie sich in Wahrheit am meisten ärgern, weil sie auf euren Trick hereingefallen sind.«

»Wirklich?«, fragte Leander verzagt.

»Mhm.« Thore streckte ihm die Hand hin. »Komm, bringen wir es hinter uns.«

Leander zögerte. Dann legte er seine Hand in die des Räuberhauptmanns – und ließ sich aufhelfen. Sein Herz klopfte ein wenig zu schnell, als er Thore zur Leiter folgte.

Unter Räubern - Lektion eins

Thore stieg als Erster die Leiter hinab, und tatsächlich folgte ihm der falsche Prinz gehorsam. Auch wenn Thore zuvor mehr aus dem Bauch heraus gehandelt hatte, so hatte er offenbar dennoch die richtige Art und Weise gefunden, wie man mit dem jungen Mann umgehen musste. Der Bursche brauchte jemanden, der ihn mit strenger Hand führte, und Thore war nur zu gerne bereit, dieser Jemand zu sein.

Allerdings sollte er lieber ganz schnell vergessen, wie dieser knackige Hintern, der den ganzen, elend langen Abstieg nun verlockend vor Thores Nase herumwackelte, unbekleidet und knallrot aussah. Ebenso sollte er besser nicht zu viel in den enttäuschten Blick hineininterpretieren, den der junge Kerl ihm geschenkt hatte, als Thore ihm eine Abfuhr erteilt hatte. Schließlich befand sich der ehemalige Diener in einer Ausnahmesituation: allein, gestrandet unter Fremden, und auf Thores Schutz angewiesen. Thore schwor sich, diese Abhängigkeit niemals auszunutzen.

Natürlich würde er nicht zögern, dem Burschen erneut den Hintern zu versohlen, wenn es nötig wurde. Aber er würde es nicht zu seinem Vergnügen tun. Und ganz bestimmt würde er ihn nicht anrühren, egal wie schwer das werden mochte, wenn sie erst das Bett teilten.

»Wie heißt du eigentlich?« Thore warf einen Blick über die Schulter. »Prinz Leander bist du ja nicht.«

Der Junge zögerte, dann murmelte er: »Kaspar.«

Hm. Irgendwas störe Thore an dem Namen. Aber vielleicht lag das nur daran, weil er den unpassenden Wunsch verspürte, dem Kleinen Kosenamen zu geben.

Mit einem geschmeidigen Sprung landete er auf dem Waldboden und verkündete laut: »Alle mal herhören! Das ist Kaspar. Bis vor Kurzem hat er dem Prinzen gedient – jetzt wird er uns dienen. Ich denke, er fängt am besten mit den Latrinen an.«

Amüsiertes Raunen ging durch die Menge. Kaspar stand nun ebenfalls unten, die Stirn in steilen Falten, die Arme trotzig verschränkt. Doch wenn er seinen Platz hier finden wollte, musste er sich fügen. Und Thore würde dafür sorgen, dass er es tat.

»Na los, sehen wir doch mal, welch leckeres Frühstück unser Küchenmeister Tuck heute gezaubert hat, bevor wir uns an die Arbeit machen!«, sagte Thore und rieb sich die Hände.

Während die Bande zur Feuerstelle zurückkehrte, blieb Kaspar dicht hinter ihm – offensichtlich fühlte er sich in Thores Nähe sicher. Ein durchaus angenehmer Nebeneffekt, denn wenn der Junge anhänglich wurde, würde niemand misstrauisch werden, wenn er ihn nachts in sein Baumhaus holte.

Am Kochplatz angekommen, setzte sich Kaspar mit ihnen ans Feuer und bekam wie alle anderen ein Stück hartes Brot und eine Schale dünnen Eintopf. Kaum hatte er den ersten Bissen genommen, verzog er angewidert das Gesicht. Natürlich blieb das nicht unbemerkt.

»Was ist, Prinzchen? Schmeckt dir unser Festmahl nicht?«, spottete Tuck mit einem breiten, schmutzigen Grinsen, das seine schiefen Zähne entblößte.

»Wahrscheinlich guckt er so, weil sein Hintern brennt wie Feuer«, höhnte August. »Hat man dir nicht gesagt, dass man mit Räubern lieber keinen Ärger anfängt?«

Kaspar starrte angestrengt in seine Schüssel, doch Thore entging nicht, wie seine Ohren rot wurden. Gustav nutzte die Gelegenheit und zupfte an Kaspars Kleidung herum.

»Vielleicht liegt's auch daran, dass er aussieht wie die Vogelscheuche von Bauer Magnus. Ich dachte, ein echter Prinz hätte mehr Geschmack.«

Kaspar umklammerte seine Schüssel so fest, dass seine Knöchel weiß hervortraten. Dann hob er den Kopf und fauchte: »Nun, gut genug, um euch Blindfische zu täuschen, war meine Verkleidung ja wohl allemal!« Seine Stimme bebte vor Wut.

Thore runzelte die Stirn und warf ihm einen warnenden Blick zu. Sich die Bande zum Feind zu machen, würde ihm nicht helfen.

Kaspar fing den Blick des Hauptmanns auf – und erstaunlich schnell hatte er sich wieder im Griff. »Allerdings muss ich zugeben, dass mein Teint ein wenig gelitten hat, da ich meine Duftwässerchen und Cremes nicht bei mir habe«, fügte er mit einem affektierten Tonfall hinzu und hob theatralisch die Nase. »Da sei euch dieser Fauxpas verziehen!«

Einen Moment lang herrschte Stille. Dann brach schallendes Gelächter aus. Selbst Thore konnte sich ein Schmunzeln nicht verkneifen.

Kaspar lachte nicht mit, sondern sah Thore sichtlich bange an. Der Räuberhauptmann zwinkerte ihm jedoch beruhigend zu und formte lautlos mit den Lippen: »Gut gemacht.« Er war wirklich froh, dass Kaspar die angespannte Situation mit einem Witz auf seine eigenen Kosten entschärft hatte. Wenn er so weitermachte, würden die anderen ihn schon bald akzeptieren.

Was Thore jedoch am meisten faszinierte, war die Wirkung, die dieses kleine Lob auf Kaspar hatte. Ein echtes Lächeln erhellte sein Gesicht, seine Augen funkelten, und es war, als würde der junge Mann ein Stück wachsen. *Zuckerbrot und Peitsche also*, dachte Thore schmunzelnd. Der Kleine würde so leicht zu führen sein.

Und dann fiel es ihm auf.

Jetzt, da Kaspar nicht mehr wütend und trotzig war, bemerkte Thore, wie verdammt hübsch er eigentlich war. Die wilden, goldenen Locken, die selbst zerzaust noch einen gewissen Charme hatten. Die feinen Züge und die blauen Augen … Er mochte sich im Augenblick in einer misslichen Lage befinden, die ihn überforderte. Aber er war auch loyal – sonst wäre er schließlich nicht hier. Kaspar war jung, sah gut aus und hatte sich – im Gegensatz zu allen anderen hier – nichts zuschulden kommen lassen. Er konnte viel mehr aus seinem Leben machen, als sein Dasein hier im Wald bei den Gesetzlosen zu fristen. Früher oder später würde Thore ihn gehen lassen müssen.

Aber nicht heute.

Heute war Kaspar hier – und Thore würde dafür sorgen, dass er heil blieb.

Das Frühstück war schon eine Zumutung gewesen – aber der Tag wurde noch schlimmer.

Kaum hatte er den letzten Bissen heruntergewürgt, drückte ihm August, dieser Kerl mit der fiesen Narbe, eine Schaufel in die Hand. Leander hatte gehofft, er müsse nur ein Loch graben, in dem dann der Inhalt der Nachttöpfe entsorgt werden sollte, doch weit gefehlt! Zuerst sollte er eine bereits gut gefüllte Grube mit Erde verschließen – ein Albtraum aus Gestank und Fliegen. Sein Magen rebellierte, doch er biss die Zähne zusammen. Beschweren würde nichts bringen, außer vielleicht eine weitere »Lektion« von Thore.

Doch es kam noch schlimmer. Kaum war die Latrine zugeschaufelt, deutete August mit einem höhnischen Grinsen auf die nächste Stelle, wo ein frisches Loch ausgehoben werden sollte.

Der harte Waldboden schien jedoch nicht gewillt, ihm diese Aufgabe leichter zu machen. Leander stieß die Schaufel hinein, doch es war, als würde der Boden sich absichtlich gegen ihn wehren. Jeder Stich schien vergebens, und wenn er in diesem Tempo weitermachte, würde er wohl die ganze Woche brauchen! Der einzige Grund, warum er das Werkzeug nicht einfach frustriert wegwarf und aufgab, war die Erinnerung an Thores eindringliche Warnung. Der Räuberhauptmann hatte ihm klargemacht, dass er keine Geduld mehr für Widerworte hatte und Leander erneut bestrafen würde, wenn er sich weigerte, zu gehorchen.

Als hätten seine Gedanken ihn herbeigehext, tauchte plötzlich Thore neben ihm auf. Der Hauptmann schien selbst einer anstrengenden Aufgabe nachgegangen zu sein, denn er hatte sein Hemd ausgezogen, und sein muskulöser Oberkörper glänzte vor Schweiß.

Leander schluckte heftig, und er war sich selbst nicht sicher, weshalb. Weil ihm beim Anblick des Hauptmanns das Wasser im Mund zusammenlief, oder weil er fürchtete, gleich erneut gemaßregelt zu werden, weil er seine Aufgabe so stümperhaft erledigte?

Letzteres natürlich! Schließlich hasste Leander den Mann nach der erlittenen Demütigung ganz arg. Natürlich tat er das!

Thore musterte ihn kurz, sagte jedoch nichts. Stattdessen nahm er ihm wortlos die Schaufel ab und begann mit kräftigen, geschickten Bewegungen, den Boden zu lockern. Es sah erschreckend leicht aus. Fast hypnotisiert beobachtete Leander, wie die Muskeln unter der gebräunten Haut spielten, bis Thore ihm das Werkzeug wieder hinhielt.

»So sollte es besser gehen.«

Leander schnaubte, doch als er weitermachte, ging es tatsächlich leichter. Trotzdem schweifte sein Blick immer wieder in die Richtung, in die Thore verschwunden war.

Gegen Abend gab es keine Stelle an Leanders Körper, die nicht schmerzte. Jede Bewegung fiel ihm schwer, seine Arme und Beine fühlten sich an, als wären sie aus Blei, und er verfluchte all diese Muskeln, von denen er bis zu diesem Tag nicht einmal gewusst hatte, dass sie existierten.

Doch noch schlimmer als die Erschöpfung waren die Sticheleien. »Na, Prinzchen, brauchst du deine Krone zurück?«, »Oh, ein Fleck auf der edlen Kleidung!«, oder – besonders gehässig – »Soll ich die Gräfin holen, damit sie pustet?« Leander biss die Zähne zusammen und tat sein Bestes, um sich nichts anmerken zu lassen.

Als die Arbeit endlich getan war, versammelte sich die Bande um die Feuerstelle. In dem schmiedeeisernen Kessel brodelte das Abendessen, und Leander hoffte inständig, dass es wenigstens reichlich war. Nicht einmal an seinem Geburtstag, als es Süßweintrüffel in Schwanenmuschel mit kandierten Rosenblättern gegeben hatte, hatte er sich so auf eine Mahlzeit gefreut.

Schwerfällig ließ er sich auf einen der Baumstämme fallen – nur um festzustellen, dass sich ausgerechnet Gustav und Kalle neben ihn setzten. Die beiden, die ihn einst vor dem Wirtshaus an der Nase herumgeführt hatten. Sicher wollten sie ihn weiter verspotten, doch er war zu müde, um aufzustehen und sich einen anderen Platz zu suchen.

»Ein Regenwurm hätte die Latrine schneller ausgehoben«, stellte Gustav auch prompt fest, »aber für einen verweichlichten Schlossbewohner hast du dich gar nicht so dumm angestellt.«

Leander blinzelte. Ach?

Kalle zuckte die Schultern. »Nimm's mir nicht übel, aber ich bin froh, dass ich den beschissenen Auftrag los bin. Da müssen alle Neuen durch.«

»Alle Neuen?«, wiederholte Leander ungläubig.

Das klang ja fast so, als wäre er ... einer von ihnen? Der Gedanke hätte ihn schockieren sollen. Doch tatsächlich fühlte es sich seltsam gut an. Er war noch nie wirklich Teil von etwas gewesen.

»Stört es euch denn nicht, dass ich jetzt hier bin?«, fragte er vorsichtig.

Gustav grinste. »Ach komm, wir mögen schlau sein wie ein Rudel Füchse, aber du, mein Freund, warst eben ein kleines bisschen schlauer.«

Leander schluckte. *Mein Freund*, hatte Gustav gesagt. Das war natürlich nur so eine Redewendung. Dennoch gestattete er sich einen Moment den Gedanken, dass es schön wäre, hier einen Freund zu haben.

Seine Freunde log man allerdings nicht an. Aber nach dem Fiasko mit Thore wollte er nicht noch einmal riskieren, dass ihm niemand glaubte, also musste er wohl für sich behalten, dass er der Prinz war.

»Es war gar nicht meine Idee mit dem Rollentausch«, murmelte er stattdessen. Wenigstens das konnte er richtigstellen.

»Na und?«, meinte Gustav unbekümmert. »Deine Rolle hast du aber perfekt gespielt!« Er boxte Leander freundschaftlich in die Seite, und der Prinz entspannte sich ein wenig. Vielleicht … vielleicht war es gar nicht so schlimm, hier zu sein.

Kalle wurde allerdings plötzlich ganz ernst. »Es ist aber schon schade, dass wir das Lösegeld nicht bekommen haben«, sagte er. »Weißt du, wir beklauen die Pächter des Landgrafen nicht, die die Felder bestellen. Die haben es schwer genug.«

Leander starrte in die Schale, die Tuck ihm soeben in die Hand gedrückt hatte. Wieder dieser dünne Eintopf. War es etwa seine Schuld, dass es nichts anderes zum Essen gab? »Vielleicht… kommt das Geld ja noch?«, meinte er zögernd.

Gustav warf ihm einen langen Blick zu, doch diesmal klang seine Stimme ausnahmsweise nicht spöttisch, sondern beinahe verständnisvoll. »Du hast echt geglaubt, der Landgraf würde für einen Diener zahlen, hm?«

Leander nickte verschämt.

»Der Landgraf ist ein bösartiger Geizhals«, sagte Kalle bitter. »Hockt in seinem Schloss, frisst und feiert, während in der ganzen Grafschaft Menschen leben, die kaum das Nötigste besitzen. Und wer dem Grafen nicht brav die Füße küsst, wenn er das will, muss auch noch um sein Leben fürchten!«

Leander starrte in seine Schüssel mit dem unappetitlichen Eintopf und fühlte, wie sich sein Magen verkrampfte. So hatte noch nie jemand über seinen Vater gesprochen. Er wollte aufstehen, wollte protestieren, wollte Kalle und Gustav zurechtweisen … doch die Worte blieben ihm im Hals stecken. Denn war es nicht genau das, was passiert war? Sein Vater hatte Felix einfach aufgegeben.

»Hey«, mischte sich Gustav ein und legte eine Hand auf Kalles Schulter, »entspann dich. Kaspar kann doch nichts dafür. Schau nur, er hat wirklich geglaubt, der Landgraf würde für ihn zahlen. Er hat nicht damit gerechnet, dass sie ihn seinem Schicksal überlassen.«

Leander nickte stumm, aber der Knoten in seinem Bauch löste sich nicht.

»Sag mal, wo pennst du eigentlich?«, fragte Gustav, offenbar bemüht, das Thema zu wechseln. »In unser komfortables Gefängnis musst du ja nicht mehr. Bei Kalle und mir …«

Weiter kam er nicht.

»Kaspar schläft bei mir«, verkündete Thore mit einer lauten, unmissverständlichen Stimme, die sicher jeder im Lager gehört haben musste.

Leander spürte, wie ihm das Blut in die Wangen schoss und sein Herz schneller schlug. »Ja«, piepste er und versuchte sich einzureden, dass er einfach nicht wagte, dem Räuberhauptmann zu widersprechen. Damit, dass er es vielleicht sogar vorzog, bei Thore zu schlafen statt bei Kalle und Gustav, die wirklich ziemlich nett und umgänglich zu sein schienen – damit, sagte er sich fest, hatte es ganz gewiss nichts zu tun.

Gustav grinste schelmisch. »Na, sieh mal einer an! Da wirst du morgen aus ganz anderen Gründen Schwierigkeiten beim Sitzen haben«, sagte er, jedoch ohne Bösartigkeit in der Stimme. »Jetzt wird mir auch klar, warum du unseren Hauptmann den ganzen Tag so angeschmachtet hast wie ein Kätzchen, das einen Goldfisch im Glas beobachtet!«

Leander, der sich gerade den ersten Löffel des dünnen Eintopfs in den Mund geschoben hatte, verschluckte sich prompt. »Hab ich nicht!«, protestierte er, während er nach Luft rang.

Kalle klopfte ihm freundlich auf den Rücken. »Lass ihn, Gustav«, sagte er mit einem leichten Lächeln. Dann wandte er sich zu Leander und fügte hinzu: »Lass dich nicht ärgern, sondern genieß es einfach. Die Grausamkeit der Welt holt uns eher früher als später wieder ein. Ich freue mich für dich.«

»Ich natürlich auch«, sagte Gustav, und mit einem Mal fühlte sich Leander so leicht und frei, wie schon seit Ewigkeiten nicht mehr.

Nach dem Essen begannen die Räuber, Pläne zu schmieden. Sie diskutierten, ob ein reicher Gewürzhändler auf dem Weg nach Trällerbach durch den Wolfstann kommen könnte, und ob es sich lohnen würde, ihn auszurauben. Leander hatte nichts zu den Gesprächen beizutragen, und niemand fragte nach seiner Meinung – doch als er hörte, um welche Waren es ging, murmelte er leise: »Ein paar Gewürze würden dem Essen hier wirklich guttun.«

Leider hatte der Küchenmeister Tuck ihn sehr gut verstanden und verpasste Leander einen leichten Schlag auf den Hinterkopf. »Frechdachs!« Doch die anderen Mitglieder der Bande brachen in lautes Gelächter aus.

Leander gestattete es sich, einfach mitzulachen. Seine überlasteten Muskeln schmerzten immer noch, das Sitzen auf dem harten Baumstamm erinnerte ihn bei jeder Bewegung schmerzhaft daran, welche Behandlung sein Hintern am Morgen erfahren hatte, und das Essen war weder lecker noch ausreichend gewesen – und dennoch gefiel ihm dieser Abend besser als die pompösen Dinner im Schloss.

Doch als das Feuer fast niedergebrannt war, erhob sich Thore, seine tiefe Stimme übertönte mit Leichtigkeit das Geplapper der Bande. »Komm, Kaspar. Es war ein langer Tag.«

Leanders Magen machte einen Salto, und mit weichen Knien erhob er sich. Natürlich sparten die Räuber nicht anzüglichen Bemerkungen, als er an ihnen vorbeiging. Doch diesmal machte es ihm seltsamerweise nichts aus. Vielleicht, weil die Spötteleien offen ausgesprochen wurden, und er sich nicht ausmalen musste, was sie hinter seinem Rücken sagten? Oder lag es vielmehr daran, dass sein Kopf von einem einzigen Gedanken beherrscht wurde?

Würde Thore sein Wort halten?

Oder hoffte Leander insgeheim darauf, dass er es nicht tat?

Wieder einmal galt es, eine lange Leiter zu erklimmen – und wieder einmal wirkte es bei Thore so, als sei der Aufstieg mühelos, während Leander keuchend hinterherkraxelte. Als er oben ankam, war ihm schwindelig vor Anstrengung.

Schwer atmend sah er sich um.

Er wusste nicht genau, was er erwartet hatte, aber das hier war es gewiss nicht. Im Gegensatz zu seinem kargen Gefängnisbaumhaus war dieses hier gemütlich und wohnlich. Bunte Teppiche bedeckten den Boden, ein breites Bett mit einer echten Matratze stand an der Wand, daneben ein bequemer Sessel. Sogar ein Regal mit ordentlich aufgereihten Büchern gab es. Die ganze Hütte wirkte … überraschend einladend.

»Schön hier«, piepste Leander, verfluchte sich aber im nächsten Moment für seine dünne Stimme. Also versuchte er es mit einem Räuspern erneut: »Wo soll ich schlafen?« Doch jetzt klang er wie ein Bär im Stimmbruch.

Thore ließ sich nicht beirren. »Das Bett ist breit genug«, meinte er ruhig, zog sich das Hemd über den Kopf und begann, in einer geschnitzten Truhe zu kramen.

Leander starrte auf den muskulösen Rücken des Räuberhauptmanns und ging davon aus, dass dieser gleich ein Nachtgewand hervorholen würde. Doch stattdessen zog Thore nur eine zusätzliche Decke heraus, warf sie aufs Bett und entledigte sich dann auch noch seiner Beinkleider.

Leander schluckte hart. Ein knackiger Hintern blitzte auf – viel zu kurz, bevor sich Thore ins Bett fallen ließ und eine Decke über seine Hüften schlug.

»Hast du vor, da Wurzeln zu schlagen?«, fragte Thore süffisant.

Leander rang nach Worten. »Du … Du hast nichts … an!«, stammelte er schließlich.

»Würde ich dir auch empfehlen. Es ist heiß hier oben im Sommer.«

Leander stand wie versteinert da, unfähig, sich zu rühren. Sein Kopf war leer, gleichzeitig schwirrten tausend widersprüchliche Gedanken darin herum.

»Komm schon, Junge«, sagte Thore mit leiser Ungeduld. »Ich hab dir versprochen, dich nicht anzurühren. Außerdem«, er verzog den Mund, »ist dein Zeug dreckig. So will ich dich nicht im Bett haben.«

Leander biss sich auf die Lippe. Mist. Das war ein gutes Argument.

»Dreh dich um«, verlangte er.

Thore zog eine Augenbraue hoch und rührte sich nicht.

»Bitte«, murmelte Leander kleinlaut.

Thore lächelte leicht – und tat ihm den Gefallen.

Leander atmete erleichtert auf. Noch nie in seinem Leben hatte er sich so schnell ausgezogen! Mit fast hektischen Bewegungen warf er seine Kleidung von sich, hastete ins Bett und zog die Decke bis zur Nasenspitze hoch. Sein Herz klopfte so wild, dass Thore es bestimmt hören konnte.

»Fertig, Hoheit?«, spottete Thore amüsiert. »Schlaf einfach. Du bist sicher hundemüde.«

Schlafen? Sollte das ein Witz sein?

Leander lag stocksteif da, unfähig, sich zu entspannen. Wie sollte er, wenn dieser Mann – dieser Berg aus Muskeln – direkt neben ihm lag? Und dann dieser Duft nach Wald, Moos und einem Hauch von Leder. Leander wurde ganz schwindelig davon.

Schlafen konnte er so nie und nimmer. Vor allem – sobald er die Augen schloss, würde der Räuberhauptmann doch …

Leander wurde ganz heiß, wenn er sich vorstellte, was Thore dann tun würde. Mit Leichtigkeit würde er Leander auf den Bauch drehen können, und dann würden die kräftigen, rauen Hände des Hauptmanns seine Pobacken kneten. Vielleicht würde Thore grunzen, ja, ganz sicher würde er das, und dann würde er einen dieser riesigen Finger in Leanders armes, kleines, unberührtes Loch stecken …

Der Prinz konnte ein erregtes Keuchen nicht länger unterdrücken. Eigentlich sollte ihn diese Vorstellung in Angst und Schrecken versetzen, aber stattdessen rauschte sein Blut eifrig nach Süden.

Natürlich war es für einen Prinzen absolut unangemessen, eine solche Vorstellung aufregend zu finden. Nur leider schien sich sein Schwanz nicht die Bohne für die Etikette zu interessieren. Nie zuvor hatte er es sich ernsthaft gewünscht, dass ihm jemand einen Finger in den Hintern schob. Als Prinz durfte man so etwas nicht herbeisehnen, also hatte er sich in seinen Fantasien eher vorgestellt, was der Drache in seinem Buch wohl mit Kaspar anstellen würde, wenn die beiden allein waren.

Würde er es gleich am eigenen Leib erfahren?

»Verdammt noch mal, Kaspar«, knurrte Thore und hörte sich ziemlich angepisst an. »Wenn dein Hintern brennt, dann leg dich auf den Bauch, aber hör auf, hier so rumzuzappeln!«

Auf den Bauch! Als wäre er verhext worden – wahrscheinlich von seinem hammerharten Schwanz – gehorchte Leander sofort, auch wenn er eigentlich einwenden wollte, dass sein Hintern noch nicht brannte, schließlich war ja noch gar nichts passiert.

Er hielt den Atem an und wartete gespannt darauf, was nun geschehen würde.

Es geschah – nichts.

Erst als er Thores tiefe Atemzüge hörte, wurde ihm klar, dass der Räuberhauptmann davon gesprochen hatte, dass Leanders Hintern immer noch ein wenig wund sein könnte, nachdem Thore ihn am Morgen wirklich gründlich versohlt hatte.

Eigentlich sollte die Erinnerung an diese demütigende Erfahrung seine Erregung gehörig dämpfen, doch genau das Gegenteil war der Fall. Leander fragte sich, wie es sich wohl anfühlen würde, wenn diesmal nicht Thores Hand, sondern seine Hüfte gegen seine immer noch empfindlichen Hinterbacken klatschte, während der Hauptmann sich nahm, was immer er wollte …

Der Prinz biss in den Zipfel seiner Decke, um nicht erneut zu stöhnen. Aber scheinbar hatte Thore nicht vor, eine dieser unanständigen Fantasien Wirklichkeit werden zu lassen. Dabei war es offensichtlich, dass sich Leander nicht wehren könnte, und so beschämend es war, das zuzugeben – aber ein Griff zwischen Leanders Beine, und Thore würde merken, dass er sich definitiv niemandem aufzwang.

Warum ließ er sich die günstige Gelegenheit entgehen?

Leanders Gedanken schweiften weiter, und er fragte sich, ob wenigstens Felix und Rutger nach der geglückten Flucht nun endlich ihre Leidenschaft ungezügelt ausleben würden. Vielleicht waren sie gerade in diesem Augenblick auf einem Heuboden zugange, beide bereits nackt, Rutger kniete wahrscheinlich auf dem Boden und stöhnte erregt: »Nimm mich!«

Leander verlor sich völlig in diesem Traum, Felix verwandelte sich in seiner Fantasie in einen Drachen mit einem mächtigen Phallus, und er selbst war der arme Jüngling, der nackt und gefesselt auf einem Bett lag, keuchend und schwitzend, während er darauf wartete, dass die wilde Bestie ihn aufspießte … Dem Prinzen fiel gar nicht auf, wie heftig er mittlerweile atmete, und dass er seine Hüften auf der verzweifelten Suche nach Erleichterung kreisen ließ – erst als Thore ihn anfuhr: »Bei allen Göttern, wenn du nicht endlich ruhig liegen bleibst, versohle ich dir noch mal den Arsch. Dann hast du wenigstens einen Grund für die Zappelei!«, schreckte Leander auf.

»Ich … kann einfach nicht aufhören, mir vorzustellen, was du mit mir machen könntest, nur wir beide sind hier, nackt …« Leanders Stimme klang dünn, aber dennoch fühlte er sich unglaublich mutig, weil er diese unverhohlene Einladung aussprach.

Doch Thore verstand sein Gestammel entweder nicht als Einladung – oder wollte sie nicht verstehen. Stattdessen sagte er unerwartet sanft: »Ach, Junge. Ich habe es dir doch gesagt. Du interessierst mich einfach nicht. Du bist sicher. Und nun schlaf.«

Die Worte wirkten wie eine kalte Dusche. Also darum versuchte Thore nichts. Nicht aus Ehre, nicht aus Zurückhaltung – sondern weil Leander ihn schlicht nicht reizte.

Nun, das sollte ihn nicht überraschen. Wahrscheinlich dachte ohnehin niemand, dass er besonders attraktiv oder liebenswert war – nur hatte seine Prinzenwürde bisher dafür gesorgt, dass die Leute es ihm wenigstens vorspielten. Aber hier war er kein Prinz. Hier war er nur Kaspar.

Egal. Wer wollte schon von einem Verbrecher begehrt werden? Hätte er sich wirklich diesem Banditen hingegeben? Lächerlich! Er konnte froh sein, dass nichts daraus geworden war.

War er ja auch. Sehr froh.

Und wenn Thore erst einmal im Kerker schmorte, würde sich Leander höchstpersönlich über ihn lustig machen. O ja – er freute sich schon darauf!

Vom Prinzen zum Kartoffelschäler

Thore lag wach und starrte in das dunkle Gewirr der Äste über ihm. Neben ihm atmete Kaspar nun endlich ruhig – nach all dem nervösen Herumrutschen war er wohl doch eingeschlafen. Aber Thore musste sich eingestehen, dass es nicht Kaspars Unruhe war, die ihn wachgehalten hatte.

Es waren seine Gedanken, die rastlos um seine Entscheidung kreisten, den Jüngling an seiner Seite schlafen zu lassen. Was hatte er sich nur dabei gedacht? Klar, einige seiner Leute waren stinksauer auf ihn, aber im Großen und Ganzen lief es doch gut.

Warum also hatte er Kaspar nicht den jüngeren Männern seiner Bande anvertraut? Bei Gustav und Kalle wäre der ehemalige Diener gut aufgehoben gewesen, und außerdem hatte er das Gefühl, Kaspar könne Freunde gut gebrauchen. Thore selbst taugte dafür nicht, er war der Anführer der Bande, musste Distanz wahren, gebieten und fordern. Kaspar sollte gehorchen, sich ihm unterordnen …

Thore war sich bewusst, dass seine Gedanken in gefährliche Gefilde abdrifteten. Mit jeder Faser seines Wesens nahm er die Anwesenheit des schlanken, jungen Körpers neben sich wahr. Doch es war mehr als bloße Lust – in seiner Brust regte sich ein seltsames Gefühl, eine verwirrende Mischung aus Verlangen und Beschützerinstinkt. Seit langem hatte er nicht mehr diesen verzehrenden Wunsch verspürt, einen Menschen vollständig zu besitzen, aber etwas an dem Jungen weckte in ihm diese längst vergessene Sehnsucht. Der Bursche mochte zwar ein verzogener Bengel sein, doch das zog Thore nur noch stärker an. Es lag ein besonderer Reiz darin, einen widerspenstigen Frechdachs wie Kaspar zu zähmen – umso süßer würde das Geschenk seiner Hingabe schmecken.

Aber daraus würde nichts werden. Seit sie das Baumhaus betreten hatten, hatte Kaspar fast panisch gewirkt. Er war abwechselnd stocksteif und unruhig gewesen, und seine dünne, zittrige Stimme hatte deutlich von unterdrückter Angst gesprochen. Hielt der Junge ihn wirklich für so einen Barbaren, dass er dachte, Thore würde ihn einfach so, ohne seine Zustimmung, besteigen? Also wirklich! Der Räuberhauptmann dachte sich nun wirklich nichts dabei, jemanden zu züchtigen, der die Bande in Gefahr brachte oder seine Befehle missachtete, aber er war doch kein Unmensch!

Nein, schalt er sich selbst. Kein Unmensch, sondern ein Narr, weil er sich überhaupt so viele Gedanken um Kaspar machte. Der Junge würde irgendwann ins Schloss zurückkehren – oder auch nicht. Doch was sicher war: Die Tage, in denen Kaspar in seinem Bett lag, waren gezählt.

Mit einem leisen Seufzen schloss Thore die Augen und zwang sich, endlich zu schlafen. Doch selbst in seinen Träumen ließ ihn der widerspenstige kleine Bengel nicht los und bescherte ihm schließlich eine unruhige Nacht mit wirren Träumen.

Die Morgensonne sandte ihre ersten goldenen Strahlen durch das dichte Blätterdach des Wolfstanns und kitzelte Thore vorwitzig an der Nasenspitze. Langsam erwachte der Hauptmann, und wie von selbst wanderte seine rechte Hand nach unten, um seinen wie jeden Morgen harten Schaft zu umfassen. Erst dann fiel ihm ein, dass er nicht allein war, und tastete stattdessen neben sich über die Matratze – doch das Bett war leer. Kaspar war fort.

Mit einem Fluch auf den Lippen sprang er auf. Hatte der dumme Junge sich mitten in der Nacht davongemacht? In Windeseile schlüpfte Thore in seine Beinkleider, doch dann fiel sein Blick auf eine schmale Gestalt, die wie ein scheuer Hase auf der Plattform vor seinem Baumhaus kauerte.

Der Junge war bereits angezogen, allerdings mehr schlecht als recht: Das Hemd war verdreht, der Kragen halb nach innen gestopft, und der Ärmel zeigte einen Riss. Der Bursche sah aus wie eine Vogelscheuche in viel zu edlen Lumpen. Thore verkniff sich ein Lächeln – die feine Kleidung hatte ihren Zweck ohnehin längst erfüllt, und es war nur gut, wenn Kaspar sich auch äußerlich an die Bande anpasste.

Zum Glück hatte Thore vorgesorgt. Bereits am Vortag hatte er einige einfache, praktische Kleidungsstücke aus dem Fundus der Bande für ihn herausgesucht – ein paar Beutestücke vergangener Raubzüge.

»Komm wieder rein«, herrschte er den Jüngling an und registrierte mit Zufriedenheit, wie Kaspar sofort aufstand und zu ihm kam. Sehr gut. So gefügig gefiel ihm der Kleine.

»Zieh dich aus!«, sagte Thore und konnte sich ein leichtes Lächeln dabei nicht verkneifen.

»Was?!« Kaspars Gesicht wurde weiß wie frisch gefallener Schnee.

Thore schüttelte schnaubend den Kopf. »Herrgott, wenn ich dich hätte vernaschen wollen, hätte ich letzte Nacht genug Gelegenheiten gehabt. Aber diese Prinzenklamotten taugen nichts.« Er öffnete eine Truhe und warf dem Jungen eine einfache Hose, ein Hemd und eine Lederweste zu. »Hier, das ist praktischer.«

Kaspar blinzelte ihn an wie ein Reh im Fackelschein. »Äh ...
danke?«

»So gehört sich das«, sagte Thore augenzwinkernd.

»Kannst du ... dich bitte umdrehen?«

Thore lachte leise, kam der Bitte aber nach. »Diese Scham
wirst du dir abgewöhnen müssen. Beim nächsten Bad im Fluss
geht's nackt ins Wasser – oder du landest kopfüber drin.«

Ein undeutliches »Mhm« war alles, was von Kaspar zu hören
war. Thore blinzelte vorsichtig in seine Richtung, aus Neugier
und einem Hauch von Besorgnis. Er hatte bislang nur das
Hinterteil des Jungen unbekleidet gesehen, und das war
durchaus ansehnlich gewesen. Was aber, wenn der Jüngling an
anderer Stelle verunstaltet war und sich deswegen schämte?
Nicht, dass Thore vorhatte, den Burschen deshalb zu trösten –
so weit würde es nicht kommen, er war schließlich nicht seine
Amme!

War auch nicht nötig, im Augenwinkel sah Thore ohnehin
nichts als den schlanken, jugendlich anmutigen Körper des
Jungen. Mit einem hübschen Schwanz, wie er nicht umhinkam
zu bemerken, der seine morgendliche Härte noch nicht ganz
eingebüßt hatte. War das vielleicht der Grund für seine Verlegenheit? Thore grinste in sich hinein, während Kaspar in die
Beinkleider schlüpfte und sich daranmachte, die Schnürung zu
schließen. Da fiel dem Hauptmann mit einem Mal etwas
anderes auf. Er drehte sich um und packte Kaspar am Arm.

»Zeig mal her«, sagte er barsch und griff sich Kaspars Hände,
bevor dieser sie wegziehen konnte.

Der Junge zuckte zusammen. Kein Wunder. Seine Fingerspitzen waren wund und rot, und die Handflächen zierten
große Blasen. Thore schüttelte den Kopf und murmelte missbilligend: »Das bringt so nichts. Du wirst heute keinen Spaten
in die Hand nehmen. Zieh dich zu Ende an und geh runter zu

Tuck. Du wirst ihm heute beim Kochen helfen«, sagte er in einem Ton, der keinen Widerspruch duldete.

Kaspars Wangen färbten sich rosa, doch Thore zwang sich, das nicht zu bemerken – geschweige denn, es niedlich zu finden. Hauptsache, der Junge tat, was ihm aufgetragen worden war. Und tatsächlich, Kaspar nickte ergeben, schlüpfte in Hemd und Weste und machte sich sofort daran, die Leiter hinunterzuklettern.

Thore lehnte sich gegen den Türrahmen und blickte ihm hinterher. Na also. Wenn das so weiterging, würde er die nächsten Tage auch noch gut überstehen.

Auch wenn der Abstieg mühsam war und seine Hände bei jedem Griff schmerzten, war Leander froh, endlich von Thore wegzukommen. Kein Wunder, dass der Räuberhauptmann kein Interesse an ihm hatte – er benahm sich wie ein närrisches Küken!

Am Morgen hatte er sich noch über seine eigene Ungeschicklichkeit geärgert, als er mit seiner Kleidung kämpfte – eine Aufgabe, die sonst immer Felix übernommen hatte. Doch kaum hatte er sich endlich in das Gewand gezwängt, befahl Thore ihm auch schon, sich wieder auszuziehen! Leander wäre vor Schreck fast umgekippt. Einen endlosen Moment lang hatte er nicht gewusst, ob Thore ihn erneut bestrafen oder … etwas ganz anderes von ihm wollte. Beides hatte ihn gleichermaßen elektrisiert, und das war das Schlimmste daran.

Zum Glück hatte sich Thore erst umgedreht, als Leander seine Beinkleider bereits angezogen hatte. Der Prinz war fast froh, dass seine Hände so wund waren, das hatte den

Räuberhauptmann hoffentlich von den verräterischen Zeichen seiner Manneskraft abgelenkt, die sich in einer deutlichen Beule in seinem Schritt gezeigt hatte …

Als Leander wieder festen Boden unter den Füßen spürte, trottete er zu dem offenen Kochplatz in der Mitte des Lagers. Tuck stand vor der Feuerstelle mit dem Eisenkessel und war bereits dabei, Feuerholz nachzulegen. Als er Leander entdeckte, funkelte er ihn mürrisch an. »Frühstück dauert noch, Prinzchen!«, knurrte er ungehalten.

»Ich soll helfen«, sagte Leander und malte mit einer Fußspitze Kringel in den Staub.

»Pah!«, brummte Tuck und klang dabei wie ein gereizter Bär. Der Küchenmeister griff nach einem Korb, der voll war mit Wurzeln, Erde und schimmerndem Moos, und schob ihn Leander entgegen. »Ab zur Quelle und mach das Wurzelgemüse sauber. Aber wehe, da bleibt ein Körnchen Erde dran, verstanden?«

»Ja«, sagte Leander, was blieb ihm auch anderes übrig? Er wollte sich lieber nicht vorstellen, wie Thore es finden würde, wenn er sich weigerte. Obwohl er überzeugt war, dass kaum etwas im Korb übrig bleiben würde, wenn er erst allen Dreck abgewaschen hatte. Mühsam hievte er den schweren Korb hoch und machte den ersten Schritt in Richtung Quelle.

Dort angekommen, kniete Leander am Ufer nieder und ließ den Korb ins hohe Gras gleiten. Er war ratlos. Wurzelgemüse kannte er nur in hübsch geschnittener Form und glasiert, wie es auf einem goldenen Teller lag. Das konnte doch nichts mit diesen Dreckklumpen zu tun haben? Vorsichtig griff er nach einem unförmigen, dunklen Stück und hielt es ins kühle Wasser. Ein scharfer, erdiger Duft stieg auf, als das Wasser den Dreck fortspülte.

Zu seiner Überraschung fand er rasch Gefallen an der Aufgabe. Das kühle Wasser linderte das Brennen seiner wunden Hände, und nach einigem Reiben mit der Bürste blitzte plötzlich eine leuchtend orangefarbene Karotte hervor. Überrascht hielt Leander sie ins Licht. Die glatte, satte Farbe, die unter der Schmutzkruste hervorkam, war ein kleiner Schatz.

Mit wachsendem Eifer säuberte er Wurzel um Wurzel. Bald folgte eine Waldklette, die schlank und leicht knorrig unter dem Wasser erschien, dann ein dickes Stück Petersilienwurzel, dessen vertrauter Duft ihm entgegen stieg, und schließlich eine große, goldene Pastinake. Es war, als würde jeder neue Fund ihn für seine Mühe belohnen, und Leander konnte sich eines stolzen Lächelns nicht erwehren, während er sich vorstellte, wie gut sich alles im Eintopf machen würde.

Der Prinz war fast enttäuscht, als seine Arbeit getan war. Er wischte sich die schmutzigen Hände an seiner Hose ab, wuchtete den Korb hoch und trat den Rückweg an.

Tuck warf einen prüfenden Blick auf Leanders Werk und verzog das Gesicht. »Du bist zwar langsamer als eine Schnecke, aber wenigstens gründlich«, murrte er. »Hopp, hopp, schneide alles in kleine Stücke!«

Leander betrachtete die bunte Vielfalt vor sich. Keine der Wurzeln glich der anderen – manche waren rund und dick wie der vollständige Mond, andere schlank und spitz wie Elfenpfeile, wieder andere verschlungen und verwoben wie ineinander gewachsene Äste. Mit behutsamen Bewegungen begann er, sie in gleichmäßige Stücke zu schneiden.

Plötzlich riss ihn ein harter Griff am Ohr aus seiner Konzentration. »Autsch!«, quiekte er, als ihm Tränen in die Augen schossen.

»Verschwende hier keine Zeit mit Firlefanz!«, knurrte Tuck und zog fester. »Das Zeug soll in den Kessel, nicht in eine Ausstellung!«

Leander biss die Zähne zusammen und hackte nun schneller, grober. Sein Ohr pochte, sein Stolz war gekränkt, aber während er arbeitete, fasste er einen Entschluss: Beim nächsten Mal würde er sich mehr beeilen – und dafür sorgen, dass das Essen nicht einfach achtlos in den Kessel flog.

So wurde Leander also zum Küchenjungen im Räuberlager – eine wahrlich unwürdige Aufgabe für einen Prinzen. Feuerholz sammeln, Wasser schöpfen, rußige Schüsseln schrubben und Wurzeln putzen, die wie kleine Erdkobolde aussahen – sein blaues Blut rebellierte gegen diese niederen Tätigkeiten.

Aber niemand hier wusste, dass er ein Prinz war, also fügte er sich. Irgendwann würde schon wieder jemand am Wirtshaus im Wolfstann vorbeikommen, das Lösegeld einkassieren, und dann konnte er ins Schloss zurückkehren, und all das hier würde ihm wie ein verrückter Traum vorkommen.

Bis dahin jedoch hatte er sich ein Ziel gesetzt: Er würde besser kochen lernen als der griesgrämige Tuck. Zugegeben, das war keine große Herausforderung. Tucks »Rezepte« bestanden darin, alles Essbare in einen einzigen Topf zu werfen und zu hoffen, dass es genießbar wurde. Das höchste Lob, das Leander je von ihm hörte, war ein wenig begeistertes »Na, hast es ja tatsächlich geschafft, den Eintopf nicht zu versauen.«

Wenn allerdings irgendetwas nicht nach Tucks Vorstellungen lief, bekam Leanders Ohr das sofort schmerzhaft zu spüren.

In stillen Momenten dachte er oft an Felix. Wie oft hatte er seinen Diener auf dieselbe Weise gemaßregelt? Felix hatte es immer weggelächelt – aber nun, da Leander den scharfen Schmerz selbst kannte, keimte Reue in ihm auf. Fest nahm er sich vor, Felix bei ihrem Wiedersehen um Verzeihung zu bitten.

Seine freie Zeit verbrachte Leander inzwischen meist mit Gustav und Kalle. Kalle war oft still, Gustav hingegen sprühte vor verrückten Ideen. Einmal spielten sie Ball mit einem erbeuteten Kohlkopf, ein anderes Mal kletterten sie auf die hohen Äste rund um das Lager. Manchmal ritten sie zu dritt auf dem gutmütigen Wallach Rumpel und jagten johlend im Kreis um das Lager.

Nicht alle fanden das lustig. August schüttelte missbilligend den Kopf, und nach der Kohlkopf-Aktion bekamen sie alle eine schallende Ohrfeige von Tuck, der über die Verschwendung schimpfte. Doch jedes Mal, wenn Leander besorgt zu Thore blickte, traf er auf ein gutmütiges Grinsen.

»Habt Spaß, solange der Sommer dauert«, sagte der Räuberhauptmann ruhig, seine Augen leuchteten im Feuerschein. »Die düsteren Tage kommen von allein zurück.«

Wäre da nicht Thore, könnte Leander seine Zeit im Räuberlager fast als kühnes Abenteuer verbuchen – aufregender als jede Fasanenjagd bei Fürst Maximilian. Doch Thore, so nah und doch unerreichbar, ließ ihm keine Ruhe. Jede Nacht teilte er das Lager mit dem Hauptmann, und Gustav neckte ihn unermüdlich mit zotigen Sprüchen. Ach, wenn doch nur ein Körnchen Wahrheit in diesen Scherzen steckte! Doch Thore behandelte ihn wie einen kalten Stein – reglos, bedeutungslos.

Trotzdem flackerte immer wieder eine törichte Hoffnung in Leander auf, dass es in der nächsten Nacht anders sein würde. Denn gerade dann, wenn er es am wenigsten erwartete, überraschte Thore ihn mit einer kleinen Geste. Nach dem Bad im

Fluss hatte Leander trübsinnig angemerkt, dass seine Hose und sein Hemd ebenfalls eine Wäsche nötig hätten – und am nächsten Tag lagen wie zufällig frische Kleider für ihn bereit. Als er eines Morgens murrte, dass seine Haare aussähen wie die eines Stachelschweins, fand er abends eine verzierte Holzbürste im Baumhaus.

Leander hatte sogar seine anfängliche Scham abgelegt und bat Thore nicht mehr, sich beim Umkleiden abzuwenden. Doch es war vergebens. Während sein eigenes Herz flatterte wie ein gefangener Vogel, wenn sich Thore entkleidete und ins Bett legte, zeigte der Hauptmann nicht die geringste Regung. Kein anerkennender Blick, kein verschmitztes Lächeln – nichts.

Es war zum Verzweifeln. Seine Gefühle taumelten zwischen Zorn, Sehnsucht und Enttäuschung. Warum ließ Thore ihn nicht einfach woanders schlafen? Doch wenn der Räuberhauptmann sich abends erhob und ihn mit knapper Stimme aufforderte, ihm zu folgen, gehorchte Leander ohne Widerrede.

Denn so quälend es war, neben ihm zu liegen, ohne berührt zu werden – der Gedanke, ihm nicht mehr nahe zu sein, war noch schlimmer. Und so verwarf er jeden Abend aufs Neue den Gedanken, Thore darum zu bitten, ihn bei Gustav und Kalle schlafen zu lassen.

Ein Streit mit Folgen

An einem kühlen Morgen breitete Leander die frisch gesammelten Wildkräuter auf dem Tisch neben der Feuerstelle aus. Ihr würziger Duft erfüllte die Luft, und er freute sich darauf, den faden Eintopf damit zu verfeinern. Doch kaum hatte er einen Moment des Stolzes genossen, schob sich Thore in sein Blickfeld – und drückte ihm wortlos eine Schaufel in die Hand.

»Zeit für eine neue Latrine, Kaspar«, verkündete er knapp, nickte in Richtung August, der mit verschränkten Armen wartete, und verschwand genauso schnell, wie er aufgetaucht war.

Leander erstarrte. War das sein Ernst?! Er hatte diese Kräuter mit Mühe gesammelt, und nun würden sie in Tucks Händen landen, der sie womöglich achtlos fortwerfen würde – während er selbst sich mit dieser wahrhaft beschissenen Aufgabe herumschlagen musste? Missmutig stapfte er zu August, der ungeduldig auf eine Stelle im Wald deutete.

»Komm schon, Bursche! Ich habe nicht den ganzen Tag Zeit. Gustav und ich ziehen los, um auszubaldowern, welche Händler zum nächsten Markttag in Trällerbach erwartet werden. Und vergiss ja nicht, die alten Gruben ordentlich zuzuschütten!« Und damit verschwand auch er.

Das wurde ja immer besser. Während Gustav den ganzen Tag unterwegs sein und zweifellos ein Abenteuer erleben würde, saß er hier im Lager fest und musste sich nun auch noch mit dieser würdelosen Arbeit abplagen!

Leise murmelte er Verwünschungen, die jede Hofdame in Ohnmacht hätten fallen lassen, und verfluchte sein Schicksal im Allgemeinen – und Thore, diesen kaltherzigen, unverschämt attraktiven Räuberhauptmann, im Besonderen.

Er hatte bereits ein gutes Stück der alten Latrinen zugeschüttet, als plötzlich Kalle neben ihm auftauchte. Ohne ein Wort zu verlieren, griff der junge Mann zur Schaufel und begann mitzuhelfen.

Leander wusste, dass Dankbarkeit angebracht wäre – die Arbeit ging zu zweit deutlich leichter von der Hand. Doch sein Stolz sträubte sich vehement dagegen. Warum sollte er sich bedanken? Er hatte nicht um Hilfe gebeten! Und war es nicht ohnehin selbstverständlich, dass einem Prinzen bei solch niederen Aufgaben geholfen wurde?

Als sie mit dem Zuschütten fertig waren und mit dem Aushub der neuen Grube begannen, stellte Leander verärgert fest, dass Kalle die Schaufel weitaus geschickter handhabe als er selbst, was seine Laune nur noch weiter trübte. »Was hast du eigentlich gemacht, bevor du Räuber wurdest?«, grummelte er. »Gräber ausgehoben?«

»Nein«, erwiderte Kalle ruhig, ohne aufzublicken. »Ich ging zur Schule. Mein Vater war Tischler und Schnitzer.«

Leander lachte spöttisch. »Ha! Und dann bist du wohl wegen Holzdiebstahls hier gelandet? Wie kommt es sonst, dass du dich plötzlich unter Gesetzlosen wiederfindest?«

Kalle schluckte schwer, seine Stimme klang tonlos: »Nicht ich habe etwas gestohlen. Der Landgraf hat uns alles genommen.«

Leander schnaubte. »Unsinn. Der Landgraf hat es nicht nötig, sich mit ein paar billigen Holzfiguren abzugeben. Im Schloss stehen goldene Statuen, das weiß ich aus erster Hand.«

Kalles Miene verdüsterte sich. »Du weißt gar nichts. Der Landgraf nahm uns nicht nur unseren Besitz, sondern unsere Würde. Alles nur, weil meine Schwester sich ihm nicht hingeben wollte. Wir mussten unser Zuhause verlassen, wurden zu Landstreichern. Und er sorgte sogar dafür, dass sich Wilhelm, die große Liebe meiner Schwester, von ihr abwandte und eine andere heiratete.«

Leander verdrehte die Augen. »Wahrscheinlich war dein Vater einfach ein miserabler Tischler und noch schlechterer Geschäftsmann, deswegen habt ihr alles verloren. Und was deine Schwester angeht ... vielleicht war sie einfach nicht schön genug, um Wilhelm zu halten. Dafür kann doch der Landgraf nichts.«

Kalle fuhr zu ihm herum, das Gesicht blass, die Augen voller Tränen. »Wie kannst du nur ... sie war wunderschön«, flüsterte er, und seine Stimme brach.

Doch Leander, angetrieben von der Wut, die in ihm tobte – auf sich selbst, auf Thore, auf diese ganze verfluchte Situation –, setzte gnadenlos nach: »Wenn sie so schön war, hätte sie sich einem reichen Händler hingeben und sich gut dafür entlohnen lassen sollen«, spottete er.

»Genug!«

Thores Stimme zerschnitt die Luft wie ein Peitschenschlag.

Leander fuhr zusammen. Der Räuberhauptmann stand nicht weit entfernt, die Arme verschränkt, sein Blick finster wie ein aufziehendes Gewitter.

»Noch ein Wort über Kalles verstorbene Schwester«, grollte er, »und ich schwöre dir, Kaspar, ich verfüttere dich an die Wölfe.«

Übelkeit stieg in Leander auf. Er konnte weder Kalles tränen-nasses Gesicht ansehen noch Thores vernichtenden Blick ertragen. Was hatte er getan?

»Ich ...«, begann er hilflos, doch seine Stimme versagte.

»Verschwinde.« Thores Stimme war eiskalt. »Ab in mein Baumhaus. Ich werde mich später mit dir befassen.«

Leanders Blick verschwamm, als Thore zu Kalle trat und den jungen Mann in eine feste Umarmung zog. Diese einfache, zärtliche Geste zerriss Leanders Herz in tausend Stücke. Wie sehr hatte er sich nach solch einer Berührung gesehnt! Doch sie galt nicht ihm.

Ohne einen weiteren Blick auf die beiden zu werfen, wirbelte Leander herum und stürmte davon.

Leander wusste, dass er besser gehorchen sollte. Thores Baumhaus zu erklimmen und dort wie befohlen zu warten, war das einzig Vernünftige. Doch reglos dazusitzen und zu warten, bis der Zorn des Hauptmanns sich über seinem Haupt entlud, schien ihm unerträglich. Selbst seine eigene Gesell-schaft hielt er kaum aus – so schwer lastete die Reue auf ihm.

Also suchte er den gutmütigen Rumpel, und als er das Ross gefunden hatte, das ein wenig abseits des Lagers friedlich graste, schlang er seine Arme um den Hals des Tieres und ließ seinen Tränen freien Lauf.

Wie hatte er nur so grausam zu Kalle sein können? Zum ersten Mal in seinem Leben hatte er Freunde gefunden, Menschen, die ihn wirklich mochten. Und nun, durch seine eigenen, unbedachten Worte, hatte er alles verdorben. Wenn Gustav zurückkehrte und erfuhr, was vorgefallen war, würde auch er Leander meiden.

»Und zu Recht«, schluchzte Leander in Rumpels verfilzte Mähne.

Warum hatte er sich nur so töricht verhalten? Selbst wenn Kalle seinen Vater zu Unrecht verurteilte – anstatt ihn zu verletzen, hätte er zuhören und herausfinden sollen, was wirklich passiert war. Dann hätte er ihm ruhig und vernünftig erklären können, dass alles ein riesengroßes Missverständnis war.

»Ach, Rumpel! Nur dank Gustav und Kalle halte ich es hier aus. Und jetzt hassen sie mich!«

Die beiden hatten es sogar geschafft, ihm die Angst vor Pferden zu nehmen. Nun ja, Rumpel war kein furchteinflößendes Schlachtross, sondern ein behäbiges, sanftmütiges Tier. Doch Gustav und Kalle hatten ihm mehr gegeben, als er je zu hoffen gewagt hatte: Freundschaft. Und er hatte sie verspielt.

Um den schmerzhaften Gedanken zu entfliehen, sann der Prinz über längst vergangene Tage nach. Als Knabe hatte er sich nichts sehnlicher gewünscht als einen Freund. Seine drei Schwestern, allesamt älter als er, hatten stets nur miteinander gespielt und ihn ausgeschlossen.

Also hatte sich Leander, allen Verboten zum Trotz, heimlich in die Ställe geschlichen und gehofft, unter den Kindern der Bediensteten einen Freund zu finden. Er war hingerissen gewesen von den Stallburschen, die so furchtlos mit den gewaltigen Pferden umgingen, als wären es sanfte Einhörner. Doch dann kam dieser unselige Vorfall mit der Gans.

Am nächsten Tag hatten ihn die älteren Jungen für sein Missgeschick verspottet. Weinend hatte der Prinz sich unter seinem Bett versteckt, sein kleines Herz übervoll mit Scham und Enttäuschung.

Dort hatte ihn ausgerechnet seine Mutter gefunden, die sonst sein Gemach mied, als litte er an einer ansteckenden Krankheit. Doch anstatt ihren Sohn zu trösten, hatte sie alles dem Landgrafen erzählt.

»Was sollen die Leute denken, wenn der Prinz sich mit dem gemeinen Volk abgibt?«, hatte sein Vater ihn ausgeschimpft. »Solch eine Schande darf sich nicht wiederholen! Reiß dich zusammen! Hör auf zu flennen und benimm dich endlich wie ein Prinz, nicht wie eine feige Maus. Du bist etwas Besseres, Leander!«

Die Worte hatten sich tief in sein Herz gebrannt. Von da an hatte er seine Suche nach Freundschaft aufgegeben – und auch die Ställe, abgesehen von den verhassten Reitstunden, gemieden.

Aber war er wirklich etwas Besseres? Woher nahm er diese Überzeugung? Hier im Wald nutzte es ihm nichts, sämtliche Könige seit Anbeginn der Zeit in korrekter Reihenfolge aufzählen zu können oder höfische Tänze fehlerfrei zu beherrschen. Das einzig Hilfreiche wäre sein Geschick mit der Armbrust – doch in einem seltenen Moment der Ehrlichkeit gestand sich Leander ein, dass vermutlich die meisten Fasane, mit deren Erlegung er geprahlt hatte, in Wahrheit von den Jagdhelfern getroffen worden waren.

»Ach, Rumpel«, schniefte er. »Was soll ich denn jetzt tun?«

Vergeltung und Vergebung

Thore war nicht der geborene Tröster, doch Kalle mit seinem Schmerz allein zu lassen, kam nicht infrage. Erst als der junge Mann sich beruhigt hatte, machte er sich mit grimmigen Schritten auf den Weg zu seinem Baumhaus. Kaspar würde für seine giftigen Worte bezahlen – und zwar nachhaltig.

Schon in den letzten Tagen war ihm aufgefallen, dass der ehemalige Diener zunehmend patzig und schlecht gelaunt auf Anweisungen reagierte. Doch immer wieder hatte Thore Ausreden gefunden, um eine Bestrafung hinauszuzögern.

Er hatte sich eingeredet, sein Wunsch, dem Burschen den Hintern zu versohlen, entspringe lediglich seinem eigenen unerfüllten Verlangen. Wahrlich eine Qual, Nacht für Nacht neben diesem verführerischen jungen Mann zu liegen, ohne ihn berühren zu dürfen.

Er hatte versäumt, ihn in die Schranken zu weisen – aber damit war jetzt Schluss! Kaspars verletzende Worte würden nicht ungesühnt bleiben, und sein Hinterteil würde die Folgen seines schrecklichen Benehmens zu spüren bekommen. Das nächste Mal, wenn der Bursche sich setzte, würde er glauben, er habe in einem Nest voller Dornen Platz genommen. Das sollte ihn lehren, seine Zunge künftig zu hüten.

Ein einziger Blick auf das Baumhaus genügte Thore, um zu erkennen, dass er dort oben wohl vergebens nach dem jungen Mann Ausschau halten würde. Der Bursche forderte das Schicksal wahrlich heraus! Na schön. Wenn er vor aller Augen übers Knie gelegt werden wollte, sollte er seinen Wunsch erfüllt bekommen.

Mit zusammengekniffenen Augen ließ Thore den Blick über das Lager schweifen. Weder bei Tuck noch bei den Vorräten war eine Spur von Kaspar zu entdecken. Einer Eingebung folgend machte er sich auf die Suche nach Rumpel.

Er fand sein Ross ein wenig abseits des Lagers unter einer knorrigen Eiche – und daneben Kaspar, der mit gesenktem Kopf und zitternden Händen die verfilzte Mähne des Tieres ordnete.

»Sieh an!«, donnerte Thore. »Hier steckst du also!«

Kaspar riss den Kopf hoch, seine Augen waren gerötet, und noch bevor Thore ein weiteres Wort sagen konnte, brach es aus ihm heraus: »Es tut mir so leid! Ich wusste doch nicht, dass Kalles Schwester … dass sie tot ist! Ich …« Er verstummte und senkte den Kopf, seine Schultern bebten. »Ich bin ein Narr«, flüsterte er. »Doch das macht nicht ungeschehen, was ich gesagt habe.«

Thore atmete tief durch und spürte, wie sein eigener Zorn allmählich verflog. Die brennende Wut, die ihn noch vor einem Moment wie einen rasenden Bären auf die Lichtung hatte stapfen lassen, wich einer unerwarteten Zärtlichkeit für den Burschen. Dieser junge Mann war so unvermittelt aus seiner heilen Welt herausgerissen worden und versuchte nun, hier seinen Platz zu finden. Kaspar bereute seine Worte offenbar zutiefst, und Thore verwarf den Gedanken, ihn hier und jetzt die Konsequenzen seines Fehlers spüren zu lassen.

Nun, das war gut, gestand er sich leise. Wut war ein schlechter Ratgeber, wenn es darum ging, das rechte Maß bei einer Strafe zu finden.

»Komm«, sagte Thore, und obwohl seine Stimme fest war, bemühte er sich um einen freundlichen Ton. »Lass uns in mein Baumhaus gehen und reden.«

Kaspar nickte stumm, streichelte Rumpel ein letztes Mal über den Hals und trottete mit gesenktem Kopf voraus. Er wirkte wie ein Verurteilter, der zur Richtstätte schlich.

Ohne ein weiteres Wort kletterten sie die Leiter hinauf. Drinnen ließ sich Thore in seinem großen Sessel nieder, während Kaspar sich scheu auf die Kante des Bettes hockte, die Hände verkrampft im Schoß.

»Kaspar«, begann Thore ruhig, seine Augen fest auf den jungen Mann gerichtet, »was genau ist da zwischen dir und Kalle passiert?«

Kaspar schüttelte nur den Kopf. »Es tut mir leid«, flüsterte er brüchig.

Doch Thore ließ das nicht gelten. »Das ist keine Antwort. Ich hatte den Eindruck, ihr seid Freunde – bis du ihn mit deinen Worten zerschmettert hast. Warum?«

Kaspar hob den Kopf, seine Augen glitzerten noch immer vor unterdrückten Tränen, und in seinem Gesicht spiegelte sich die Scham. »Aber das *warum* ändert doch nichts daran, wie töricht ich war«, schluchzte er. Er blinzelte den Hauptmann an, und was auch immer er in Thores Antlitz erblickte, es zeigte ihm wohl, dass dieser nicht lockerlassen würde.

»Kalle hat da was gesagt … über den Landgraf …«, murmelte Kaspar schließlich so leise, dass sich Thore vorlehnen musste, um ihn zu verstehen.

»Und das hat dich so aufgebracht, weil …?« Thore hielt seinen Blick fest.

»Weil er mein Vater ist!«, platzte es aus Kaspar heraus, sein Gesicht glühte. »Konstantin von Trällerbach ist mein Vater!«

Einen Moment herrschte Stille. Thore lehnte sich zurück und ließ die Wahrheit sacken. Plötzlich ergab alles Sinn. Kaspars Vertrauen darauf, dass der Landgraf das Lösegeld zahlen würde. Sein Benehmen, welches mehr an einen verwöhnten Balg, denn an einen braven Diener erinnerte. Auch waren er und der Prinz sich offenbar sicher gewesen, dass niemand ihr Täuschungsmanöver durchschaute. Wahrscheinlich waren die Halbbrüder einander nicht unähnlich.

»Wer war deine Mutter?«, fragte Thore schließlich, diesmal sanfter.

Kaspar zögerte, biss sich auf die Unterlippe, dann murmelte er: »Die Köchin.«

Thore schmunzelte unwillkürlich. »Ah! Daher also dein Talent fürs Kochen! Ich habe mich schon gefragt, warum der Eintopf plötzlich nach etwas schmeckt.«

Kaspars Augen leuchteten unwillkürlich auf. »Wirklich?«, fragte er strahlend, und für einen Augenblick wirkte er wie ein Kind, das zum ersten Mal ein Lob erfährt. Doch dann schien ihm der eigentliche Grund für dieses Gespräch wieder einzufallen, und sein Blick sank schuldbewusst zu Boden. »Es tut mir leid«, murmelte er zum gefühlten hundertsten Mal an diesem Tag.

Thore schüttelte den Kopf. »Entschuldige dich bei Kalle, nicht bei mir.«

»Aber er wird mir niemals verzeihen!«, flüsterte Kaspar verzagt. »Warum sollte er? Ich würde mir selbst nicht verzeihen.« Seine Schultern zitterten leicht, und er rutschte unruhig auf der Bettkante hin und her. Offenbar wollte er noch mehr sagen, doch Thore blieb geduldig, wissend, dass das, was den jungen Mann beschäftigte, Zeit brauchte, um ans Licht zu kommen.

Endlich, nach einem langen Atemzug, flüsterte Kaspar, seine Stimme kaum mehr als ein Hauch: »Bestrafst du mich?«

Thore hob eine Braue, fühlte jedoch, wie sich sein Herz beschleunigte. »Ist es das, was du möchtest?«, entgegnete er ruhig, seine Stimme gelassener, als er sich tatsächlich fühlte.

Kaspar nickte verschämt.

»Ich will es hören«, verlangte Thore streng und unnachgiebig. »Laut und deutlich, und sieh mir dabei in die Augen.«

Der junge Mann hob zögernd den Kopf, ehe er krächzend gestand: »Ich will bestraft werden. Ich will dafür büßen, was ich Kalle angetan habe.«

Thore neigte den Kopf leicht, seine Augen fest auf den jungen Mann gerichtet. »Das ist keine Garantie dafür, dass Kalle dir verzeiht«, mahnte der Hauptmann.

Kaspar nickte verständig. »Ich weiß. Aber ich brauche es. Damit ich mir vielleicht eines Tages selbst verzeihen kann. Bitte, Thore.«

Thores Herz jubelte. Nicht nur hatte der Bursche sich eingestanden, was er brauchte, er hatte sogar darum gebeten. Er würde es ihm nicht verweigern. Und sich selbst auch nicht.

»Du wirst 20 Hiebe auf deinen nackten Hintern bekommen – mit der Bürste«, erklärte Thore ernst. »Ich will, dass du dich freiwillig über mein Knie legst und so gut es dir möglich ist, stillhältst. Ich will sehen, dass du akzeptierst, was ich bereit bin, dir zu geben.«

Der junge Mann war abwechselnd rot und blass geworden, und dann überraschte er Thore, indem er aufstand und die Bürste holte. Der Hauptmann selbst nutzte die Gelegenheit und holte ein kurzes, rundes Stück Holz aus seiner Truhe, welches ihm in ähnlichen Situationen schon gute Dienste geleistet hatte.

Kaspar reichte ihm schweigend die Bürste, kaum dass Thore wieder auf dem Sessel Platz genommen hatte. Dabei senkte er scheu den Blick, und der Hauptmann sah, wie sehr die Hände des Burschen zitterten, als er sich nun mit der Schnürung seiner Beinkleider abmühte. Aber er brauchte keine neue Aufforderung, und Thore war wahnsinnig stolz auf ihn, als seine Beinkleider schließlich zu Boden rutschten, auch wenn er sich eher ungelenk über seinen Schoß legte.

Beruhigend streichelte er die zarte, weiße Haut des Jungen, die sich so herrlich über die runden Pobacken spannte. »Hier«, sagte er und reichte das Holzstück nach unten. »Beiß drauf, das wird deine Schreie dämpfen. Heute brauchen wir keine Zeugen.«

»Danke«, kam es reichlich piepsig von unten, aber Thore sah, wie Kaspar sich das Holzstück in den Mund schob.

»Guter Junge«, schnurrte Thore und tätschelte den verführerischen Arsch auf seinem Schoß. »20 Hiebe«, erinnerte er den Delinquenten. »Ich werde mich nicht zurückhalten. Weil es das ist, was du jetzt brauchst.«

»Mhm«, lautete die genuschelte Antwort, aber das war in Ordnung.

Wusch. Der erste Hieb klatschte unbarmherzig auf die nackte Haut, und ohne den Beißring wäre Kaspars Schrei wahrscheinlich bis Trällerbach zu hören gewesen. Der Körper des Jungen bebte, und die getroffene Stelle färbte sich bereits erfreulich rot. Doch obwohl Thore den Burschen nicht festhielt, versuchte er nicht, aufzuspringen oder seinen Hintern mit den Händen zu schützen. Thores Stolz auf ihn wuchs.

Ohne weitere Verzögerung machte er sich nun daran, den Jüngling ordentlich zu versohlen, und wie versprochen hielt er sich nicht zurück. Ein paar Klapse würden dem verzogenen Knaben nicht helfen, seinen inneren Frieden wiederzufinden, und wären nur vergebene Liebesmüh.

Und ganz nebenbei genoss Thore die Aktion auch über alle Maßen. All der Frust der letzten Nächte floss nun in die

Schläge, die er austeilte, besänftigte dieses unsägliche Verlangen nach dem jungen Mann, den er nicht haben durfte. Zumindest in diesem Moment war Thore mit sich und der Welt im Reinen.

Kaspar weinte und schluchzte längst, rang nach jedem Hieb verzweifelt nach Luft. Ein Grund, weshalb Thore ihn nicht einfach geknebelt hatte, er wollte den armen Burschen schließlich nicht ersticken. Aber so schwer es vermutlich für ihn auch war, Kaspar blieb an Ort und Stelle und steckte alles ein, was Thore austeilte, als wäre es eine bittere, aber heilsame Medizin.

»Einer noch«, raunte der Hauptmann, »dann ist es geschafft.«

Die geschundenen, knallroten Pobacken zuckten, Thore holte noch einmal aus und ließ den letzten Schlag unvermindert heftig niedersausen. Kaspar bäumte sich auf, dann sackte er förmlich über Thores Schoß zusammen.

Geradezu zärtlich rieb Thore ihm über den Rücken, genoss noch ein wenig den wunderbaren Anblick dieses knallroten Hinterns und das Wissen, dass dies hier allein sein Werk war, dann griff er behutsam nach dem Holzstück und wand es vorsichtig aus Kaspars Mund. »Das brauchst du nicht mehr. Das hast du so gut gemacht, mein Junge.«

»Wirklich?«, lautete die zittrige und von Schluchzern untermalte Antwort.

»Ich bin sehr stolz auf dich«, bekräftigte Thore, hob Kaspar vorsichtig hoch und stellte ihn wieder auf die Füße. Sein Gesicht war verquollen und ein paar Tränen kullerten noch über seine Wangen, aber Thore sah auch das winzige Lächeln um seine Mundwinkel. Er zog Kaspars Hose wieder hoch.

»Komm, setz dich.« Er klopfte auf seine Oberschenkel.

Kaspar zögerte, ließ sich dann jedoch ohne Widerstand auf Thores Schoß ziehen. Er stöhnte schmerzerfüllt auf, als sein heiß glühender Hintern Thores Schenkel berührte, doch dann schlang er ohne Scham die Arme um Thores Hals und presste sein feuchtes Gesicht an Thores Hals. »Danke«, murmelte er erstickt.

Thore legte seine Arme um den schlanken Körper und wiegte den jungen Mann sanft hin und her. Er versuchte, nicht daran zu denken, was er nun tun würde, wenn der Jüngling nicht einfach nur sein Gefangener, sondern sein Gefährte wäre. O ja, er würde ihn nun auch halten und trösten, aber der Junge hatte seine Strafe so gut angenommen, dass er sich auch eine weitere Belohnung verdient hätte. Der Hauptmann hätte sich gar nicht erst damit aufgehalten, die Hose wieder hochzuziehen, könnte dann viel besser spüren, wie heiß dieser wunderbare Arsch geworden war. Irgendwann würde er Kaspar dann hochheben und zum Bett hinübertragen, ihn vorsichtig auf die Matratze legen – auf den Bauch, natürlich – und die knallroten Pobacken mit sanften Küssen verwöhnen, die pulsierende Hitze ein wenig lindern, indem er mit seiner Zunge über die geschundene Haut wandern ließ. Irgendwann würde er dem jungen Mann befehlen, die Beine zu spreizen, sodass er genüsslich über das niedliche Loch lecken konnte, ehe er den Burschen langsam und sorgfältig für sich öffnete …

Verdammt! Wenn sich Thore nicht vergessen und gleich über diesen unschuldigen Kerl herfallen sollte, musste er ihn schleunigst loswerden und selbst Hand anlegen. Dann konnte er sich vorstellen, wie sein Schwanz zwischen diesen heißen, roten Kugeln verschwand … Stopp!

»Kaspar …«, sagte Thore rau und versuchte, seine Stimme unter Kontrolle zu halten. »Geh, sprich mit Kalle. Du wirst dich besser fühlen, wenn du mit ihm geredet hast.«

Sichtlich widerstrebend löste der Jüngling sich von ihm, stand jedoch nicht sofort auf, sondern sah ihm tief in die

Augen. »Danke«, wiederholte er, und einen winzigen Moment lang glaubte Thore sogar, Kaspar würde ihn küssen. Doch dann erhob der Bursche sich hastig und murmelte: »Die Latrinen muss ich ja auch noch fertig ausheben.«

Thore sagte ihm nicht, dass er und Kalle das bereits übernommen hatten – das würde Kalle ihm hoffentlich selbst sagen, wenn die beiden Freunde sich aussprachen.

Hastig kletterte Leander die Leiter hinab, froh, dass er inzwischen fast so geschickt darin war wie ein Eichhörnchen – denn er wollte nur noch weg. Einen Herzschlag lang war er tatsächlich versucht gewesen, Thore zu küssen, als könne er den Hauptmann so endlich für sich gewinnen. Als hätte der Mann ihm nicht längst unmissverständlich klargemacht, dass er nicht interessiert war!

»Nun reiß dich endlich zusammen«, murmelte Leander leise und verdrängte das verräterische Pochen seines Herzens. Es musste ihm genügen, dass Thore ihn beschützte und ihm Aufgaben gab, denen er gewachsen war. Und nun, nachdem er einen schlimmen Fehler gemacht hatte, hatte der Hauptmann ihm Trost und Buße gleichermaßen geschenkt. Damit musste er sich zufriedengeben.

Am Boden angekommen, sah sich Leander suchend um – doch keine Spur von Kalle.

»He!«, rief Tuck von der Feuerstelle herüber. »Hat Thore endlich genug von dir und schickt dich an den Kessel zurück?«

»Nein«, entgegnete Leander schnell, »ich soll Kalle suchen.«

»Er ist an der Quelle«, grummelte Tuck und schüttete achtlos ein paar Kräuter in den dampfenden Topf.

Leander nahm rasch Reißaus, bevor der mürrische Koch ihm womöglich noch eine Aufgabe aufbrummte. Tatsächlich fand er seinen Freund an der Quelle. Kalle saß im hohen Gras und ließ die Finger scheinbar gedankenverloren durch das kühle Wasser gleiten.

Leander räusperte sich, trat näher und begann sofort zu sprechen: »Kalle, ich kann dir gar nicht sagen, wie leid es mir tut. Ich wünschte, ich könnte meine unbedachten Worte zurücknehmen, aber ich kann mich nur entschuldigen …«

Kalle hob den Blick. Sein Gesicht war ausdruckslos.

Leander wartete, doch Kalle schwieg.

»Bitte«, fügte der Prinz leise hinzu, »es tut mir aufrichtig leid. Ich verstehe, wenn du mir nicht verzeihen kannst, aber … wenn es irgendwas gibt, was ich tun kann …«

Kalle schwieg noch immer.

»Natürlich gibt es nichts, was das wieder gutmacht, was ich gesagt habe.« Leander ließ den Kopf hängen. Er konnte nur noch darauf hoffen, dass Kalle ihn gehört hatte und einfach ein wenig Zeit brauchte, um seine Entschuldigung anzunehmen.

»Du könntest dich zu mir setzen«, schlug Kalle unvermittelt vor.

»Was?«, fragte der Prinz verblüfft. »Ich dachte – du willst bestimmt nichts mehr mit mir zu tun haben?«

»Doch.« Kalle nickte bekräftigend. »Du bist mein Freund. Du entschuldigst dich. Das reicht mir.«

Leander schüttelte den Kopf. »Aber ich war so ein Narr, ich habe mich benommen wie der letzte Trottel …«

Kalle zuckte mit den Schultern. »Ich hab schon gemerkt, dass deine Laune in letzter Zeit immer düsterer wurde. Ich hätte wohl eher fragen sollen, was los ist. Aber Gustav meinte, du kriegst dich schon wieder ein.«

Leander schluckte. »Wirst du mir … erzählen, was passiert ist?«, fragte er vorsichtig.

Doch Kalle schüttelte den Kopf. »Ein anderes Mal«, sagte er leise. »Es ist zu schmerzhaft … Möchtest du mir nicht lieber erzählen, welche Laus dir über die Leber gelaufen ist?«

Leander schluckte. Er würde wieder lügen müssen, aber es half ja nichts. Sehr, sehr vorsichtig ließ er sich neben Kalle nieder.

Kaum hatte er sich gesetzt, verengten sich Kalles Augen. »Er hat dich geschlagen!«, stellte er entsetzt fest.

So peinlich die Wahrheit auch war, Leander überwand seine Scham und gestand: »Ich wollte es so, habe ihn sogar darum gebeten.« So ganz verstand der Prinz seinen Wunsch selbst nicht, er wusste nur, dass es ein tief empfundenes Bedürfnis gewesen war, sich Thores Gnade auszuliefern.

Kalle sah ihn ernst an, und einen Moment fürchtete Leander, der Freund würde ihn verurteilen, doch Kalle lächelte sanft. »Das geht nur dich und deinen Gefährten etwas an. Mir scheint, ihr ergänzt euch perfekt, hm?«

Ach, wenn es doch so wäre!

In diesem Moment ging Leander allerdings auf, dass er Kalle gar nicht anlügen musste. Was der über den Landgrafen gesagt hatte, mochte zwar der Auslöser für den Streit gewesen sein, aber der Grund für seine düstere Stimmung war ein ganz anderer, und den konnte er dem jungen Räuber durchaus anvertrauen.

»Das ist es ja«, gestand er. »Es ist Thore.«

Kalle zog fragend die Augenbrauen hoch, und Leander sah verlegen zu Boden, bevor er weitersprach. »Wir sind kein Paar. Er hat mich nie angerührt, sondern nimmt mich nur mit, um mich zu beschützen. Aber … ich wünsche mir so sehr, dass es anders wäre.«

»Ihr habt noch kein einziges Mal …«

»Nein.« Es war beschämend, das zugeben zu müssen. Andererseits hatte Kalle die Wahrheit verdient.

Doch der war schon einen Schritt weiter.

»So wie der Hauptmann dich ansieht, kann ich mir kaum vorstellen, dass er dich nicht will.«

»Ich liege jede Nacht nackt neben ihm – glaube mir, wenn er mich wollte, wäre mir das aufgefallen.«

Kalle grinste, wurde aber schnell wieder ernst. »Vielleicht denkt er, du willst dich ihm nur hingeben, weil du als Gefangener keine Wahl hast. Er ist ein ehrenhafter Mann, Leander. Gib nicht so schnell auf.«

»Meinst du?« Ein kleiner Funke Hoffnung flackerte in der Brust des Prinzen auf.

»Wir denken uns was aus«, versprach Kalle. »Aber …« Er legte ihm eine Hand auf die Schulter. »Als dein Freund muss ich dich warnen: Verlier dein Herz nicht an ihn. Thore ist ein freier Mann, der sich nicht binden lässt.«

Leander schluckte schwer, und sein Blick glitt zur Seite. »Ich weiß«, sagte er schließlich leise. »Aber … das ist in Ordnung. Das ist ja auch noch was … ich kann auch nicht ewig hierbleiben. Ich hoffe, dass Thore mich irgendwann gehen lässt.«

»Wo willst du denn hin?«

»Ich muss meinen Halbbruder finden«, entschied der Prinz sich erneut für eine Halbwahrheit. Kalle nickte verstehend.

»Thore wird dich gehen lassen – spätestens vor dem Winter, wenn er um jedes Maul froh ist, das er nicht stopfen muss. Aber bis dahin haben wir alle Hände voll zu tun …«

Weiter kam er nicht, denn mit einem Mal krachte es im Unterholz, doch statt eines Wildschweins sprang Gustav zwischen den Büschen hervor, ein breites Grinsen im Gesicht und die Haare zerzaust wie immer. »Na, das habe ich mir gedacht! Machen die zwei Faulpelze sich hier einen schönen Tag, während ich mit dem griesgrämigen August den beschwerlichen Weg nach Trällerbach auf mich nehmen musste. Gesprächig wie ein Regenwurm war er, wenn er fünf Worte gesagt hat, war das viel!«

Leander und Kalle tauschten einen Blick und brachen beide wie auf Kommando in schallendes Gelächter aus. »Ja, ein wahrlich wunderschöner Tag!«, japste Leander und wischte sich eine Träne aus dem Augenwinkel, während Kalle kaum wieder Luft bekam. Doch nicht nur das. Leander spürte, dass nun alles, was zwischen ihnen gestanden hatte, wirklich vergeben war.

»Ja, Latrinen ausheben und …«, Kalle schnappte nach Luft und deutete mit der Hand zurück in Richtung Lager.

»Hexenschuss und Hühnerbein! Die Latrinen!«, stieß Leander aus und sprang auf, als hätte ihn eine Biene gestochen. »Die habe ich ja ganz vergessen!«

»Keine Sorge, das ist schon erledigt«, beruhigte Kalle ihn. »Thore und ich haben es gemeinsam gemacht.«

»Oh.« Leanders Wangen glühten vor Verlegenheit. Einmal mehr war er dem Hauptmann zu Dank verpflichtet. »Danke«, sagte er auch zu Kalle.

Gustav zog die Brauen zusammen. »Kann mir mal einer sagen, was hier los ist? Scheint ja lustig zugegangen zu sein, während ich weg war!«

Wieder prusteten Kalle und Leander los, und dieses Mal fasste sich Kalle zuerst. »Komm, lass uns zu Rumpel gehen, dann erzählen wir dir alles«, schlug er vor, warf Leander aber einen vielsagenden Blick zu. »Darf ich's verraten?«, schienen seine Augen zu fragen. Leander nickte und spürte, wie sein Herz warm und schwer zugleich wurde. Dies hier waren seine wahren Freunde – das war ihm heute klar geworden.

Ein Grinsen stahl sich auf Kalles Lippen, und als sie losgingen, murmelte er Gustav verschwörerisch zu: »Stell dir vor, unser hochwohlgeborener Kaspar ist unschuldig wie frisch gefallener Schnee ... Thore hat ihn noch kein einziges Mal angerührt!«

»He!«, protestierte Leander, und auch Gustav schüttelte den Kopf. »Schmarrn. Was macht ihr denn da jede Nacht in Thores Baumhaus?«

»Schlafen«, gestand Leander.

»Aha? Und weswegen stakst du dann eckig wie ein Schlachtross auf Stelzen durch den Wald, hm? Selbst ein Bär mit Zahnschmerzen bewegt sich anmutiger!«

»Thore hat mir den Hintern versohlt«, gab Leander zu. »Weil ich ...«

Doch Kalle fiel ihm schnell ins Wort: »Weil er einen törichten Fehler gemacht hat. Uuuund ...«, Kalle machte eine dramatische Pause, »weil unser falsches Prinzlein lieber unterworfen wird, als selbst zu herrschen.«

Gustavs Lachen hallte wie ein Donnern durch den Wald, doch anstatt zu spotten, klopfte er Leander auf die Schulter. »Das passt schon, Kaspar. Jeder wie er will. Aber dass der Hauptmann echt die Finger von dir gelassen hat ... der schaut dich doch an, als seist du der süßeste Apfel am Baum.«

»Siehst du«, meinte Kalle zu Leander, und zu Gustav: »Wir müssen uns was überlegen, wie Leander unseren Hauptmann verführen könnte.«

»Tja, wie es der Zufall will, habe ich für jeden von euch Faulpelzen etwas in Trällerbach mitgehen lassen.« Gustav zog einen kleinen, blauen Flakon hervor und reichte ihn Leander mit einer übertriebenen Verbeugung. »Bitteschön! Ein wohlduftendes Öl ist es, was ich für dich ausgewählt habe! Eigentlich bin ich ja davon ausgegangen, ihr zwei rammelt da oben wie die Karnickel, und Thore sei vielleicht ein wenig ... nun ... rücksichtslos, was deine mitunter etwas getrübte Laune erklären würde. Aber wie ich sehe, ist Rücksicht das Letzte, was unser Prinzlein wünscht!« Gustav kicherte. »Bitte den edlen Thore doch, dir dein wundes Hinterteil zu salben, und ich wette, dabei kommen ihm noch ganz andere Ideen!«

Leander spürte, wie seine Wangen glühten. Er hatte noch nie jemanden gekannt, der solche Dinger derart unverblümt ansprach. Aber sei's drum! Wenn seine Freunde recht hatten ... dann könnte es funktionieren. »Danke«, sagte er ergriffen, und Gustav knuffte ihn freundlich.

Vorsichtig öffnete der Prinz die Flasche und schnupperte daran. Es roch wirklich gut, wie frische Tannennadeln, unter die sich die sanfte Süße von Waldbeeren mischte. Sorgfältig verschloss Leander den Flakon wieder. Dabei sah er aus dem Augenwinkel, wie Gustav auch Kalle etwas in die Hand drückte. Eine Schnitzerei? Kalle presste das Stück kurz an sein Herz, dann ließ er es unter seinem Hemd verschwinden.

Freunde, dachte Leander, und diesmal glühten seine Wangen nicht vor Verlegenheit, sondern vor tiefem, stillem Glück.

Wie man einen Hauptmann verführt

Beim Abendessen saßen die drei Freunde zusammen, als wäre nichts zwischen ihnen vorgefallen, und die Fröhlichkeit in ihren Gesichtern kehrte zurück wie Sonnenstrahlen nach einem langen Regen. Mehr als einmal meinte Leander, Thores wohlwollenden Blick auf sich ruhen zu spüren. Doch wann immer er zu ihm hinübersah, war der Hauptmann mit anderen Dingen beschäftigt, und Leander fragte sich, ob er sich das nur eingebildet hatte.

Als die Dunkelheit sich schließlich über das Lager senkte, erhob sich Thore, wie all die Abende zuvor. »Kaspar«, sagte er nur, nicht mehr, und Leanders Herz machte einen erschrockenen Satz. Mit einer eigentümlichen Mischung aus Nervosität und Vorfreude eilte er hinter dem Hauptmann her. Der kleine Flakon, den er unter seinem Hemd verborgen hatte wie einen kostbaren Schatz, schien bei jedem Schritt schwerer zu werden und erinnerte ihn an seinen verwegenen Plan. Die Gedanken an das, was er sich wünschte – und eigentlich immer noch nicht zu hoffen wagte – ließen ihn fast schwindelig werden.

Im Baumhaus angekommen, machten sich die beiden Männer zügig daran, sich für die Nacht zu entkleiden. Normalerweise war es Thore, der zuerst damit fertig war, wohingegen Leander häufig ein bisschen getrödelt hatte, doch diesmal konnte er sich seiner Kleider gar nicht schnell genug entledigen. Thore hatte sich gerade mal sein Hemd ausgezogen, da stand der Prinz bereits nackt vor dem Bett, das kleine Fläschchen in der Hand.

»Hauptmann«, sagte Leander atemlos und drückte dem verblüfften Thore den Flakon in die Hand. »Gustav hat mir das geschenkt, und … ich dachte … mein Hintern ist noch immer wund … und bevor ich wieder deinen Schlaf störe, dachte ich, vielleicht ist es besser, wenn … wenn du mich eincremen würdest.«

Das Gestammel war alles andere als die verführerische Einladung, die Gustav ihm vorgeschlagen hatte, und in Thores unbewegtem Gesicht war nicht zu lesen, was er davon hielt. Aber vielleicht war es sowieso besser, wenn er Taten sprechen ließ.

Beherzt drehte sich Leander um und beugte sich vor. Die Hände stützte er auf der Matratze ab, und seine Beine hatte er ein wenig gespreizt. Schließlich sollte Thore gar nicht erst auf den Gedanken kommen, dass es hier wirklich nur um das Eincremen ging.

Einen schrecklichen Moment lang geschah gar nichts, und Leander fürchtete, dass sein stümperhafter Annäherungsversuch in einer schrecklichen Demütigung enden würde, doch dann spürte er, wie sich eine große, raue Hand auf seine rechte Pobacke legte. Ganz leicht nur, und doch fühlte sich Leander bereits, als sei er im Himmel.

»Was soll das, Junge?«, knurrte Thore, und seine Stimme klang ganz rau und heiser dabei. »Willst du mich etwa verführen? Ich sollte dir nochmal den Arsch versohlen!«

Eifrig drückte Leander seinen Hintern heraus, drängte ihn gegen die Hand des Hauptmanns. Die Berührung fühlte sich so gut an, und wenn Thore ihn erneut übers Knie legen wollte, wenn das alles war, was er ihm geben wollte – dann würde er auch das nehmen. »Ja, ja!«, rief er atemlos. »Versohl mir den Hintern!«

»Unfug«, sagte Thore, und klang irgendwie enttäuscht dabei. Aber er gab Leander einen Klaps auf den Arsch, und allein das sorgte dafür, dass alles Blut, das sich noch irgendwo im Körper des Prinzen befunden hatte, in seinen Schwanz rauschte. »Mehr!«, wimmerte Leander.

Doch Thore erfüllte ihm diesen Wunsch nicht. Er warf das blaue Fläschchen auf ihr Bett, dann packte er Leander fest an den Schultern, zog ihn hoch und drehte ihn schwungvoll zu sich herum. Schwer atmend standen sie sich gegenüber, so nah, dass Leander Thores warme Atemzüge auf seiner Haut spüren konnte. Das musste doch etwas bedeuten!

»Was hat das zu bedeuten?«, fragte Thore streng, und Leander brach in nervöses Kichern aus. Bruchstückhaft kamen ihm Gustavs »hilfreiche« Ratschläge in den Sinn, doch vor lauter Aufregung konnte er sich kaum noch an sie erinnern.

»Du siehst aus wie ein … wie ein starker Anführer! Deine … deine Küsse riechen bestimmt gut! Nein, ich meinte … deine Muskeln schmecken bestimmt nach … Stärke? Oder …« Er verstummte, als Thore mit skeptischem Blick eine Braue hob.

»Kaspar, ist alles in Ordnung?«, fragte der Hauptmann und runzelte die Stirn, aber seine Hände strichen nun beruhigend über Leanders Oberarme. Der Prinz schluckte. Das machte es nicht gerade einfacher.

»Ja! Nein! Ich … ich wollte sagen … ich wünschte, du würdest die Kontrolle über, äh … über meine Küsse übernehmen?« Zumindest der letzte Satz klang doch gut, oder?

Thore zog ihn ein wenig näher und schüttelte leicht den Kopf. »Beruhige dich, Kaspar«, murmelte er sanft. »Atme tief durch und versuch's noch mal.«

Leander senkte kurz den Blick, atmete tief durch und sah Thore dann so fest und mutig an, wie er nur konnte. »Ich … ich mag dich, Thore. Nicht nur als Freund. Ich bewundere dich – deine Stärke, deine Art, für deine Leute zu sorgen. Und … ich wünschte, ich könnte zu dir gehören. Dir nah sein. Wenn du mich willst.«

Ernst sah Thore ihn an, als wolle er bis auf den Grund von Leanders Seele schauen. Der Prinz zitterte vor Verlangen, und am liebsten hätte er sich Thore einfach an den Hals geworfen, aber er wagte es einfach nicht.

»Weißt du überhaupt, was du dir da wünschst?«, fragte Thore schließlich, ein geheimnisvolles Lächeln auf den Lippen.

»Ja!«, rief Leander eifrig – doch kaum hatte er das Wort ausgesprochen, wusste er, dass es nicht stimmte. »Nein«, gab er leiser zu und ließ den Kopf hängen.

Thore überraschte ihn. Anstatt ihn zu verhöhnen oder mit einer bissigen Bemerkung abzufertigen, hob er mit einem Finger sanft sein Kinn an und zwang ihn, ihm in die Augen zu sehen. Sein Blick war durchdringend. »Wenn du dich auf mich einlässt, Kaspar, dann musst du wissen: Ich nehme mir, was ich will, wann immer es mir gefällt.«

»Was immer du willst …«, wiederholte Leander atemlos, ein Schauer lief ihm über den Rücken.

»Allerdings!« Thore verstärkte seinen Griff um Leanders Kinn. »Ich werde dich übers Knie legen, einfach, weil mir danach ist. Und ich werde deinen Körper nehmen, um meine Lust zu stillen.«

Leander wurde heiß und kalt zugleich. Seine Knie fühlten sich plötzlich an, als könnten sie ihn nicht länger tragen. Ein leises, peinliches Wimmern entkam ihm, bevor er flüsterte: »Ja, bitte!«

Thore lachte leise, ein dunkles, raues Geräusch, das Leander noch mehr zittern ließ. »Es wird dir gefallen«, versprach er mit samtweicher Stimme. »Aber das bedeutet nicht, dass ich dich nicht bestrafen werde, wenn so etwas wie heute wieder passieren sollte.«

Leanders Wangen brannten. Es fiel ihm schwer, die Worte über die Lippen zu bringen, aber er schaffte es: »Ja, bitte«, krächzte er. Denn er wollte, dass Thore auf ihn aufpasste. Und wenn er wirklich wieder so töricht war wie heute – dann sollte Thore es sein, der ihm half, die Dinge wieder ins Lot zu bringen.

Thore lächelte sanft. »Das bedeutet, du gehörst jetzt mir, Kaspar. Ganz.«

Leanders Herz machte einen Salto. Er vergaß, dass er der Prinz und Erbe des Landgrafen war. Stattdessen sah er das Leben vor sich, das ihn erwartete – hart, aber voller Freude, voller Tage, an denen er Thore gehören durfte.

Doch dann veränderte sich etwas in Thores Miene. Ein seltsamer Ausdruck huschte über sein Gesicht, bevor er mit ernster Stimme sagte: »Aber es ist nicht für immer, Kaspar. Ich werde dich noch eine Weile hierbehalten, aber wenn dir erst alle dein Täuschungsmanöver verziehen haben, wird es Zeit, dass du nach Trällerbach zurückkehrst. In meinem Leben ist kein Platz für einen Gefährten – und für einen wie dich erst recht nicht. Du bist kein Gesetzloser. Dein Platz ist nicht in diesem Wald.«

Die Worte trafen Leander wie ein Faustschlag.

Natürlich wusste er, dass er nicht für immer bleiben konnte. Irgendwann würde der Landgraf ungeduldig werden und den Wald von Soldaten durchkämmen lassen. Und wenn er Thore und seine neuen Freunde nicht in Gefahr bringen wollte, musste er fortgehen.

Doch vor allem hatte er Kalles Warnung nicht vergessen. So sehr er sich wünschte, für immer zu Thore gehören zu dürfen – der Räuberhauptmann sah das gewiss anders. Und Leander wollte definitiv nicht mehr hier sein, wenn Thore eines Tages einen anderen Mann oder eine Frau mit in sein Baumhaus nahm, während er selbst abgeschoben wurde wie ein abgetragenes Kleidungsstück.

»Kaspar?«, fragte Thore, sichtlich irritiert von Leanders langem Schweigen.

Leander riss sich hastig zusammen. Er durfte sich nicht anmerken lassen, was wirklich in ihm vorging.

»Ja … ich verstehe«, sagte er schnell und zwang sich zu einem neutralen Tonfall. Er musste eine Ausrede finden, bevor Thore ihm zu tief in die Seele blickte. »Ich wollte dich ohnehin bitten, mich irgendwann gehen zu lassen«, fügte er hinzu und hoffte, dass seine Stimme überzeugend klang. »Denn ich habe noch eine Aufgabe zu erfüllen. Ich muss meinen Halbbruder Felix finden.«

Thore musterte ihn einen Moment lang, dann nickte er langsam, offenbar zufrieden mit der Antwort. »Gut. Bis dahin gehörst du mir.«

Leander lächelte erleichtert. Ein Großteil seiner Anspannung wich, stattdessen kehrte das warme Kribbeln der Freude zurück.

»Also … bis ich gehe … bin ich dein?«, vergewisserte er sich, sein Herz pochte wie wild.

»Ganz und gar«, entgegnete Thore und grinste, doch in seinen Augen glomm ein dunkles Feuer auf. Langsam und genüsslich ließ eine seiner großen Hände nach unten wandern. »Besonders das hier!« Mit diesen Worten packte er Leanders längst wieder erwachten Phallus und drückte zu, fest genug, um den Prinzen erschaudern zu lassen.

»Sag es!«, forderte Thore.

»Ich ... Er ... gehört dir. Nur ... dir«, stammelte Leander. *Immer nur dir, ich verspreche es!*, aber diese Worte brachte er nicht mehr heraus, denn Thores Daumen begann, verspielt über die Spitze seiner Männlichkeit zu tanzen, den kleinen Schlitz zu necken und die ersten Anzeichen von Leanders Lust, die daraus hervorquollen, genüsslich zu verreiben.

Leander klammerte sich verzweifelt an Thores Schultern, und die Tatsache, dass der Hauptmann es zuließ, dass er ihm Halt gab, sorgte neben der Lust, die nun durch seinen Körper strömte, für ein Glücksgefühl ganz anderer Art. Nur ein Wimpernschlag trennte den jungen Prinzen noch davon, die Beherrschung zu verlieren und den Nektar der Leidenschaft über die Hand des Räuberhauptmanns zu ergießen.

Doch zu seiner Enttäuschung ließ Thore ihn wieder los, nicht weniger schwer atmend als Leander. »Heute muss es schnell gehen, ich habe keine Geduld, dich auf mich vorzubereiten. Gib mir das Fläschchen mit dem Öl, und ich zeige dir, was man damit noch anstellen kann.«

Leander gehorchte, natürlich tat er das, beschämend eifrig drehte er sich um, angelte blinzelnd nach dem blauen Flakon. Als er sich wieder zu Thore wandte, hatte der die Schnüre seiner Beinkleider gelöst und sie einfach zu Boden fallen lassen.

Das, was er damit enthüllt hatte, war – beeindruckend. Groß. Einschüchternd.

Das Fläschchen fiel Leander aus der Hand, zerschellte auf dem Boden und verteilte seinen wohlriechenden Inhalt auf den Dielen. Vor Schreck plumpste der Prinz zurück auf die Matratze und stöhnte auf, als sein Hintern dies mit einer Welle des Schmerzes beantwortete.

»Hast du deshalb keinen Gefährten, weil du alle damit umgebracht hast?«, fragte er kläglich, denn er konnte sich nicht vorstellen, mehr als die Spitze dieses beeindruckenden Prügels in seinem Mund unterzubringen … geschweige denn anderswo.

Noch vor wenigen Augenblicken schien Leander ausschließlich aus pulsierender Erregung zu bestehen, während in seinem Bauch ein Schwarm Schmetterlinge tobte. Aber dank seines Malheurs mit dem Flakon, seiner Nervosität und nicht zu vergessen dank all der Scherben, die nun hier herumlagen, fühlte der Prinz sich, als sei er unter einen kalten Wasserfall gestoßen worden. Verzagt ließ er den Kopf hängen.

Wie überaus peinlich das war! Was wollte Thore überhaupt mit ihm? Ein unbedarfter Tollpatsch wie er würde dem Hauptmann kaum ein erfreuliches Erlebnis schenken können. Mit einem Mal schienen da keine Schmetterlinge mehr in Leanders Bauch zu wohnen, sondern ein dicker Stein.

Als sei das nicht genug, krochen plötzlich altbekannte Zweifel aus den dunklen Ecken seines Herzens heraus und flüsterten ihm zu: War es vielleicht der eigentliche Plan des Hauptmanns, ihn mit in sein Bett zu nehmen und sich später gemeinsam mit den anderen Räubern über seine Unerfahrenheit und sein linkisches Verhalten lustig zu machen?

»Sieh mich wieder an«, verlockte Thores dunkle Stimme den Prinzen dennoch dazu, den Kopf wieder zu heben.

»Keine Angst, junger Mann«, sagte Thore und schmunzelte, »ich kann damit umgehen.« Offenbar völlig unbeeindruckt von Leanders Missgeschick stand er da und umfasste lässig seinen riesigen Schwanz mit einer Hand.

»Bleib ganz ruhig sitzen, Kaspar«, warnte er dunkel. »Ich will nicht, dass du in eine Scherbe trittst.«

Immer noch sah der Hauptmann Leander dabei mit funkelnden Augen an, und dieser Blick, aber vor allem die Tatsache, dass sich Thore darum sorgte, ob er auch unverletzt blieb, verbannten diese albernen Zweifel wieder in die dunkle Ecke, in die sie gehörten.

»Ja«, piepste Leander und konnte den Blick nicht von diesem harten Schwanz abwenden, der sich nun direkt vor seiner Nase befand. Er war wirklich verdammt riesig – aber auch wunderschön. Gemächlich ließ Thore seine Hand daran auf- und abwandern. Der Prinz nahm einen ganz neuen Geruch wahr, herb und männlich, und mehr als geeignet, um Leanders Erregung erneut anzufachen. Wäre er nicht derartig eingeschüchtert gewesen – und hätte Thore ihm nicht dazu verdonnert, still sitzen zu bleiben –, Leander hätte versucht, sein Gesicht auf Thores drahtige Schamhaare zu pressen und jedes Fitzelchen dieses Geruchs in sich aufzusaugen.

»Mund auf«, sagte der Hauptmann dunkel, und wie von selbst öffneten sich Leanders Lippen, kaum dass Thore den Befehl ausgesprochen hatte. Er glaubte immer noch nicht, dass er dem Hauptmann auf diese Weise Lust bereiten konnte, nicht, ohne selbst Schaden zu nehmen. Aber er gehörte nun Thore, und tief in sich drin spürte Leander die Gewissheit, dass der Mann ihn nicht ernsthaft verletzen oder gar ersticken wollte.

Der Prinz sollte recht behalten. Tatsächlich versuchte Thore nicht, seinen Phallus irgendwie in seinen Mund zu quetschen, sondern schob nur den Daumen seiner freien Hand zwischen Leanders bebende Lippen. »Schön saugen«, schnurrte er dabei.

Das ließ sich Leander nicht zweimal sagen und nuckelte an dem dicken Finger eben jener Hand, mit der Thore das Gemächt des Prinzen zuvor angefasst hatte. War das Leanders eigener, salziger Geschmack, der sich jetzt in seinem Mund ausbreitete? Es fühlte sich verboten und verrucht an, aber auch unheimlich gut.

Er blinzelte nach oben, und was er sah, ließ ihn sich gleich noch mehr anstrengen. Thores Blick war verhangen, sein breiter Brustkorb hob und senkte sich unter seinen schweren Atemzügen, und seine Faust umfasste seinen Phallus jetzt nur noch, als fürchtete der Hauptmann, jede Reibung würde ihn direkt explodieren lassen.

Leander hätte nichts dagegen gehabt, wenn Thore ihn auch auf diese Weise als sein Eigentum markierte. Er saugte und leckte mit noch mehr Eifer, umspielte Thores rauen Daumen mit seiner Zunge, bis dieser ihn schließlich barsch unterbrach. »Rutsch auf das Bett. Pass auf die Scherben auf!«

Geradezu übereifrig tat Leander, was ihm befohlen wurde. Mit großen Augen beobachtete er, wie sich Thore, die Beinkleider schlackerten immer noch um seine Knöchel, zu seiner Truhe bewegte und ihr ein Fläschchen entnahm, dem nicht unähnlich, welches Gustav ihm geschenkt hatte.

Dann kam er wieder zu ihm zurück, sein Schwanz wippte bei jedem Schritt, und wie zur Untermalung dieses beeindruckenden Schauspiels schlug Leanders Herz einen Trommelwirbel.

Der Hauptmann setzte sich zu ihm auf das Bett, und der Prinz kicherte, als sich Thore bei dem Versuch, Beinkleider und Stiefel in einem Aufwasch loszuwerden, verheddert und recht unelegant neben ihm auf die Matratze plumpste. Ha, auch bei einem perfekten Räuberhauptmann lief also nicht immer alles rund!

Doch als sich Thore seiner Kleidung entledigt hatte, verging Leander das Lachen. Im Halbdunkel konnte er den Körper des Hauptmanns nicht deutlich erkennen, doch was er sah, war großartig.

Schon an seinem ersten Tag im Lager der Gesetzlosen hatte er den mächtigen Brustkorb und die gewaltigen Arme des Räuberhauptmanns bestaunen dürfen. Nur allzu gut konnte sich Leander daran erinnern, dass etliche Narben auf Thores Haut von einem Leben voller Abenteuer und Gefahren erzählten. Aber das erschreckte Leander nicht, ebenso wenig die kräftigen, eisernen Muskeln des Räuberhauptmanns. Nein, statt sich schmächtig und klein zu fühlen oder gar hilflos wie ein Lämmchen, umfing den Prinzen ein wundersames Gefühl von Schutz und Geborgenheit, als der Räuberhauptmann ihn mit einem einzigen kraftvollen Zug an seine breite Brust zog.

Haut an Haut lagen sie nun da. Sehr viel nackte Haut an nackter Haut, und Leander schwelgte in diesem neuen Gefühl der Nähe und Sicherheit. Einer seiner Arme war zwischen ihren Leibern eingeklemmt, aber wohin mit dem anderen? Schüchtern schlang Leander ihn schließlich um Thores Mitte.

Es schien ihn nicht zu stören. »Halt dich nur gut fest, Kaspar«, raunte er, dann öffnete er sein Fläschchen, und siehe da, auch in diesem schien sich ein wohlriechendes Öl zu befinden. Thore gab ein wenig davon in eine seiner Hände, dann verschloss er den Flakon wieder und stellte ihn beiseite.

Als der Hauptmann sich wieder dem Prinzen zuwandte, geschah etwas, das wie ein Blitz durch Leanders ganzen Körper fuhr: Ihre Schwänze stießen aneinander! Thores Härte unter der seidigen Haut zu spüren war fast schon zu viel, und als der Hauptmann nun auch noch seine ölige Hand um sie beide schloss, glaubte der Prinz, er müsse jeden Augenblick den Verstand verlieren. Ein Schweißtropfen rann über sein Gesicht und in sein Auge und behinderte einen Augenblick lang seine Sicht auf dieses überwältigende Schauspiel. Doch das Gefühl, als Thore seine Hand nun mit schlafwandlerischer

Sicherheit auf und ab bewegte, reichte schon aus, um seine Selbstbeherrschung an ihre Grenze zu bringen.

»Du kommst nicht, bevor ich es dir erlaube«, knurrte Thore, als könne er spüren, wie kurz Leander davor war, den Gipfel der Lust zu erklimmen. Vielleicht spürte er es auch? Was wusste Leander schon.

»Bitte, bitte, bitte!«, stieß der Prinz verzweifelt aus. Einst wäre es ihm schwergefallen, dieses Wort auszusprechen, doch nun war es ihm nicht mal mehr peinlich.

»Du wartest«, knurrte Thore, verriet ihm jedoch nicht, wie das gehen sollte, wenn der Hauptmann doch seine Hand immer schneller auf und ab bewegte. Thores Phallus tropfte nun ebenso sehr wie der des Prinzen, ihrer beider Saft vermischte sich mit dem wohlduftenden Öl, und der Anblick war einfach nur atemberaubend.

Leander keuchte. Er versuchte, sich irgendwie zurückzuhalten, obwohl er den Eindruck hatte, niemals etwas so sehr gewollt zu haben, wie sich nun ganz seiner Lust hinzugeben – nichts, außer Thore zu gehorchen. Also biss er die Zähne zusammen und sah keuchend zu, wie ihre beiden Schwänze sich aneinander rieben, wie Thores Faust sie noch mehr stimulierte und Leander damit an den Rand des Wahnsinns trieb.

»Ich … bitte!« Mehr brachte der Prinz nicht mehr heraus.

»Jetzt, Kaspar!«, raunte Thore ihm ins Ohr, und im ersten Moment erinnerte sich der Prinz gar nicht daran, dass er gemeint war, doch dann presste Thore seine Lippen gierig auf Leanders Mund – und in diesem Moment hätte das Baumhaus einstürzen können, der Prinz hätte sich um nichts in der Welt weiter zurückhalten können.

Vielleicht stürzte es auch ein, das konnte Leander nicht mit Sicherheit sagen. Thore fing den Schrei des Prinzen mit seinem

Mund auf, Leanders Körper bäumte sich auf, und Thores Schwanz pulsierte dicht an seinem eigenen.

Niemals zuvor hatte der Prinz so etwas erlebt, ein Wirbelsturm an Gefühlen tobte durch seinen Körper, schien gar kein Ende nehmen zu wollen. Doch Thore war da, sein Fels in der Brandung, seine geschickten Finger sorgten dafür, dass der Orkan, der durch Leander tobte, noch ein wenig länger dauerte, und schenkte ihm gleichzeitig die Sicherheit, nicht darin verloren zu gehen.

Schwer atmend ließen sie schließlich voneinander ab, auch wenn Leander immer noch das Gefühl hatte, zu schweben. Er schloss die Augen, wollte all das bis zur letzten Sekunde auskosten.

»Alles in Ordnung, Junge?«, fragte Thore beiläufig und begann damit, sie beide mit einem Bettzipfel notdürftig sauber zu machen. »Ich glaube, morgen ist ein Bad im Fluss fällig.«

»Ja«, sagte Leander nur, zu mehr war er nicht fähig. Zwar schien Thore bei weitem nicht so mitgenommen zu sein wie der Prinz, aber die zärtliche Geste gab Leander den Rest. Das hier war so viel mehr als die Befriedigung ihrer Triebe gewesen, zumindest für ihn war es so. Er war fast froh, dass er keinen Namen dafür hatte, denn er wollte Thore wirklich nicht mit seinen überschäumenden Gefühlen belästigen.

Doch als der Hauptmann seine Lippen sanft auf die verschwitzte Schläfe des Prinzen drückte, durchfuhr Leander ein jäher Stich aus Sehnsucht. Er musste sich mit aller Kraft dagegen wehren, um nicht um einen richtigen Kuss zu flehen. Keinen flüchtigen wie diesen oder einen, den sie im Rausch der Lust teilten – sondern einen echten, einen, für den sie sich Zeit nahmen, langsam, voller Hingabe …

Aber vielleicht war Thore nicht der Mann für solche Zärtlichkeiten. Und Leander wollte nicht gierig oder bedürftig wirken, wo der Hauptmann ihm doch bereits mehr geschenkt hatte, als er je zu hoffen gewagt hätte. Wie könnte er da nach mehr verlangen? Solche Undankbarkeit mochte dem verwöhnten Prinzen im Schloss eigen gewesen sein – doch dieser Junge, der er einst gewesen war, schien ihm nun so fremd wie ein Schatten aus einem anderen Leben.

Nein, er durfte sich nicht in törichten Hoffnungen und Tagträumen verlieren, die ihm nur den Kopf verdrehten. Also richtete er sich ein wenig auf und fragte betont eifrig: »Soll ich vielleicht die Scherben aufsammeln?« Schließlich war es seine eigene Ungeschicklichkeit gewesen, die Gustavs Geschenk zu Bruch hatte gehen lassen. Und es erschien ihm nur recht, nach all dem, was Thore ihm heute gegeben hatte, wenigstens etwas zurückzugeben.

»Nein«, entschied der Räuberhauptmann. »Das kannst du morgen machen. Ich will nicht, dass du dich im Dunkeln verletzt.«

Leander blinzelte überrascht. Wann hatte sich das letzte Mal jemand so um ihn gesorgt? Felix vielleicht? Aber das war schließlich seine Aufgabe gewesen. Niemand konnte Thore befehlen, sich um ihn zu kümmern – und doch tat er es. Wie sollte Leander da nicht endgültig sein Herz an diesen Mann verlieren?

Als spüre Thore, dass Leander von seinen Gefühlen überrollt wurde, gab er ihm einen neckischen Klaps auf den Hintern. »Doch sei gewarnt! Morgen erwarte ich gründliche Arbeit. Auch meine Füße sollen unversehrt bleiben, wenn ich aufstehe!«

Mit diesen Worten traf der Hauptmann genau den richtigen Ton, um Leanders verwirrtes Gefühlschaos in etwas Leichteres zu verwandeln. Er grinste in sich hinein und fragte herausfordernd: »Ach ja? Und wenn ich doch eine Scherbe übersehe?«

»Dann werde ich dich bestrafen müssen«, brummte Thore, doch sein Tonfall klang alles andere als ernst. »Vielleicht lege ich dich nur zum Spaß übers Knie ... oder ich benutze deinen süßen Mund für meine Lust. Also sei lieber sorgfältig! Und jetzt – sei ein guter Junge und schlaf.«

Leanders Herz flatterte aufgeregt wie ein gefangenes Vögelchen in seiner Brust. Aber artig schmiegte er sich an Thore, genoss die Wärme und Geborgenheit, die ihn umhüllte, und murmelte nur schläfrig: »Is gut ...«

Denn nicht für alle Schätze dieser Welt würde er dieses Geschenk aufs Spiel setzen, eng umschlungen mit dem Hauptmann einschlafen zu dürfen. Nicht, nachdem er sich nächtelang genau danach gesehnt hatte!

Unterwerfung und **Verlangen**

Thore brummte leise, als er aus einem köstlichen Traum gerissen wurde. Eben noch hatte er einen Prinzen in prächtigen Gewändern geküsst, nun spürte er, wie Kaspar offenbar gerade versuchte, sich aus Thores Umarmung zu winden, ohne den Hauptmann aufzuwecken.

Er blinzelte schläfrig und beobachtete, wie Kaspar sich daran machte, die Glasscherben vor dem Bett aufzusammeln und in eine verbeulte Schale zu legen – und da der junge Mann immer noch nackt war, bot er Thore dabei einige sehr interessante Einblicke. Der Räuber versuchte, ein Schmunzeln zu verbergen, und er schloss die Augen halb, um den Anschein zu erwecken, er schliefe noch tief und fest. Schließlich wollte er die Vorstellung, die Kaspar ihm hier bot, keinesfalls frühzeitig beenden.

Als der Jüngling sich schließlich mit einem Lappen in der Hand und noch immer unbekleidet neben das Lager kniete und begann, mit fleißigen Bewegungen den Boden zu säubern, war Thore endgültig wach. Das Herz des Räubers schlug schneller, seine Männlichkeit erwachte und pochte mit. War es möglich, dass dieser kecke Spatz seine Reize bewusst zur Schau stellte? Hatte er die begehrlichen Blicke des Hauptmanns bemerkt?

Thore leckte sich die Lippen. Er gedachte der Worte des jungen Mannes vom Abend zuvor, als dieser nicht nur gestand, Thore als Mann zu begehren und sein Lager teilen zu wollen, nein, er hatte sich auch gänzlich in seine Obhut begeben. Könnte es sein, dass Kaspar genau der richtige Gefährte für ihn wäre …

Der Gedanke war mehr als ernüchternd. Er konnte sein Leben nicht mit einem Gefährten teilen. Es war zu gefährlich, ein törichter Traum. Einen Mann oder eine Frau in sein Herz zu lassen, würde ihn angreifbar machen, würde ihn und seine Bande in Gefahr bringen. Ganz abgesehen davon, was hatte er Kaspar schon zu bieten? Ein lächerliches Baumhaus, in dem es im Sommer angenehm, aber im Winter saukalt war, Soldaten, die einen jagten, und jeden Tag die bange Frage, ob es genug Essen für alle gab.

Außerdem – Kaspar wollte ja ohnehin nicht bleiben. Auch das hatte er ihm erst gestern gestanden. Ihre gemeinsame Zeit würde sich also bald schon ihrem Ende zuneigen.

Den jungen Mann schien es nicht zu bekümmern. Er zog sich rasch an und verließ mit federnden Schritten das Baumhaus. Dabei pfiff er leise vor sich hin, als er die Leiter hinabstieg.

Schweren Herzens erhob sich der Räuberhauptmann ebenfalls von seinem Lager. Sein Blick schweifte über den Boden des Baumhauses. Kaspar hatte seine Arbeit sorgfältig verrichtet – wäre da nicht die riesige, blaue Scherbe gewesen, die mitten im Raum auf dem Boden lag, unmöglich zu übersehen.

Ein Lächeln huschte über Thores Antlitz, und die düsteren Gedanken zerstreuten sich. So verhielt es sich also! Der Bengel forderte ihn heraus.

Nun denn, dieser Herausforderung würde er sich mit Freuden stellen!

Leander fühlte sich, als sei die Sonne heute nur für ihn aufgegangen. Voller Tatendrang strebte er zur Feuerstelle, wo ihn der vertraute Duft von Holzrauch und Kräutern begrüßte. Am liebsten hätte er alles und jeden umarmt, die düsteren Tannen ebenso wie den grimmigen Tuck, doch er riss sich zusammen und sagte artig: »Guten Morgen, Tuck. Wie kann ich heute helfen?«

»Ah, der hochwohlgeborene Herr bequemt sich auch mal wieder her«, brummte der Küchenmeister. »Hurtig, schaff mehr Feuerholz herbei! Und kümmre dich um das Gemüse! Außerdem darfst du dir heute das Gemotze über das Essen anhören. Gestern musste ich es schließlich allein ertragen!«

»Alles klar«, sagte Leander gutmütig und machte sich an die Arbeit. Dabei wollte das Grinsen gar nicht aus seinem Gesicht weichen, denn auch wenn Tuck es ganz gewiss nicht so gemeint hatte, so hatte sich dessen rüde Begrüßung doch wie ein Lob angefühlt – schließlich beschwerte sich selten einer der Räuber über das Essen, wenn der Prinz dem Eintopf mit seinen Kräutern den letzten Schliff verpasste!

Leanders gute Laune steigerte sich weiter, als er sah, dass Kalle und Gustav weit früher als üblich ihr Baumhaus verließen und sich zu ihm gesellten, obwohl es noch nicht Zeit für das Frühstück war. Die Freunde grinsten ebenfalls breit, als sie seiner ansichtig wurden, denn offenbar konnte Leander nicht verbergen, dass sich einiges geändert hatte zwischen dem Hauptmann und ihm.

»Na, sieh mal einer an«, begann Gustav mit einem schelmischen Funkeln in den Augen, kaum dass er den Prinzen erreicht hatte. Er schnappte sich eine schon etwas altersschwache Karotte, die schlaff und runzlig zwischen dem übrigen Gemüse lag. »Ich wette, das, was unser wackerer Thore zwischen den Beinen hat, sieht ein wenig anders aus als das hier!« Er lachte und wackelte mit den Augenbrauen. »Sag an, ist er gut bestückt? Hat er es dir gut besorgt, ja?«

Leander spürte das inzwischen allzu vertraute Brennen in seinen Wangen, und ehe er es verhindern konnte, schob sich vor sein inneres Auge das Bild eines nackten Thore – eines Thore, der stark und stolz wie ein uralter Baum dastand und bei weitem nichts mit der kläglichen Karotte gemein hatte, die Gustav da hochhielt.

Kalle, der die Verlegenheit des Freundes wohl bemerkte, legte dem Prinzen sanft eine Hand auf die Schulter. »Lass ihn doch«, sagte er zu Gustav. »Siehst du nicht, wie glücklich er ist? Das ist doch wirklich wichtiger als irgendwelche pikanten Details.«

»Wie könnten pikante Details jemals unwichtig sein?«, erwiderte Gustav entrüstet und schüttelte theatralisch den Kopf. »Ich erinnere mich noch sehr wohl daran, dass du bei unserem letzten Besuch in der Schenke vor Trällerbach ziemlich genau wissen wolltest, welche pikanten Details die Schankmagd unter ihrem Röckchen versteckt hält …«

Nun war es Kalle, der rot anlief, während sich Leander mit dem Gemüse beeilte, damit ihm noch Zeit blieb, ein paar Kräuter für den Eintopf zusammenzusuchen. Trotz ihrer anhaltenden Späße halfen Kalle und Gustav ihm, und das warme Gefühl in Leanders Brust verstärkte sich.

Doch als wenig später auch Thore zum Frühstück erschien, war es dem Prinzen, als würde der Wald selbst verstummen. In einer Mischung aus Hoffnung und Angst sah er dem Hauptmann entgegen, doch dessen strenge Miene verriet nichts.

Leanders Hand zitterte, während er begann, die Schalen mit dem Eintopf zu füllen. Immer wieder blinzelte er zu Thore hin, doch der tat so, als hätte er ihn nicht gesehen. Selbst als der Prinz den Mut aufbrachte, ein leises »Guten Morgen« zu murmeln, nickte der Hauptmann ihm nur flüchtig zu und machte keine Anstalten, ihn zu beachten.

Ein Knoten bildete sich in Leanders Magen. War er mit seinem kleinen Scherz mit der Scherbe zu weit gegangen? Hatte Thore sie womöglich übersehen, war hineingetreten und hatte sich verletzt? Oder fand er es einfach nicht lustig?

Immer mehr Räuber versammelten sich um das Feuer, sie scherzten, schimpften, lachten und furzten wie immer. Doch Leander saß wie auf glühenden Kohlen, und der Eintopf, der ihm zuvor noch besonders lecker vorgekommen war, schmeckte mit einem Mal wie Krötenschleim. Immer wieder sah er zu Thore hinüber, doch dessen Miene war und blieb unergründlich.

Irgendwann blieb ihm nichts mehr übrig, und er begann, die schmutzigen Schalen wieder einzusammeln. Doch als er an Thore vorbeikam, stand der Hauptmann unvermittelt auf, packte Leander und zog ihn mit einem kräftigen Ruck an sich heran. Leander schnappte erschrocken nach Luft, als der Hauptmann eine Hand in den blonden Locken des Prinzen vergrub und ihn so zwang, den Kopf ein wenig in den Nacken zu legen. Dabei raunte er ihm ins Ohr: »Heute Abend zeige ich dir, was ich mit unartigen Frechdachsen mache!«

In einer unmissverständlichen Geste ließ Thore seine Hand über Leanders Hinterteil gleiten und drückte fest zu. Vor lauter Schreck fielen Leander die Schalen aus den Händen, was prompt die Aufmerksamkeit aller erregte und das Gejohle der Räuber heraufbeschwor. Natürlich sparte die Bande nicht mit zotigen Sprüchen. Doch Leander war es egal, im Gegenteil, dass Thore ihn vor aller Augen für sich beansprucht hatte, fühlte sich unheimlich gut an.

Während der Prinz das schmutzige Geschirr wieder einsammelte, war es ihm schon, als schwebe er auf Wolken. Thore war nicht wirklich böse auf ihn, er würde sich auf das Spiel einlassen, das Leander begonnen hatte – und er konnte es kaum erwarten, zu erfahren, was das bedeutete.

Das aufgeregte Kribbeln in seinem Magen begleitete Leander den ganzen Tag. Immer wieder verlor er sich in Fantasien über den bevorstehenden Abend, bis ihn ein scharfer Ruck an seinem Ohr unsanft in die Realität zurückholte. »Träumst du schon wieder?«, knurrte Tuck. »Das schmutzige Geschirr wird sich nicht von Geisterhand reinigen!«

Leander ließ die Zurechtweisung über sich ergehen. Längst hatte er Gefallen an der Arbeit gefunden und experimentierte inzwischen sogar mit eigenen Ideen, um Tucks eintönigen Eintopf genießbarer zu machen. Zudem genügte ein Gedanke an die kommende Nacht mit Thore, und jeder Ärger über den mürrischen Küchenmeister verflog sofort.

Als Tuck endlich die Ideen auszugehen schienen, was er Leander noch anschaffen könnte, tauchte auch Gustav wieder auf.

»Es ist an der Zeit, aus dir einen echten Räuber zu machen, Kaspar!«, verkündete er feierlich und führte den verblüfften Prinzen aus dem Lager. Mit verschwörerischer Miene begann er, ihm die Kunst des Taschendiebstahls beizubringen.

»Es geht ums Feingefühl«, erklärte Gustav und befestigte ein kleines Glöckchen an Leanders Weste. In die Westentasche schob er einen winzigen Stein. Während sie tiefer in den Wald liefen, ließ Gustav geschickt die Finger spielen – und zog den Stein so sanft heraus, dass das Glöckchen vollkommen stumm blieb und Leander nichts bemerkte.

»Jetzt du!«

Trotz Gustavs Tipps und seiner eigenen Bemühungen scheiterte Leander kläglich. Immer wieder erklang das verräterische Glöckchen, wenn er versuchte, den Stein unbemerkt aus Gustavs Tasche zu stibitzen.

»Macht nix«, tröstete Gustav ihn. »Das erfordert Übung. Du wirst das schon lernen.«

»Wie lange hast du denn gebraucht?«, fragte Leander verzagt.

Gustav zuckte mit den Schultern. »Ich konnte das irgendwie immer. Mein Vater war der König der Taschendiebe. Ich glaub', ich konnte klauen, bevor ich laufen konnte.«

»Oh.« Leander zögerte, dann fragte er leise: »Wo ist dein Vater jetzt?«

Gustavs Lächeln wurde schief. »Die Obrigkeit hat ihn erwischt. Man hat ihn gehängt.«

Leander schluckte hart. Unbeholfen drückte er Gustavs Hand.

»Schon gut«, sagte der Freund mit einer Leichtigkeit, die nicht ganz überzeugte. »Das ist lange her. Hier im Wald, bei Thore und der Bande, hab ich eine neue Familie gefunden. Mir geht's gut.«

Doch Leander wollte es kaum glauben. Erst hatte er von Kalles traurigem Schicksal erfahren müssen, und jetzt das. Welch bittere Erfahrungen seine neuen Freunde in ihrem Leben schon gemacht hatten! Vielleicht genau in dem Moment, als der Prinz im warmen, gemütlichen Schloss saß und sich von Felix heiße Schokolade bringen ließ! Ein Stich durchfuhr Leanders Herz, und ein Gefühl, das er kaum zu benennen wusste, nagte an ihm. War das nicht furchtbar ... ungerecht?

Nachdem Thore mit August und einigen Vertrauten die geplanten Raubzüge besprochen hatte, schlenderte er zurück ins Lager. Sein Blick wanderte scheinbar beiläufig über die Lichtung – doch in Wahrheit haftete er an Kaspar. Der Jüngling stand über das Kochfeuer gebeugt, während er eine Handvoll Kräuter in den dampfenden Eintopf rieseln ließ. Die Stirn gerunzelt, die Lippen konzentriert zusammengepresst – ein Bild voll eifriger Hingabe.

Thore verschränkte die Arme und schüttelte innerlich den Kopf. Was zum Henker tat der Bengel mit ihm? Er erwischte sich dabei, wie ihm warm ums Herz wurde – als wäre es mehr als bloßer Zeitvertreib, als bedeutete ihm der Junge irgendetwas. Lächerlich!

Sie hatten einander gegenseitig schon einiges an Ungemach bereitet, da war es doch nur recht und billig, wenn sie einander ein wenig erfreuten, miteinander spielten – bevor jeder wieder seiner Wege ging.

Apropos Freude. Thore konzentrierte sich wieder auf das, was ihn heute Abend erwartete – und ein freches Grinsen schlich sich auf sein Gesicht. Es war an der Zeit, Kaspars Erfahrungsschatz ein wenig zu erweitern. Der Kleine mochte sich willig in seine Hände begeben haben, doch die Freuden, die ein Mann in den Armen eines anderen finden konnte, waren ihm noch längst nicht alle vertraut.

Höchste Zeit, das zu ändern.

Mit derart erfreulichen Gedanken im Kopf ließ sich Thore schließlich zum Abendessen am Lagerfeuer nieder. Kaspar schien von ganz ähnlichen Vorstellungen heimgesucht zu werden, denn als er Thore seine Schale mit Eintopf brachte, färbten sich seine Wangen ganz entzückend rot, ehe er dem Hauptmann mit zitternden Händen und gesenktem Blick sein Mahl reichte. Hübsch sah der Junge dabei aus, im Schein des Feuers warfen seine Wimpern lange Schatten auf die zarte Haut seines Gesichts.

Thore zwang sich, sein Begehren in Schach zu halten und stattdessen das Essen zu würdigen – würzig und mit akkurat geschnittenem Gemüse. Kaspar war in jeder Hinsicht ein Gewinn für die Bande.

Dennoch ließ er ihn noch ein wenig zappeln, genoss die verstohlenen Blicke, die der junge Mann ihm immer wieder zuwarf, ehe er sich mit einem knappen »Kaspar. Gehen wir«, erhob und sie beide erlöste.

Der Jüngling sprang eilig auf und folgte ihm bereitwillig zur Leiter. Thore ließ ihn vorausschreiten und genoss den Anblick, wie sich die schlanken Muskeln unter der Kleidung bewegten. Der Kleine war inzwischen flink wie ein Wiesel – als sei er schon immer Teil des Lebens hier gewesen.

Oben angekommen, trat Thore zur Truhe neben dem Bett und nahm eine Kerze samt Halter heraus. Mit geübter Bewegung schlug er Feuerstein und Stahl aneinander, ließ Funken aufstieben, bis die Flamme züngelnd erwachte und warmes Licht den Raum erfüllte. Dann wandte er sich um – Kaspar stand unschlüssig in der Mitte des Zimmers, die Wimpern flatterten aufgeregt über seinen weit aufgerissenen Augen.

Doch das reichte Thore nicht. Er wollte ihn sehen. Alles.

»Zieh dich aus«, befahl der Räuberhauptmann, seine Stimme dunkel und rau.

Kaspar blinzelte ungläubig. »Ich soll ... während du ...?« Seine Finger krallten sich unbewusst in den Saum seiner Weste, als suchten sie dort Halt.

»Ich will sehen, was mir gehört.«

Noch vor wenigen Augenblicken hatte Vorfreude in Kaspars Augen geleuchtet, doch nun kämpften Angst, Neugier und

Scham in seinem Gesicht um die Vorherrschaft. Thore glaubte nicht, jemals ein derart faszinierendes Mienenspiel gesehen zu haben, auch wenn er es schade fand, dass Kaspars Augen nicht mehr strahlten. Seine Kehle zuckte, als er schwer schluckte, und die Röte, die sich unaufhaltsam auf seinen Wangen ausbreitete, verriet seine innere Aufruhr. Thore ahnte, dass der junge Mann zurückschrecken würde – und genau so geschah es dann auch.

Kaspar biss sich auf die Lippe, dann straffte er seine Schultern, verschränkte abwehrend die Arme vor der Brust und funkelte Thore herausfordernd an. »Warum sollte ich?« Die Worte klangen trotzig, verbargen aber kaum das Zittern seiner Stimme.

So standen sie da, Auge in Auge, wie zwei Krieger, keiner bereit, als Erster zu weichen. Einen Augenblick zögerte auch Thore. Mit einem erfahrenen Liebhaber hätte er die Spannung dieses Moments ausgekostet und es auf eine Machtprobe ankommen lassen – doch Kaspars Trotz war keine Spielerei, sondern der Schutzschild eines Unerfahrenen. Und diese Furcht wollte er ihm nehmen.

Also schloss Thore mit einem Schritt den Abstand zwischen ihnen, legte seine warmen Hände sanft auf Kaspars Arme, strich langsam darüber, bis sich die verkrampfte Haltung löste. Dann schob er sacht einen Finger unter sein Kinn, hob es an und beugte sich näher. Seine Lippen streiften fast die des jungen Mannes, als er murmelte:

»Du bist bei mir sicher, Junge. Glaubst du wirklich, ich würde einen solch kostbaren Schatz beschädigen?«

Kaspars Augen weiteten sich. »Nein«, hauchte er.

»Willst du noch immer mir gehören? Mir gehorchen?«

»Ja.« Das klang zwar noch nicht ganz so überzeugt, wie Thore es sich wünschen würde, aber Kaspars Finger wanderten automatisch zum Kragen seines Hemdes, lösten die ersten Schnüre.

Thore trat drei Schritte zurück, ließ dem Jüngling den Raum, um sich zu entkleiden. Obwohl seine Hände zitterten, machte Kaspar weiter, bis er schließlich völlig entblößt dastand.

»Auf die Knie«, raunte Thore dunkel.

Es war, als hätten Kaspars Beine schon beschlossen, zu gehorchen, ehe sein Kopf so ganz hinterherkam. Zwar kniete er sich ohne zu zögern hin, doch sein Blick flackerte, als er nun mit großen, fragenden Augen zu ihm aufsah. Thore konnte die stillen Zweifel darin lesen – die bange Sorge, sich in die Hände eines Mannes begeben zu haben, der ihn verletzen würde.

»Guter Junge«, schnurrte der Hauptmann, und das Lob wirkte wahre Wunder. Kaspar entspannte sich sichtlich, und ein winziges Lächeln schlich sich in sein Gesicht. »Wie wunderschön du bist.«

Er hatte den richtigen Ton getroffen, das war deutlich zu erkennen. Es war, als ginge die Sonne im Gesicht des jungen Mannes auf, und als er sich nun auf die Unterlippe biss und anschließend darüber leckte, war das definitiv keine Unsicherheit mehr. Kaspar war bereit, sich auf ihn einzulassen.

»Komm her zu mir«, lockte Thore.

Ein Lächeln zupfte an den Mundwinkeln des Jünglings, ehe er sich auf alle viere niederließ und geschmeidig wie ein Kätzchen zu ihm herüberkrabbelte. Dabei wackelte er ein wenig mit seinem süßen Hinterteil, was Thore nun ebenfalls ein Lächeln entlockte. Es war wundervoll, dass Kaspar nun offenbar bereit war, dem Hauptmann seine verspielte Seite zu zeigen. Eine Seite, die ihm außerordentlich gut stand, ebenso wie die fast verblassten Spuren auf seinen Hinterbacken, auf denen man immer noch die Zeichen von Thores strenger Hand erkennen konnte.

Aber der Hauptmann hatte sich zuvor schon dafür entschieden, dem Arsch seines jungen Gespielen in dieser Nacht noch eine Pause zu gönnen. Es gab auch noch so viel mehr, womit sie einander erfreuen konnten!

Inzwischen war Kaspar bei ihm angelangt, ließ sich anmutig auf seine Fersen sinken und sah erneut zu ihm auf. Seine Augen funkelten und erneut leckte er sich provozierend über die Lippen.

Thore grinste, dann griff er nach der Scherbe, die er am Morgen auf dem Boden entdeckt und sorgsam auf sein schmales Bücherregal gelegt hatte. Nun hielt er den kläglichen Rest des blauen Flakons dem knienden Jüngling direkt vor die Nase.

»Hatte ich nicht gesagt, du solltest sorgfältig sein, wenn du die Scherben einsammelst?«, fragte er mit gespielter Strenge in der Stimme.

Kaspar schob die Unterlippe vor, schnaubte heftig und verdrehte die Augen. Sein Schmollen war so übertrieben, dass es nur Theater sein konnte, und der Räuberhauptmann musste all seine Willenskraft aufbringen, um nicht aus seiner Rolle zu fallen und in schallendes Gelächter auszubrechen.

»Ich habe wahrlich mein Bestes gegeben«, maulte der Jüngling trotzig.

Thore schnalzte mit der Zunge. »So, so. Nun, dann kann dies nur eines bedeuten: Du wolltest mir einen Streich spielen, indem du die Scherbe zurückließest«, stellte er kühl fest.

Kaspars Wangen färbten sich ganz entzückend rot, und einmal mehr biss er sich auf die Unterlippe. »Bestrafst du mich?«, hauchte er schließlich.

Der junge Mann verwendete die gleichen Worte wie am Tag zuvor, und dennoch klangen sie völlig anderes! Ein kleines Zittern in der Stimme verriet noch eine Spur Unsicherheit, doch von der Verzweiflung, die Kaspar gestern empfunden haben musste, war heute nichts zu spüren.

»Das glaube ich nicht«, murmelte Thore bedächtig. Er ließ eine bedeutungsvolle Pause folgen, dann beugte er sich ein wenig zu Kaspar herab und fügte hinzu: »Doch du darfst es wiedergutmachen.«

Die Augen des jungen Mannes leuchteten auf, und als der Hauptmann sich nun auch noch aufrichtete und eine seiner Hände bedeutsam über seinen Schritt wandern ließ, keuchte er auf. Thore musste sich zusammenreißen, um nicht ebenfalls lustvoll zu stöhnen, als er seinen Blick nun über den knienden jungen Mann wandern ließ. Die kleinen, rosigen Nippel, fest und hart auf seiner glatten Brust, die Erregung, die zwischen seinen Beinen erwachte … Kaspar sah umwerfend aus.

Eifrig hob der Bursche die Hände, besann sich dann aber offenbar, verharrte mitten in der Bewegung und sah Thore flehend an. »Darf ich wirklich? Was soll ich tun?«

Der Räuberhauptmann zuckte scheinbar gelassen mit den Schultern. »Du darfst tun, was immer dir angemessen erscheint, um mich für dein Versäumnis zu entschädigen«, sagte er, gespannt, wie weit Kaspar sich vorwagen würde.

Mehr als ein dünnes »Oh!« brachte der junge Mann nicht mehr heraus, aber seine Finger machten sich zügig an Thores Beinkleidern zu schaffen. Das fing auf jeden Fall gut an!

Kaspar löste die Schnüre, und dann zog er den lästigen Stoff auch schon nach unten. Thore war bereits hart, und sein Schwanz war mehr als begierig, zu erfahren, was Kaspar als Nächstes tun würde.

»Was für ein Anblick!«, hauchte der Jüngling und betrachtete den Phallus des Hauptmanns mit glänzenden Augen.

Thore bildete sich nicht allzu viel darauf ein, sein Schwanz passte zu seiner Statur, wie er fand. Aber die Bewunderung des jungen Mannes genoss er dennoch. Er hoffte nur, dass es nicht bei bewundernden Blicken … ah ja!

Fast schüchtern ließ Kaspar nun seine Finger die kräftigen Beine des Hauptmanns hinaufwandern, geradezu zärtlich strich er über dessen ausgeprägte Muskeln. Seine Hände waren immer noch zart und weich, und es fühlte sich wundersam an, wie er Thores Körper damit erkundete, als entdecke er ein unbekanntes Land.

Thore verschwendete in der Regel nicht allzu viele Gedanken an seinen Körper, und an seine Beine schon gar nicht, es sei denn, eine Verletzung plagte ihn. Doch Kaspars Berührungen ließen ihn sich selbst ganz neu wahrnehmen. Wahrlich, es war berauschend, wie der junge Mann langsam in interessantere Gefilde vordrang, doch es war mehr als nur das. Dieses *mehr* war es, das ihn nicht nur vor Erregung erschaudern ließ, sondern auch ein seltsam schmerzhaftes Ziehen in seiner Brust hervorrief.

Thore schalt sich einen Narren. Nein, er würde sich jetzt nicht in den Gedanken verrennen, dass Kaspar ihn berührte wie ein Liebhaber, wie jemand, der seinen Gefährten ganz genau kennenlernen wollte. Der Jüngling ließ sich nur deshalb Zeit, weil er unerfahren und ein wenig eingeschüchtert war!

Als hätte er gespürt, dass die Stimmung des Räuberhauptmanns sich wandelte, hauchte Kaspar in diesem Moment einen zarten, kaum spürbaren Kuss auf die Spitze von Thores Schwanz. »Du bist wunderschön!«, stellte er dabei leise fest und küsste ihn erneut.

O ja, das ging nun definitiv in die richtige Richtung! Er würde den jungen Mann nicht zwingen, seinen Phallus in den Mund zu nehmen, gewiss nicht. Aber ihn sanft zu lenken – nun, damit hatte der Hauptmann kein Problem. Er hatte den Jungen schließlich nicht ohne Grund vor sich auf die Knie beordert. Also brummte er ein zufriedenes »Nur weiter so«, um Kaspar ein wenig anzuspornen.

»Ich … Was soll ich denn … Darf ich …?«, stammelte der Bursche.

Thore schmunzelte. »Benutz deine Zunge«, schlug er vor. »Aber ich werde auch zufrieden sein, wenn du mich mit deinen Händen verwöhnst.«

Kaspar nickte eifrig, und seine Augen funkelten wie Sterne am Nachthimmel. Die Hände des jungen Mannes wanderten Thores Schenkel hinauf und kamen schließlich auf der Flanke des Hauptmanns zum Stillstand, als suchten sie Halt an einem mächtigen Baum. Thore spürte, wie Kaspars warmer Atem über seinen harten Schaft strich. Der Hauptmann erschauderte, als Kaspar seine Wange an Thores Oberschenkel rieb. Und dann … was tat er da? Schnupperte er an ihm?

Was auch immer es war, der Jüngling gab ein entzücktes Seufzen von sich. Endlich wagte sich auch die Spitze seiner Zunge zwischen seinen Lippen hervor. Als wolle er den Hauptmann ein wenig necken, stupste er sodann mit seiner Zungenspitze Thores Eichel an. Dann erst leckte er einmal dar- über, vielleicht versuchte er auch, seine Zunge um Thores Phallus zu wickeln, doch was auch immer er im Sinn hatte, es fühlte sich himmlisch an!

Die Hände des Jungen wanderten derweil weiter, begannen damit, Thores Hinterbacken zu kneten, während sich die Zunge um seinen Schaft schlängelte. »Gut so«, knurrte Thore, hielt sich mit einer Hand an dem Bücherregal fest und rang um Fassung. Kaspars Anblick, gepaart mit diesen ebenso zärtli- chen wie berauschenden Berührungen, machte es dem Haupt- mann wahrlich schwer, die Beherrschung zu bewahren.

Völlig unerwartet stülpte der Jüngling dann seine Lippen um Thores Schwanz und nahm ihn in den Mund. Dann hielt der Kleine inne, sah mit weit aufgerissenen Augen zu Thore hoch, als wisse er nicht recht, was er nun mit diesem riesigen Phallus in seinem Mund anstellen sollte.

»Nicht zubeißen«, warnte Thore ihn sanft und zwinkerte dem Jungen beruhigend zu. »Ansonsten tu, was auch immer sich gut für dich anfühlt!«

Wahrlich, Thores Selbstbeherrschung wurde arg auf die Probe gestellt, es kostete ihn einiges, nicht einfach vorzustoßen und diesen wunderbar warmen, feuchten Mund zu erobern. Doch Thore wollte nicht riskieren, den Jüngling zu verschrecken. Zumal Kaspar so wunderbar aussah, wie er sich nun eifrig bemühte, an Thores Schwengel lutschte und den Kopf dabei ein wenig vor- und zurückbewegte. Der Hauptmann hatte den Eindruck, er könne allein vom Zuschauen schon in höchste Sphären aufsteigen.

»Gut machst du das«, keuchte er, woraufhin Kaspar um seinen Schwanz herum lächelte und seine Bemühungen verstärkte. Thore vergrub eine seiner Hände in den blonden Locken des jungen Mannes, nicht, um ihn festzuhalten, sondern weil er das weiche Haar unter seinen Fingern spüren wollte.

Das schien dem Burschen zu gefallen, er gab kleine, glückliche Laute von sich und versuchte, noch mehr von Thore in seinen hübschen Mund zu bekommen. Zwar gelang es ihm nicht, doch für einen so unerfahrenen Jüngling stellte er sich wahrlich nicht ungeschickt an.

»Du bist ein Naturtalent«, lobte Thore ihn, »nimm deine Hand zur Hilfe!«

Artig umschlossen Kaspars schmale Finger seine Wurzel, und diese zusätzliche Berührung brachte Thore schon an den Rand der Erlösung.

Er keuchte. »Vorsicht … ich werde … du musst nicht … schlucken.« Die Worte kamen abgehackt aus seinem Mund. Er wollte Kaspar zu nichts zwingen. In seinem Mund zu kommen? O ja, gerne! Seinen Saft über die makellose Haut des Jünglings verteilen? Auch recht.

Doch Kaspar wich kein Stück zurück. Seine feuchten Lippen wanderten immer noch eifrig über Thores Phallus, ein wenig Spucke lief aus seinem Mundwinkel und ließ den Burschen noch hinreißender aussehen. Dabei sah er Thore an und gab mit einem kleinen Nicken zu verstehen, dass er durchaus begriffen hatte, was sich gleich ereignen würde.

Allein das reichte schon, Thores Eier zogen sich zusammen, ein Prickeln, gleich tausend tanzenden Glühwürmchen, rannte seinen Rücken hinab, und dann explodierte er förmlich in einem fulminanten Höhepunkt, der den Himmel zu erleuchten schien und die Erde erbeben ließ.

Kaspar schluckte tatsächlich eifrig, als sei es ein kostbarer Trank. Doch die Menge war einfach zu gewaltig, sodass er schließlich kapitulieren musste. Der junge Mann ließ Thores Phallus aus seinem Mund gleiten und rang japsend nach Luft.

So bekam Thore schließlich beides: Er war in Kaspars Mund gekommen, und er hatte ihn mit seinem Samen markiert, der sich nun über Kaspars Gesicht und Brust verteilte und den Jungen aussehen ließ wie eine Mischung aus Unschuldsengel und Lustknaben. Wäre Thore nicht längst von ihm bezaubert gewesen, in diesem Augenblick wäre es um ihn geschehen gewesen.

Der Räuberhauptmann nutzte die Hand, die er immer noch in Kaspars goldenen Locken vergraben hatte, um den Burschen gnadenlos auf die Beine zu ziehen. Kaspar quietschte sichtlich überrascht auf. Doch Thore war von dem unbändigen Verlangen erfüllt, die zarten Lippen des Jünglings zu kosten. Er

zog den jungen Mann in seine starken Arme, ihre Körper verschmolzen ineinander, und gierig presste der Hauptmann
seine Lippen auf den weichen, rosigen Mund seines Gespielen.

Thores Kuss war kein sanftes Flüstern, kein vorsichtiges
Herantasten, sondern eine Flamme, die sich rücksichtslos
Raum verschaffte. Seine Zunge drang fordernd in Kaspars
Mund ein, und er kostete seinen eigenen, salzigen Geschmack.
In diesem magischen Moment spürte Thore, wie Kaspar ganz
weich und anschmiegsam in seinen Armen wurde, sich an ihn
drängte, ihm entgegenkam.

Ihre Lippen bewegten sich aufeinander, hungrig, gierig, ihre
Münder miteinander verschmolzen, als wollten sie sich nie
wieder trennen. Thores Hand wanderte sanft über Kaspars
Nacken und übte doch einen solchen Druck aus, dass Kaspar
keine Wahl blieb, als sich dem Kuss ganz hinzugeben.

Thore schloss die Augen, ließ sich ganz von diesem Moment
davontragen, und in seinem tiefsten Inneren wallte ein heißes,
unstillbares Verlangen auf. Er wollte diesen frechen, scheuen,
wundervollen Jüngling nicht nur als vergängliches Vergnügen
– er wollte ihn ganz. Doch er hatte auch nicht vergessen,
welche wunderbaren Augenblicke der Lust Kaspar ihm
geschenkt hatte, ohne an sein eigenes Vergnügen zu denken.
Seine freie Hand wanderte wie von selbst nach unten und
umfasste den harten Stab des Jünglings. Kaspar wimmerte
leise in Thores Mund hinein, und der löste ihre Lippen für
einen kurzen Augenblick voneinander.

»Komm für mich«, hauchte Thore, und fing den Schrei des
Burschen mit einem weiteren, tiefen Kuss auf. Als hätte er nur
darauf gewartet, stieß Kaspar wie von Sinnen in Thores Faust,
sein schmaler Körper erbebte, und dann ergoss sich auch schon
sein Saft über die Hand des Hauptmanns, während ihre
Lippen sich weiter in einem schier endlosen Kuss vereinten.

Als sie schließlich voneinander abließen, waren beide atemlos. Kaspar hatte die Augen geschlossen, seine Lippen waren leicht geöffnet, und Thore hielt noch immer den goldenen Schopf des Jünglings in seiner Hand. Für einen Herzschlag lang herrschte Stille, nur das unruhige Pochen ihrer Herzen füllte die Luft, und dann, ganz leise, flüsterte Thore: »Ich danke dir, Kaspar.«

Gestohlene Tage

Leander konnte nicht glauben, was gerade geschehen war. Den ganzen Tag hatte er zwischen Bangen und Hoffen verbracht, doch das Erlebnis, das Thore ihm geschenkt hatte, übertraf seine kühnsten Träume. Niemals zuvor hatte er so etwas empfunden, ja, er hatte nicht einmal geahnt, dass es möglich war, sich so zu fühlen.

Allerdings hatte Leander auch niemals in Erwägung gezogen, vor einem anderen Mann die Knie zu beugen und ihm auf diese Weise zu Diensten zu sein. Die Kraft, mit der der Hauptmann ihn hielt, hatte ihm fast den Atem geraubt, und dennoch hätte er um nichts in der Welt diesem Griff entkommen wollen. Im Gegenteil, Leander hatte es unendlich glücklich gemacht, Thore Lust zu schenken und miterleben zu dürfen, wie der gestrenge Hauptmann schließlich die Kontrolle verlor und sich in und über Leander ergoss.

Wieder war es Thore, der diese Sauerei beseitigte, indem er Leander und sich selbst mit einem Tuch reinigte, ehe er den Prinzen sanft in Richtung Bett schob.

»Leg dich hin.« Wieder ein Befehl, doch so sanft ausgesprochen hörte er sich viel mehr wie eine Liebkosung an. Doch damit nicht genug, rasch entledigte der Räuberhauptmann sich seiner restlichen Kleidung, legte sich zu dem Prinzen und zog ihn wie schon in der Nacht zuvor an seine breite Brust. Leander versuchte, sich bei Thore zu bedanken, ihm zu sagen, dass er wusste, welch große Ehre ihm zuteil geworden war – doch der

Hauptmann beendete das Gestammel des Prinzen mit einem flüchtigen Kuss.

»*Mich* ehrt dein Vertrauen, Kaspar«, sagte er ruhig. »Und nun schlaf.«

Leander lächelte und kuschelte sich noch ein wenig enger an Thore. *Kaspar.* Er hatte sich den Namen des tapferen jungen Mannes aus dem Drachenbuch geliehen, da ihm in jenem Augenblick kein anderer in den Sinn gekommen war. Doch nun fühlte er sich, als wäre er wahrhaftig der Held dieser wundersamen Mär, der kühne Jüngling, und Thore war natürlich der gewaltige Drache, sein Gebieter, dem er ein ganzes Jahr lang treu zu Diensten sein musste …

Es versetzte Leander einen heftigen Stich, als ihm klar wurde, dass ihm kein ganzes Jahr mit Thore vergönnt war, so sehr er sich dies auch ersehnte. Bald würde er das Räuberlager verlassen müssen.

Bald. Aber ganz gewiss noch nicht morgen! Und übermorgen auch nicht!

Die nächsten Tage fühlten sich für Leander wie ein wunderschöner Traum an. Nie hätte er gedacht, dass es solch eine Freude sein könnte, sich einem Mann zu unterordnen – doch Thore war nicht irgendein Mann. Zwar forderte er Gehorsam, sowohl nachts, wenn sie das Lager teilten, als auch tagsüber, wenn er die Bande führte. Doch niemals ließ er Leander spüren, dass er weniger wert war. Im Gegenteil: Nachts dankte er ihm oft für seine Hingabe, und am Tage behandelte er ihn als wertvolles Mitglied der Bande, ohne ihn vor den anderen auffällig zu bevorzugen.

Seit Leander einmal erwähnt hatte, dass er früher viel gelesen hatte, bat der Hauptmann ihn abends am Feuer immer öfter, eine Fabel oder ein Märchen zu erzählen. Und siehe da –

die rauen Gesellen lauschten ihm mit glänzenden Augen, ganz versunken in die fremden Welten, die der Prinz ihnen mit seinen Worten schenkte.

Tagsüber war Leander meist beim Kochplatz zu finden, wo er Gemüse schnitt, das Feuer bewachte und den Eintopf mit frischen Kräutern verfeinerte. Manch einer bemerkte, dass das Essen neuerdings nach mehr schmeckte als nur nach Wasser und Salz, was Tuck jedoch nur dazu veranlasste, ihm noch mehr unliebsame Aufgaben aufzubürden.

Deshalb schlich sich Leander, wann immer möglich, mit Gustav und Kalle davon. Gustav brachte ihnen weitere Taschenspielertricks bei – mit mäßigem Erfolg. Während sich Kalle erstaunlich geschickt anstellte, blieb Leander eher unbeholfen. Nicht, dass es ihn kümmerte – schließlich würde er bald ins Schloss zurückkehren, wo ihm diese Fertigkeiten kaum von Nutzen sein würden. Viel wichtiger war ihm die Zeit, die er mit seinen Freunden verbrachte. Die Tage gehörten Gustav und Kalle – die Nächte Thore.

Thore, der ihm täglich neue Freuden zeigte. Einmal legte er den nackten Prinzen übers Knie und versohlte ihm auf neckische Art den Hintern, mit durchaus schmerzhaften Hieben, die sich mit sanften Liebkosungen abwechselten. Doch vor allem hatte er Leander dabei so geschickt platziert, dass dessen harte, pulsierende Männlichkeit genau zwischen Thores Oberschenkeln ruhte. Die Reibung, vereint mit den anderen Reizen, ließ Leander einmal mehr einen ungeahnten Gipfel der Lust erklimmen.

In einer anderen Nacht erwiderte Thore ihm den Gefallen, ihn mit dem Mund zu verwöhnen – eine Gunst, die der junge Prinz nicht einmal in seinen kühnsten Träumen erhofft hätte! Doch der Räuberhauptmann kniete natürlich nicht vor Leander nieder. Stattdessen fesselte er ihn geschickt an ihr

Lager, sodass der junge Mann hilflos erdulden musste, wie Thores kundige Zunge ihn immer wieder an den Rand der Erlösung führte – nur um sie ihm dann doch zu verwehren. Erst als Tränen der Verzweiflung über Leanders Antlitz rannen, hatte der Räuberhauptmann ein Einsehen. Doch als er sich endlich in Thores Mund ergoss, musste der Prinz sich eingestehen, dass jeder Augenblick des Wartens, in dem ihm nichts anderes übriggeblieben war, als an seinen Fesseln zu zerren, es wert gewesen war.

So vergingen glückliche Tage, doch die Wolke des drohenden Abschieds schwebte immer dunkler und schwerer über Leanders Haupt. Er legte sich bereits einen Plan zurecht: Er wollte Thore bitten, dass seine Freunde Gustav und Kalle ihn zum Wirtshaus im Wolfstann bringen sollten. Denn der Prinz hoffte sehr, dass dort das Lösegeld bereitlag, und die Räuber sollten es bekommen. Längst hatte der Prinz verstanden, wie mühsam es war, eine ganze Bande satt zu bekommen.

Doch bevor er ging, gab es noch etwas, das er erleben wollte: Er wollte sich Thore ganz hingeben. Bisher hatte der Hauptmann seine Bitten mit sanfter Stimme zurückgewiesen. Ob Leander dieses kostbare Geschenk nicht lieber einem Mann machen wollte, mit dem er sein Leben teilen würde? Doch für Leander gab es nur Thore. Immer wieder flüsterte er ihm nachts zu, wie sehr er sich danach sehnte, ein einziges Mal ganz mit ihm vereint zu sein.

Fast hatte er die Hoffnung aufgegeben, als Thore ihn eines Morgens, während er sich ankleidete, mit einem Blick voller Zärtlichkeit bedachte und leise sagte: »Heute Nacht, Kaspar. Heute gehörst du ganz mir.«

Leander konnte nicht anders – er warf sich in Thores Arme und überschüttete ihn mit Küssen. Lachend schob der Hauptmann ihn aus dem Bett und verpasste ihm einen Klaps auf den Hintern. »Nun geh und hilf Tuck mit dem Frühstück, sonst leg ich dich noch übers Knie, du Wildfang.«

Doch damit konnte er den Prinzen nicht schrecken. Vielleicht, überlegte Leander, konnte er in dieser besonderen Nacht sogar beides haben? Denn hatte sich nicht jede Angst in Luft aufgelöst, wenn Thore ihn mit sanfter Strenge züchtigte? Und Angst würde er gewiss noch bekommen – schließlich schien es ihm immer noch wahrscheinlich, dass Thores gewaltiger Phallus ihn in zwei Teile reißen würde.

Doch für den Moment überwog die süße Vorfreude. Mit einem fröhlichen Pfeifen kletterte Leander die Leiter hinab und schloss sich Tuck an, der bereits an der Feuerstelle stand und mit einem rußgeschwärzten Stecken in der Glut stocherte. Selbst Tucks übellauniges Gemurmel über »unfähige Hände« und »zu klein geschnittene Zwiebeln« konnte seine Heiterkeit nicht trüben. Nichts und niemand schien an diesem Tag imstande zu sein, seine gute Laune zu erschüttern, die auch noch anhielt, als er gegen Mittag mit einem Weidenkorb in der Hand loszog.

Er hatte eine kleine, sonnendurchflutete Lichtung unweit des Lagers entdeckt und hoffte, dort frische Kräuter zu finden. Danach würde gewiss noch Zeit bleiben, um mit Gustav und Kalle herumzualbern – auch wenn Gustav wieder vergeblich versuchen würde, ihm beizubringen, wie man eine Münze verschwinden ließ. Die Zeit mit seinen Freunden würde ihn bestimmt von dem aufgeregten Klopfen seines Herzens und dem Ziehen in seinem Magen ablenken, das sich jedes Mal einstellte, wenn er an das dachte, was in dieser Nacht geschehen sollte. Endlich würde er Thore ganz gehören!

Doch als Leander mit einem Korb voller duftender Kräuter ins Lager zurückkehrte, spürte er sofort, dass etwas nicht stimmte.

Eine ungewohnte Unruhe lag in der Luft, laute Stimmen hallten zwischen den Bäumen wider. Mehrere Räuber hatten sich in der Mitte des Lagers versammelt, die Mienen angespannt. In ihrer Mitte stand August, die Arme verschränkt, die Stirn düster gerunzelt. Die lange Narbe auf seiner Wange ließ ihn noch grimmiger wirken als sonst.

Leander blieb stehen, sein Herz schlug schneller. War der Überfall auf den Händler missglückt? Hatte es Verletzte gegeben? Während die Männer auf August einredeten, schwieg der wortkarge Räuber – doch dann glitt sein Blick über die Versammelten hinweg direkt zu Leander.

»Sieh an«, durchbrach Augusts Stimme das Gemurmel. »Unser feiner Herr Küchenjunge beehrt uns mit seiner Anwesenheit. Wie fühlt es sich an, Kaspar, mit goldenen Schuhen unter uns gewöhnlichen Sterblichen zu wandeln?«

Ein unangenehmes Kribbeln lief Leander den Rücken hinab. In Augusts Worten lag mehr als bloßer Spott – da schwang etwas Unheilvolles mit. Goldene Schuhe? Was sollte diese seltsame Anspielung? Schon lange hatte sich niemand mehr über seine Vergangenheit im Schloss lustig gemacht, warum fing August nun damit an?

Leander beschloss, seine Verunsicherung nicht zu zeigen. Er straffte die Schultern, hob trotzig das Kinn und entgegnete mit gespielter Unbekümmertheit: »Wurde ja auch Zeit, dass jemand euch ungehobelten Gesellen etwas Anstand und Eleganz beibringt. Dafür habe ich mein goldenes Schloss gern verlassen.«

Sein kurzes Auflachen erstarb, als August nicht einstimmte. Der große Räuber erwiderte seinen Blick mit einer kühlen Ruhe, die bedrohlicher wirkte als offene Wut. Mit einer langsamen, fast beiläufigen Bewegung griff er in seinen Umhang und zog einen schweren Beutel hervor.

»Mir scheint, jemand legt großen Wert darauf, dass du zurückkehrst an den Ort, aus dem du gekommen bist«, sagte er mit bedächtiger Stimme. »Zumindest ist das jemandem satte 20.000 Gulden wert.«

Mit diesen Worten ließ er den Beutel vor sich fallen. Der dumpfe, metallische Klang, als er auf den Boden aufschlug, hallte in Leanders Ohren wie ein Donnerschlag.

Der Weidenkorb glitt aus Leanders Händen, kippte, Kräuter purzelten in den Dreck, doch Leander bemerkte es kaum. Seine Augen waren starr auf den Beutel gerichtet. Das Lösegeld.

Unruhe flackerte durchs Lager. Die Räuber begannen, durcheinanderzurufen, ihre Stimmen wild und aufgebracht. Manche klangen fassungslos, andere misstrauisch. Leander hörte sie kaum. Sein Herz hämmerte gegen seine Rippen, und ihm wurde kalt.

»Sag an, Kaspar«, höhnte August, während sich ein hartes Funkeln in seine dunklen Augen stahl, »welcher Herr zahlt so viel für einen einfachen Diener?«

Die Frage war nur noch Formsache, das war Leander klar. August hatte längst die richtigen Schlüsse gezogen.

Bange ließ er seinen Blick umherschweifen. Wo war Thore? Und dann fand er ihn.

Thore stand am Rand der Lichtung, halb im Schatten der Bäume, abseits des Tumults. Still, unbewegt, die Arme verschränkt. Seine Miene war unergründlich, aber Leander erkannte die Wahrheit darin auf den ersten Blick.

Thore wusste es.

Er wusste alles.

Der Räuberhauptmann ließ sich Zeit, ehe er sprach. Doch als er es tat, war seine Stimme ruhig, fast sanft – und dennoch trafen ihn die Worte wie Klingen aus kaltem Stahl.

»Prinz Leander.«

Ein leises Murmeln ging durch die Menge, einige schnappten hörbar nach Luft.

»Mir scheint, der Abschied kommt schneller, als ich es geahnt habe.«

Leander sog zitternd den Atem ein, Tränen brannten in seinen Augen. Doch ehe er etwas sagen konnte, drehte sich Thore um und marschierte mit langen, festen Schritten zu seinem Baumhaus.

Die Räuber gerieten nun vollends in Aufruhr. Stimmen überschlugen sich, Hände packten ihn an den Ärmeln, forderten Antworten. Doch Leander hörte sie nicht.

Alles, was er sah, war Thore.

Alles, was er spürte, war der Riss in seinem Herzen.

Er musste ihm hinterher! Leander konnte nicht zulassen, dass es so endete. Thore war sein Herz, sein Halt, seine Hoffnung. Und so drängte er sich durch die anderen hindurch, sprintete zu der Leiter, die er in den letzten Tagen so oft erklommen hatte, und folgte dem Hauptmann die Leiter hinauf zu dem Ort, der ihnen beiden für kurze Zeit wie ein Zuhause geworden war.

Thore stand reglos in seinem Baumhaus, den Blick auf das kleine Fenster gerichtet, das kaum größer war als ein Teller. Normalerweise liebte er den Ausblick auf die tanzenden Wipfel des Waldes – doch heute fanden seine Gedanken keinen Halt darin.

Seine Fäuste ballten sich. Am liebsten hätte er gegen die Wand geschlagen, nur um diesen Sturm in seiner Brust für einen Moment zum Verstummen zu bringen. Wieso hatte er nur zugelassen, dass der Jüngling sich so tief in sein Herz schlich? Und nun … sollte es einfach vorbei sein?

Hinter ihm knarrte die Leiter, dann hörte er leichte Schritte auf dem Holz. Schritte, die ihm inzwischen so vertraut waren, dass er sie unter Tausenden erkannt hätte. Und doch war es vielleicht das letzte Mal, dass Kaspar – nein, *Leander* – zu ihm kam.

Ein leises Schluchzen. Dann sein Name, kaum mehr als ein Hauch: »Thore?«

Die Verzweiflung in diesem einen Wort schnitt wie eine Klinge. Thore wollte sich nicht umdrehen, wollte diese verweinten Augen nicht sehen, weil er wusste, dass es ihn zerreißen würde. Also starrte er weiter aus dem Fenster, als könnte er so die letzten Tage einfach ungeschehen machen.

»Es tut mir leid«, flüsterte Leander.

Thore schluckte schwer. Er durfte sich jetzt nicht in seinem eigenen Schmerz verlieren – nicht, wenn der Jüngling ihn so dringend brauchte.

»Ich bin es, der sich entschuldigen sollte«, sagte er schließlich rau. »Du hast von Anfang an die Wahrheit gesagt. Ich war derjenige, der es nicht hören wollte. Und trotzdem habe ich dich gezüchtigt, als wärst du ein ungehorsamer Knabe. Das hätte ich nicht tun dürfen.«

Hinter ihm raschelte Stoff, dann spürte er eine vorsichtige Berührung an seinem Rücken. So sanft, dass es ihn fast in die Knie zwang.

»Doch«, sagte Leander leise. »Ich war ein Narr. Ich habe nicht verstanden, in welcher Gefahr ich wirklich schwebte. Und dass du mir nur helfen wolltest.«

Ein bitteres Lachen, kaum mehr als ein Zittern in Leanders Stimme. Seine Finger glitten unsicher über Thores Rücken, als

suche er einen Weg, die Distanz zwischen ihnen zu überbrücken.

»Ich habe es gehasst«, fuhr der Prinz fort. »Bei allen Göttern,
ich habe es gehasst, was du getan hast. Aber …« Er hielt inne,
atmete scharf ein. »Es hat mir auch geholfen.«

Thore drehte sich endlich um. Sein Herz zog sich schmerzhaft zusammen, als er in die rotgeränderten Augen des jungen
Mannes sah. Er hob die Hand, ließ seine Finger über die
weiche, feuchte Wange des Jünglings gleiten, und flüsterte
heiser: »Mein Prinz.«

Ein Herzschlag lang standen sie so, dann warf sich Leander
in seine Arme. Sie sahen einander tief in die Augen, und dann
fanden ihre Lippen auch schon zueinander.

So viele Küsse sie auch in den vergangenen Tagen geteilt
hatten, so war doch keiner mit diesem zu vergleichen. Er war
unendlich süß und schmeckte dennoch nach der bitteren
Würze der Verzweiflung.

Ihre Herzen schlugen im Einklang, während ihre Zungen
einen leidenschaftlichen Tanz aufführten, wild und zärtlich
zugleich. Leander schmiegte sich in Thores Arme, als wolle er
mit ihm verschmelzen. Der Hauptmann spürte, wie sich
zwischen den Lenden des jungen Mannes dessen Männlichkeit
regte. Auch sein eigener Phallus war schmerzhaft hart, doch er
wusste, dass nun nicht die Zeit war, diesem Verlangen nach-
zugeben.

Denn Thore fürchtete, dass er den Jüngling nicht mehr
ziehen lassen würde, wenn sie noch einmal das Lager teilten.
Wie ein wilder Krieger vergangener Zeiten würde er sich den
Prinzen über seine Schulter werfen und mit ihm in irgendein
fernes Land fliehen, ungeachtet aller Konsequenzen. Doch die
Vernunft hielt ihn zurück, während sein Herz sich bereits jetzt
nach dem Prinzen verzehrte.

Als sie sich voneinander lösten, ging auch Leanders Atem schneller. Begierig rieb er sich an Thore, schmiegte sich in seine Arme. »Wir wollten doch … kann ich nicht noch eine Nacht bleiben? Nur diese eine?«

Thore schüttelte langsam, widerstrebend den Kopf. Sein Herz schmerzte bei dem Gedanken, Leander fortzuschicken, doch er hatte keine Wahl. Vielleicht war es sogar besser so. Das Schicksal hatte entschieden, dass der Prinz seine Unschuld einem anderen schenken sollte – einem, der in einer Welt lebte, in die Thore keinen Fuß setzen konnte. Jemandem, der für ihn da sein konnte, wenn er fiel.

»Nein, Leander«, sagte er ernst. »Nun, da August das Löse-geld hat, wird auch dein Vater davon erfahren. Wenn er dich nicht bekommt, schickt er Soldaten. Das wäre unser Ende.«

Leander nickte, Resignation in seinen Zügen.

Thore fuhr ihm sanft durchs Haar. »Dass mir das nicht auf-gefallen ist«, murmelte er. »Die ganze Zeit hatten wir den wahren Prinzen in unserem Lager. Aber … wenn du hier warst, warum dachte das Volk, du seist im Schloss?«

Leander errötete bis zu den Ohren und senkte den Blick. »Felix hat meinen Platz eingenommen. Mein Diener … mein Halbbruder, wie ich erst später erfuhr. Er dachte, unser Vater würde ihn auslösen. Doch als das Lösegeld verweigert wurde, musste ich handeln. Ich hoffte, seinen Gefährten zu über-zeugen, ihn zu retten – stattdessen überzeugte der mich, die Rollen wieder zu tauschen. Wir sind Gustav und Kalle vom Wirtshaus aus hergefolgt, in der Nacht, bevor … wir uns zum ersten Mal begegnet sind.«

Thore staunte. Das hätte er dem Prinzen niemals zugetraut! Doch es machte ihm auch Mut. Auf den ersten Blick hatte er ihn für einen eitlen Taugenichts gehalten – dabei steckte so viel mehr in ihm!

»Das war mutig«, sagte er leise. »Du hast ein gutes Herz, Leander. Du bist wahrlich ein würdiger Erbe der Grafschaft.«

Leander schluchzte auf, doch in seinen Augen leuchtete die Freude über das Lob. Thore wurde warm in der Brust. Wenn sie doch nur mehr Zeit gehabt hätten …

Aber das Schicksal ließ ihnen keine.

Mit fester Stimme sagte er: »Leander, du musst jetzt gehen. Du bist klug und tapfer, aber niemand sollte eine solche Last allein tragen. Suche dir einen Gefährten. Jemanden, der stark genug ist, um dir Halt zu geben. Nach außen wirst du die Fassade eines unerschütterlichen Landgrafen wahren müssen – aber du brauchst jemanden, bei dem du ganz du selbst sein kannst.«

Leander öffnete den Mund, als wollte er protestieren, doch Thore hob die Hand.

»Du wirst ein besserer Landgraf sein als dein Vater, das weiß ich.« Seine Stimme brach kurz, doch er sammelte sich schnell. »Es war mir eine Ehre, die letzten Tage an deiner Seite zu verbringen.«

Leander brach in Tränen aus, sein Körper zitterte. »Ich verspreche es! Ich verspreche, dass ich ein guter Landgraf sein werde. Aber … wie soll ich das ohne dich schaffen?«

Thore zog ihn ein letztes Mal in seine Arme. »Du bist stärker, als du glaubst, Leander. Und jetzt geh. Geh, und sei gewiss: Ich werde aus der Ferne mit vor Stolz geschwellter Brust zusehen, wie du deinen Weg machst.«

Zögernd wandte sich Leander ab. Mit jedem Schritt, den er tat, schmerzte Thores Herz mehr, doch er wusste, dass er es ihm nicht noch schwerer machen durfte.

Und so sah er zu, wie der Mann, der sein Herz gestohlen hatte, aus seinem Leben verschwand.

Zwischen zwei Welten

Leanders Beine fühlten sich schwer wie Blei an, als er die Leiter hinabstieg. Der inzwischen vertraute Weg, den er in den letzten Tagen so oft mit Leichtigkeit genommen hatte, erschien ihm nun schier endlos und beschwerlich. Doch schließlich erreichte er die letzte Sprosse, warf einen letzten Blick zurück auf Thores Baumhaus, in dem er die glücklichsten Stunden seines Lebens verbracht hatte, dann sprang er auf den Boden und wandte sich um.

Die übrigen Mitglieder der Räuberbande hatten sich inzwischen hier versammelt, schweigend standen sie da, die Anspannung zwischen ihnen war fast greifbar.

In der Mitte stand August, dessen grimmiger Blick und die markante Narbe auf seiner Wange ließen ihn wie immer gefährlicher wirken als die anderen Banditen. Leander versuchte, den Mut, für den Thore ihn gerade noch gelobt hatte, in sich zu finden, um August entschlossen entgegentreten zu können, doch alles, was er fand, war Schmerz.

»Also, Kaspar – oder wie auch immer du wirklich heißt. Wann rückt dein Vater mit seinen Soldaten an?«, fragte August barsch.

Leander fühlte sich, als würde er aus weiter Ferne auf die Szene blicken. Sein Kopf war dumpf und schwer wie ein durchweichter Schwamm, und das stechende Ziehen in seiner Brust schien immer schlimmer zu werden. »Keine Sorge«, murmelte er schließlich lahm. »Ich gehe.«

Gustav und Kalle lösten sich aus der versammelten Menge und traten hinter Leander, als seien sie bereit, auf August loszugehen, wenn dieser keine Ruhe gab. Dieses winzige Zeichen, dass seine Freunde ihn nicht sofort abgeschrieben hatten, war wie Balsam auf Leanders geschundener Seele.

August musterte ihn einen Moment, dann zuckte er mit den Schultern. »Bist kein Schlechter. Pass auf dich auf.«

Leander blinzelte, unsicher, ob er sich verhört hatte. Doch August hatte sich bereits von ihm abgewandt und sagte zu Kalle und Gustav: »Ich schätze, unser Hauptmann braucht einen Moment für sich. Also, ihr zwei, sorgt dafür, dass euer Freund sicher im Wirtshaus im Wolfstann ankommt! Ich kann mich doch auf euch verlassen?«

Aus den Augenwinkeln nahm Leander wahr, dass Gustav und Kalle ebenso verblüfft dreinschauten, wie er sich fühlte. Sie nickten, und August stapfte wortlos davon.

Auch die anderen Räuber begannen, sich langsam zu zerstreuen. Einige murmelten etwas wie »Gute Reise« oder nickten ihm knapp zu, aber die meisten wirkten nur verlegen, als wüssten sie nicht, wie sie sich in dieser seltsamen Situation verhalten sollten. Einer nach dem anderen verschwanden sie zwischen den Bäumen, bis nur noch Gustav und Kalle an seiner Seite standen.

Leander atmete erleichtert auf. Er hatte keine Kraft für weitere Auseinandersetzungen.

Gustav trat zu ihm und stupste ihn grinsend an. »Du bist also der Prinz, hm? Hätte ich das mal geahnt, als ich dir ein Geschenk gestohlen habe!« Er schnalzte mit der Zunge. »Ich hätte mir etwas Prinzlicheres ausgesucht – eine Krone vielleicht? Oder einen mit Diamanten besetzten Kelch?«

Leander konnte nicht anders, als zu schmunzeln. Gustav nahm es ihm offenbar nicht übel, dass er sein Geheimnis verschwiegen hatte. Doch dann wanderte sein Blick zu Kalle. Auch wenn der zuvor an seine Seite geeilt war, nun war der Freund ein paar Schritte zurückgetreten, die Arme vor der Brust verschränkt, die Lippen fest zusammengepresst, als wolle er seine Worte so zurückhalten.

Leanders Lächeln erstarb, und sein Herz zog sich schmerzhaft zusammen. »Kalle …«, begann er flehend.

Doch Kalle schüttelte nur bitter den Kopf. »Deshalb wolltest du also nicht bleiben. Weil du zurück in dein feines Leben musst, wo das Essen auf goldenen Tellern serviert wird, die aus dem Leid anderer Menschen geschmiedet wurden.« Er machte noch einen Schritt zurück. »Du hast uns alle getäuscht.«

Leander schluckte schwer. »Bitte, Kalle. Was sollte ich denn sagen? Als Thore zu mir kam und mir sagte, er wisse, dass ich nicht der Prinz sei … Ich habe ja versucht, es richtigzustellen, aber niemand wollte mir glauben! Und als ich mich einmal damit abgefunden hatte, Kaspar zu sein …«

»Ich habe dich für einen Freund gehalten«, fiel Kalle ihm ins Wort. Seine Stimme bebte. »Und jetzt … jetzt bist du einer von denen! Ich weiß nicht mal deinen wahren Namen!«

Gustav trat zwischen sie. »Kalle, hör auf damit! Er kann doch nichts für die Taten seines Vaters.«

Leander hob die Hände, hielt Kalles Blick. »Ich heiße Leander. Aber glaub mir, ich wäre viel lieber dein Freund Kaspar. Aber egal ob Kaspar oder Leander … ich würde alles geben, könnte ich dir nur deine Schwester zurückbringen.«

Kalle schluckte schwer, sein Gesicht blieb eine starre Maske. »Ich will dir ja glauben«, murmelte er rau, »aber ich hasse alle Trällerbachs …«

Da erinnerte sich Leander an das Versprechen, das er schon Thore gegeben hatte. Fest sagte er: »Ich werde es besser machen, Kalle. Dies schwöre ich bei allem, was mir heilig ist. Wenn ich Landgraf werde, will ich ein gerechterer Mann sein als mein Vater.«

Einen Moment lang kämpfte Kalle sichtbar mit sich. Dann sackten seine Schultern herab, er schloss kurz die Augen und atmete tief durch. »Du bist mein Freund. Und selbst wenn ich es wollte ... ich kann dich nicht hassen. Aber, Leander – halte dein Versprechen!«

Leander nickte, Tränen brannten in seinen Augen.

»So, genug Drama für heute!« Gustav klatschte in die Hände und deutete auf den Waldrand. »Wenn wir das Wirtshaus noch vor Einbruch der Dunkelheit erreichen wollen, müssen wir los! Ich freue mich schon darauf, mit euch auf die Rettung des Prinzen anzustoßen!«

Er schubste Leander spielerisch in den Rücken, und Kalles Lippen verzogen sich zu einem kleinen Lächeln.

Immer noch spürte Leander den Schmerz, Thore verlassen zu müssen, überdeutlich. Wahrscheinlich würde er ihn immer spüren. Aber er fühlte auch, dass die Freundschaft zwischen Kalle, Gustav und ihm nun stärker war als zuvor – stark genug, um auch den Abschied zu überstehen.

Die ersten Minuten des Ritts waren die schlimmsten, auch wenn Gustav tatsächlich die Erlaubnis erhalten hatte, Thores gutmütigen Wallach Rumpel für Leander auszuleihen. Doch das half erst mal wenig, denn Leander steckte unter einem kratzigen Sack, der ihm die Sicht nahm und das Atmen erschwerte.

Leander verstand durchaus, weshalb das nötig war, er durfte den Weg ins Lager nicht kennen. Selbst wenn er wusste, dass er seine Freunde niemals freiwillig verraten würde – Leander war nicht mehr der naive Junge, der hierhergekommen war.

Inzwischen ahnte er, dass es Methoden gab, ihm das Wissen um den richtigen Weg auch gegen seinen Willen zu entreißen.

Gustav murmelte ein paar Scherze über Leanders »königlichen Schleier«, doch diesmal konnte keiner von ihnen darüber lachen.

Erst als Kalle nach einer Weile den Sack entfernte, fiel das beklemmende Gefühl von Leander ab. Doch die gedrückte Stimmung blieb. Schweigend ritten sie weiter, einzig das Knacken der Zweige und das Schnauben der Pferde durchbrachen die Stille.

Als das Wirtshaus in Sicht kam, zügelte Kalle plötzlich sein Pferd. Mit einem Nicken wies er auf ein blaues Tuch, das an einen knorrigen Ast gebunden war. »Das Zeichen«, murmelte er. »Die Wirtin warnt uns.«

Gustav fluchte leise. »Aus unserem Abschiedstrunk wird leider nichts, Hoheit«, versuchte er sich an einem Scherz, doch in seinen Augen lag nur Trauer. »Soldaten sind in der Stube, und die werden uns kaum ziehen lassen, wenn sie dich erst haben.«

Leander schluckte, dann nickte er und glitt langsam vom Pferd. Auch Kalle und Gustav stiegen ab.

»Pass auf dich auf«, sagte Kalle, seine Stimme rau vor Emotionen, während er den Prinzen in eine feste Umarmung zog.

»Verdammte Scheiße!«, fluchte Gustav unterdrückt und schlang seine Arme um die beiden Freunde. So verharrten sie eine ganze Weile, bis Leanders Angst, sie könnten entdeckt werden, siegte.

»Geht jetzt«, flüsterte der Prinz. »Ich werde noch ein wenig warten, damit die Soldaten euch nicht erwischen, falls sie mir nicht glauben, dass ich schon lang allein unterwegs bin. Aber eilt euch und seid leise!«

Seine Freunde zögerten, doch dann wichen sie langsam zurück. Leander ballte die Hände zu Fäusten, schluckte schwer, doch er sah ihnen nach, bis er sie zwischen den Bäumen nicht mehr erkennen konnte.

Dann war er zum ersten Mal seit Tagen allein. Und jetzt, in der kalten Stille, wog der Abschied schwerer als alles zuvor.

Am liebsten hätte er sich einfach hingesetzt und den Tränen freien Lauf gelassen.

Aber er wollte stark sein. Selbst wenn Thore niemals davon erfahren würde, wenn er sich jetzt gehen ließ, so wollte er doch immer daran denken, was der Räuberhauptmann ihm versprochen hatte: aus der Ferne über ihn zu wachen. Und Leander wollte nicht, dass Thore einen Prinzen sah, der gebrochen war.

Er wollte, dass Thore stolz auf ihn war.

Schließlich schien genug Zeit vergangen zu sein. Mit klopfendem Herzen verließ Leander sein Versteck und marschierte entschlossen auf das Wirtshaus zu. Seine Hand zögerte kurz auf der Klinke, dann drückte er die Tür auf.

Das Knarren hallte unheilvoll durch die gespenstische Stille der Wirtsstube. Er erblickte den Kutscher Hans, seinen neuen Diener Madalwin und einen Trupp finsterer Soldaten, die erschrocken zusammenfuhren. Die Atmosphäre glich der einer Eishöhle. Kein Vergleich zu der ausgelassenen Stimmung, die hier geherrscht hatte, als die Räuber gefeiert hatten … Nein, nicht daran denken!

»Hoheit!« Hans war der Erste, der die Sprache wiederfand. Mit einem lauten Stuhlgerücke sprangen nun auch die Soldaten auf, die Stille wich einem chaotischen Durcheinander.

»Wo sind die Schurken?« – »Fangt die Räuber!« – »Auf die Pferde!«

Der Anführer der Truppe, ein breitschultriger Mann mit wettergegerbtem Gesicht, donnerte über den Tumult hinweg: »Hoheit, wer hat Euch hergebracht? Wo sind die Gesetzlosen?« Leander zuckte die Schultern. »Niemand hat mich hergebracht. Ich musste das letzte Stück allein gehen. Eine Stunde war ich wohl unterwegs.« Seine Stimme klang erstaunlich ruhig, obwohl er innerlich bebte.

Der Anführer fluchte und brüllte Befehle, seine Männer sollten ausschwärmen. Währenddessen schlug Madalwin sich theatralisch an die Brust. »Eine Stunde zu Fuß, Hoheit? Welch entsetzliche Zumutung! Eure armen Füße!«

Leander verspürte den absurden Drang zu lachen. Ein kleiner Spaziergang – eine Zumutung? In den letzten Tagen hatte er Schlimmeres durchgestanden, und das meiste davon mit Freude. Noch vor Kurzem hätte er Madalwins Worte für selbstverständlich gehalten, ja, hätte Felix sie geäußert, hätte er ihn vermutlich gebeten, ihm die Füße zu massieren.

Die Erkenntnis, wie verwöhnt er gewesen war, hielt ihn von unbedachten Bemerkungen ab. Stattdessen sagte er nur: »Ich bin erschöpft.«

Madalwin war sofort bei der Sache. Eifrig führte er Leander in ein vertrautes Zimmer im ersten Stock, machte ein fürchterliches Getue um seine zerzausten Locken, die rauen Hände, die leicht gebräunte Haut. »Gebt mir ein paar Tage, und Ihr werdet wieder wie ein echter Prinz aussehen!«, flötete er.

Leander ließ ihn gewähren. Es war zu anstrengend, zu widersprechen. Wortlos ließ er zu, dass Madalwin ihm beim Umkleiden half – bis der Diener mit spitzen Fingern die von den Räubern erhaltenen Kleider aufhob und mit angeekeltem Gesichtsausdruck ins Feuer warf.

Leander hätte fast aufgeschrien. Wie gerne hätte er wenigstens das Hemd behalten, unter sein Kopfkissen gelegt – vielleicht roch es noch nach Thore oder nach Rumpel?

Aber er traute Madalwin nicht. Und wenn es etwas gab, das er noch weniger wollte, als zuzusehen, wie das Gewand verbrannte, dann war es, zuzugeben, wie sehr ihm der Abschied zu schaffen machte.

Also sagte er möglichst affektiert: »Lass uns aufbrechen. Ich brauche ein Bad – und sicher nicht in diesem primitiven Haus.«

Madalwin stimmte überschwänglich zu. Doch Leander schüttelte sich innerlich.

So war er doch nicht mehr!

Aber er konnte auch nicht mehr Kaspar, der Küchenjunge, sein.

Nur – wer war er dann?

Allein im Räuberlager

»Bitte«, wimmerte Kaspar und zerrte an seinen Fesseln.

Auf allen vieren kniete er auf Thores Bett, die Hände an die Pfosten gefesselt, den nackten Hintern hochgestreckt, die Beine hübsch gespreizt. Wunderschön sah er aus, wunderschön und bereit, sich seinem Gefährten, seinem Hauptmann hinzugeben. Voller Bewunderung musterte Thore das kleine, rosafarbene Loch des jungen Mannes. Er wusste, wie sehr Kaspar sich danach sehnte, dass er ihn dort berührte, und bei allen Göttern, Thore konnte es nicht erwarten, in diese verheißungsvolle Enge einzutauchen. Dennoch würde er sich noch ein wenig gedulden. Unerfahren, wie Kaspar war, mochte er darum betteln, dass Thore ihn endlich nahm, aber der Hauptmann wusste, dass er auch immer noch Angst hatte. Anstatt also etwas zu überstürzen, bearbeitete er die hübschen Rundungen des Hinterteils, das ihm so verlockend präsentiert wurde, mit festen, wohlplatzierten Hieben. Thore hatte bereits erleben dürfen, wie weich und anschmiegsam Kaspar wurde, wenn er ihn spielerisch versohlte, und dieses Wissen würde er nutzen, um den Jüngling zu entspannen – ganz abgesehen davon, dass er die Geräusche liebte, die Kaspar dabei machte! Lustvolles Stöhnen wechselte sich mit kleinen, niedlichen Jammerlauten ab, und Thore zögerte ihre Vereinigung noch ein wenig heraus, spannte seinen jungen Gefährten weiter auf die Folter, bis dieser schon ganz heiser vom Bitten und Flehen war.

Dann nahm der Räuberhauptmann die kleine, blaue Flasche vom Regal, ölte das niedliche Loch gut ein, das unter seiner Berührung zuckte. Noch zwei scharfe Hiebe auf den herrlich roten Hintern, dann

positionierte er sich hinter dem jungen Mann. Kaspar bettelte um
mehr, und das sollte er bekommen! Thore umschloss seinen Schwanz
mit seiner Faust …

… und seine Männlichkeit fiel in sich zusammen wie ein
durchlöcherter Weinschlauch.

Bei allen Geistern des Waldes! Nur mit größter Mühe konnte
sich Thore davon abhalten, seinen Kopf gegen die raue Bretter-
wand seines Baumhauses zu schlagen. Stattdessen zog er seine
Decke über sich und verbarg seinen erschlafften Phallus
darunter. Seit drei Tagen ging das nun schon so, jede Nacht
besuchte Kaspar ihn in seinen Träumen, und Thore erwachte
mit einer schmerzenden Morgenlatte – doch was immer er
unternahm, egal, ob er an Kaspar, an Matilda oder Edgar oder
irgendeine Fantasiefigur dachte – er schaffte es einfach nicht,
sich Erlösung zu verschaffen.

Die Erklärung war ebenso schlicht wie niederschmetternd:
Leander fehlte ihm. Der Junge war in sein Herz gekrochen, und
jetzt nagte die Leere an ihm wie ein hungriger Wolf. Verdammt, wann hatte er angefangen, sich törichten Träumereien
hinzugeben? Dass Kaspar zurückkehren könnte, dass sie
wieder vereint wären, dass er den Jüngling lenken, mit ihm
lachen, ihn verwöhnen und …

Thore knurrte, schüttelte den Kopf, als könne er den Gedanken so abschütteln. Kaspar existierte nicht. Es gab nur Leander.

Prinz Leander.

Ausgerechnet Prinz Leander. Der Erbe jenes Mannes, der
alles zerstört hatte.

Er war kein Hauptmann, er war ein Trottel. Ein hoffnungs-
loser Trottel.

Wie ein gereiztes Raubtier durchmaß er sein Baumhaus,
doch es fühlte sich nicht länger wie sein Heim an. Also verließ
er es, trat hinaus in den frischen Morgen. Der Duft von

feuchtem Holz und Farn hing in der Luft – der jedoch von einem anderen Geruch überlagert wurde: Tucks Eintopf.

Thore rümpfte die Nase, als er sich dem Kessel näherte. Der Küchenmeister war noch nie ein Künstler am Herd gewesen und hatte sich über Leanders Versuche, das Essen zu verfeinern, sogar lustig gemacht. Doch seit Leander fort war, warf er plötzlich wahllos Kräuter in den Eintopf, die dem Gebräu eine Schärfe verliehen, die eher an einen Hexentrank erinnerte als an eine Mahlzeit.

Ein bitteres Lächeln umspielte Thores Lippen. Konnte es sein, dass der verwöhnte Bursche sich nicht nur in sein Herz geschlichen hatte, sondern auch eine Lücke in der Küche hinterlassen hatte?

Er seufzte, ließ seinen Blick über das Räuberlager schweifen, in dem langsam das Leben erwachte, und entdeckte August am Waldrand. Der Mann stand kerzengerade da, die Arme verschränkt, den wachsamen Blick auf die Bäume gerichtet. Mit langen Schritten gesellte sich Thore zu ihm.

»Hauptmann«, brummte August knapp und nickte zur Begrüßung.

»Irgendwas zu sehen?«, fragte Thore und spähte ebenfalls zwischen die dunklen Baumstämme.

»Alles ruhig«, antwortete August, doch seine Stirn war in tiefe Falten gelegt. »Aber … ich hab so ein Gefühl.«

Thore nickte verstehend. Er kannte solche Vorahnungen. Oft genug hatten sie ihm das Leben gerettet. Auch er lauschte in die Stille des Waldes, aber außer Vogelgezwitscher und dem gelegentlichen Rascheln von Blättern war nichts zu hören.

»Wir müssen wachsam bleiben«, sagte Thore schließlich, als sie gemeinsam zurück zum Lager schlenderten, wo sich inzwischen immer mehr Männer um das Küchenfeuer scharrten. »Das Lösegeld verschafft uns eine Atempause, aber der Landgraf wird so schnell keine Ruhe geben, er wird sein Geld zurückwollen. Wir müssen weiter Wachen aufstellen, auch nachts. Denn wenn die Soldaten uns aufspüren ...«

»Dann endet es für uns alle am Galgen«, vollendete August düster.

Thore nickte. Sein Blick glitt über das Lager. Unweit von ihnen schimpfte Tuck gerade mit Kalle, weil der den Eintopf zu eifrig umrührte. Die Stimmung war im Keller – nicht nur wegen des kleinen Prinzen.

Doch bevor Thore darauf antworten konnte, wurden sie von aufgeregten Rufen unterbrochen. Zwei Männer der Nachtwache marschierten ins Lager, zwischen sich zwei junge Kerle, die mit groben Seilen aneinandergebunden waren.

Die beiden Gefangenen trugen dreckverschmierte Reisekleidung, die von langer Wanderschaft zeugte. Ihre Gesichter waren staubbedeckt, die Haut an den Wangen und der Stirn wettergegerbt und von tiefen Sorgenfalten durchzogen. Die Erschöpfung stand ihnen deutlich ins Gesicht geschrieben, doch in ihren Augen funkelte eine seltsame Entschlossenheit.

Thore richtete sich zu seiner vollen Größe auf und musterte die Fremden mit durchdringendem Blick. »Wen haben wir denn da?«, fragte er mit jener barschen Autorität in der Stimme, die keinen Widerspruch duldete.

Einer der Wächter trat vor, die Hand am Griff seines Dolches, und wies mit einem knappen Kopfnicken auf die Gefangenen. »Wir haben diese beiden in der Nähe des Lagers erwischt. Sie haben sich an der östlichen Lichtung herumgedrückt, als ob sie etwas suchen oder ausspähen wollten. Kamen uns gleich verdächtig vor.«

Thore trat näher heran und ließ seinen prüfenden Blick über die beiden Männer gleiten, jede Einzelheit ihrer Erscheinung in sich aufnehmend. Der eine war ein massiger Kerl mit Schultern wie ein Ochse und Händen, die von harter Arbeit zeugten. Er starrte Thore trotzig an, als wolle er seine Furchtlosigkeit beweisen – doch das nervöse Zucken seiner Finger und das leichte Schwitzen an seinen Schläfen verrieten seine unterdrückte Angst. Der andere war kleiner und schmaler, fast unscheinbar neben seinem Begleiter, und bewahrte trotz seiner misslichen Lage eine erstaunliche Ruhe.

»Wer seid ihr?«, herrschte Thore sie an, während um ihn herum das Lager still geworden war. Alle Augen waren auf die Neuankömmlinge gerichtet. »Was wollt ihr hier?«

Der Kleinere hob langsam den Kopf und erwiderte Thores Blick direkt und unerschrocken. In seinen Augen war keine Spur von Furcht zu erkennen, nur kühle Berechnung und eine gewisse Zuversicht. »Wir sind hier«, sagte er mit fester Stimme, »um uns euch anzuschließen.«

August stieß ein höhnisches Lachen aus. »Was sollen wir mit zwei weiteren Mäulern, die wir stopfen müssen?« Er musterte die beiden abschätzig. »Wozu könnten so dahergelaufene Bengel wie ihr uns wohl nützlich sein?«

Der Jüngere zog eine Braue hoch. Er sah August direkt an, beantwortete seine Frage aber nicht. »Vielleicht fangt ihr damit an, uns loszubinden«, meinte er stattdessen kühl. »Oder ist die gefürchtete Bande im Wolfstann zu feige, zwei unbewaffnete Männer ohne Fesseln reden zu lassen?«

Thore beobachtete ihn genau. Mutig war er ja, was erstaunlich war, wenn man seine Lage bedachte.

»Pass auf, dass du es nicht zu weit treibst, Junge«, sagte der Hauptmann mit leiser, aber unmissverständlicher Schärfe. »Du bist hier der Bittsteller, nicht wir.«

Der Jüngling zögerte einen Augenblick, dann neigte er leicht den Kopf, ehe er dem Hauptmann wieder fest in die Augen sah. »Natürlich«, sagte er. »Vielleicht sollten wir uns zunächst vorstellen. Mein Name ist Felix.« Mit einem knappen Ruck seines Kopfes deutete er auf seinen Begleiter. »Das hier ist Rutger.«

Thore spürte, wie seine Brust sich verengte, als die Worte des Jünglings zu ihm durchdrangen. Felix. Natürlich. Jetzt erkannte er die Ähnlichkeit. Dieselbe schlanke Statur. Dasselbe blonde Haar. Aber während Leander anfangs wie ein verzogener Bengel gewirkt hatte, dessen gutes Herz sich erst zeigen musste, strahlte Felix Entschlossenheit und Gewandtheit aus. Es war die Art von Stärke, die nur jene gewinnen, die von der rauen Schule des Lebens geformt wurden.

»Also gut, bindet sie los«, sagte Thore schließlich. »Ich bin Thore, Anführer dieser Bande.« Ein Anflug von Spott schlich sich in seine Stimme, während er den beiden Neuankömmlingen zunickte, die gerade von ihren Fesseln befreit wurden. »Mir scheint, ich habe zwei mutige Männer vor mir – aber seid ihr auch mutig genug, das Gebräu unseres Küchenmeisters zu kosten?« Er wies auf die Feuerstelle, wo Tuck mit der Kelle hantierte. »Setzt euch. Ich verspreche nicht, dass ihr bleiben dürft – aber ich will wissen, was euch hergeführt hat.«

Rutger atmete hörbar auf. »Klasse, ich hatte nichts zu essen, seit …«

Felix legte ihm sanft eine Hand auf den Arm – eine kleine, aber deutliche Geste, die zeigte, wer von beiden das Sagen hatte. »Wir nehmen die Einladung gerne an«, sagte der Bruder des Prinzen, so höflich, als sei er an die Tafel des Landgrafen gebeten worden. Erneut neigte er respektvoll den Kopf. »Und wir werden eure Fragen selbstverständlich beantworten.«

Die übrigen Räuber murmelten ihre Zustimmung, und so versammelten sie sich um das Feuer. Das brodelnde Gebräu in Tucks Kessel verbreitete einen stechenden Duft, doch Rutger schien sich an dem Geruch der Mahlzeit nicht zu stören, eifrig tauchte er den Löffel in den Eintopf und aß, als wäre es ein Festmahl. Felix hingegen hielt sich zurück. Kerzengerade saß er auf einem umgefallenen Baumstamm, die Schale unberührt in der Hand, und ließ den Räuberhauptmann keinen Moment aus den Augen. In diesem Augenblick ähnelte er seinem Vater auf erschreckende Weise – es sah aus, als säße er auf einem Thron.

»Also, Felix, was führt euch beide hierher?«, begann Thore ruhig. Es war klar, dass der junge Mann erst ihre Unterhaltung hinter sich bringen wollte, ehe er sich auf die Mahlzeit einließ. »Kann es sein, dass dein werter Vater nicht ganz so gut auf die Nachricht reagiert hat, dass du erneut mit dem Prinzen Plätze getauscht hast, nachdem er seinen Bastard auf so elegante Weise losgeworden war?«

Kurz flackerten Felix' Lider und sein Kiefer verspannte sich, aber dann hatte er sich wieder im Griff. »Wie ich sehe, weißt du bereits das meiste«, sagte er gelassen. »Ja, der Landgraf war wütend – und hat mich des Schlosses verwiesen. Ich soll ihm nie wieder unter die Augen treten.«

»Zum Glück hast du für Zeugen gesorgt«, warf Rutger mit vollem Mund ein. »Sonst hätte er dich wahrscheinlich einfach verschwinden lassen.«

»Ich hätte eher darauf achten sollen, dass du keinen Blödsinn machst«, erwiderte Felix, doch sein Tonfall war nicht wirklich vorwurfsvoll. Er wandte sich wieder an Thore. »Rutger hat Leander begleitet. Danach sollte er unauffällig in sein altes Leben zurückkehren. Stattdessen hat dieser Dummkopf erklärt, dass er mich liebt und mir überallhin folgen wird.«

»Stimmt ja auch«, murmelte Rutger, diesmal leiser, und starrte in seine Schale. Vereinzelt erklang belustigtes Schnauben. Doch dann hob der ehemalige Stallmeister den Kopf, seine blauen Augen glänzten im Feuerschein. »Du weißt, dass ich dir gehöre.«

Felix' Miene wurde weicher. »Wir gehören zusammen«, korrigierte er sanft. Ein kaum merkliches Lächeln huschte über sein Gesicht. »Wahrscheinlich hast du recht.«

Die beiden sahen sich an, und für einen Moment schienen sie den Rest der Welt zu vergessen. Thore spürte ein schmerzliches Ziehen in der Brust. Rutgers Worte hallten in ihm nach – und in seinem Inneren flüsterte eine Stimme, wie es hätte sein können, wenn Leander nicht der Prinz wäre, sondern …

Nein. Er durfte sich solchen Gedanken nicht hingeben.

Augusts barsche Stimme durchbrach die Stille. »Und dann?«, fragte er.

Felix räusperte sich und blickte wieder zu Thore. »Wir haben versucht, in anderen Städten Arbeit zu finden. Aber der Arm des Landgrafen reicht weiter, als wir dachten. Kein Wirt wollte uns einstellen, kein Händler uns vertrauen. Unsere Münzen sind aufgebraucht, also kamen wir hierher. Wir dachten, jetzt, da das Lösegeld gezahlt wurde, wäret ihr vielleicht bereit, uns aufzunehmen.«

Felix und Rutger sahen Thore offen an. Sie logen nicht, da war der Hauptmann sich sicher.

Der Hauptmann nickte langsam. »Ihr dürft vorerst bleiben«, bestimmte er. »Schließt euch Gustav und Kalle an. Die beiden haben sich mit Leander angefreundet – ich bin sicher, sie erzählen euch gern davon.«

Felix und Rutger tauschten einen überraschten Blick. Natürlich, sie wussten ja noch nicht, dass die Bande den Prinzen für einen Diener gehalten hatte! Doch ihre Erleichterung, hierbleiben zu dürfen, überwog offenbar jeden anderen Gedanken.

Gustav trat zu ihnen und grinste breit. »Das ist euer Glückstag! Mein Freund Kalle und ich haben die ehrenvolle Aufgabe, neue Latrinen auszuheben. Ihr könnt es gewiss kaum erwarten, euch dieser Herausforderung zu stellen, oder?«

Rutger ließ sich nicht beirren. »Ah, nach diesem üppigen Mahl kommt mir ein wenig körperliche Arbeit gerade recht.« Er stand auf und rieb sich den Bauch. »Wo sind die Schaufeln?«

Gustav blinzelte verwirrt – dann verstand er den Spott und lachte schallend los. Rutger stimmte ein, und Kalle, der mit zwei Schaufeln dazukam, schaute sie nur verwundert an, was eine neue Welle an Gelächter auslöste.

Felix erhob sich ebenfalls und trat zu Thore. »Danke für den Schlafplatz und das Essen«, sagte er leise. »Das bedeutet mir mehr, als ich sagen kann.«

Thore musterte ihn einen Moment. »Du machst dir Sorgen um ihn«, stellte er fest und sah zu Rutger, der bereits fröhlich mit Gustav und Kalle schwatzte.

Felix seufzte leise. »Ja«, gestand er schließlich. »Aber ich konnte nicht nein sagen, als er unbedingt mitwollte. Ich wusste, dass er geblieben wäre, hätte ich versucht, ihn aufzuhalten. Doch dafür war ich zu schwach. Ich … ich kann mir ein Leben ohne ihn kaum vorstellen.«

Thores Brust zog sich erneut schmerzhaft zusammen. Er bewunderte Rutgers Mut – er hätte sein Leben als Stallmeister wieder aufnehmen können und auf Jahre hinaus ein gutes Auskommen gehabt. Stattdessen aber hatte er ein ungewisses Schicksal gewählt, um an Felix' Seite zu bleiben.

Leander hingegen war gegangen …

Thore schalt sich selbst einen Narren. Die Situation war anders. Rutger hatte nur sein eigenes Leben riskiert – Leander hingegen hätte mit seiner Anwesenheit die gesamte Bande gefährdet. Hätte der Jüngling so egoistisch gehandelt, wären Thores Gefühle für ihn niemals entflammt.

Mit einem tiefen Atemzug schob Thore diese Gedanken beiseite. »Ich werde euch wissen lassen, was ich entscheide.«

Dann sah er sich nach August um. Er hatte eine Idee.

Leander war wieder im Schloss, und er war allein. Aber vielleicht konnte Thore, wenn er schon selbst nicht für ihn da sein konnte, wenigstens dafür sorgen, dass sein Halbbruder in der Nähe war und ein Auge auf den Prinzen hatte.

Allein im Schloss

Leander befand sich in einem prächtigen Saal, dessen Wände aus purem Gold zu bestehen schienen. Der Boden funkelte wie Edelsteine im Sonnenlicht, doch nichts von alledem konnte Leander erfreuen. Inmitten all der unnützen Pracht stand der Landgraf, in den Händen hielt er einen Mantel, der aus feinstem Goldfaden gewebt war und im Licht schimmerte.

»Zieh ihn an«, befahl sein Vater.

Leander schüttelte heftig den Kopf. »Nein, ich will nicht!«, rief er trotzig. »Das ist nicht mein Mantel!«

Sein Vater fixierte ihn mit einem eisigen Blick. Doch im nächsten Moment geschah etwas Merkwürdiges: Der Landgraf verschwand, und an seiner Stelle stand Thore. Der Mantel war noch da, der Hauptmann hielt ihn in den Händen, sein Blick war jedoch ruhig und ernst, fast traurig.

»Mein Leander«, sagte Thore mit seiner tiefen, beruhigenden Stimme, die sich wie Balsam über Leanders Seele legte. »Du weißt, dass du dich deiner Verantwortung stellen musst.«

Leander stiegen die Tränen in die Augen. »Ich will aber nicht!«, rief er und stampfte mit dem Fuß auf den glänzenden Boden. »Ich hasse es hier! Ich will den Mantel nicht tragen! Ich will nicht hier sein! Ich will … ich will … kochen! Ja, ich will einfach nur kochen!«

Thore legte den Kopf leicht schief und musterte ihn mit diesem Ausdruck, der Leander immer das Gefühl gegeben hatte, gesehen und verstanden zu werden. Doch dieses Mal war da auch Strenge in seinem Blick. »Du weißt, dass das nicht geht.«

»Das ist nicht fair«, kreischte Leander. »Du bist so gemein!«

»Leander!« In der Stimme des Hauptmanns schwang ein drohender Unterton mit. »Zieh jetzt den Mantel an … oder zieh deine Hose runter und leg dich über meinen Schoß!«

»Pah«, sagte Leander voller Verachtung, aber seine Hände öffneten schon die Schnüre seiner Beinkleider, und wie von Zauberhand lag er plötzlich über Thores Knien, den nackten Hintern hochgereckt, während schon die ersten Schläge auf ihn einprasselten.

»Thore …«, schluchzte er, doch der Räuberhauptmann war noch lange nicht fertig. Hieb und Hieb traf auf seine Haut, es schmerzte, aber mit jedem Schlag wurde Leander auch ruhiger. Thore war hier, und er würde nicht zulassen, dass der Prinz sich wie ein Narr benahm. Leander fühlte, wie eine unbekannte Ruhe sich in ihm ausbreitete. Er weinte immer noch, aber Thore war da, trocknete seine Tränen, hielt ihn sicher.

»Probier es nochmal«, sagte der Hauptmann, sanft und ermutigend, bevor er dem Prinzen aufhalf und zärtlich seine Hose wieder hochzog. »Ich glaube an dich.«

Diesmal griff Leander zögernd nach dem Mantel. Er spürte, wie das schwere Gold sich überraschend weich und warm um seine Schultern legte. Er fühlte sich seltsam beschützt und behütet.

Thore nickte zufrieden und lächelte leicht. »Du schaffst das«, sagte er leise. »Auch wenn du es jetzt noch nicht glaubst.«

Mit Tränen in den Augen wachte Leander auf, meinte immer noch, Thores starke Hände auf sich zu spüren. Sein Schwanz bohrte sich hart und schmerzhaft in die weiche Matratze, doch der Prinz war nicht einmal annähernd in Versuchung, sich selbst Erleichterung zu verschaffen.

Er wollte Thores Erlaubnis. Er wollte, dass Thore ihn berührte. Aber das würde nie wieder geschehen. Er würde den

Rest seines Lebens auf Träume hoffen müssen, die ihm ein wenig Trost spendeten.

Mühsam kämpfte er sich aus dem Bett, schlüpfte in das schlichteste Gewand, das sein Schrank hergab, und trat ans Fenster. Der geordnete Schlossgarten lag im ersten Licht des Morgens, akkurat und makellos. Früher hatte er diesen Anblick geliebt. Jetzt erschien er ihm trostlos.

Er hatte so große Träume gehabt – wollte ein gerechter Landgraf werden, der sein Volk beschützte, statt es auszubeuten. Thore und Kalle hatte er es hoch und heilig versprochen, mit leuchtenden Augen und brennendem Herzen. Doch hier, im erdrückenden Schatten seines Vaters, fühlte er sich wie ein Vogel mit gestutzten Flügeln. Kein Einfluss, keine Aufgabe, nur eine stumme Dekoration an der Seite des Landgrafen, deren einziger Zweck es war, hübsch auszusehen und zu schweigen.

Ein schweres Seufzen entkam ihm, als die Tür sich öffnete und Madalwin mit übertriebener Wichtigtuerei ein Tablett hereinbalancierte.

»Oh, Hoheit! Ihr seid bereits wach! Verzeiht meine Verspätung!« Der Diener machte eine so tiefe Verbeugung, dass sie einer Verhöhnung gleichkam. »Warum habt Ihr Euren braven Diener nicht rufen lassen? Und dieses Gewand – viel zu schlicht für einen Prinzen Eures Rangs! Ich werde Euch sogleich etwas Angemesseneres bringen.«

Braver Diener, von wegen. Leander spürte, wie sich etwas in seinem Magen verkrampfte. Madalwins Lächeln war aalglatt, doch in seinen Augen lag ein kaltes Funkeln – die kaum verhüllte Verachtung eines Dieners, der seinen jungen Herrn für einen Dummkopf hielt.

»Schaut nur, Hoheit! Ich habe Euch Plätzchen und heiße Schokolade mitgebracht.« Madalwins Stimme troff vor falscher Süße.

Trotzdem hätte sich Leander früher auf die Süßigkeiten gestürzt, sie als willkommene Abwechslung eines tristen Morgens gesehen. Doch jetzt ... Ein bitterer Geschmack breitete sich in seinem Mund aus. Er konnte nur daran denken, dass seine Freunde im Wald nur dünne Suppe bekommen würden, während Madalwin ihn mit Leckereien mästete. Leander wurde übel bei der Vorstellung.

Mit geschäftigem Eifer zog sein Diener derweil eine prachtvolle Garnitur aus dem Schrank und machte sich daran, dem Prinzen beim Umkleiden zu helfen. Madalwin schnürte und knöpfte, bis sich Leander fühlte wie eine lebende Puppe, ein Ausstellungsstück ohne eigenen Willen. Er ließ es geschehen, sein Blick leer ins Nichts gerichtet, während seine Gedanken zu Felix wanderten.

Wie anders war es gewesen, als Felix noch hier gewesen war! Auch er hatte Leander gedient, aber mit aufrichtiger Zuneigung. Sie hatten zusammen gelacht, hatten echte Gespräche geführt. Und wenn sich Leander vor lästigen Pflichten drücken wollte, war Felix streng geworden – aber auf eine Weise, die ihn als Menschen respektierte, nicht als verwöhnten Prinzen demütigte.

Und jetzt? Jetzt war er allein mit diesem falschen Madalwin, der ihn wie ein unmündiges Kind behandelte. Jeden Tag spürte Leander, wie etwas in ihm welkte, wie seine Entschlossenheit zu bröckeln begann, nun, da er ausschließlich von Menschen umgeben war, die ihn nicht sahen.

»So, Hoheit«, säuselte der Diener schließlich und trat mit dem Tablett näher. »Nun solltet Ihr Euch stärken. Ein Prinz braucht seine Kraft.«

Leanders Blick fiel auf die kunstvoll aufgereihten Honig-plätzchen. Früher hätte er sie als selbstverständlichen Luxus hingenommen. Jetzt waren sie nur ein Symbol für all das, was er nicht mehr sein wollte.

»Ich habe keinen Hunger.«

Madalwins Lächeln blieb unverändert. »Wie Ihr wünscht, Hoheit. Wenn Ihr ohne Frühstück zu der Unterredung mit dem Landgrafen erscheinen wollt …«

Leander unterdrückte ein Schaudern. Der Landgraf. Der Letzte, den er jetzt sehen wollte. Aber es blieb ihm wohl keine Wahl.

»Iss du sie«, sagte er knapp, wandte sich ab und ging zur Tür.

Der Landgraf empfing ihn nicht in seinen privaten Gemächern, sondern im düsteren Audienzsaal des Schlosses. Ein Lakai öffnete die schwere Tür, und kaum hatte Leander den Raum betreten, fiel sie mit einem dröhnenden Knall ins Schloss. Er zuckte unwillkürlich zusammen – dieser Laut hätte ihm nach all den Jahren vertraut sein müssen, doch er fuhr ihm noch immer durch Mark und Bein.

Sein Vater thronte reglos in einem hochlehnigen Sessel, das Gesicht hart wie gemeißelter Stein.

»Da bist du ja endlich«, bemerkte er kühl, ohne sich die Mühe zu machen, aufzustehen oder Leander einen Platz anzu-bieten.

»Guten Morgen, Vater«, erwiderte Leander mit leiser Stimme. Seine höflichen Worte schienen in der frostigen Atmosphäre zu erstarren und ungehört zu verhallen.

»Und?« Der Landgraf kam ohne Umschweife zur Sache. »Erinnerst du Tölpel dich jetzt endlich an den Weg zum Räuberlager?«

Die Frage traf Leander wie ein Peitschenhieb. Er straffte unwillkürlich die Schultern.

»Ich … nein, Vater. Es war dunkel, und sie haben mir einen Sack über den Kopf gezogen, als wir das Lager verließen«, erklärte er, nicht zum ersten Mal.

»Natürlich.« Beißender Spott triefte aus jeder Silbe. »Dunkel war es. Und ein Sack. Und du, der zukünftige Landgraf von Trällerbach, hattest weder die Weitsicht, dir die Richtung einzuprägen, noch den Verstand, dir die geringsten Anhaltspunkte zu merken!«

Leander schluckte schwer. Diese Vorwürfe kannte er bereits besser als sein eigenes Spiegelbild.

»Es tut mir leid«, brachte er hervor, während er verzweifelt nach Worten suchte, die die Situation retten könnten. »Ich will es wieder gutmachen. Lasst mich Euch beweisen, dass ich …«

Ein höhnisches Lachen schnitt ihm das Wort ab.

»Beweisen?« Der Landgraf lehnte sich vor, die Augen kalt und durchdringend. »Du hast bereits bewiesen, was ich wissen muss. Ein unbesonnener Junge, der sich aus einer Laune heraus in Gefahr begibt und mich 20.000 Gulden kostet – alles wegen irgendeinem Diener!«

Ein Funken Trotz flammte in Leanders Brust auf.

»Felix war doch nicht irgendein Diener!« Seine Stimme gewann an Kraft. »Er war …«

»Schweig!«

Der Befehl donnerte durch den Saal und ließ die Luft vibrieren. Für einen Moment herrschte vollkommene Stille, in der nur das Echo der landgräflichen Wut nachzuhallen schien.

»Deine Albernheiten interessieren mich nicht«, fuhr sein Vater mit gefährlich ruhiger Stimme fort. »Stattdessen wirst du tun, was ich dir sage. Man hat mir berichtet, du wolltest wieder reiten. Das werde ich nicht erlauben! Solange du so bockig bist, verlässt du das Schloss nicht. Kein Jagdausflug, kein Markt-besuch – nichts!«

»Aber Vater …«, wagte Leander einzuwenden, doch er ver-stummte sofort unter dem scharfen Blick, der seinen Protest im Keim erstickte.

»Versuche es gar nicht erst«, schnitt ihm der Landgraf das Wort ab. Seine Finger trommelten ungeduldig auf der Arm-lehne. »Du wirst hierbleiben, dich nützlich machen, wenn ich es für nötig halte, und ansonsten lernen, nicht wie ein unge-schickter Narr zu wirken. Vielleicht gelingt es mir eines Tages, dich zumindest optisch als würdigen Nachfolger zu präsen-tieren.«

Mit einer abrupten Kopfbewegung wandte er sich ab – eine stumme, unmissverständliche Entlassung.

Leander stand wie versteinert, während die Worte, die ihm auf der Zunge brannten, unausgesprochen blieben. Seine Kehle fühlte sich zugeschnürt an, als hätte eine unsichtbare Hand sie umklammert.

»Ja, Vater«, brachte er schließlich hervor und verließ den Saal mit gesenktem Kopf und schweren Schritten.

Kaum fiel die schwere Tür hinter ihm ins Schloss, ballte er die Fäuste, bis seine Knöchel weiß hervortraten. Sein Herz loderte vor Wut und Trauer, während eine tiefe Sehnsucht an ihm nagte – die Sehnsucht, diesem goldenen Käfig zu ent-kommen, der mit jedem Tag enger zu werden schien.

Wenn er doch nie zurückgekommen wäre!

Schatten in Trällerbach

Thore zog seinen Mantel enger um die Schultern, während er durch die gepflasterten Gassen von Trällerbach schritt. Obwohl sein letzter Besuch nur wenige Wochen zurücklag, kam er sich fremd und fehl am Platz vor. Die kunstvollen Fassaden und akkurat gefegten Straßen sahen aus wie immer, und dennoch kam es Thore vor, als hätte er sie nie zuvor gesehen.

Nichts jedoch war so bedrückend wie die allgegenwärtige Präsenz der Soldaten. Zu zweit oder dritt patrouillierten sie an den Straßenecken, ihre Blicke wachsam. Jeder falsche Schritt konnte ihn verraten.

Trotz der Gefahr war er hier. Obwohl August Bedenken gehabt hatte, war Thore entschlossen, Felix und Rutger zu helfen, indem er ihnen eine neue Anstellung in Trällerbach besorgte.

Nicht nur, weil die beiden jungen Männer sich in einer aussichtslosen Lage befanden, an der er nicht ganz unschuldig war, schließlich wäre all das nicht passiert, wenn sie nicht versucht hätten, den Prinzen zu entführen.

Aber da war noch mehr. Thore sorgte sich um Leander.

Der Prinz brauchte jemanden, der ihn stärkte – und Felix, mit seinem scharfen Verstand und seiner unbeugsamen Entschlossenheit, war genau dieser Jemand.

Doch um die beiden jungen Männer in Trällerbach unterzubringen, brauchte Thore Verbündete. Und es gab nur zwei Menschen, die in Frage kamen: Matilda und ihr Bruder Edgar.

Matilda, die kluge und unerschrockene Frau des Bürgermeisters, besaß nicht nur Einfluss, sondern auch die nötige Verschlagenheit, um ihm zu helfen. Edgar, der angesehene Tuchhändler, hatte gewiss die richtigen Verbindungen – und wenn Matilda ihn darum bat, würde er sie gewiss nutzen.

Eigentlich war sein Plan denkbar einfach, dennoch war ihm bereits jetzt übel, wenn er daran dachte, dass Matilda gewiss davon ausging, dass sie ihre Affäre wieder aufleben lassen würden, wenn sie Thore einen Gefallen tat. Und Edgar – auch ihm hatte er ja versprochen, dabei sein zu dürfen.

Aber würde er es überhaupt schaffen? Was, wenn seine Männlichkeit ihn einmal mehr im Stich ließ? Was, wenn er an Leander denken musste, wenn Matilda unter ihm lag? Das hatten weder Matilda noch der Prinz verdient.

»Reiß dich zusammen«, murmelte Thore und straffte die Schultern.

Da er Matilda keine Nachricht hatte zukommen lassen können, wusste die Frau des Bürgermeisters nichts von seinem Erscheinen in der Stadt. Es war ihm zu gefährlich erschienen, eine Botschaft vorauszuschicken, und so entschied Thore, zunächst Edgar aufzusuchen. Ein Besuch im Laden eines Händlers war unauffälliger und würde ihm die Möglichkeit geben, ihre nächsten Schritte mit Bedacht zu planen.

Thore betrat Edgars Kontor und sah sich überrascht um. Der Verkaufsraum war klein, aber geschmackvoll eingerichtet. Ballen aus feinem Leinen und edler Wolle lagen ordentlich gestapelt, während ein Ständer in der Ecke prunkvolle Mäntel zur Schau stellte, deren goldene Stickereien im gedämpften Licht schimmerten.

Doch etwas stimmte nicht.

Kein Verkäufer. Kein Lehrling. Kein Edgar. Nur Stille.

Thore runzelte die Stirn. Selbst in einer sicheren Stadt wie Trällerbach ließ man sein Geschäft nicht unbewacht. Sein Blick fiel auf einen Stoffballen, der verführerisch nah lag. Er könnte ihn sich einfach nehmen und hinausspazieren. Oder noch besser: Schlüpfte er dazu noch in einen dieser edlen Mäntel, käme wohl niemand auf die Idee, dass er die Ware nicht bezahlt hatte.

Doch wozu? Mit einem leisen Seufzen wandte er sich ab, bereit, später wiederzukommen.

Da – ein Geräusch. Dumpf, unterdrückt.

Sofort war Thore auf der Hut. Die Laute kamen aus einem Raum weiter hinten. Lautlos schlich er näher, spähte um die Ecke und hielt erschrocken die Luft an.

Zwei Soldaten in zerschlissenen Uniformen hatten Edgar gegen ein hohes Regal gedrängt. Ihr hämisches Gelächter hallte zwischen den Stoffballen wider, und ihre Worte trieften vor Bosheit.

»Na, Herr Tuchhändler, willst du immer noch unsere Schwänze lutschen?«, spottete einer der Männer. »Wäre ja zu schade, wenn du daran erstickst, du kleiner Dreckskerl!«

Für einen flüchtigen Moment schoss Thore der Gedanke durch den Kopf, dass dies vielleicht ein einvernehmliches Spiel sein könnte, denn nur allzu gut erinnerte er sich an seine letzte Begegnung mit Edgar. Doch etwas an der Atmosphäre stimmte nicht. Die Stimmen der Männer waren zu hasserfüllt, Edgars Wimmern zu verzweifelt.

»Lasst mich gehen. Bitte!«, flehte Edgar mit bebender Stimme. »Ich gebe euch auch Geld, wenn es das ist, was ihr wollt.«

»Das nehmen wir uns sowieso!«, brüllte einer der Soldaten und stieß Edgar grob von sich. Der Tuchhändler taumelte gegen ein Regal, und Thore konnte endlich sein Gesicht sehen. Es war kreidebleich, ein Auge war zugeschwollen und färbte sich bereits ungesund blau.

Kein Zweifel – Edgar war alles andere als einverstanden mit dem, was hier geschah.

Thore zog sich leise zurück, griff sich im Verkaufsraum einen der prächtig bestickten Mäntel und schlüpfte hinein. Ein breitkrempiger Hut mit einer großen Feder vervollständigte sein neues Erscheinungsbild. Mit geradem Rücken und hochmütigem Gesichtsausdruck betrat er den Lagerraum.

Das Klacken seiner Absätze ließ die Soldaten herumfahren. Ihr Gespött verstummte augenblicklich.

»Was, bei allen Göttern, geht hier vor?«, bellte Thore und ließ keinen Zweifel daran, dass er unverzüglich eine Antwort erwartete. Sein Blick glitt über die Männer in zerschlissenen Uniformen, dann zu Edgar, der zitternd am Boden hockte. Mit einer lässigen Geste strich Thore ein nicht vorhandenes Staubkorn von seinem Mantel und richtete seine Feder. »Ich hoffe, ihr beiden habt eine gute Erklärung dafür, warum ihr einen ehrbaren Händler auf diese Weise belästigt.«

Die Soldaten warfen sich nervöse Blicke zu. Einer räusperte sich. »Das geht Euch nichts an, Herr ...«

»... mein Name tut nichts zur Sache.« Thores Stimme war kalt wie Stahl. »Wichtiger ist, dass ich ein Vertrauter des Landgrafen bin – und mich kaum zurückhalten kann, ihm Bericht zu erstatten, welches Verhalten seine Soldaten an den Tag legen.« Er ließ die Worte wirken, bevor er leise hinzufügte: »Er bezahlt euren Sold, um Trällerbachs Bürger zu beschützen, nicht um sie zu schänden.«

»Das ist ein Missverständnis!«, rief einer hastig. »Er hat uns doch angeboten …«

Thore hob nur eine Hand. »Offenbar wurde das Angebot zurückgezogen.« Seine Stimme senkte sich zu einem gefährlichen Knurren. »Ihr habt genau drei Herzschläge, um zu verschwinden.«

Einen Moment zögerten sie – dann packte einer den anderen am Arm. »Komm, ich hab eh keinen Bock mehr«, murmelte er, offenbar bemüht, sein Gesicht zu wahren. Dann zog er seinen Kompagnon hinaus.

Erst als ihre Schritte verklungen waren, wandte sich Thore Edgar zu. Der Tuchhändler kauerte noch immer am Boden, die Arme um die Knie geschlungen, sein Atem ging stoßweise.

»Alles gut, Edgar«, sagte Thore leise und kniete sich neben ihn. Er legte beruhigend einen Arm um die Schultern des Mannes. »Sie sind weg. Niemand wird dir etwas tun.«

Edgars glasiger Blick flackerte zu ihm hoch. »Wer … wer seid Ihr?« Seine Stimme war heiser, brüchig.

Thore nahm den Hut ab, ein kleines Lächeln umspielte seine Lippen. »Nur ich, Edgar«, murmelte er. »Ich habe mir nur einen deiner schicken Hüte ausgeliehen.«

Ein schwaches Licht der Erkenntnis flackerte in Edgars verweinten Augen auf. »Taro«, flüsterte er, und ehe sich Thore versah, klammerte sich der Tuchhändler an ihn wie ein Ertrinkender. Ohne Vorwarnung vergrub er sein Gesicht an Thores Schulter, schniefte leise und presste sich an ihn.

»Schon gut«, murmelte Thore, während er beruhigend über Edgars Rücken strich. Er hätte ihm jetzt Vorwürfe machen können – dass er nicht allein im Kontor hätte sein sollen oder dass er vorsichtiger sein müsse, wem er Angebote unterbreitete. Doch – welchen Sinn hätte das jetzt gehabt? Was Edgar in diesem Moment brauchte, war kein Vortrag, sondern Trost. Also hielt Thore ihn einfach fest, bis das Zittern allmählich nachließ und Edgars Atem wieder ruhiger und gleichmäßiger wurde.

Schließlich löste sich Edgar von ihm, fuhr sich mit zittrigen Fingern übers Gesicht und bemühte sich sichtlich, seine Fassung wiederzugewinnen. »Danke«, sagte er mit heiserer Stimme, in der sich Erleichterung mit einem Hauch von Verlegenheit mischte. Dann verzog er den Mund zu einem schiefen Lächeln. »Es müssen wohl die Götter selbst gewesen sein, die dich genau jetzt hierher geführt haben.«

Thore zog eine Braue hoch. »Eher der Zufall. Oder vielleicht mein angeborener Sinn für Dramatik.«

Edgar stieß ein kurzes, raues Lachen aus – und wirkte endlich wieder ein wenig wie er selbst. »Trotzdem. Ich stehe in deiner Schuld. Wenn es irgendetwas gibt, womit ich dich erfreuen kann ...« Er stockte, als ihm bewusst wurde, wie diese Worte klingen mussten. »Vielleicht nicht gerade heute«, fügte er verlegen hinzu und wandte den Blick ab. »Oder brauchst du Geld ...?«

»Nein.« Thore legte eine Hand auf Edgars Schulter und sah ihn fest an. »Ich habe dir nicht geholfen, weil ich eine Belohnung wollte. Sondern weil ich einen Freund in Schwierigkeiten gesehen habe.«

Edgar schien überrascht – vielleicht, weil er ihn als Freund bezeichnete. Doch dann hellte sich sein Gesicht auf, und für einen Moment wirkte er so glücklich über diese simple Aussage, dass sich Thore fragte, wie viele echte Freunde der Mann überhaupt hatte.

»Aber irgendwas kann ich doch für dich tun!« Edgars Stimme klang fast flehend. »Lass mich dir wenigstens den Mantel schenken.«

Thore rieb sich nachdenklich das Kinn. »Etwas anderes wäre mir lieber. Zwei junge Männer, Felix und Rutger, suchen eine Anstellung in Trällerbach …«

»Felix?« Edgar nickte, ohne eine Sekunde zu zögern. »Oh, den kenne ich! Der kann sofort als mein Gehilfe anfangen!«

Thore blinzelte überrascht. »Äh … reden wir vom selben Felix? Er war Diener im Schloss.«

»Ja, ja, der Sohn der Köchin.« Edgar winkte ab. »Meine Frau kennt seine Mutter gut. Ein kluger, ehrgeiziger Junge. Hat sich wohl heimlich einiges von dem Unterricht seines Prinzen abgeschaut. Und ich könnte wirklich Hilfe gebrauchen. Mein letzter Gehilfe hat sich mit einem fahrenden Händler davongemacht.« Edgar schnaubte. »Sucht wahrscheinlich das Abenteuer, und ich stehe von heute auf morgen allein da. Ehrlich gesagt, tust du mir einen Gefallen, Taro.«

Thore schmunzelte, doch er wurde wieder ernst. »Der Landgraf hat Felix rausgeworfen. Und Rutger gleich mit.«

Edgar zuckte nur mit den Schultern. »Solange der Landgraf nicht vorhat, den Stoff für seine Gewänder selbst zu weben, wird er mir nicht vorschreiben, wen ich einstelle«, sagte er fest, und zum ersten Mal während ihrer Bekanntschaft spürte Thore, dass Edgar genauso unnachgiebig sein konnte wie seine Schwester.

»Und Rutger, ja, an ihn erinnere ich mich auch. Große Stallungen habe ich nicht, aber für einen kräftigen Kerl gibt es hier immer etwas zu tun. Schick die beiden nur her.«

Thore atmete auf. »Danke, Edgar. Die beiden haben überall nach Arbeit gesucht …« Er hielt inne. Fast hätte er erzählt, dass sie sich sogar den Räubern anschließen wollten. Doch es war besser, nicht zu viele Details preiszugeben.

Er zog den feinen Mantel aus und hielt ihn Edgar hin. »Den behalte ich besser nicht. So viel Stil vertrage ich nicht.«

»Dabei steht er dir ausgezeichnet. Aber gut, bleibt er halt hier.« Edgar musterte ihn nachdenklich. »Soll ich Matilda Bescheid geben, dass du in der Stadt bist?«

Auch das lehnte Thore energisch ab. »Richte ihr meine Grüße aus. Aber mir scheint, je eher ich Felix und Rutger hierher bringe, desto besser ist es für alle. Lege lieber ein kühles Tuch auf dein Auge und halte dich von zwielichtigen Gestalten fern!«, fügte er mit gespielter Strenge hinzu.

Edgar lächelte schwach und verbeugte sich leicht. »Ja, Taro«, sagte er mit einer Mischung aus Dankbarkeit und Koketterie, die ihn wieder wie den unterwürfigen Gespielen erscheinen ließ, als den Thore ihn kennengelernt hatte.

Er war froh, dass Edgar wieder auf den Beinen war, ebenso wie darüber, Felix und Rutger einen Platz verschafft zu haben.

Doch vor allem war Thore unendlich erleichtert, weil er nun keinen Grund mehr hatte, Matilda aufzusuchen. Ja, sein Verstand sagte ihm, dass es besser wäre, das Lager mit der leidenschaftlichen Frau zu teilen, damit er endlich aufhörte, an den Prinzen zu denken. Doch so töricht es auch sein mochte – er sehnte sich noch immer nach dem jungen Mann und konnte sich nicht vorstellen, solcherlei Freuden mit einem anderen Menschen genießen zu können.

Ein Prinz auf Abwegen

Leander lief rastlos in seinem Gemach auf und ab. Es war größer als jedes Baumhaus im Räuberlager, doch es fühlte sich enger an als je zuvor. Früher hatte er den Prunk geliebt, war stolz auf seine teuren Möbel und Sammlerstücke gewesen – jetzt kam ihm alles kalt und sinnlos vor.

Allerdings hatten sich Einkäufe sowieso erledigt. Nicht nur, dass er schon seit Tagen im Schloss eingesperrt war, der Landgraf hatte ihm auch sein monatliches Salär gestrichen, angeblich, um die Verluste auszugleichen, die seine »Unvernunft« verursacht hatte.

Eine Aufgabe hatte er ihm auch nicht zugewiesen. Leander seufzte, ließ sich an seinem Schreibtisch nieder und nahm eine Feder in die Hand. Vielleicht würde ein Brief ihn ablenken. Doch an wen? Seine adeligen Bekannten würden seine Lage nur belächeln. »Der Prinz mit den goldenen Locken sehnt sich nach Arbeit? Wie entzückend.«

Mit einem Knurren schob er das Papier fort und sprang wieder auf. Alles in ihm drängte nach Bewegung, nach Sinn – nach Freiheit. Doch wenn er seinen Vater nicht weiter gegen sich aufbringen wollte, saß er in diesem vermaledeiten Schloss fest.

Gerade als er erneut zum Fenster marschieren wollte, öffnete sich die Tür. Madalwin trat ein, ein Tablett in den Händen. »Hoheit, die Köchin hat etwas ganz Besonderes für Euch zubereitet! Karamellisierte Äpfel mit Honig und Zimt.«

Leander seufzte, griff aber dennoch mechanisch nach einem Stück. Doch nach dem ersten Bissen hielt er plötzlich inne. Dieser leckere Duft ... der süße Hauch von Zimt und Honig auf seiner Zunge ... das sanfte Knacken der feinen Karamell-schicht auf der Oberfläche ... Unwillkürlich wanderten seine Gedanken zurück zum Räuberlager, zu den Abenden, an denen er am Feuer gestanden und sorgfältig Kräuter in den brodelnden Eintopf gestreut hatte. Er erinnerte sich an das würzige Aroma, das sich langsam über die Lichtung ausge-breitet und nach und nach die hungrigen Räuber angelockt hatte, die anerkennend geschnuppert hatten.

Plötzlich wusste er, was er tun könnte, ohne die Befehle seines Vaters zu missachten, indem er das Schloss verließ.

»Das ist gut«, murmelte er. »Sehr gut.«

Madalwin strahlte übertrieben. »Die Köchin wird entzückt sein, dass es Euch mundet.«

Leander hörte ihn kaum. »Du kannst gehen«, sagte er ab-wesend.

Er wartete, bis die Tür hinter Madalwin ins Schloss fiel, ließ noch einige Augenblicke vergehen, dann schlich er hinaus. Sein Herz klopfte schneller. Zum ersten Mal seit Tagen hatte er ein Ziel.

Die Küche.

Leander huschte durch die Gänge des Schlosses, hielt sich im Schatten der Säulen und lauschte angestrengt auf Schritte. Sein Herz pochte wild – zur Hälfte aus Angst, erwischt zu werden, zur Hälfte vor Aufregung. Er hatte sich schon viel zu lange wie ein gefangener Vogel gefühlt. Jetzt würde er sich wenigstens für einen Moment nützlich machen.

Als er die Küchentür erreichte, zögerte er. Was, wenn die Köchin ihn auslachte? Oder ihn gleich davonjagte? Doch dann schüttelte er den Kopf. Er konnte nicht den ganzen Tag in seinem Zimmer bleiben und an das denken, was er verloren hatte. Also holte er tief Luft und trat ein.

Die Küche war still. Kein geschäftiges Klappern, kein Rufen von Bediensteten. Nur die Köchin war da, die gerade einen Sack Kartoffeln ausleerte. Ihre Stirn war gerunzelt, dunkle Schatten lagen unter ihren Augen. Sie sah so müde aus, dass es Leander einen Stich versetzte. Er räusperte sich.

»Hoheit?«, fragte sie überrascht und wischte sich die Hände an der Schürze ab. »Was macht Ihr hier? War etwas mit den Äpfeln nicht in Ordnung?«

Leander trat zögernd einen Schritt näher. »Nein. Ich ... ich wollte helfen.«

Die Köchin blinzelte ihn an, als hätte er vorgeschlagen, sich nackt auf den Marktplatz zu stellen, und stieß ein ungläubiges »Was?« hervor.

»Ich könnte Gemüse schneiden oder ... irgendwas«, erklärte der Prinz und bemühte sich, entschlossen zu klingen, obwohl seine Worte selbst in seinen eigenen Ohren nicht überzeugend klangen.

Mit vor der Brust verschränkten Armen musterte sie ihn skeptisch. »Ihr? In der Küche schuften? Das ist doch nix für feine Herrschaften.«

»Ich brauche eine Aufgabe«, sagte Leander schnell. »Ich will nicht einfach nur rumsitzen.«

Sie betrachtete ihn eine Weile, dann seufzte sie. »Ihr macht mir nur Ärger. Wenn Euch hier einer sieht, fliege ich auch noch raus.«

Leander schluckte. Daran hatte er nicht gedacht. »Das ... tut mir leid. Ich wollte Euch keine Schwierigkeiten machen.«

»Ja, ja«, brummte die Köchin. »Der Weg zum Galgen ist gepflastert mit guten Absichten.«

Betreten sah Leander zu Boden. »Es ist wegen Felix, oder?«
Ihr Blick wurde ein wenig weicher. »Felix hat immer gesagt,
Ihr seid ein guter Mensch«, meinte sie schließlich. »Er war stolz
darauf, dass Ihr los seid, um ihn zu retten.«

Leander riss die Augen auf. »Hat er das wirklich gesagt?«

»Ja.« Sie nickte zögernd. Doch dann hob sie warnend einen
Finger. »Aber was Gutes gebracht hat's nich!«

Auch damit hatte sie leider recht. Es wäre nicht nötig gewesen, erneut die Rollen zu tauschen. Thore hätte Felix nichts
getan und ihn irgendwann gehen lassen, so, wie er es auch ihm
versprochen hatte. Zwar hatten die Räuber nun das Lösegeld,
aber trotz seines Hausarrests hatte Leander mitbekommen,
dass mehr Soldaten als üblich unterwegs waren, um sie zu
jagen. Und er selbst saß mit einem gebrochenen Herzen im
Schloss fest. Doch das Schlimmste von allem war, dass es ihm
trotzdem nicht leidtat. Denn die Vorstellung, Felix hätte seinen
Platz in Thores Bett eingenommen, machte ihn rasend.

Leander schüttelte den Kopf, um diese sinnlosen Gedanken
daraus zu vertreiben. »Wisst Ihr, wie es Felix geht?«, fragte er
schließlich.

Zum ersten Mal lächelte die Köchin. »Ja. Er arbeitet jetzt bei
Edgar, dem Tuchhändler.«

Leanders Herz machte einen Sprung. »In Trällerbach? Großartig! Ich muss ihn sehen!«

Die Köchin schnaubte. »Er wird sich nich wieder in Gefahr
bringen, nur um Euch zu besuchen.«

»Das würde ich nie von ihm verlangen!«, beteuerte Leander
erschrocken. »Ich … ich werde warten. Irgendwann muss mein
Vater mich doch wieder hinauslassen, wenn es kein Gerede
geben soll.«

Die Köchin musterte ihn lange, dann seufzte sie erneut.
»Nichts als Scherereien«, brummelte sie, griff nach einer

Schüssel und schob sie ihm hin. »Hier. Die Kartoffeln wollen geschält werden. Wenn Ihr schon da seid, dann macht was Sinnvolles.«

Leander strahlte und machte sich eifrig an die Arbeit. Die grobe Schale der Kartoffeln unter seinen Fingern, das rhythmische Schaben des Messers – es war so simpel, aber es tat gut. Zum ersten Mal seit Tagen fühlte er sich ... richtig.

Als er fertig war, betrachtete die Köchin seine Arbeit und nickte zufrieden. »Nich schlecht, Hoheit. Vielleicht hatte mein Felix ja doch recht mit Euch.«

Das Lob ließ Leanders Brust vor Stolz anschwellen, doch die Köchin wurde schnell wieder ernst. »Und jetzt geht lieber. Ich könnt Euch gut gebrauchen, aber wenn einer Euch hier sieht, gibt's ein riesiges Donnerwetter. Kommt nich so bald wieder.«

Leander nickte. »Ich weiß. Trotzdem danke ... und wenn Ihr Felix seht, würdet Ihr ihm ausrichten ... ich vermisse ihn.«

Die Köchin lächelte sanft. »Is gut. Aber nun raus hier, Hoheit.«

Auf dem Rückweg zu seinen Gemächern fühlte sich Leander, als würde er auf Wolken wandeln. Zwar hatte er nicht kochen dürfen, doch die simple Aufgabe hatte ihm trotzdem Freude gemacht. Er würde die Köchin nicht noch einmal in Gefahr bringen – allein schon, weil Felix ihm dafür die Ohren langziehen würde. Aber vielleicht fand er eine Beschäftigung, die er allein in seinen Gemächern tun konnte, ohne dass jemand darunter litt?

Er dachte an die Drachengeschichte, deren Ende er immer noch nicht kannte. Vielleicht sollte er sich selbst eines ausdenken? Und es aufschreiben? Das könnte Spaß machen!

Mit neuer Energie riss Leander die Tür zu seinen Gemächern auf – und erstarrte.

Sein Vater stand am Fenster, die Hände hinter dem Rücken verschränkt. Seine ganze Haltung drückte Missbilligung aus.

Aus den Augenwinkeln bemerkte Leander eine weitere Gestalt. Madalwin. Der Diener hatte die Arme vor der Brust verschränkt, und auf seinem Gesicht lag ein Ausdruck, den Leander nur zu leicht deuten konnte: das selbstgefällige Lächeln eines Mannes, der sich für cleverer hielt als alle anderen.

Ein kalter Knoten bildete sich in Leanders Magen. Er hätte es wissen müssen. Madalwin war ein Verräter.

Doch die Erkenntnis kam zu spät.

Der Landgraf drehte sich langsam um und ließ seinen Blick über Leanders feuchte, schmutzige Kleidung wandern.

»So, so«, sagte Konstantin von Trällerbach mit eisiger Ruhe. »Wen haben wir denn da – einen schmutzigen Diener oder einen Prinzen?«

Kein Ausweg?

Am liebsten hätte Leander auf dem Absatz kehrtgemacht und wäre aus seinen Gemächern geflohen, auch wenn sich sein Vater zunächst an seinen Diener wandte.

»Genug der Schaustellung. Geh.«

Madalwin verneigte sich mit einer Spur zu viel Genugtuung. »Sehr wohl, Eure Gnaden, stets zu Diensten.«

Madalwin huschte lautlos hinaus. Leander versuchte, dem abschätzigen Blick seines Vaters standzuhalten, mit dem dieser ihn daraufhin musterte, doch die nächsten Worte trafen ihn härter, als er zugeben wollte.

»Was für ein Bild du abgibst!«, begann der Landgraf, und seine Stimme triefte vor Hohn. »Ein Prinz, der in schmutzigen Lumpen durch die Gänge schleicht wie ein Dieb.«

Leander biss sich auf die Lippe, versuchte, die aufsteigende Scham hinunterzuschlucken. »Ich wollte doch nur ... Ich dachte, ich könnte mich irgendwie nützlich machen ...«, begann er zaghaft und trat von einem Bein auf das andere.

»Nützlich?« Sein Vater spie das Wort aus. »Wofür solltest du wohl gut sein?«

Leander öffnete den Mund, doch die Worte blieben ihm im Hals stecken. Was sollte er sagen, ohne die Köchin in Schwierigkeiten zu bringen?

Doch der Landgraf erwartete gar keine Antwort. »Das wird Konsequenzen haben!«

Ein Schauer lief Leander über den Rücken. Er murmelte kaum hörbar: »Was wollt Ihr mir denn noch nehmen? Ich bin doch ohnehin schon eingesperrt und darf nichts tun.«

Offenbar hatte er die guten Ohren des Landgrafen unterschätzt. Sein Vater kniff die Augen zu schmalen Schlitzen zusammen, und sein Gesicht verfinsterte sich weiter.

»Du kannst sehr wohl etwas tun. Deine Pflicht. Auch in tausend Jahren werden die Trällerbachs über dieses Land herrschen – und dein kindisches Getue wird bis dahin hoffentlich vergessen sein. Es wird Zeit, dass du endlich beweist, dass du ein würdiger Erbe bist.«

Leander schluckte. »Aber … wie soll ich das anstellen?«, fragte er heiser.

Der Landgraf lächelte kalt. »Indem du heiratest. Und für Nachwuchs sorgst. Mir wurde zugetragen, dass du dich bereits mit Frauen vergnügt hast – also sollte es kein Problem sein, eine Prinzessin zu schwängern.«

Leander starrte seinen Vater an, unfähig zu begreifen, was er da hörte. »Ich …«

»Nicht?« Die Stimme des Landgrafen troff vor Spott. »Hat mein Sohn etwa auch im Bett versagt? Nun, keine Sorge. Zumindest bist du ganz nett anzuschauen, wenn du denn mal geruhst, dich anständig zu kleiden. Genug, um mit einer Prinzessin an deiner Seite ein gutes Bild abzugeben. Das wird das Volk erfreuen, mehr ist nicht nötig. Und sollte sich dein Schwanz als ebenso nutzlos erweisen wie der Rest von dir …« Er machte eine theatralische Pause. »Nun, dann werde ich deine Gemahlin eben selbst beglücken.«

Leander schnappte nach Luft. »Ihr könnt doch nicht …«

»Oh doch.« Der Landgraf lehnte sich zurück, ein schaurig zufriedenes Lächeln auf den Lippen. »Wäre wahrscheinlich sowieso besser. Warum sollte ich riskieren, dass sich dein jämmerliches Wesen vererbt?«

Leanders Herz raste. Sein Magen zog sich schmerzhaft zusammen. »Das werde ich nicht zulassen …«, stieß er hervor.

Aber sein Vater ließ ihn gar nicht erst ausreden.

»Und ob du das wirst!«, donnerte Konstantin von Trällerbach. »Du wirst gehorchen, verdammt noch mal! Oder denkst du wirklich, ich habe keine Mittel mehr, dich zu brechen?«

Hatte er? Leanders Magen zog sich schmerzhaft zusammen, und er wusste nichts darauf zu entgegnen.

Der Landgraf ließ sich Zeit, ehe er weitersprach – wie ein Raubtier, das mit seinem Opfer spielt. »Was ist denn mit deinem heiligen Felix?« Sein Tonfall war lauernd, genüsslich. »Glaubst du, ich wüsste nicht, wo er sich versteckt?«

Leanders Herz setzte einen Schlag aus.

»Felix mag bei Edgar Unterschlupf gefunden haben«, fuhr sein Vater gemächlich fort, »aber wie lange wird dieser feiste Wichtigtuer ihn wirklich schützen? Was, wenn ich beschließe, die ach so tugendhafte Frau des Tuchhändlers in meine Gemächer zu rufen, um ein wenig Spaß mit ihr zu haben? Glaubst du, der brave Edgar würde mir dann noch trotzen? Oder würde er Felix lieber eigenhändig hinauswerfen, um sein Weib zu retten?«

Leander rang nach Luft, doch der Landgraf war noch nicht fertig.

»Und Rutger … der große, aufrechte Stallmeister.« Ein Lächeln, kalt wie ein Wintermorgen, huschte über sein Gesicht. »Was wäre wohl, wenn in seinen Sachen plötzlich etwas auftaucht, das mir gestohlen wurde? Wer würde ihm glauben? Wer würde ihn retten, wenn er für Jahre im Kerker verschwindet?«

Leanders Beine wurden weich. Alles verschwamm vor seinen Augen.

»Du wirst tun, was ich dir befehle, Leander.« Die Stimme des Landgrafen war so schneidend wie eine Klinge. »Brav und demütig. Oder du kannst zusehen, wie ich diese Menschen zerstöre. Ist das klar?«

Leander spürte, wie sein letzter Rest Widerstand in sich zusammenfiel. Seine Freunde waren in Gefahr, und er wusste, dass sein Vater jedes einzelne Wort ernst meinte.

Sein Mund fühlte sich trocken an, als er flüsterte: »Ja, Vater.« Seine Stimme brach. Sein Blick sank zu Boden.

Einen Moment lang schwieg der Landgraf, und Leander meinte, seine unverhohlene Verachtung körperlich zu spüren. Dann winkte er ab, als wäre Leander nicht mehr als eine lästige Fliege.

»Ich will dich heute nicht mehr sehen. Du widerst mich an.«

Er ging an seinem Sohn vorbei, ohne ihn eines weiteren Blickes zu würdigen.

Dann fiel die Tür mit einem lauten Knall ins Schloss.

Ein Knall, der Leanders Schicksal zu besiegeln schien.

Mit bleischweren Schritten trat Leander ans Fenster. Sein Blick glitt über den gepflegten Schlosshof, ohne dass er wirklich etwas sah.

Hinter ihm schwirrte Madalwin geschäftig umher, als habe er ihn nicht eben ans Messer geliefert.

»Ich hoffe, Hoheit, Ihr nehmt es mir nicht übel, dass ich Euren Vater informiert habe«, säuselte der Diener mit seiner ölig-schmierigen Stimme, während er flink ein Kissen auf Leanders Sessel aufschüttelte. »Ich wollte doch nur Euer Bestes. Es wäre doch fatal, wenn Ihr nicht jederzeit ein respektables Bild abgebt. Die Bediensteten könnten tratschen.«

Leander schwieg. Was hätte er auch sagen sollen? Seine Worte bedeuteten nichts mehr.

Madalwin redete ungerührt weiter. »Setzt Euch doch, Hoheit! Ihr seht ganz blass aus. Ich werde sofort ein Bad herrichten lassen. Und diese schmutzige Kleidung … wirklich, es schickt sich nicht.«

Leander nickte mechanisch. Der Schmutz war ihm egal, aber die Kälte in seinem Inneren ließ ihn zittern. Er rieb sich über die Brust, doch das half nicht – sie blieb.

Also ließ er es zu, dass Madalwin ihm das Bad vorbereitete. Während er im warmen Wasser lag, schloss er die Augen und versuchte, das Dröhnen der Worte seines Vaters zu verdrängen. Vergeblich.

Selbst als er aus dem Wasser stieg, sich ohne Widerstand ankleiden ließ, verfolgten sie ihn. Jede höfliche Geste, jedes leere Lächeln von Madalwin drückte ihn tiefer in die Dunkelheit.

Das ist die Angst, erkannte der Prinz. Mal wieder hatte er durch seine Torheit jene Menschen in Gefahr gebracht, die ihm am meisten bedeuteten. Vielleicht hatte sein Vater recht. Er taugte nichts. Also war es wahrscheinlich besser, wenn er sich in Zukunft einfach fügte, um die Sache nicht noch schlimmer zu machen.

Auch in den nächsten Tagen wurde es nicht besser. Im Gegenteil.

Madalwin wich ihm nicht von der Seite – ein plappernder Schatten, der ihn an seine Gefangenschaft erinnerte. Seine übertriebenen Schmeicheleien und aufgesetzte Fürsorge konnten nicht verbergen, dass er den Prinzen mit Argusaugen bewachte und jedes kleinste Vergehen an den Landgrafen melden würde.

Nicht, dass es noch etwas zu verraten gab.

Leander wusste längst, dass er keine Wahl hatte. Wenn er Felix, Rutger, Edgar und die Köchin nicht in Gefahr bringen wollte, musste er heiraten.

Doch das bedeutete, dass eine unschuldige Frau in dieses Schloss kommen würde – zu einem Ehemann, der sie nicht lieben konnte, und einem Schwiegervater, der ... Leander unterdrückte ein Schaudern.

Einsamkeit umklammerte ihn mit kalten Fingern. Keine Aufgabe lenkte ihn ab. Keine Freunde waren da, um ihn aufzumuntern. Keine Flucht war möglich.

Bis ihm eines Morgens ein verzweifelter Gedanke kam: Vielleicht könnte er die hässlichste Prinzessin wählen.

Eine, die sowieso niemals einen Mann gefunden hätte. Sein Vater würde sie verschmähen, und vielleicht ... konnten er und diese Frau dann ja wenigstens Freunde werden.

Doch dieser Strohhalm brach schneller, als er ihn ergreifen konnte.

Nur wenige Stunden später trat seine Mutter mit einem Lächeln und einer kleinen Mappe in seine Gemächer.

»Schau doch, mein Sohn«, zwitscherte sie, als wäre nichts geschehen. Sie ignorierte die Blässe in seinem Gesicht, die dunklen Ringe unter seinen Augen.

»Dein Vater hat die Kunde verbreiten lassen, dass du auf Brautschau gehen willst. Bald gibt es einen großen Ball.« Sie öffnete die Mappe und breitete einige Miniaturbilder auf seinem Tisch aus. »All diese reizenden jungen Damen warten nur darauf, dich kennenzulernen!«

Leander beugte sich vor und betrachtete die Bilder. Groß oder klein, blond, brünett oder schwarzhaarig, schlank oder üppig – jede einzelne war hübsch auf ihre eigene Weise.

Madalwin kommentierte eifrig, wer passend war und wer nicht. Seine Mutter sprach verächtlich über jene aus unbedeutenden Familien.

Leander hörte kaum hin. Er konnte nur daran denken, dass keine hässlich genug war, um seinen Vater abzuschrecken.

Vor wenigen Wochen noch wäre er entzückt gewesen, sie alle kennenlernen zu dürfen, aber nun, da er erkannte, dass sein Plan zum Scheitern verurteilt war, fühlte er nichts als Angst.

Sein Plan war eine Schnapsidee gewesen. Der verzweifelte Versuch, wenigstens eine Freundin zu finden – eine Frau, die sich mit einem Mann zufriedengab, der sie nicht lieben konnte. Als hätte nicht jede Frau etwas Besseres verdient!

Seine Mutter und Madalwin plapperten weiter über den Ball, doch Leander bekam kaum etwas davon mit.

Draußen erhob sich ein Schwarm Dohlen vom höchsten Schlossturm, zog seine Kreise und flog in Richtung Wolfstann davon.

Ach, wenn er doch nur eine von ihnen sein könnte!

Ein winziges Lächeln zupfte an Leanders Mundwinkel, so ungewohnt, dass es fast schmerzte. In Gedanken breitete er die Flügel aus, ließ sich vom Wind tragen. Natürlich würde er zuerst zum Räuberlager fliegen, über die dichten Baumwipfel hinweg, bis er Thores Baumhaus erspähte. Er würde tiefer gleiten, näher …

»Ah, du lächelst!«, rief seine Mutter entzückt. »Ich wusste, dass Prinzessin Aurora dir gefallen würde. Dein Vater ist ebenfalls angetan von dieser Verbindung.«

Leander zuckte zusammen. Verwirrt starrte er auf das Miniaturbild vor sich – eine dunkelhaarige Frau mit makelloser, weißer Haut.

Sein Magen zog sich schmerzhaft zusammen. Sein Vater hatte sich dieses Bild bereits angesehen. Mit lüsternem Blick.

»Doch nicht?«, fragte seine Mutter enttäuscht, das Lächeln auf ihren Lippen verblasste.

Draußen kreischten die Dohlen.

Leander öffnete den Mund, wollte sagen, dass Aurora nicht infrage kam. Auf gar keinen Fall würde er zulassen, dass sein Vater diese Frau in die Finger bekam! Doch er konnte sich auch nicht wie eine Dohle in die Lüfte schwingen und entkommen.

Würde er es versuchen, würde er fallen. Auf dem harten Pflaster des Schlosshofs zerschellen.

Und dann …

… dann wäre Aurora in Sicherheit. Ebenso wie alle anderen Prinzessinnen.

Ein dunkler Gedanke begann sich in Leanders Kopf zu formen. Klar, logisch, unausweichlich.

Ein toter Prinz konnte nicht heiraten.

Er musste nur die Illusion aufrechterhalten. So tun, als fände er sich mit seinem Schicksal ab. Die Wachen würden nachlässig werden, Madalwin würde sich sicher wähnen. Der Ball war erst in ein paar Wochen. Die Hochzeit noch später. Bis dahin hatte er Zeit.

Wenn er seinen Vater dazu brachte, ihm neue Kleidung für den Ball anfertigen zu lassen, könnte er sogar Edgar eine Nachricht zukommen lassen – eine Warnung für Felix und Rutger. Sie mussten fliehen, bevor sein Vater sie ins Visier nahm.

Mit dieser Gewissheit fiel es Leander leichter zu lächeln.

»Aurora ist bezaubernd, Mutter«, sagte er freundlich. »Der Gedanke, bald ein verheirateter Mann zu sein, hat mich nur ein wenig erschreckt. Aber ich freue mich darauf, mit ihr den Ball zu eröffnen.«

Seine Mutter klatschte entzückt in die Hände. »Ach, wie romantisch!« Selbst Madalwin strahlte vor Selbstzufriedenheit.

Während die beiden weiter über Tänze und Allianzen sprachen, nickte Leander nur mechanisch.

Draußen erhoben sich die Dohlen kreischend in die Lüfte, segelten davon, Richtung Wolfstann.

Es würde nicht einfach sein, sich in die Tiefe zu stürzen, das wusste er. Doch er würde es schaffen. Leander würde an Thore denken – und daran, dass der Räuberhauptmann seinen Entschluss gewiss gutheißen würde, wenn er wüsste, dass der Prinz keine andere Wahl hatte.

Leanders Herz zog sich schmerzhaft zusammen. Womöglich würde Thore niemals erfahren, wie mutig er gewesen war. Dass er sein Versprechen, ein besserer Mann als sein Vater zu werden, nur auf diese Weise halten konnte. Womöglich würde Thore ihn für einen Feigling halten und die Vorstellung schmerzte viel mehr als die Erkenntnis, dass sein Vater ein widerlicher Despot war, der alles tun würde, um seine Interessen durchzusetzen.

Aber davon durfte er sich nicht abhalten lassen! Zu viel hing davon ab. Leander hatte nur einen einzigen Versuch, und dieser musste gelingen!

Schein und Wahrheit

Die Tage verstrichen zäh und eintönig, einer wie der andere, während Madalwin um ihn herumschwirrte wie eine lästige Fliege. Anfangs hatte Leander die Enge seiner Gemächer noch quälend empfunden, doch inzwischen war es ihm fast egal. Manchmal erschien es ihm sogar zu mühsam, sich selbst Wein nachzuschenken – doch dafür war Madalwin ja da.

Die einzige Abwechslung brachten die Bücher, die er sich hatte bringen lassen. Geschichten über ferne Königreiche, tapfere Ritter und gefährliche Drachen – doch stets endeten sie damit, dass der Held die Prinzessin heimführte. Schon früher hatte ihn das nicht interessiert, und jetzt, da er selbst heiraten sollte, erst recht nicht.

Aber die Bücher waren gut genug, um ihn abzulenken, und wenn er sich heimlich ausmalte, dass Sir Elric, der tapfere Ritter, nicht etwa den Drachen tötete, sondern sich der Macht der gefährlichen Bestie beugte und schließlich mit dem Untier durchbrannte … dann ging das niemanden etwas an.

Auch seine Mutter kam nun regelmäßig zu Besuch, offenbar erinnerte sie sich plötzlich daran, dass sie einen Sohn hatte. Leander nahm es hin – schließlich brauchte er sie als Verbündete. Und tatsächlich: Als er beiläufig erwähnte, dass er sich schämte, in alten Gewändern auf dem Ball zu erscheinen, weil sein Vater ihm den Geldhahn zugedreht hatte, klatschte sie empört in die Hände. »Das kommt nicht infrage! Ich werde veranlassen, dass Edgar ins Schloss kommt, um dir neue Stoffe zu präsentieren.«

Endlich. Eine Gelegenheit, Felix eine Nachricht zukommen zu lassen.

Doch bis dahin? Leander tat, was man von ihm erwartete. Er aß, was man ihm vorsetzte, übte die Tänze für den Ball, ließ sich von Madalwin in samtene Gewänder stecken und lächelte artig, wenn ihn jemand ansprach.

Seine Träume von Drachen und einem anderen Leben waren alles, was ihm geblieben war. Doch nichts davon war für ihn bestimmt, und je länger er darüber nachdachte, umso mehr kam Leander zu dem Schluss, dass er es auch nicht verdient hatte. Im Gegensatz zu seinen Freunden Kalle und Gustav und auch im Gegensatz zu Felix war er im Überfluss aufgewachsen, doch zu lange hatte er die Augen davor verschlossen, was wirklich um ihn herum geschah. Hatte sich bedienen und verwöhnen lassen und sich nicht darum geschert, wer am Ende dafür bezahlen musste.

Aber er würde es wiedergutmachen. Ein einziges Mal würde er etwas richtig machen. Und wenn er diesen Gedanken nur fest genug umklammerte, dann würde es ein Leichtes sein, zu springen.

Niemals zuvor waren die Tage im Wolfstann Thore so eintönig erschienen. Er saß auf einem Baumstamm und starrte auf den brodelnden Kessel über der Feuerstelle. Um ihn herum lachten und redeten seine Männer, doch für ihn war ihr fröhliches Geplauder kaum zu ertragen. Seit immer deutlicher wurde, dass die Soldaten des Landgrafen das Räuberlager gar nicht so eifrig suchten, wie dieser wohl annahm, und sie hier, im Schutz der Bäume, weiterhin in Sicherheit waren, schien die ganze Bande unerträglich guter Laune zu sein – nur er selbst konnte an nichts anderes denken als an Leander.

Wie hatte er nur so dumm sein können? Vom ersten Moment an hatte er gewusst, dass dieser junge Mann nichts für ihn war. Selbst wenn Thore kein Gesetzloser wäre, auf dessen Kopf eine Belohnung ausgesetzt war – was für eine Zukunft hätte es je für sie geben können?

Warum wollte sein Herz das nicht einsehen und hörte nicht auf, sich nach diesem frechen Kerl zu sehnen? Warum machte er sich zu allem Überfluss nun auch noch Sorgen, wie es dem Prinzen im Schloss erging? Wahrscheinlich ließ er sich längst wieder bedienen, ließ sich teuren Wein bringen, während er auf goldbestickten Kissen lag. So war es doch. Oder?

Thore fuhr sich durchs Haar und unterdrückte ein bitteres Lachen. Genau deswegen machte er sich ja Sorgen. Leander brauchte jemanden, der ihm Halt gab, ohne ihn zu erdrücken. Jemanden, der ihn lenkte, ohne ihn zu brechen. Und Thore wäre so gern dieser Jemand.

Doch was konnte er jetzt tun? Nichts. Nur hoffen, dass Leander einen anderen fand, der für ihn da sein konnte, so wie Thore es nie sein durfte, nie sein konnte.

Was war nur aus ihm geworden? Einst war er ein furchtloser Hauptmann, ein Anführer, ein Mann mit einem klaren Ziel gewesen. Jetzt fühlte er sich wie ein Schiff ohne Steuermann, das ziellos auf einem endlosen Meer trieb.

Zum Glück war August da, der vieles übernahm. Der grimmige Räuber erwies sich immer mehr als ein verlässlicher Kamerad, und Thore war froh, ihm viele seiner Aufgaben anvertrauen zu können.

Plötzlich wurden die Stimmen lauter, und Thore hob den Kopf. Gustav und Kalle drängten sich durch die Menge.

»Es treiben sich immer noch Soldaten beim Wirtshaus herum«, rief Gustav schon von Weitem. »Aber wir waren listig wie die Wölfe und leise wie die Regenwürmer, die haben uns nicht gesehen!«

Die Bande scharrte sich neugierig um die beiden jungen Männer, doch Gustav wirkte plötzlich ungewöhnlich schüchtern.

»Und?«, brummte August.

Gustav trat nervös von einem Fuß auf den anderen. »Wir haben sie belauscht. Hauptmann …«, begann er schließlich und schielte zu Thore. »Es wird ein Ball auf Schloss Trällerbach veranstaltet.«

Thore zuckte mit den Schultern.

»Kein gewöhnlicher Ball«, fügte Gustav gedehnt hinzu. »Es geht darum, dass Prinz Leander eine Braut sucht.«

Die Worte trafen Thore wie ein Faustschlag in den Magen. Für einen Moment saß er reglos da. Dann sprang er auf und marschierte ohne ein Wort davon.

»So schnell hat der undankbare Bengel mich also vergessen!«, fauchte er, sobald er außer Hörweite war.

Vor wenigen Augenblicken war er selbst noch der Ansicht gewesen, es wäre besser, wenn Leander einen Menschen an seiner Seite hätte – aber doch nicht so! Nicht so bald, nachdem er so getan hatte, als gäbe es niemand außer Thore für ihn!

Der Hauptmann blieb abrupt stehen, ballte die Fäuste, und seine Muskeln zuckten vor unterdrücktem Zorn. »Ich hätte es wissen müssen!«, knurrte er. »Die Trällerbachs sind alle gleich. Erst der Vater – ein hinterhältiger Mistkerl –, und jetzt der Sohn! Sie wickeln dich ein, machen dir Hoffnung, und am Ende … am Ende bist du der Trottel, der zurückbleibt!«

Aber wenigstens würde diese unpassende Sehnsucht jetzt aufhören! Er würde den Prinzen nicht mehr vermissen, und das war ja nur gut. Großartig war das! Thore sollte jubeln!

Stattdessen schmerzte sein Herz noch ein wenig mehr als zuvor und signalisierte ihm mehr als deutlich, dass er immer noch hoffnungslos in diesen jungen Mann verliebt war.

Thore kehrte zu den anderen zurück, versuchte, eine undurchdringliche Miene aufzusetzen und sich nichts anmerken zu lassen. Doch an diesem Tag schien ihm keine Ruhe vergönnt zu sein. Hufschlag hallte durch den Wald, und mit wachsender Verwunderung sah er einen Reiter näherkommen. Flankiert von zwei Spähern saß niemand Geringeres als Rutger auf einem schweißbedeckten Pferd, dessen kräftiger Hals verriet, dass es sonst wohl eher einen Karren zog, als durch unwegsames Gelände zu preschen.

Thore runzelte die Stirn. Das passte gar nicht zu dem zuverlässigen Stallmeister, der sonst für seine Umsicht bekannt war. Warum hatte er das Tier derart scharf geritten? Was war geschehen?

»Hauptmann!«, rief Rutger, kaum dass er nah genug war. »Ich ... es kam ein Brief!«

Mit hochrotem Kopf sprang er aus dem Sattel und wedelte mit einem zerknitterten Stück Papier. Thore bemerkte mit Erleichterung, dass Gustav und Kalle herbeieilten, um das erschöpfte Pferd zu versorgen, dann richtete er seinen Blick auf Rutger.

»Sprich!«, fuhr er ihn an, die Ungeduld in seiner Stimme kaum verbergend.

Rutger rang nach Luft. »Meister Edgar ... war im Schloss ... wegen der Stoffe für den Ball ...« Er wischte sich mit dem Handrücken über die Stirn.

»Reiß dich zusammen!«, knurrte Thore.

Keuchend und schnaufend erklärte Rutger, Leander habe es geschafft, Edgar heimlich einen Brief für Felix zuzustecken. »Aber das ist nicht alles«, fuhr er fort. »Edgar sagt, der Prinz ist völlig apathisch. Blass, ohne jede Lebensfreude. Ein Schatten seiner selbst. Felix' Mutter meint, er isst kaum noch – aber greift dafür umso häufiger zum Wein.«

Thore schnaubte abfällig. »Er säuft.« Was, bei allen Göttern, trieb dieser ungezogene Bengel da? Hatte er sein Versprechen schon vergessen?

»Es hat wohl alles angefangen, nachdem er sich in die Küche geschlichen hat – um Kartoffeln zu schälen«, fuhr Rutger fort. »Der Prinz wurde erwischt, als er zurückkam. Er hat Felix' Mutter nicht verraten … aber der Landgraf wird das sicher nicht gut aufgenommen haben.«

Thores Kiefer mahlte. Seine Wut fand ein neues Ziel. Der bloße Gedanke, dass Leander von seinem Vater gedemütigt oder gar verletzt worden sein könnte, ließ das Blut in seinen Adern kochen.

»Prinz Leander hat es trotzdem geschafft, einen Brief in einem der Tuchballen zu verstecken, die Edgar zur Ansicht ins Schloss gebracht hat«, sagte Rutger und hielt das Schreiben erneut hoch.

Thore riss ihm den Brief aus der Hand, faltete das zerknitterte Papier auseinander und begann zu lesen.

Mein lieber Freund F.,

ich hoffe, dieser Brief erreicht dich bei bester Gesundheit und in Sicherheit. Es erfreut mich sehr zu hören, dass du einen neuen Platz gefunden hast und auch den Mann erhört hast, der dich liebt. Ich wünsche euch beiden von Herzen, dass die nächsten Wochen ebenso

ruhig und friedlich verlaufen, wie man es in diesen Tagen nur hoffen
kann.

Dennoch frage ich mich, ob nicht gerade jene Talente, die dich so
besonders machen, im Schatten eines alten Lebens zu sehr verborgen
bleiben. Ich bin überzeugt, dass sie in weit entfernten Gefilden noch
viel besser zur Geltung kommen würden, ebenso wie die Künste
deiner Mutter. Vielleicht ist es an der Zeit, sich dorthin aufzumachen,
wo die Sonne heller scheint und die Wege klarer sind – ein Ort, wo es
keine Schatten gibt, die euch behindern könnten.

Zögere nicht und mach dich alsbald auf den Weg. Ich wünsche euch
Wind in den Segeln und einen klaren Himmel über euch.

In Gedanken bin ich stets bei euch,

L.

Thore ließ den Brief langsam sinken, seine Augen noch immer auf die akkurat geschwungenen Buchstaben geheftet, als könnten sie ihm mehr verraten, wenn er sie nur lange genug betrachtete. Neben ihm scharrte Rutger unruhig mit den Füßen.

»Es klingt doch eindeutig, oder?«, flüsterte der Stallmeister. »Der Prinz will, dass wir verschwinden. Aber warum? Bei Meister Edgar haben wir gute Arbeit gefunden, und er hat uns mehrmals versichert, dass uns vom Landgrafen keine Gefahr droht. Und doch ...« Rutger fuhr sich durch die Haare. »... scheint Leander um unsere Sicherheit besorgt zu sein. Oder was denkst du?«

»Ich denke, da stinkt was gewaltig«, brummte Thore. »Warum sonst sollte er den Brief zwischen die Stoffe stecken? Wenn alles in Ordnung wäre, hätte er Edgar die Nachricht einfach übergeben.«

Rutger nickte langsam, doch seine Stirn blieb in Falten gelegt. »Aber warum gerade jetzt? Ganz Trällerbach fiebert dem Ball entgegen. Es heißt, der Prinz habe bereits ein Auge auf Prinzessin Aurora geworfen, und sein Vater sei entzückt von seiner Wahl. Warum sollte der Landgraf ausgerechnet jetzt uns oder Felix' Mutter das Leben schwer machen?«

»Wenn Leander will, dass ihr geht, hat das einen Grund«, entgegnete Thore überzeugt.

Ganz sicher war das kein guter Grund. Noch einmal ließ er seinen Blick über die feinen, wohlgesetzten Worte schweifen. Nach außen hin war es ein harmloser Brief, doch für jene, die ihn lesen sollten, war die Botschaft unmissverständlich.

Und Thore las noch etwas anderes darin.

Jeder Satz, jedes Wort flehte ihn an: *Hilf mir.*

Er atmete tief durch. Jetzt wusste er, was zu tun war. Er hatte lange genug herumgesessen und Trübsal geblasen. Leander brauchte ihn – und er würde ihm beistehen.

Koste es, was es wolle.

Thore faltete den Brief sorgsam zusammen, bevor er ihn in seine Tasche steckte. »Setz dich, Rutger, und iss etwas. Tuck wird dir eine Schale Eintopf bringen. Du hast einen weiten Weg hinter dir, und dein Gaul auch. Ruht euch aus. Ich kümmere mich um den Rest.«

Der Stallmeister nickte zögernd und sank erschöpft auf einen freien Platz am Feuer.

Mit langen Schritten marschierte Thore durch das Lager, ignorierte die neugierigen Blicke der Männer und fand schließlich August, der an einen Baum gelehnt saß und mit seinem Messer an einer kleinen Holzfigur schnitzte.

»Du wirst nach Trällerbach gehen und nach dem Kleinen sehen«, sagte der Räuber ruhig, ohne aufzublicken.

Thore nickte. »Ich überlasse dir die Bande.«

August hob eine Braue. »Großzügig von dir.«

Thore seufzte und ließ sich neben ihm nieder. »Du bist der Einzige, dem ich es zutraue.«

August legte das Holzstück beiseite und musterte ihn einen Moment lang.

»Zieh am besten in mein Baumhaus«, fuhr Thore fort. »Die Gulden aus dem Lösegeld sind dort. Ich will nicht, dass einer unserer Männer auf dumme Gedanken kommt.«

August grinste schief. »Klar. Im Wolfstann soll es ja vor Räubern wimmeln.«

Auch Thore rang sich ein kleines Lächeln ab. »So sagt man.« Er legte dem anderen Mann eine Hand auf die Schulter. »Pass auf dich und die anderen auf.«

»Du wirst nicht zurückkommen.«

Thore kommentierte das nicht. Sie wussten beide, wie unwahrscheinlich es war, dass sie einander wiedersahen.

»Ist er das wert?«, fragte August schließlich.

Thore zögerte keine Sekunde. »Ja.«

»Du bist ein Narr, Hauptmann.«

Thore lachte leise. »Das war ich schon, bevor ich diesen Bengel getroffen habe.«

Die beiden Männer nickten sich zu, ein stummer, endgültiger Abschied, der keine weiteren Worte benötigte.

Zum letzten Mal stieg Thore die Leiter zu seinem Baumhaus hinauf. Der kleine Raum war erfüllt von Erinnerungen – an Nächte mit Leander, an ihr Lachen, ihre Lust, ihr unstillbares Verlangen.

Langsam packte Thore zusammen, was er nicht zurücklassen wollte. Dann warf er einen letzten Blick auf das, was einst sein Zuhause gewesen war, und stieg hinunter.

Ja, Leander war es wert. Wert, alles zu riskieren.

Sogar wert, für ihn zu sterben.

Ein Funken Hoffnung

Leander stand vor dem großen Spiegel in seinen Gemächern. Wie immer hatte Madalwin sein Gewand gewählt – ein tiefgrünes Samtwams mit kunstvollen Stickereien, dazu ein schimmernd weißes Jabot. Der Diener mochte ein Schleimer sein, doch sein Geschick als Kammerdiener war unbestreitbar. Die dunklen Ringe unter Leanders Augen hatte er mit Puder kaschiert, und so blickte ihm aus dem Spiegel ein perfekter Prinz entgegen: stattlich, makellos, unnahbar.

Felix hätte dafür gesorgt, dass ich gar keine Augenringe bekomme, dachte Leander wehmütig. Aber Madalwin betrachtete ihn nur als Kleiderpuppe, zurechtgemacht nach den Wünschen des Landgrafen.

»Ihr seht ausgezeichnet aus, Hoheit«, säuselte Madalwin mit einer übertriebenen Verbeugung. »Doch Ihr solltet euch auf den Weg machen. Eure Familie erwartet Euch gewiss schon.«

Leander nickte stumm. Zum ersten Mal, seit sein Vater ihn erwischt hatte, durfte er seine Gemächer verlassen – ein Test, wie er annahm. Er musste vorsichtig sein, um keinen Verdacht zu erregen. Deshalb hatte er heute sogar auf seinen geliebten Gewürzwein verzichtet, aus Angst, der Alkohol könne seine Zunge zu sehr lockern.

Am Esstisch mimte Leander den perfekten Prinzen – höflich, charmant und tadellos in jeder Hinsicht. Er überschüttete seine Schwestern mit Komplimenten über ihre Kleider, dankte seiner Mutter herzlich für ihre unschätzbare Hilfe bei den

Ballvorbereitungen und erwies selbst seinem Vater den gebührenden Respekt.

Das verschwenderische sechsgängige Menü spiegelte die Dekadenz des Adels wider: kunstvoll glasierte Karotten in Blumenform, mit Blattgold verzierte Pasteten und als Höhepunkt ein prächtiger, mit Mandeln geschmückter Pfau, den ohnehin niemand anrührte. Während die Landgräfin begeistert von vorteilhaften Heiratsverbindungen schwärmte und seine Schwestern über potenzielle Tanzpartner kicherten, beschränkte sich der Landgraf auf ein überhebliches Lächeln.

Leander spielte seine Rolle mit Bravour. Er beteiligte sich gerade genug am Gespräch, um als interessiert zu gelten, lachte an den richtigen Stellen und lächelte so anhaltend, dass seine Wangen zu schmerzen begannen. Die Vorstellung gelang – als die Tafel aufgehoben wurde, eilten seine Schwestern plaudernd davon, sein Vater ignorierte ihn wie gewohnt, doch seine Mutter drückte ihm im Vorbeigehen verstohlen die Hand.

Er hatte den Test bestanden.

Während er, dicht gefolgt von Madalwin, zurück in seine Gemächer schritt, zog sich Leanders Mund zu einem schmalen Lächeln, das erste echte Lächeln an diesem Tag. Sein Vater hielt ihn nun für fügsam genug, um ihn auf dem Ball wie eine Ware feilzubieten. Vielleicht plante er sogar schon die Verlobung.

So weit würde es aber nicht kommen, und der Gedanke daran schenkte ihm zumindest ein wenig Befriedigung.

Das Dinner hatte sich endlos gezogen, und es war bereits spät, als Leander endlich in seine Gemächer zurückkehrte. Doch bevor er sich in seinen Sessel sinken ließ, ließ er sich von Madalwin heißen Gewürzwein bringen. Unschlüssig blätterte er dann durch ein Buch, doch die Seiten boten wenig Trost. Er trank seinen Becher leer und bestellte frischen Wein.

Seitdem er den Entschluss gefasst hatte, zu springen, fürchtete er den Schlaf – und die Träume, die ihn heimsuchten. Leander bildete sich ein, dass sie fernblieben, wenn er nur betrunken genug war. Vielleicht vergaß er sie dann aber auch nur.

Nur um Madalwin zu ärgern, hätte Leander fast ein drittes Mal nach Wein geschickt, doch die bleierne Schwere in seinen Gliedern hielt ihn davon ab. Außerdem war er froh, wenn er seinen Diener wenigstens für ein paar Stunden nicht sehen musste.

Sicherlich stand ein Lakai vor seiner Tür Wache, doch Leander hielt es für klüger, dies nicht zu überprüfen. Er musste weiterhin so tun, als füge er sich in sein Schicksal. Wenn die ersten Gäste für den Ball eintrafen, würde die Bewachung gewiss gelockert werden. Dann war es so weit.

Aber nicht jetzt. Er musste Felix, seiner Mutter und Rutger genug Zeit geben, um Trällerbach zu verlassen!

Mit einem leisen Seufzen schlüpfte Leander in sein Nachtgewand und kroch ins Bett. Die kühle Seide der Laken schmiegte sich um ihn, und seine schweren Augen fielen zu.

Diesmal waren es keine Albträume, die ihn heimsuchten.

Raue Hände strichen sanft durch seine Locken, eine dunkle Stimme flüsterte: »Leander, wach auf!«

Der Prinz murmelte schläfrig: »Nein … nicht aufwachen. Ich träume lieber von dir als von diesen garstigen Dohlen, die mich verhöhnen.«

»Bitte, Leander, wir müssen reden … über die Hochzeit.«

Leander kicherte leise. Thores Stimme klang seltsam angespannt, fast … eifersüchtig? Der Gedanke ließ ihn innerlich jubeln. Eifersucht bedeutete, dass er ihm nicht gleichgültig war.

»Keine Sorge«, flüsterte er schläfrig. »Ich sterbe vorher.«

»Was?!« Thores Stimme war plötzlich scharf, voller Entsetzen – so echt, dass der warme Schleier des Traums jäh zerriss. Leander riss die Augen auf.

Und erstarrte.

Thore saß auf seiner Bettkante. Nicht als Traumgestalt, sondern leibhaftig.

Mit einem erschrockenen Laut wich Leander zurück, verhedderte sich in den Laken. »Was … Was machst du hier?!«

Thore beugte sich zu ihm. »Leander, was hat das zu bedeuten? Bist du krank? Bedroht der Landgraf dich? Rede!«

Leander atmete flach. Sein Herz schrie danach, sich in Thores Arme zu werfen, ihm alles zu gestehen. Doch sein Verstand riet ihm zur Vorsicht. Hatte er in den letzten Wochen nicht schmerzhaft erfahren müssen, dass er allein war und niemandem trauen konnte?

»Ich habe nur geträumt!«, zischte Leander, seine Stimme ein gefährliches Beben, während heißer Zorn in ihm hochkochte. »Nichts weiter! Und was zum Teufel machst du hier? Willst du mich umbringen? Wenn ich sterbe, dann wegen des verdammten Schreckens, den du mir eingejagt hast!«

Thore blieb unnachgiebig. »Rutger hat mir deinen Brief gezeigt.« In seiner Stimme schwang etwas mit, das er mühsam im Zaum hielt. »Ich habe mir Sorgen gemacht.«

»Sorgen?« Leander explodierte förmlich. Die lange Tage der Unterdrückung, der Angst und Verzweiflung brachen aus ihm heraus, manifestierten sich in einem Schwall schneidender Worte.

»Du sagst das einfach so?«, rief er, die Fäuste geballt, während sein ganzer Körper vor Wut zitterte. »Du brichst hier ein wie ein gemeiner Dieb und hast dann noch die Dreistigkeit, mich zur Rede zu stellen? Was weißt du schon, was hier los ist? Was gibt dir überhaupt das Recht, dich einzumischen?!«

Thore verschränkte ruhig die Arme vor der Brust, standhaft wie ein Fels in der wildesten Brandung. »Genau deshalb bin ich hier. Um herauszufinden, was los ist.« Seine Stimme war leise, aber ungewöhnlich warm. »Und es geht mich sehr wohl etwas an. Ich liebe dich, Leander.«

Die Worte trafen den Prinzen wie ein Blitzschlag, betäubend und schmerzhaft zugleich. Doch statt Trost zu spenden, gossen sie nur Öl ins Feuer seiner Wut, die sich mit nackter Angst und verbissenem Trotz zu einem gefährlichen Gemisch verband.

»Tust du nicht!«, widersprach Leander, seine Stimme rau und zittrig zugleich.

»Leise!«, mahnte Thore eindringlich, doch die Warnung prallte an Leander ab.

»Wenn du mich wirklich lieben würdest, hättest du mich niemals gehen lassen!«, schluchzte er, während heiße Tränen in seinen Augen brannten.

Mit einer blitzschnellen Bewegung war Thore plötzlich über ihm. Leander schnappte erschrocken nach Luft, als der Räuberhauptmann seine Handgelenke packte und ihn sanft, aber unnachgiebig in die weiche Matratze drückte. Thores Gesicht war nur Zentimeter von seinem entfernt, der vertraute Duft von Wald und Leder umhüllte ihn wie eine zweite Haut.

»Leise, mein Prinz«, raunte Thore mit einer Strenge, die keinen Widerspruch duldete.

Die Nähe des so schmerzlich vermissten Mannes, das Gewicht, das nun auf ihm lastete, der unerbittliche Griff um seine Handgelenke und die unverblümte Strenge beruhigten Leander sofort, auch wenn sein Herz schneller klopfte und sein

Schwanz erwartungsvoll zuckte. »Ich bin nicht dein Prinz«, murmelte er mit einem letzten Rest von Widerstand.

Thore schnaubte leise. »Nicht? Weil du lieber mein braver Kaspar wärst und kein aufsässiger, verwöhnter Bengel?«

Leanders Lippen bebten. Einen Moment lang versuchte er noch, die aufsteigenden Gefühle zu unterdrücken, dann gab er auf. »Ja«, gestand er schließlich mit erstickter Stimme. Eine einsame Träne löste sich und bahnte sich ihren Weg über seine Wange. »Aber ich … Du …« Die Worte verwandelten sich in seinem Hals zu einem schmerzhaften Klumpen – eine Mischung aus Angst, Schmerz und einem winzigen, zitternden Funken Hoffnung, den er kaum zu nähren wagte.

»Leander – was ist geschehen?« Thores Stimme wurde sanfter. »Rede mit mir. Bitte.«

»Die Dohlen …«, flüsterte er, den Blick auf einen fernen Punkt an der Decke gerichtet. »In meinen Träumen lachen sie mich aus. Sie sagen, ich sei zu feige, um zu springen.«

Thore erstarrte augenblicklich. Leander spürte, wie sich jeder Muskel in dem kräftigen Körper über ihm anspannte. Im schwachen Mondlicht konnte er sehen, wie Thores Kiefer mahlten und seine Augen sich verdunkelten. Kein Zweifel, der Mann hatte sehr gut verstanden, was Leander da andeutete.

Doch als der Hauptmann schließlich sprach, war seine Stimme erstaunlich beherrscht. »Du wolltest also springen.« Die Worte kamen langsam, mit einer Härte, die nicht von Wut, sondern von tiefem Schmerz zeugte. »Vom Turm? Dann erzähl mir warum, Leander. Erzähl mir alles, mein Prinz, und wenn es die ganze Nacht dauert.«

Heiße Scham brannte auf Leanders Haut, ließ seinen Nacken und seine Wangen glühen. Ein Teil von ihm wollte einen Scherz machen, die schwere Atmosphäre mit einer frechen Bemerkung durchbrechen. Vielleicht andeuten, dass es angenehmere Möglichkeiten gäbe, die Nacht zu verbringen, wenn Thore schon bis zum Morgen bleiben wollte. Doch die leichtfertigen Worte blieben ihm in der Kehle stecken.

Stattdessen brachte er mit einer Stimme, die ihm selbst fremd und verletzlich vorkam, hervor: »Hältst du mich?« Er klang wie ein verängstigtes Kind während eines Gewitters, doch es war ihm gleichgültig. Ohne Thores festen Halt, ohne dessen ruhige, unerschütterliche Stärke, würde er niemals die Kraft finden, die düsteren Geheimnisse auszusprechen, die wie Bleigewichte auf seinem Herzen lasteten.

»Natürlich.« Ein Wort nur, aber ein wenig von der Sicherheit, mit der es ausgesprochen wurde, übertrug sich auf Leander.

Er atmete tief ein, wollte mutig alles enthüllen, doch seine Worte kamen zögernd und brüchig über seine Lippen. »Der Landgraf hat gedroht, meinen Freunden etwas anzutun … Felix, Rutger … auch die Köchin, Felix' Mutter, ist nicht sicher. Und er hat …« Er stockte. Thores Griff um seine Handgelenke verstärkte sich leicht, nicht schmerzhaft, aber spürbar – und irgendwie gab das Leander die Kraft, weiterzusprechen. »Er hat angedeutet, dass er … meine Braut …«, seine Stimme brach, »… dass er selbst den Erben zeugen würde. Weil ich nicht … weil ich ein Versager bin …«

Ein tiefes, gefährliches Grollen kam aus Thores Innerem. »Dieser verdammte Bastard.«

»Ich könnte sie nicht schützen«, sagte Leander leise. »Aber wenn ich nicht mehr da bin, bliebe zumindest die Prinzessin verschont, und mein Vater hätte anderes im Kopf, als Felix und Rutger jagen zu lassen, wenn sie nur weit genug weg sind. Ich muss sterben. Es gibt keinen anderen Weg.«

Thore brachte seine Lippen nah an Leanders Ohr, sein Bart kratzte über dessen Wange. »Doch, Leander«, sagte er leise, aber bestimmt. »Es gibt immer einen anderen Weg. Du wirst dein Leben nicht einfach wegwerfen. Du hast mir etwas versprochen. Und du wirst es halten.«

Leander begann zu zittern. »Verachtest du mich jetzt?«, flüsterte er. »Hältst du mich für einen Feigling? Glaubst du, ich verdiene es, ausgelacht zu werden, weil ich zu schwach bin, um mich gegen meinen Vater zu wehren?«

Thore hielt seinem Blick stand, und Leander konnte nichts als Zärtlichkeit und Entschlossenheit in seinen dunklen Augen erkennen.

»Nein, mein Prinz«, sagte er ruhig. »Ich könnte dich niemals verachten. Und erst recht nicht dafür, dass du Angst hast. Jeder hat Angst. Selbst ich.«

Leander hielt den Atem an, unfähig, sich zu rühren, als Thore weitersprach. »Du bist kein Feigling. Du hast dich nicht in dein Schicksal ergeben, und auch, wenn ich deinen Plan niemals gutheißen kann, so sehe ich doch einen Mann, der nicht aufgegeben hat.«

Der Prinz schniefte. »Ich weiß nicht. Jetzt, wo du hier bist, kommt mir meine Idee eher wie die eines törichten Einfaltspinsels vor. Aber warum bist du überhaupt hier? Warum sagst du all diese Dinge?«

Thore zögerte nicht. »Ich liebe dich, Leander, deswegen bin ich hier. Keine Angst. Ich liebe dich nicht, weil du perfekt bist, sondern weil du es nicht bist. Du darfst Fehler machen. Du darfst stolpern. Du darfst weinen. Das ändert nichts daran, wer du bist – und wer du für mich bist.«

Sanft strichen Thores raue Finger über Leanders Wange, fingen eine einsame Träne auf. »Ich werde dich nie auslachen, Leander. Und ich werde dich nie wieder alleinlassen. Egal, was kommt.«

Leander schluckte schwer. »Bestrafst du mich, weil ich es nicht besser hinbekommen habe? Obwohl ich es versprochen hatte?« Seine Stimme war kaum mehr als ein Flüstern, doch in ihr lag eine hoffnungsvolle Sehnsucht. Nur zu gut erinnerte er sich an das, was geschehen war, als er den albernen Streit mit Kalle begonnen und den Freund mit seinen Worten verletzt hatte. Der Schmerz hatte ihn aufgerüttelt, ihm geholfen, seinen Fehler wiedergutzumachen. Und jetzt? Jetzt wollte er nichts lieber, als für einen Moment wieder Kaspar zu sein. Sich in Thores Hände fallen lassen und darauf zu vertrauen, dass dieser die Welt wieder für ihn ordnete.

Doch Thore schüttelte den Kopf. »Nein«, sagte er ernst. »Diesmal wäre eher ich es, der eine Strafe verdient, nicht du. Ich hätte erkennen müssen, dass du mehr Unterstützung brauchst, um gegen den Landgrafen bestehen zu können. Ich hätte dich nicht so lange allein lassen dürfen.«

»Aber wieso …?«

»Ich kenne deinen Vater«, sagte Thore, und ein bitterer Unterton schlich sich in seine Stimme. »Er ist kein guter Mensch. Wenn es seinem Vorteil dient, geht er über Leichen. Aber ich kenne auch dich. Du warst gewiss oft gedankenlos, verwöhnt, vielleicht auch hochmütig – aber du hast ein gutes Herz. Ich hätte wissen müssen, dass du nicht skrupellos genug bist, um gegen ihn zu gewinnen.« Er machte eine kurze Pause, dann fügte er rau hinzu: »Aber keine Sorge. Ich bin es inzwischen.«

Was Thore über ihn gesagt hatte, klang fast wie ein Kompliment, doch Leander konnte es nicht annehmen. Hitze stieg ihm ins Gesicht, brennende Scham, die ihn fast erstickte. Hastig drehte er den Kopf zur Seite, konnte Thore nicht länger ansehen. »Ich … ich bin kein guter Mensch, Thore.« Seine Stimme brach. »Du kannst das nicht wissen. Du kennst mich nicht wirklich.«

Thore schwieg, ließ ihm Raum.

Leander presste die Lippen zusammen, dann platzte es aus ihm heraus: »Kalle …« Mit einem Mal schien ihm der Freund ein Sinnbild für alles zu sein, was er in seinem Leben falsch gemacht hatte. »Kalle hat eine Familie, und ich … nach unserem Streit hätte ich nachfragen müssen, immer wieder. Doch ich habe nie gefragt, nie herausgefunden, ob sie jemanden brauchen, ob sie überhaupt noch leben! Ich hätte etwas tun müssen! Aber ich habe einfach … ich habe es einfach vergessen, und dann war es plötzlich zu spät.«

Sein Körper bebte. Tränen rannen nun unaufhaltsam über sein Gesicht.

»Ich tauge zu nichts«, flüsterte Leander heiser. »Tot wäre ich allen nützlicher.«

Sprachlos betrachtete Thore den unglücklichen Prinzen. Nie zuvor war ihm so klar gewesen, wie sehr Leander ihn brauchte – und wie tief die Wunden reichten, die der junge Mann in sich trug.

Für einen Moment fragte sich Thore, ob das, was er Leander geben konnte, wirklich genug war. Reichten ein paar gestohlene Nächte, ein wenig Halt in dunklen Stunden? Würde das genügen, um ihn zu stützen, während alle anderen ihn nur als Spielball ihrer eigenen Interessen sahen?

Aber dann schob er den Gedanken beiseite. Leander war stärker, als er selbst glaubte – Thore hatte es gesehen. Er brauchte nur jemanden, der ihm half, diese Stärke zu finden.

In seinen Armen durfte er sein, was er wirklich war: nicht der Prinz von Trällerbach, sondern Kaspar. Der freche Bengel mit dem guten Herzen, der manchmal eine strenge Hand brauchte, um den Kopf zurechtgerückt zu bekommen.

Und wenn Leander irgendwann sein Erbe antrat, wenn er stark genug war, um sich von den Schatten seines Vaters zu lösen, dann könnte sich alles ändern. Das Leben aller Menschen in der Grafschaft würde sich zum Besseren wenden. Und Thore hatte das Leben im Wald genau deswegen hinter sich gelassen – um Leander dabei zu unterstützen.

Also wurde es Zeit zu handeln, bevor der Prinz sich noch weiter in seine Verzweiflung hineinstürzte.

»Ich verstehe nicht, was du mit deinem Gestammel sagen willst«, behauptete er streng. Dabei verstand er sehr wohl, dass es um Kalles Familie ging. Doch wenn Kalle sein Schicksal nicht hatte teilen wollen, war es nicht an Thore, das zu ändern.

»Du willst also sterben? Ist es das, was du willst?« Thore schob sich weiter auf den schmalen Körper des Jünglings, drückte ihn mit seinem Gewicht unbarmherzig nieder.

Leander antwortete nicht, sah ihn nur mit großen, weit aufgerissenen Augen an. Ein paar letzte, verirrte Tränen rannten über sein Gesicht. Obwohl es dem Prinzen sichtlich schwerer fiel, zu atmen, merkte Thore deutlich, wie sich seine Männlichkeit regte. Doch dies war kein Spiel, um Lust zu schenken. Thore würde nicht aufhören, ehe er eine Antwort bekam. Die Antwort, die er hören wollte.

Er ließ die Handgelenke des Prinzen los, stützte sich ein wenig auf seinen Unterarmen ab, damit Leander noch einen Augenblick lang frei atmen konnte – dann ließ er sich mit seinem ganzen Gewicht sinken.

Leander hob die Arme, drückte seine Handflächen gegen Thores Schultern. Vergeblich, natürlich.

»Du … du bist zu schwer«, keuchte der Junge.

»Das ist keine Antwort«, knurrte Thore. »Sag an, Prinz Leander. Willst du sterben?«

Nun versuchte der junge Mann, sich unter ihm hervorzuwinden, doch Thore dachte nicht daran, ihn entwischen zu lassen. Er legte seinen Unterarm über die Kehle des Jünglings. Noch übte er keinen Druck aus. Noch war es nicht mehr als ein Hinweis auf das, was kommen könnte.

Leander hielt inne. Die Tränen waren versiegt, und er atmete schwer. Ob das an Thores Gewicht lag, das auf ihm lastete, oder ob den Prinzen die Situation auch erregte, vermochte der Hauptmann nicht zu sagen. Eine Antwort blieb er ihm jedenfalls immer noch schuldig.

»Ich habe gesagt, ich bin hier, um dir zu helfen. Wenn du also wirklich sterben willst, Prinz, dann werde ich dir dabei helfen. Es ist kein mutiger Sprung nötig, und ich werde dafür sorgen, dass du nicht aus Versehen überlebst und den Rest deiner Tage mit unheilbaren Verletzungen kämpfen musst. Aber du musst es sagen, Leander. Sag es!«

Der junge Mann versuchte es mit einem Kopfschütteln, doch damit konnte Thore nichts anfangen. Vorsichtig erhöhte er den Druck auf die Kehle.

Er konnte das Entsetzen in der Miene des Prinzen sehen. Seine Nasenflügel bebten, er riss die Augen weit auf. Wieder hob er die Hände, doch diesmal versuchte er nicht, Thore wegzuschieben, sondern hämmerte mit seinen kleinen Fäusten auf seine Brust ein.

Thore spürte es kaum. Viel mehr interessierte ihn auch das Beben, das durch den Körper des Prinzen lief. Die Hüften, die nach oben bockten. Er war bald so weit.

»Willst du sterben?«, wiederholte er seine Frage und ließ locker, sodass Leander nach Luft schnappen konnte.

»Nein, du Wichtelarsch! Heute nicht!«, keuchte der Prinz.

»Nicht heute?«, Thore legte all den Spott, zu dem er im Augenblick fähig war, in seine Stimme. »Bist du also doch ein Feigling, der dem Tod nicht ins Auge blicken will?« Unbarmherzig drückte er dem Jungen erneut die Luft ab.

Diesmal bohrten sich Leanders Finger in seinen Unterarm, zogen panisch daran.

Doch dem Prinzen fehlte die Kraft, es blieb ihm nichts anderes übrig, als gurgelnde Geräusche von sich zu geben, bis Thore ein Einsehen hatte und lockerließ.

»Hör auf!«, krächzte Leander, als er endlich wieder Luft bekam, seine Stimme rau und verzweifelt. »Hör sofort damit auf! Ich will nicht sterben. Ich bin kein Feigling! Ich will leben! Mit dir, du ungehobelter Büffel!«

Seine Fäuste hämmerten wild gegen Thores breite Brust, doch der Räuberhauptmann ließ die Schläge ohne Gegenwehr über sich ergehen. Er wollte, dass Leander seine aufgestaute Wut an ihm ausließ – solange der Prinz nur nicht wieder aufgab.

Die Schläge wurden allmählich schwächer, kraftloser, bis Leander schließlich erschöpft aufschluchzte. Seine Finger, eben noch zu Fäusten geballt, krallten sich nun hilfesuchend in Thores Hemd, bevor er seine Arme um dessen Hals schlang und sich an ihn klammerte wie ein Ertrinkender. »Ich will nicht sterben«, flüsterte er mit erstickter Stimme. »Aber ich habe solche Angst.«

Thore sog hörbar die Luft ein, als hätte ihn dieses Geständnis selbst befreit. Erst jetzt wurde ihm bewusst, wie heftig sein eigener Körper zitterte – nicht aus Kälte oder Anstrengung, sondern aus tiefer Erleichterung. Mit langsamer, fast scheuer Behutsamkeit hob er eine Hand, legte sie in Leanders Nacken, vergrub seine rauen Finger sanft in den weichen, goldenen

Locken und drückte seine Lippen zärtlich gegen die Schläfe des Prinzen. »Ich bin da, Leander.«

»Vor dir hatte ich keine Angst«, schniefte der Prinz gegen seine Schulter, während Tränen sein Hemd durchnässten. »Ich wusste die ganze Zeit, dass du mir nichts tun würdest!«

Diese Worte, dieses unerschütterliche Vertrauen trotz allem, was er gerade getan hatte, trafen Thore tiefer, als jede Liebeserklärung es vermocht hätte. Eine seltsame Wärme breitete sich in seiner Brust aus, während er sie beide behutsam drehte, sodass Leander nun sicher in seinen Armen gebettet lag und sich an ihn schmiegen konnte. Thore gönnte ihnen beiden einen Moment der Ruhe, um einfach nur die Nähe des anderen zu spüren und im Rhythmus ihrer sich allmählich beruhigenden Atemzüge Trost zu finden.

Doch etwas musste er noch klarstellen. Thore richtete sich auf und sah den Prinzen fest an: »Ich habe dich freigegeben, als ich dich gehen ließ. Aber das gilt nicht mehr. Du gehörst wieder mir. Wenn du das nicht willst, Leander, musst du das jetzt laut und deutlich sagen.«

Er spürte, wie der junge Mann zitterte, doch seine Stimme war fest, als er entgegnete: »Ja, Thore. Ich gehöre dir. Immer nur dir.« Seine Worte klangen wie ein Schwur, und in seiner Stimme lag eine Aufrichtigkeit, die Thore tief berührte.

»Dann kämpfe. Um deine Zukunft. Um die Zukunft der Menschen in Trällerbach«, entgegnete Thore leidenschaftlich. *Kämpfe um unsere Zukunft*, hätte er am liebsten hinzugefügt, aber er wollte dem Prinzen keine Hoffnungen machen, die sich nie erfüllen würden. Was auch immer geschehen würde, nichts würde dazu führen, dass ein Gesetzloser offen an der Seite des zukünftigen Landgrafen stehen würde.

»Hilfst du mir?«, piepste der Prinz, dessen Gedanken glücklicherweise nicht in die Dunkelheit zurückfielen. »Mein

Vater … er bedroht die Menschen, die mir etwas bedeuten …«
Seine Stimme brach.

»Natürlich helfe ich dir. Genau deswegen bin ich hier. Aber nun putz dir erst mal die Nase und setz dich zu mir.«

»Bist du jetzt meine Amme?«, maulte Leander theatralisch, richtete sich aber sofort auf und griff nach einem Taschentuch. Thore schüttelte grinsend den Kopf. »Eben noch große Schwüre, und jetzt ist so ein kleiner Wunsch zu viel?«

»Ich hab nichts vergessen!«, protestierte Leander eifrig, schnäuzte sich kräftig und schlüpfte dann sofort wieder in Thores Arme. »Ich gehöre dir«, flüsterte er – Worte, die eine unerwartete Wärme in Thores Brust entfachten.

Er hatte nicht mal gewusst, wie sehr er das hören wollte. Zärtlich fuhr er mit der Hand über Leanders Flanke, gestattete sich, noch einen Augenblick in dieser Nähe zu schwelgen. Doch der Prinz hob den Kopf und blinzelte ihn neugierig an.

»Wie bist du eigentlich hier reingekommen? Seit Tagen werde ich streng bewacht.«

Thore küsste ihn flüchtig auf die Schläfe. »Jedes Schloss hat seine Geheimnisse, und wenn man weiß, wo man suchen muss, findet sich ein Weg.«

Leanders Augen begannen in der Dunkelheit zu funkeln. »Geheime Wege? Zeigst du sie mir? Dann könnte ich Felix besuchen!«

Doch Thore schüttelte entschieden den Kopf. »Das sind gefährliche Wege, und was habe ich gerade über Dummheiten gesagt? Lass uns lieber daran arbeiten, dass du Felix ganz offen besuchen kannst.«

»Niemals wird mein Vater das erlauben«, murrte Leander, schmiegte sich aber wieder an Thores Brust. »Es sei denn, ich heirate …« Erneut versteifte sich sein Körper in Thores Armen. »Muss ich wirklich heiraten, Thore?«, flüsterte er schließlich, seine Stimme von Angst und Unsicherheit durchzogen. »Kann ich dann trotzdem noch dir gehören?«

Thore drückte ihn beruhigend an sich. »Du musst nicht heiraten. Nicht, bevor du es eines Tages selbst und von ganzem Herzen willst«, sagte er sanft, auch wenn ihm die Worte schwer über die Lippen kamen. Er konnte Leander nicht für immer für sich beanspruchen und ihn zugleich an ein Leben binden, das sie niemals gemeinsam führen konnten.

»Deshalb bin ich hier«, fuhr Thore rasch fort. »Ich will dir eine Waffe gegen deinen Vater geben.«

»Waffen habe ich selbst genug«, murmelte Leander. »Aber ... er ist mein Vater. Ich kann doch nicht ... meinen eigenen Vater ...«

Thore hielt ihn fester. »Du bist ein guter Mensch, Leander. Deshalb kommt das für dich nicht infrage. Und genau das schätze ich so sehr an dir.« Seine Stimme wurde eindringlicher. »Aber das ist nicht die Art von Waffe, von der ich spreche. Dein Vater erpresst dich mit deiner Liebe und Loyalität zu Felix und den Menschen, die dir wichtig sind. Doch was wäre, wenn du selbst etwas in der Hand hättest, das ihn zwingen könnte, dich in Ruhe zu lassen?«

Leanders Herzschlag beschleunigte sich spürbar. »Du weißt etwas über ihn? Etwas, das er um jeden Preis geheim halten will?«

Thore nickte langsam. »Es gibt ein Geheimnis aus seiner Vergangenheit, das mächtig genug ist, um das Blatt zu wenden.«

Leander hob das Kinn. »Dann erzähl es mir.«

»Ich muss ein wenig ausholen ...«

Der Prinz zuckte mit den Schultern. »Ich muss heute Nacht nirgends mehr hin.«

Thore lachte leise, während sich Leander wieder an ihn kuschelte. Sanft strich er durch die weichen Locken des

Prinzen. Doch in seinem Inneren wuchs die Unruhe. Würde Leander ihn verachten, wenn er die Wahrheit kannte? Würde er ihn noch ansehen können, wenn er wusste, welche Rolle Thore in dieser Geschichte spielte?

Aber es gab keinen anderen Weg.

»Es war einmal …«, begann er entschlossen und zog Leander noch enger an sich. Diesmal würde er es sein, der Halt brauchte.

Vom Soldaten zum Gesetzlosen

Es war einmal …

… in einer Zeit, die mir heute wie ein fernes Echo erscheint, da war ich ein Junge, das vierte von sieben Kindern eines Kleinbauern. Unsere Scholle war winzig, der Boden karg, die Winter lang und hart. Oft gingen wir hungrig zu Bett, denn die Ernte reichte kaum für alle.

Unser Dorf war nicht mehr als eine Handvoll Hütten am Rande der Welt. Selbst die Steuereintreiber des Landgrafen hielten es nicht für lohnenswert, uns heimzusuchen – ein Segen, denn sie hätten nichts gefunden außer abgemagerten Tieren und leeren Speichern. Träume von einem besseren Leben? Die hatten bei uns keinen Platz.

Nur meine Großmutter war anders. Ihre krummen Finger zeugten von einem Leben voller Arbeit, doch sie erzählte uns Geschichten, die mich für kurze Zeit den Hunger und die Kälte vergessen ließen. Von Königen und stolzen Rittern sprach sie, von großen Städten und Abenteuern. Ich war nie gut darin, still zu sitzen, doch wenn Großmutter Märchen erzählte, konnte ich es. Ich schwor mir, all das eines Tages mit eigenen Augen zu sehen.

Dann kam jener Sommer. Ich war in die Höhe geschossen, kaum mehr ein Junge, noch nicht ganz ein Mann – und genau in diesen Tagen ritten königliche Soldaten in unser Dorf. Glänzende Rüstungen, mächtige Pferde, stolze Haltung – ein Anblick, der nicht in unsere Welt passte. Sie waren gekommen, um Männer für den Krieg anzuwerben. Ausbildung, Sold, eine Zukunft fernab des Elends – für mich klang es wie der Beginn eines Abenteuers.

Das war meine Chance. Ohne zu zögern, trat ich vor, und die Männer des Königs betrachteten mich wohlwollend und nickten zufrieden. Aber mein Vater sah mich nur an und sagte leise: »Den Sold bekommen nur die, die nicht im Krieg fallen.«

»Unsinn!« Ich lachte mit der Torheit der Jugend, die sich für unsterblich hält. »Ich werde helfen, die Feinde des Königs zurückzuschlagen, und wenn ich zurückkomme, besuche ich euch! Mit Taschen voller Geld!«

Doch mein Vater schüttelte den Kopf. »Wenn du nicht im Krieg fällst, werden sie dich verderben. Niemand, der sein Brot nicht mit harter Arbeit verdient, hat ein gutes Herz.«

Ich wollte ihm nicht glauben. Die glänzenden Rüstungen hatten mich längst geblendet. Also verließ ich das Dorf mit nichts als einem Bündel auf dem Rücken – und der festen Überzeugung, eines Tages als Held zurückzukehren.

Ich wurde ein guter Soldat. Hungern konnte ich bereits, tagelang durch den Schlamm waten ebenfalls, und den Feinden des Königs das Schwert in den Wanst zu rammen, erwies sich als einfacher als gedacht.

Doch mein Vater sollte recht behalten. Ich sah zu viele junge Männer fallen, hatte schnell genug von all dem Leid und dem Tod. Ich wollte zurück aufs Land. Arbeiten, leben, vielleicht eines Tages eine Gefährtin oder einen Gefährten finden.

Aber das Schicksal hatte andere Pläne. Eines Tages besuchte der König ausgerechnet unsere Truppe. Ich hatte bis dahin nicht gewusst, wie jung er war, kaum älter als ich, und er hatte den Thron erst vor Kurzem bestiegen. Seine Worte aber beeindruckten mich tief. Er sprach von Gerechtigkeit, von einem

Reich, in dem niemand hungern musste, und von einem Leben, das besser sein könnte – für alle, nicht nur für die Adeligen.

Zum ersten Mal seit Langem glaubte ich wieder an einen Traum. Ich wollte diesem Mann dienen, ihm helfen, seine Vision wahr zu machen.

Widerwillig empfahl mein Offizier mich dem Kommandanten der Königsgarde, und so begann ein neuer Abschnitt meines Lebens. Ich arbeitete hart und erlangte so die Anerkennung des Kommandanten und meiner Kameraden in der Garde des Königs. Ich bewachte die prunkvollen Hallen und sah die Feste des Schlosses. Doch ich erkannte auch, dass mein Vater in einem weiteren Punkt recht behalten hatte: Der Königshof war ein Nest aus Intrigen und Machtspielen.

Ich aber konnte nichts anderes tun, als hilflos mitanzusehen, wie meinem König immer neue Hindernisse in den Weg gelegt wurden, wie zäh seine Reformen voranschritten. Doch als er schließlich seinen Gefährten fand – einen Mann, der unerschütterlich an seiner Seite stand und ihn in allen Dingen unterstützte –, schien sich das Blatt zu wenden. Gemeinsam kämpften die beiden Männer für eine bessere Zukunft.

Ich weiß gar nicht mehr, wie viele Nächte ich auf den Zinnen des königlichen Schlosses stand und angestrengt in die Dunkelheit starrte, damit auch ja keine Gefahr unentdeckt bliebe, die meinem Herrn drohen könnte.

Erneut lag ich falsch. Die Dunkelheit schlich sich nicht von außen ins Schloss. Sie kam aus den eigenen Mauern.

Anlässlich des Geburtstags des Königs wurde ein großes Fest ausgerichtet. Aus allen Teilen des Landes strömten die Adeligen herbei, darunter auch Konstantin von Trällerbach – und Enina, die kleine Schwester des Gefährten des Königs.

Enina war ein Wesen von solch zarter Anmut, dass selbst der härteste Soldat lächeln musste, wenn sie den Raum betrat. Ihre Fröhlichkeit schien die Sonne selbst heraufzubeschwören, und sowohl ihr Bruder als auch der König liebten sie über alles.

Während des Festbanketts fiel mir auf, wie Trällerbach ihr nachstellte. Sein Blick klebte an ihr, und schließlich schlich er ihr mit einer Entschlossenheit hinterher, die mir das Blut in den Adern gefrieren ließ. Ohne zu zögern, trat ich ihm in den Weg.

»Ich glaube, Ihr habt Euch verlaufen, Eure Gnaden«, sagte ich kühl und hielt seinem Blick stand.

Enina lief lachend zu einer Hofdame, ahnungslos und unbeschwert. Trällerbachs Miene verdüsterte sich, doch nach einem Moment wandte er sich ab. Ich fürchtete, er könnte sich an mir rächen – doch noch in derselben Nacht sah ich ihn mit der Gattin eines Fürsten verschwinden. Ich war erleichtert. Einvernehmliche Vergnügungen waren mir egal, solange er Enina in Ruhe ließ.

Wie naiv ich war.

Ich war gerade auf dem Weg in meine Unterkunft, als ein Lakai atemlos auf mich zustürzte.

»Bitte, Herr, kommt schnell! Der Landgraf ... er bedrängt Fräulein Enina!«

Ohne zu zögern, rannte ich los, folgte ihm durch die dunklen Gänge des Schlosses, die mir an jenem Abend wie ein endloses Labyrinth aus Schatten und flackerndem Kerzenlicht erschienen.

»Da drin!«, keuchte der Junge und deutete auf Eninas Gemächer.

Mit gezücktem Schwert stürmte ich hinein – und erstarrte.

Enina lag auf dem Boden, ihr feines Kleid durchtränkt von dunklem Blut. In ihrer Brust steckte ein Messer, dessen Griff das Wappen von Trällerbach zierte.

Ich ließ meine Waffe fallen, riss sie in meine Arme, presste meine Hände auf die Wunde, flehte sie an, bei mir zu bleiben.

Da erklang hinter mir die Stimme des Landgrafen:

»Haltet den Mörder!«

Die Tür flog auf. Trällerbachs Männer stürmten herein, rissen mich fort – weg von dem jungen Mädchen, für das jede Hilfe zu spät kam.

Noch immer benommen von der grausamen Szene, wurde ich vor den König gezerrt. Trotz allem hatte ich Hoffnung – ich hatte mein Leben für ihn riskiert, ihm treu gedient. Ich glaubte, er würde mir zuhören. Doch Trauer und Entsetzen erstickten jede Vernunft. Der König und sein Gefährte waren von Eninas Tod so überwältigt, dass sie mich nicht einmal ansehen konnten.

Und so landete ich im Kerker.

Anfangs dachte ich noch, die Wahrheit würde schon ans Licht kommen, sobald die Trauer sich legte. Ich war ein Narr. Während ich in meiner Zelle saß, hatten Trällerbachs Männer längst meine Schuld bezeugt. Der Lakai, der mich alarmiert hatte, die Soldaten, die mich festgenommen hatten – sie alle wiederholten dieselbe Lüge. Und mein König? Er war zu gebrochen, um dem vermeintlichen Mörder seiner Schwägerin gegenüberzutreten.

Hätte ich nicht Kameraden gehabt, die an meine Unschuld glaubten, wäre ich am Galgen gelandet. Doch sie halfen mir zu fliehen, heimlich, in einer nebligen Nacht.

Seit jenem Tag ist eine Belohnung auf meinen Kopf ausgesetzt. Wer ihn dem König bringt – gerne auch ohne meinen Körper daran – wird ein reicher Mann sein.

Tor, der ich war, klammerte ich mich eine Zeit lang an die Hoffnung, meine Unschuld beweisen zu können. Doch dann starb der Lakai, der mich in jener Nacht gerufen hatte, an einer mysteriösen Krankheit. Die Soldaten, die mich festgenommen hatten, wurden angeblich entsandt, um ein Räubernest im Wolfstann auszuräuchern – und verschwanden spurlos.

Ich suchte nach ihnen, doch ich fand keine Spur von ihnen. Stattdessen stieß ich auf eine Truppe abgerissener Gestalten, Räuber, die kaum in der Lage gewesen wären, eine bewaffnete Einheit zu überwältigen. Sie waren es, die mir die Augen öffneten.

Ich hatte alles verloren: meinen Namen, meine Ehre, mein Leben, wie ich es kannte. Ich würde niemals Gehör finden, niemals als Held in mein Heimatdorf zurückkehren.

Doch ein einziger Gedanke hielt mich davon ab, in völliger Verzweiflung zu versinken: Ich war am Leben. Und solange sich daran nichts änderte, war ich ein Stachel im Fleisch des Landgrafen. Er musste damit leben, dass irgendwo da draußen ein Mann die Wahrheit kannte – ein ehemaliges Mitglied der Königsgarde, der mit eigenen Augen gesehen hatte, wie Trällerbach Enina nachstellte. Und der wusste, dass das Messer mit seinem Wappen in ihrer Brust steckte.

Verschwörer im Mondlicht

Als Thore mit seiner Erzählung begonnen hatte, hatte sich Leander noch wie ein Kätzchen an ihn geschmiegt. Doch mit jedem weiteren Wort war Leanders Anspannung gewachsen, bis er nun, da die Geschichte zu Ende war, steif neben ihm lag, als wäre er zu Stein erstarrt.

Thore hatte diesen Moment kommen sehen. Leander betrachtete ihn jetzt mit anderen Augen – wie könnte es auch anders sein? Er, der einfältige Soldat, der sich für einen Helden gehalten hatte, hatte versagt. Er hatte Enina nicht retten können, sich täuschen lassen und war am Ende als Verräter gebrandmarkt worden. Ein Mann, der so naiv gewesen war zu glauben, Ehre allein könnte ihn schützen, taugte nicht mehr als Vorbild für den jungen Prinzen.

Das Schweigen zwischen ihnen wog schwer, und Thore räusperte sich. Er bereute nichts – es war gut, dass Leander nun die Wahrheit kannte. Doch es tat weh. Es tat weh zu wissen, dass der Prinz ihn nie wieder mit leuchtenden Augen ansehen würde, sich nie wieder voller Vertrauen in seine Hand begeben würde. Wie könnte es auch anders sein? Nach all den Fehlern, die Thore begangen hatte, und der Schuld, die auf ihm lastete.

»Ich kann immer noch nicht beweisen, dass Trällerbach der Mörder ist«, sagte Thore schließlich leise, seine Stimme rau. »Aber allein, dass du es nun weißt, sollte reichen, um dir deinen Vater und seine Heiratspläne vom Hals zu schaffen. Er ist kein Dummkopf. Wenn er befürchten muss, dass sein eigener Sohn solche Gerüchte streut, muss er davon ausgehen, dass etwas an ihm hängen bleibt …«

Leander reagierte nicht. Stattdessen rutschte er so weit von Thore weg, wie es das breite Bett erlaubte.

Der Abstand zwischen ihnen fühlte sich an wie ein unüberwindbarer Abgrund.

Thore zwang ihn nicht zurück. Er hatte Leander zwar gesagt, dass er ihm gehörte, aber das war nur die halbe Wahrheit. Es war Leanders Entscheidung, ob er ihm gehören wollte. Eine erzwungene Hingabe war ihm nichts wert, und Thore würde niemals auf etwas bestehen, was nicht freudig gegeben wurde.

Und dann, mit einer Stimme, die so leise war, dass Thore sie kaum hörte, sprach Leander. »Wie sehr du meinen Vater hassen musst.«

Eine Pause. Dann, noch leiser:

»Wie sehr du mich hassen musst.«

Thore riss den Kopf hoch. »Leander …«

Doch der Prinz hörte nicht zu. Sein Körper bebte, und dann brachen seine Emotionen mit aller Macht aus ihm heraus.

»Hast du mich deswegen in dein Bett geholt?« Seine Stimme zitterte. Vor Wut? Vor Schmerz? »Hast du deswegen … all diese Dinge mit mir gemacht? Damit du jetzt meinem Vater unter die Nase reiben kannst, was für ein erbärmlicher Wicht sein Sohn ist? Oder bin ich es, an dem du dich rächen willst? War das alles nur ein Spiel für dich, Thore?«

Das Laken raschelte, als sich Leander abrupt aufsetzte.

»Bist du deswegen hergekommen? Hast du mir deshalb gesagt, dass du mich liebst? Nur, damit du mich jetzt auslachen kannst? Nur, damit du mir das Herz brechen kannst? Dann los! Lach mich aus! Zeig mir, was für ein Narr ich war, dir zu vertrauen!«

Thore starrte ihn an.

Er hatte mit vielem gerechnet. Nicht damit.

Aber natürlich konnte er nichts von alledem so stehenlassen.

Ruhiger, als er sich fühlte, tastete Thore nach der kleinen Kommode neben Leanders Bett. Wie er gehofft hatte, fand er eine Öllampe und ein Zunderkästchen.

Eigentlich hätte er es vorgezogen, im Dunkeln zu bleiben, um das Risiko einer Entdeckung zu minimieren. Aber nun wollte er sicherstellen, dass Leander ihn genau sah. Dass der Prinz in seinem Gesicht lesen konnte, dass jedes Wort ernst gemeint war.

Mit einem leisen Knistern sprang ein Funke über, der Docht fing Feuer, und warmes, goldenes Licht verdrängte die Schatten im Raum. Thore stellte die Lampe zurück auf den Nachttisch – und sah, wie Leanders verweinte Augen sich sofort abwandten.

»Du denkst, ich halte dich für einen erbärmlichen Wicht?« Thore bemühte sich, ruhig zu bleiben, doch es fiel ihm schwer. Nach allem, was Leander heute erfahren hatte, war es kein Wunder, dass der Prinz durcheinander war. Trotzdem tat es weh, dass er ihm so etwas zutraute.

»Sollte ich den Mann für einen erbärmlichen Wicht halten, der mutig genug war, sein sicheres Schloss zu verlassen, um seinen Freund im Wolfstann zu suchen?«

Leander zuckte kaum merklich zusammen, bevor er leise murmelte: »Rutger hat mich überredet.«

Thore ließ sich nicht beirren. »Den Mann, der sich in einer ihm völlig fremden Welt nicht nur behauptet, sondern sogar Freunde gefunden hat? Der mir ohne Zögern ins Gesicht gesagt hat, dass er mich will? Der ohne Scham seine Sehnsüchte und Wünsche mit mir geteilt hat?«

Leanders Wangen färbten sich rosa, doch er widersprach nicht.

»Und nicht zu vergessen«, fügte Thore mit einem schwachen Lächeln hinzu, »dass dieser Mann den besten Eintopf zustande gebracht hat, den ich je gegessen habe.«

Ein kleines, ungläubiges Lachen huschte über Leanders Gesicht – nur für einen Moment. Dann verschwand es wieder, und er flüsterte: »Aber ich … ich bin ein Trällerbach. Ich werde immer meines Vaters Sohn sein.«

»Ja«, erwiderte Thore sanft. »Das bist du. Aber das war nicht deine Wahl. Und nicht du bist es, der mir alles genommen hat.« Er zögerte einen Moment, bevor er ehrlich fortfuhr: »Aber ich will dir nichts vormachen, Leander: Ich weiß nicht, ob ich mich auf dich eingelassen hätte, wenn ich von Anfang an gewusst hätte, wer du bist. Nicht nur, weil wir niemals offiziell zusammen sein können. Sondern ja, auch, weil du ein Trällerbach bist.«

Leanders Augen weiteten sich. Thore griff vorsichtig nach seiner Hand. »Aber der Mann, in den ich mich verliebt habe, war nicht Leander von Trällerbach. Es war der freche Kaspar, der mir ins Gesicht gelacht und sich einen Platz in meinem Herzen erobert hat.«

Ein ersticktes Schluchzen entrang sich Leanders Kehle, und erneut rannen Tränen über seine Wangen. »Ich bin nicht Kaspar! So gerne ich es auch wäre …«

»Doch, das bist du«, sagte Thore eindringlich. »Mehr, als du vielleicht selbst begreifst. Die schönen Kleider, der Schmuck, dein Rang – das alles ist Fassade. Vielleicht waren wir Gesetzlosen die Ersten, die Leander sehen durften, wie er wirklich ist. Frei. Mutig. Mit einem Herz, das mehr Platz für andere hat, als du selbst ahnst.«

Leander starrte ihn an, Tränen liefen ungehindert über sein Gesicht. Dann schloss er die Augen, schniefte und flüsterte: »Du meinst wirklich mich. Mich, so wie ich bin.«

Er überwand den Abstand zwischen ihnen und warf sich in Thores Arme.

»Wenn ich doch nur für immer dein Kaspar sein könnte!«

Thore strich ihm tröstend über den Rücken, sein Herz schwer vor Zärtlichkeit.

»Das kannst du nicht«, sagte er sanft, »und auch das macht dich aus. Aber du wirst die Aufgaben meistern, die das Leben dir stellt. Nicht als Kaspar, sondern als der Mann, der du bist. Ein Mann, auf den ich stolz bin.«

Leander hob den Kopf, seine Augen noch voller Unsicherheit. »Ich danke dir für dein Vertrauen«, sagte er leise. »Ich bin stolz darauf, dass du es mir alles erzählt hast. Aber ... glaubst du wirklich, dass es reicht, meinem Vater zu drohen? Dass er mir dann meine Freiheiten zurückgibt – oder die Hochzeit absagt?«

»Ja«, erwiderte Thore ohne Zögern. »Dein Vater stellt seinen Ruf über alles. Selbst wenn wir den Mord nicht beweisen können, würde ihn allein das Gerücht treffen. Kein Adeliger würde seine Tochter in eine Familie geben, über der ein solcher Schatten liegt.«

Leander ließ den Blick sinken, seine Finger nestelten am Laken. »Aber was, wenn er wieder droht, Felix oder Rutger etwas anzutun? Ich habe versucht, sie zu warnen, aber ...«

»Aber sie sind zu mir gekommen, statt zu fliehen«, beendete Thore den Satz und seufzte leise. »Das ist nicht deine Schuld, Leander. Aber du darfst deinem Vater deine Angst nicht zeigen. Wenn du ihm gegenübertrittst, musst du stark sein. Er wird erkennen, dass du eine gefährliche Waffe in der Hand hältst – aber nur, wenn du sie auch festhältst.«

Leander nickte schwach, doch Thore sah, dass ihn Zweifel quälten. »Jedes Mal, wenn ich gegen ihn ankommen wollte, hat er gelacht«, murmelte er. »Vielleicht hat er ja recht. Vielleicht bin ich nichts als eine jämmerliche Witzfigur.«

Thore packte ihn sanft an den Schultern. »Hör auf damit. Dein Vater hat dir so viel genommen – gib ihm nicht auch noch die Macht über dein Leben!«

»Aber ich habe doch nie etwas erreicht, Thore. Ich bin nicht wie du ... oder der König.«

Thore spürte den Stich dieser Worte. Der König, den er einst so sehr bewundert hatte, hatte kurz nach Eninas Tod auch seinen Gefährten verloren und nie wieder geheiratet. Es schien, als sei er ein gebrochener Mann. Doch er konnte nicht zulassen, dass dieser Gedanke Leander noch weiter in die Verzweiflung trieb.

»Nein, du bist nicht der König. Und du bist auch nicht dein Vater. Du bist Leander. Ein Mann mit einem Herz, das groß genug ist, für andere zu kämpfen. Du wirst Fehler machen, wie jeder. Aber du hast die Wahl, ein anderer Landgraf zu sein. Du kannst etwas verändern.«

Leander schluckte schwer, doch Thore erkannte, dass seine Worte wirkten – auch wenn der Prinz noch mit sich rang.

»Und du?«, flüsterte Leander schließlich. »Willst du für immer im Wolfstann bleiben und dich verstecken?«

Thore lächelte. »Ich habe August die Bande anvertraut. Ich bleibe in der Nähe. Ich werde so oft kommen, wie ich kann. Du bist nicht allein.«

»Aber das ist doch kein Leben«, protestierte Leander. »Du verdienst so viel mehr!«

Thore zog ihn sanft näher. »Du bist alles, was ich will. Mach dir um mich keine Sorgen. Konzentrier dich darauf, deine Freiheit zurückzugewinnen. Dann sehen wir weiter.«

Leander schmiegte sich an ihn, seine Stimme kaum mehr als ein Flüstern. »Ich wünschte, ich könnte auch für dich ...«

Thore schob eine Hand in sein Haar. »Denk nicht an mich, mein Prinz. Zeig ihnen, wer du wirklich bist.«

So lagen sie noch eine ganze Weile eng aneinandergeschmiegt da, doch Thore wurde das Herz schwerer, denn unerbittlich rückte der Moment des Abschieds näher. Wann würde er seinen Prinzen wiedersehen können? Zuvor hatte er so getan, als sei es ein Kinderspiel gewesen, in das Schloss einzudringen, um Leander keine Sorgen zu bereiten. Aber so war es natürlich nicht. Er musste den richtigen Moment für dieses Wagnis abpassen, und die Götter allein wussten, wann es das nächste Mal so weit sein würde.

Es war an der Zeit, seinen Gefährten noch ein wenig zu motivieren. Sanft ließ er seine Hände über den schlanken Körper wandern, strich über Leanders Rücken und packte schließlich beherzt die runden Halbkugeln seines Hinterns.

Der junge Mann stöhnte auf, und die Überraschung stand ihm deutlich ins Gesicht geschrieben, als er den Hauptmann nun anblinzelte. Doch dann beschloss er offenbar, zu nehmen, was ihm hier so unerwartet angeboten wurde, und ließ seine Hüften kreisen.

Thore musste an sich halten, um nicht ebenfalls aufzustöhnen, denn nur zu deutlich fühlte er, wie der Phallus des jungen Mannes unter seinem dünnen Nachtgewand in Sekundenschnelle steif wurde. Doch er hatte nicht vor, sich hier in etwas zu verlieren. Blitzschnell drehte er Leander auf den Rücken, packte seine Handgelenke und drückte sie mit einer Hand über dem Kopf des Prinzen auf die Matratze.

Leander stöhnte erneut, bog ihm seinen Körper auf der Suche nach Reibung entgegen. Thore legte seine andere Hand auf die pulsierende Erregung des Jünglings und griff beherzt zu. »Lass dich nicht wieder gehen!«, befahl er streng.

»Kämpfe!« Er drückte fest, geradezu brutal zu. »Wenn ich wiederkomme, gibst du mir den!«

Der Prinz wimmerte, aber er hauchte »Ja, Thore.« Es klang hingerissen, seine Augen glänzten, und diesmal lag es ganz sicher nicht an verzweifelten Tränen.

Thore beugte sich zu ihm, besiegelte ihr Versprechen mit einem leidenschaftlichen, tiefen Kuss. Leander gab sich dem Ansturm sofort hin und gab dabei diese kleinen, niedlichen Laute von sich, die Thore sofort in den Schwanz fuhren. Als wäre dieser nicht bereits hart genug. Aber er würde sich beherrschen. Die Belohnung, wenn sie einander wiedersahen, würde umso schöner sein.

Langsam wurde der Kuss sanfter, bis ihre Zungen nur noch behäbig miteinander spielten und sich ihre Münder schließlich ganz voneinander lösten.

»Ich muss gehen«, murmelte Thore.

»Lass mich nicht zu lange warten«, bat der Prinz leise.

»Ich werde schon erfahren, wann deine Bewachung gelockert wird und du dich wieder freier bewegen kannst – ab dann darfst du mit mir rechnen«, versprach Thore und hoffte inständig, dass er dieses Versprechen auch würde halten können.

Leander nickte, noch ein letzter Kuss, und schweren Herzens ließ Thore den jungen Mann zurück.

Als er lautlos durch die dunklen Gänge schlich, lastete das Gewicht der vergangenen Stunden schwer auf ihm. Er hatte Leander beruhigt, ihm Hoffnung gegeben – doch wie lange würde das reichen? Wie lange würde der Prinz durchhalten, bevor sein Vater ihm erneut den Wind aus den Segeln nahm?

Thore ballte die Fäuste. Er musste einen Weg finden, stark genug für sie beide zu sein. Denn eines wusste er sicher: Er würde Leander nicht noch einmal verlieren.

Intrigen für Anfänger

Trotz der durchwachten Nacht war Leander früh auf den Beinen. Die ersten Sonnenstrahlen tauchten sein Gemach in goldenes Licht, doch die Kälte des Morgens ließ ihn frösteln, als er barfuß vor den großen Spiegel trat.

Er sah aus wie immer – vielleicht ein wenig blasser, ein wenig müder. Aber in ihm hatte sich alles verändert. Ein Feuer brannte in seiner Brust, heiß und unaufhaltsam. Er berührte seinen Hals, erinnerte sich an Thores Griff, an die Angst, die sich in Wut verwandelt hatte – und schließlich in einen unerschütterlichen Willen zu leben.

Thores Besuch hatte alles verändert.

Ein kleiner, unsicherer Teil von ihm mahnte, dass es unwürdig für einen Prinzen war, sich so sehr nach einem anderen Mann zu sehnen – nicht nur nach dessen Berührung, sondern auch nach der Klarheit, die Thore ihm schenkte. Die Kraft, die er ihm gab. Die Hand, die ihn führte. Aber Leander schüttelte den Gedanken ab. Er hatte keine Zeit für Scham.

Er ließ den Blick durch sein prunkvolles Gemach schweifen. Einst hatte er all das bewundert – Brokat, Gold, Gemälde. Doch nun erschien es ihm wie eine Farce, ein funkelnder Schleier, der die Wahrheit verhüllte: Die Welt außerhalb dieser Mauern war voller Hunger, Elend und Lügen.

Sein Vater war nicht der große Mann, für den Leander ihn gehalten hatte. Konstantin von Trällerbach war kein gerechter Herrscher. Kein starker Mann. Sondern ein Tyrann, ein

Verbrecher, der zerstörte, statt zu führen. Der es gewagt hatte, Thore alles zu nehmen.

Für diesen Mann würde sich Leander nicht länger kleinmachen.

Die Müdigkeit fiel von ihm ab, und seine Schultern strafften sich. Heute würde er dem Landgrafen gegenübertreten. Sein Vater mochte den größten Teil seines Lebens beherrscht haben, aber das war nun vorbei.

Entschlossen griff Leander nach der Glocke auf dem Nachttisch und läutete nach Madalwin. Heute würde er kämpfen.

»Ihr habt nach mir verlangt, Hoheit?« Madalwin betrat mit einer tiefen Verneigung Leanders Gemächer, seine Stimme ölig wie immer. »Ihr seid früh auf, mein Prinz!«

Leander unterdrückte die Bemerkung, dass es nicht Sache eines Dieners war, seine Gewohnheiten zu kommentieren, und erwiderte kühl: »Ich muss mit meinem Vater sprechen. Sofort.«

Madalwin blinzelte kurz, fing sich aber schnell und nickte eifrig. »Aber gewiss doch! Ich werde sogleich einen Lakaien zu ihm schicken. Was darf er dem Landgrafen ausrichten?«

»Es geht um ...« Verdammt. *Es geht darum, meinen Vater des Mordes zu beschuldigen*, war keine kluge Antwort. »... um den Ball natürlich.«

»Ach, wie aufregend!« Ohne auf eine weitere Reaktion zu warten, huschte Madalwin kurz hinaus, um dann mit geschäftiger Miene ein kostbares Gewand bereitzulegen. »Das sollte angemessen für eine Audienz sein.«

Leander ließ ihn gewähren, hörte das übliche Geplapper nur halb mit, bis plötzlich ein Satz seine Aufmerksamkeit fesselte.

»Oh, Hoheit, habt Ihr es schon gehört? Der Landgraf hat zusätzliche Soldaten angeheuert«, erzählt Madalwin, während er Leanders Jabot richtete. »Es wird nicht an

Sicherheit mangeln, wenn die vornehmen Gäste für den Ball anreisen. Schließlich lauern im Wolfstann immer noch Räuber und anderes Gesindel ...«

Leander erstarrte. Soldaten. Sein Vater sorgte sich bestimmt nicht nur um die Sicherheit der Gäste – gewiss wollte er sich auch immer noch das Lösegeld zurückholen. Kalle, Gustav, Tuck und August ... sie alle würden in Gefahr sein. Es war wirklich höchste Zeit, zu handeln.

Doch bevor er weiter darüber nachdenken konnte, rief eine vage Erinnerung an frühere Zeiten in ihm ein anderes Bild wach. Madalwin holte seine Schmuckschatulle, öffnete sie mit großer Geste, wählte eine perlenbestickte Brosche und steckte sie dem Prinzen an.

Ein anderes Kästchen. Goldene Verzierungen, filigrane Muster, ein funkelnder Schatz, der sein kindliches Interesse geweckt hatte und seine kleinen Hände wie magisch anzog. Wie gebannt hatte der fünfjährige Leander danach gegriffen.

»*Fass das nie wieder an!*« Die Erinnerung die donnernde Stimme seines Vaters ließ ihn selbst jetzt noch zusammenzucken.

Dann der scharfe Schmerz auf seinen Fingern. Die beschwichtigenden Worte seiner Mutter. »*Du trägst doch den Schlüssel immer bei dir ...*«

Leander runzelte die Stirn. Warum hatte sein Vater das Kästchen damals so vehement vor ihm geschützt? Das passte nicht zu Konstantin von Trällerbach, der sonst jede Gelegenheit nutzte, mit seinem Reichtum zu prahlen. Jedes neue Schmuckstück, jede Kostbarkeit musste stets von allen bewundert werden – warum also diese übertriebene Vorsicht bei einer einfachen Schatulle?

Ein Verdacht regte sich in Leander.

Was, wenn sich in dieser Schatulle nicht nur Schmuck, sondern etwas weit Wertvolleres verbarg? Etwas, das nicht für fremde Augen bestimmt war? Dokumente? Beweise?

Sein Herz schlug schneller.

Wenn er die richtigen Beweise fand, könnte er weit mehr erreichen, als nur einer arrangierten Ehe zu entkommen. Er könnte seinen Vater wirklich in die Enge treiben – für Felix, für Rutger, für seine Freunde im Wolfstann. Für Thore.

Das Klopfen an der Tür riss ihn aus seinen Gedanken.

»Ihre Gnaden, der Landgraf erwartet Euch in seinen Gemächern, Hoheit«, verkündete der Lakai.

Himmel, Holz und Hufeisen! Er brauchte mehr Zeit, um sich einen neuen Plan zurechtzulegen! Aber die Audienz hinauszuzögern, wäre verdächtig.

Leander zwang sich zu einem gleichgültigen Gesichtsausdruck und folgte dem Lakaien durch die langen Gänge des Schlosses.

Sein Verstand arbeitete fieberhaft. Wenn er recht hatte, und es irgendwo im Schloss Beweise für die Taten seines Vaters gab, durfte der Landgraf jetzt auf keinen Fall Verdacht schöpfen. Nur dann hatte Leander die Chance, diese Beweise auch zu finden.

Aber nun stand er vor einem Problem. Welchen Grund sollte er nennen, weshalb er um diese Audienz gebeten hatte?

Er hatte nicht die geringste Ahnung.

Der Landgraf saß an seinem schweren Schreibtisch, eine Feder in der Hand, und kritzelte ungeduldig auf ein Pergament, während Leander zögernd eintrat. Kaum hatte er die Tür hinter sich geschlossen, hob sein Vater den Kopf und musterte ihn abschätzig.

»Du wolltest mich sprechen?«, herrschte er ihn an. »Ich hoffe für dich, dass es wichtig ist. Ich habe viel zu tun, schließlich trage ich allein die Verantwortung für die Grafschaft.«

Leander schluckte. Seine Entschlossenheit schien so schnell zu verschwinden wie ein Tropfen Wasser auf einem heißen Stein.

»Ich … wollte über den Ball sprechen, Vater«, begann er zögerlich, während seine Gedanken fieberhaft rasten. *Götter, was sage ich nur?*

»Ich wüsste nicht, dass es da etwas zu besprechen gäbe.« Der Landgraf tauchte seine Feder erneut in die Tinte und schrieb weiter, ohne seinem Sohn einen Blick zu gönnen. »Ich erwarte, dass du deinen Teil erledigst und mir nicht mit irgendwelchen überflüssigen Wünschen kommst.«

Verdammt, verdammt, verdammt! Panik kroch Leander den Rücken hinauf. Er musste sich etwas einfallen lassen – schnell!

»Na ja …«, setzte er an, doch sein Vater schnitt ihm mit einem ungeduldigen Fauchen das Wort ab.

»Wenn du mir jetzt etwa sagen willst, dass du deinen Freunden ein teures Vergnügen finanzieren willst, dann erspar mir das Geschwätz! Wahrscheinlich war es ein Fehler, dir den Brief von Fürst Maximilian zu zeigen – das hat dich offenbar auf dumme Gedanken gebracht.«

Maximilian.

Leanders Gedanken stolperten über sich selbst – dann machte es klick.

»Maximilian schrieb, er reise mit seiner Schwester an«, sagte er, diesmal sicherer als zuvor.

Der Landgraf hob eine Augenbraue. »Du interessierst dich doch nicht etwa für dieses blasse Ding? Aurora ist die bessere Wahl!«

Leander ließ sich nicht beirren. »Das scheint Prinz Eryndor anders zu sehen«, sagte er und setzte sein unschuldigstes Gesicht auf.

Der Federkiel in der Hand seines Vaters kratzte abrupt über das Pergament. Mit finsterer Miene ließ er ihn fallen und stand auf.

»Prinz Eryndor«, grollte er und begann, in aufgebrachten Schritten durch den Raum zu marschieren. »Ich weiß wirklich nicht, was sich Seine Majestät dabei gedacht hat, seinen Cousin zu seinem Erben zu ernennen! Der König hat zwei Brüder, die weitaus geeigneter wären! Wo kommen wir denn hin, wenn jeder einfach den zum Thronfolger ernennt, der ihm gerade passt?!«

Vielleicht zu einer besseren Welt, dachte Leander, wagte aber nicht, es laut auszusprechen. Stattdessen wartete er ab, während sich sein Vater in seinen eigenen Zorn hinein-steigerte.

Als der Landgraf schließlich eine Pause machte, um Luft zu holen, wagte Leander es erneut, die Stimme zu erheben.

»Und dennoch wird Ihre Hoheit, Prinz Eryndor, eines Tages unser König sein«, sagte er vorsichtig. »Wäre es nicht klug, unsere Verbindung zum Königshaus zu stärken? Was, wenn das Gerücht stimmt, und Eryndor tatsächlich Interesse an Maximilians Schwester hat? Stellt Euch vor, er tanzt zum ersten Mal mit ihr auf unserem Ball. Unser Ansehen würde gewaltig steigen.«

Misstrauisch verengten sich die Augen seines Vaters, als würde er in Leanders Gesicht nach einer verborgenen Absicht suchen.

»Hm …«, machte er schließlich und ließ sich zurück in seinen Sessel sinken. »Ein Versuch wäre es wert.«

Leander atmete unauffällig aus. Der Landgraf schien ihm die Lüge abzukaufen!

Er beobachtete, wie sich sein Vater die Schläfen rieb, dann mit einem leichten Kopfschütteln zu seiner Feder griff.

»Ich werde eine Einladung schicken lassen«, murmelte der Landgraf. »Und beiläufig erwähnen, dass Maximilian samt Schwester anwesend sein wird …«

Seine Stimme wurde für Leander zu einem leisen Summen, denn in diesem Moment fiel sein Blick auf etwas, das golden im Kerzenlicht aufblitzte.

Ein Schlüssel.

Sorglos neben dem Tintenfass liegend.

Leanders Herz setzte einen Schlag aus.

Der Schlüssel zur Schatulle!

Das Kästchen war bisher seine einzige Idee, wo er mit der Suche beginnen konnte. Hitze stieg in ihm auf – warum hatte er nicht versucht, den Schlüssel an sich zu nehmen, als sich sein Vater in seinen Zorn über Eryndor verloren hatte? Zum Verschwörer taugte er wirklich nicht!

»Ist noch etwas?«

Leander zuckte leicht zusammen und zwang sich, den Blick zu heben.

»Nein, Vater.«

»Umso besser. Du darfst gehen.«

Leander verneigte sich leicht und machte sich auf den Weg zur Tür.

Mit einem Lob für seine Idee war ebenso wenig zu rechnen gewesen, wie er damit rechnete, dass Eryndor tatsächlich auf dem Ball erscheinen würde – aber das war egal.

Er hatte Zeit gewonnen. Er hatte seinen Vater abgelenkt. Und jetzt hatte er ein neues Ziel.

Er brauchte diesen Schlüssel!

Ein Schlüssel zur Wahrheit

Nun, da er die lähmende Lethargie der letzten Tage abgeschüttelt hatte, nun, da er sich nicht mehr mit zu viel Wein betäubte oder Zuflucht in seinen Büchern suchte, brannte Leander darauf, endlich zu handeln. Doch noch immer saß er in seinen Gemächern fest, ohne eine Möglichkeit, dem Schlüssel näherzukommen oder anderswo nach Beweisen für die dunklen Taten seines Vaters zu suchen.

Um sich nicht in Untätigkeit zu verlieren, ließ er sich Bücher bringen und schickte Madalwin fort, angeblich, um in Ruhe zu lesen. Doch kaum war der Diener verschwunden, widmete er sich einer ganz anderen Tätigkeit. Er stopfte Schmuckstücke in die Taschen einer Jacke, hängte sie über einen Stuhl und versuchte, sie unauffällig herauszuziehen – so, wie Gustav es ihm gezeigt hatte.

Meist klirrten die Schmuckstücke jedoch laut aneinander, und Leander verzog frustriert das Gesicht. So wurde das nichts! Wäre Gustav doch nur hier! Er vermisste seine Freunde mehr denn je.

Und vor allem vermisste er Thore. Die starken Arme, die ruhigen Worte, die ihm Geborgenheit und Zuversicht geschenkt hatten. Thore hatte versprochen, wiederzukommen, sobald sich Leander mehr Freiheiten erstritten hatte – doch das ging ja noch nicht! Die Vorstellung, dass der Hauptmann von ihm enttäuscht sein könnte, nagte an ihm wie eine hungrige Ratte.

Aber er würde sich nicht von seinem Plan abbringen lassen. Solange es noch eine Chance gab, den Landgrafen zu überführen, würde er kämpfen. Für sich. Für seine Freunde. Und für den Mann, der sein Herz gestohlen hatte.

Am nächsten Morgen schickte Leander Madalwin in die Bibliothek, um neuen Lesestoff zu holen. Doch kaum hatte der Diener die Gemächer verlassen, stürmte er schon wieder herein – ohne Bücher, aber mit hochroten Wangen.

»Hoheit! Ein Brief mit königlichem Siegel ist eingetroffen! Die ganze Burg spricht davon – Prinz Eryndor hat zugesagt, am Ball teilzunehmen! Kommt schnell, Euer Vater wird gewiss einige Änderungen in der Planung vornehmen wollen!«

Leander zog überrascht eine Augenbraue hoch. Insgeheim hatte er mit einer höflichen Absage gerechnet, wenn überhaupt. Dass ein Mitglied des Königshauses nicht nur die Einladung zur Kenntnis nahm, sondern tatsächlich kam, war ein riesiger Erfolg. Vielleicht war es sogar genug, um seinen Vater in bessere Laune zu versetzen.

Deswegen entschied Leander auch, das Wagnis einzugehen und den Landgrafen unaufgefordert aufzusuchen – normalerweise keine gute Idee. Aber Leander war froh, endlich mal wieder aus seinen Gemächern herauszukommen.

»Na schön«, sagte er und ließ Madalwin vorangehen. Der Diener flatterte durch die Gänge wie ein aufgescheuchter Vogel, zögerte dann jedoch vor der Tür zum Gemach des Landgrafen und klopfte ungewöhnlich vorsichtig an.

Zu ihrer beider Überraschung ertönte ein joviales »Herein!«

Madalwin kündigte den Prinzen mit zitternder Stimme an, ehe er sich hastig wieder in den Flur zurückzog. Wobei sich Leander allerdings sicher war, dass er sein Ohr an die Tür legen würde, sobald er sich unbeobachtet fühlte.

Leander trat ein. Sein Vater hielt tatsächlich einen Brief mit dem königlichen Siegel in der Hand, und mit viel Fantasie konnte man ein Lächeln auf seinem Gesicht erahnen.

»Ah, Leander! Deine Idee war doch nicht so dämlich, wie sie mir zunächst schien. Na ja, auch ein blindes Huhn findet mal ein Korn.«

Sein Vater lachte, und das Geräusch jagte Leander einen eisigen Schauer über den Rücken. Er öffnete den Mund, suchte nach einer höflichen Erwiderung, doch in diesem Moment flog die Tür krachend auf – diesmal ohne Klopfen und Ankündigung.

Seine drei Schwestern stürmten herein, überschlugen sich vor Aufregung.

»Er kommt wirklich!«

»Das wird das Ereignis des Jahres!«

»Was für eine Ehre für unsere Familie!«

Leanders Mutter folgte mit gemessenem Schritt. »Mädchen, benehmt euch. Ihr seid ja schlimmer als ein Hühnerhaufen.«

Doch die Schwestern ließen sich nicht bremsen.

»Vater, ich brauche den grünen Seidenschleier!«

»Mehr Juwelen!«

»Mein Kleid ist zu schäbig, ich brauche ein neues!«

Der Landgraf verzog das Gesicht und hob zu einem seiner Monologe über die Verschwendungssucht der Frauen im Allgemeinen und der seiner Töchter im Besonderen an.

Wie albern! Als ob der Landgraf selbst bescheiden leben würde! Aber wie immer trug er die kostbaren Geschmeide lieber selbst, als seine Töchter damit zu behängen.

Leander verlor sich in seinen verächtlichen Gedanken, als ihm plötzlich etwas bewusst wurde – niemand achtete mehr auf ihn.

Der Schlüssel!

Sein Herz stolperte, kalter Schweiß brach ihm aus. Da lag er, direkt neben dem Tintenfass, als würde er nur darauf warten, dass Leander ihn nahm.

Eine bessere Gelegenheit würde es nie wieder geben.

Langsam schob sich der Prinz näher an den Schreibtisch, den Blick fest auf seine Familie gerichtet. Sein Vater lamentierte weiter, seine Schwestern und seine Mutter schwankten zwischen Empörung und Ohnmacht. Ihn hatten sie völlig vergessen.

Jetzt oder nie.

Er zwang sich, ruhig zu atmen, doch sein Brustkorb fühlte sich eng an, sein Puls hämmerte, und sein Blick heftete sich auf den Schlüssel, als könnte dieser jeden Moment von selbst davonfliegen.

Ein dumpfer Schmerz zuckte durch Leanders Hüfte, als er gegen den wuchtigen Schreibtisch stieß. Ein unterdrückter Schmerzenslaut entfuhr ihm – für ihn so laut wie ein Donnerschlag. Panik schoss durch seine Adern.

Doch niemand drehte sich um.

Langsam streckte er seinen zitternden Finger aus. Nur noch ein Moment … ein winziger Moment …

»Das kannst du doch nicht machen!«

Der spitze Schrei riss ihn aus der Konzentration. Hastig zog er die Hand zurück, sein Kopf schnellte hoch, während sein Herz raste. Doch er war gar nicht gemeint. Seine älteste Schwester funkelte den Landgrafen an, fuchtelte mit den Armen wie ein wildgewordenes Windrad.

Verflixt und zugenäht!

Leanders Blick zuckte zurück zum Schlüssel. Er konnte es nicht länger aufschieben. Wenn er weiter zauderte, war die Chance vorbei.

Seine Finger schnellten vor, umschlossen das kühle Metall, und in einer fließenden Bewegung ließ er den Schlüssel in die Falten seines Ärmels gleiten.

Sein Herz hämmerte so laut, dass er glaubte, die ganze Welt müsse es hören. Er zwang sich, ruhig zu atmen, zwang sich, seine Miene teilnahmslos zu halten.

Gerade rechtzeitig.

»Das ist mein letztes Wort!« Die Stimme des Landgrafen donnerte durch den Raum. Dann wandte er sich abrupt zu Leander. »Prinz Eryndor wird in deinen Gemächern residieren. Die Gästezimmer sind nicht angemessen für den Thronfolger. Du kannst so lange in einen der anderen Räume ziehen.«

Leander verneigte sich tief – vielleicht etwas zu tief –, während seine Finger nervös um das Metall in seinem Ärmel krallten.

»Gewiss«, sagte er so ruhig wie möglich. »Ich werde Madalwin die entsprechenden Anweisungen geben. Wenn Ihr erlaubt, werde ich mich zurückziehen, um alles in die Wege zu leiten.«

Zitterte seine Stimme?

Der Landgraf schien nichts zu bemerken – oder er war einfach froh, ihn loszuwerden. Mit einem ungeduldigen Wink bedeutete er ihm, zu verschwinden, während seine Schwestern noch leise schluchzten und schniefen.

Leander zwang sich, nicht zu eilen, als er aus dem Raum trat. Doch sobald die Tür hinter ihm ins Schloss fiel, sog er scharf die Luft ein.

Er hatte es geschafft.

Der Schlüssel war sein.

»Hoheit? Ist es wahr? Wird Prinz Eryndor wirklich anreisen?«

Natürlich hatte Madalwin vor den Gemächern des Landgrafen auf Leander gewartet und bebte nun vor Ungeduld.

»Allerdings«, entgegnete der Prinz knapp. »Und nicht nur das. Dem Thronfolger werden meine Gemächer zur Verfügung gestellt, während ich selbst in ein Gästezimmer umziehe.«

»Oh!« Madalwin riss theatralisch die Hände vor die Brust, als müsse er sein aufgeregtes Herz bändigen. Ausnahmsweise war Leander mal froh über das übertriebene Benehmen – wenn schon sein Diener völlig aus dem Häuschen war, würde sich auch niemand über ihn wundern. Auch wenn der Prinz aus völlig anderen Gründen innerlich wie Espenlaub zitterte.

»Am besten beginnst du sofort mit den Vorbereitungen.« Leander hielt seine Stimme so gelassen wie möglich. »Finde heraus, welches Gästezimmer ich wann beziehen kann, und sorge dafür, dass meine Kleider und persönlichen Sachen dorthin gebracht werden. Meine Gemächer müssen makellos sein, damit Seine Hoheit sich wohlfühlt.«

»Selbstverständlich!« Madalwin verneigte sich – doch dann zuckte sein Blick nervös nach links und rechts, als könne er sich nicht entscheiden, womit er anfangen sollte.

Leander machte es ihm leicht. Er wies auf einen Lakaien, der vor den Gemächern des Landgrafen stand. »Du dort! Hilf meinem Diener, alles in die Wege zu leiten.«

Entzückt über die Gelegenheit, Befehle zu erteilen, rauschte Madalwin mit dem jungen Bediensteten im Schlepptau davon – sichtlich in seinem Element.

Endlich!

Leander atmete tief durch, als die Stimmen verklangen. Zum ersten Mal seit Tagen war er außerhalb seiner Gemächer allein.

Aber er hatte keine Zeit zu verlieren. Er musste handeln, bevor seinem Vater das Fehlen des Schlüssels auffiel.

Mit wild klopfendem Herzen wandte sich Leander nach rechts und schlüpfte durch eine Tür, von der er wusste, dass sie in das Schlafgemach seines Vaters führte.

Drinnen war alles wie früher. Die schweren Vorhänge vor den hohen Fenstern ließen nur gedämpftes Licht in den Raum, und der schwere Geruch von altem Staub und übermäßigem Parfüm hing in der Luft.

Leanders Herz hämmerte. Jeder Atemzug schien ihm zu laut. Wenn er hier erwischt wurde, war alles verloren. Dann war die Chance vertan, die Wahrheit jemals ans Licht zu bringen.

Er ballte die Fäuste und zwang sich, weiterzugehen.

Sein Blick huschte suchend durch den Raum, bis er die Schatulle entdeckte – halb verborgen hinter einem samtenen Vorhang auf einer Kommode. Mit zitternden Fingern zog Leander den Stoff beiseite und schob den Schlüssel ins Schloss. Ein leises Klicken ertönte.

Er lauschte. Kein Laut aus dem Flur.

Vorsichtig öffnete er die Schatulle. Reihen funkelnder Schmuckstücke lagen auf rotem Samt. Broschen, Ringe, Ketten – prachtvoll, kostbar. Doch sie gehörten weder seiner Mutter noch seinem Vater, dessen war sich Leander sicher.

Wieso bewahrte der Landgraf solch kostbare Geschmeide auf, wenn er sie doch nie trug? Was bedeuteten sie ihm? Waren es Trophäen? Erinnerungsstücke an vergangene Affären?

Wenn diese Schmuckstücke doch nur sprechen könnten! Dann würden sie Leander vielleicht verraten, wie sie in den Besitz seines Vaters gelangt waren. So aber war es nicht mehr als wertvoller Tand, der ihm wenig nützte.

Sein Blick wanderte zur Tür. Er sollte verschwinden. Aber ohne einen Beweis?

War alles umsonst gewesen? Aber was hatte er erwartet? Ein blutiges Messer etwa? Ein Tagebuch voller Geständnisse?

Er war ein Narr. Leander wollte die Schatulle schon schließen, als sein Blick wie magisch von einem Schmuckstück angezogen wurde.

Rundes Gold, ein strahlender Diamant in der Mitte. Um den Stein geschwungene Sonnenstrahlen, die schienen, als trüge das Kleinod ein eigenes Licht in sich.

Mit klopfendem Herzen nahm er es in die Hand, drehte es um – und erstarrte.

Es hatte eine Gravur. *Für Enina, die das Licht in unseren Herzen bewahrt.*

Enina! Das junge Mädchen, von dem Thore gesprochen hatte.

Dieses Schmuckstück hätte sie niemals freiwillig hergegeben. Nie. Und doch lag es hier, zwischen den Besitztümern seines Vaters.

Das war es. Ein besserer Beweis würde sich nicht finden lassen.

Hastig legte Leander das Medaillon beiseite, arrangierte die restlichen Schmuckstücke neu, in der Hoffnung, das Fehlen des Medaillons würde so nicht sofort auffallen. Dabei entdeckte er noch etwas. Ein unscheinbares Schriftstück – doch sein Herz setzte einen Schlag aus, denn ein Name stach ihm ins Auge: Thore.

Einen Moment lang glaubte Leander, seinen Augen nicht zu trauen, doch es war der Name des geliebten Mannes.

Die Zeit drängte, er konnte den Brief nicht sofort lesen. Aber ihn zurücklassen? Niemals!

Er schob Medaillon und Schriftstück unter sein Hemd, verschloss die Schatulle – und wandte sich zum Gehen.

Doch kaum hatte Leander die Hälfte des Weges zur Tür zurückgelegt, begann sie langsam aufzuschwingen. Ein leises Knarren schnitt durch die Stille wie ein Warnruf.

Leander erstarrte, während die donnernde Stimme seines Vaters an sein Ohr drang: »Diese verdammten Gören! Wenn ich herausbekomme, welche von ihnen den Schlüssel genommen hat, kann sie während des Balls im Kerker schmoren!«

Leanders Magen zog sich zusammen. Es gab kein Entkommen mehr.

Aber vielleicht … Sein Blick flog durch den Raum, blieb am schweren Bett hängen.

Laufen. Jetzt.

Er stolperte vorwärts, ließ sich auf die Knie fallen, kroch hastig unter das schwere Gestell. Die Bettkante schrammte über seinen Rücken, Staub wirbelte auf, kitzelte in seiner Nase.

Nicht niesen! Nicht atmen! Nicht bewegen!

Leander presste die Lippen zusammen, seine Augen tränten, aber irgendwie gelang es ihm, sich zu beherrschen.

»Bitte, beruhigt Euch!« Die sanfte, beschwichtigende Stimme seiner Mutter – doch Leander ahnte, dass sie auf taube Ohren stieß. »Ich bin sicher, die Mädchen haben nichts damit zu tun. Vielleicht habt Ihr ihn verlegt? Oder er ist heruntergefallen?«

»Ich lege den Schlüssel immer neben das Tintenfass!« Jedes Wort klang wie ein Peitschenknall.

Leander presste sich flacher gegen den Boden. Was nun? Wenn sein Vater das Zimmer durchsuchte, war alles verloren.

Seine Finger umklammerten den Schlüssel – kalt und schwer wie ein Stein in seiner schweißnassen Hand. Er musste ihn loswerden, wenigstens das.

Langsam, quälend langsam, schob er seine Hand unter dem Bett hervor.

Nicht zittern. Nicht fallen lassen.

Leander hob den Arm. Stück für Stück. Der Schlüssel glitt aus seinen Fingern, landete mit einem leisen Klirren auf dem Nachttisch.

Das Geräusch war kaum mehr als ein Flüstern, doch in Leanders Ohren klang es wie ein Glockenschlag.

Er erstarrte. Jeder Muskel angespannt. Gleich ... gleich würde sich sein Vater umdrehen, gleich würde er unter das Bett spähen, gleich ...

Doch der Landgraf tobte weiter. Seine schweren Schritte dröhnten über die Dielen, goldene Schnallen blitzten in Leanders Sichtfeld auf. Der Prinz kniff die Augen zusammen, als könnte er damit den drohenden Blick seines Vaters abwenden. Jeden Moment rechnete er damit, dass sich der Landgraf bücken und unter das Bett schauen würde.

Da ertönte mit einem Mal die ruhige Stimme seiner Mutter: »Seht nur, da ist er doch! Genau, wo Ihr ihn immer hinlegt.«

Stille.

Leander wagte es nicht mal mehr, zu blinzeln.

»Aber wieso ...« Sein Vater stand nun direkt vor dem Bett, nahm den Schlüssel offenbar an sich.

Kam er noch mal davon?

Natürlich entschuldigte sich der Landgraf nicht für seine wüsten Beschuldigungen, sondern sagte nur schroff: »Lass mich in Ruhe.«

Die Schritte seiner Mutter entfernten sich, während sie leise murmelte: »Habe ich es doch gesagt, die Mädchen würden niemals ...«

Der Prinz überlegte, ob er beleidigt oder erleichtert sein sollte, da offenbar niemand *ihm* den Diebstahl zutraute, doch schnell wurden seine Überlegungen von etwas anderem beherrscht: Sein Vater machte keine Anstalten, den Raum zu verlassen, sondern schritt weiter auf und ab.

Warum ging er nicht? Hatte er keine dringenden Befehle zu geben? Musste er sich nicht um den Besuch des Thronfolgers kümmern?

Was hatte er vor?

Die Antwort auf diese Frage erhielt Leander schneller, als ihm lieb war.

»Herein!«, brüllte sein Vater, als es zaghaft klopfte.

»Aha, Magda, na endlich! Ich hatte einen fruchtbaren Morgen und brauche dringend etwas Entspannung. Los, knie dich aufs Bett und hebe deine Röcke!«

»Sehr gerne, Eure Gnaden«, kam es leise von dem Dienstmädchen. Kurz sah Leander ihre einfachen braunen Schuhe, ehe sie aus seinem Blickfeld verschwanden und die Matratze über ihm sich ein winziges Stück senkte.

Dann erblickte er erneut die Schuhe mit den goldenen Schnallen, ihre kunstvoll verzierten Spitzen zeigten genau auf Leander. Das Rascheln von Kleidung war zu hören, dann fielen die Beinkleider des Landgrafen um die Schuhe.

Leander war wie erstarrt. Er wollte die Augen schließen, wollte sich die Ohren zuhalten, war jedoch unfähig, sich zu bewegen. Er hörte seinen Vater grunzen, hörte, wie Haut auf Haut klatschte, und fühlte sich, als müsse er sich übergeben.

Schnaufen, lauteres Grunzen. Das war definitiv sein Vater. Von Magda war nichts zu hören. Gefiel es ihr? Leander konnte es sich nicht vorstellen. Viel Zeit, sie auf seinen Phallus vorzubereiten, hatte sich der Landgraf nicht genommen, dafür schien es nun umso länger zu dauern. Oder kam ihm das nur so vor, da er sich so inbrünstig wünschte, meilenweit entfernt von diesem Ort zu sein?

Das Bettgestell knarzte, die Matratze über ihm hob und senkte sich, und die Minuten zogen sich schier endlos hin.

»Ahhhhh …«

Endlich. Erneut schwankte das Bett über dem Prinzen heftig, dann war es vorbei.

Ein weiteres Mal musste Leander nun fürchten, entdeckt zu werden, als der Landgraf nun hastig nach seinen Beinkleidern griff. Doch sein Vater schien viel zu beschäftigt, sein prunkvolles Gewand zu richten, um auch nur im Traum daran zu denken, unter das Bett zu spähen. Warum sollte er auch? Auf den Gedanken, sein Sohn könne sich darunter verstecken, käme er doch gewiss nie!

»Ich habe wichtige Dinge zu erledigen«, verkündete der Landgraf schließlich mit gewohnt überheblichem Tonfall. »Geh schon!«

»Danke, dass ich Euch zu Diensten sein durfte«, murmelte Magda, ihre Stimme kaum lauter als ein Flüstern, bevor sie leise hinausglitt.

Auch der Landgraf schien nun endlich bereit, sein Schlafzimmer zu verlassen. Die Schritte der beiden wurden immer leiser, bis schließlich die Tür sanft ins Schloss fiel.

Noch wagte Leander es nicht, sich zu rühren.

Doch nicht nur die Angst, entdeckt zu werden, hielt ihn gefangen – sondern auch das, was er gerade mit anhören musste.

Der Landgraf hatte Magda nicht gezwungen. Nicht direkt. Aber wie hätte sie sich weigern können? Ein *Nein* hätte ihre Stellung gefährdet. Vielleicht noch Schlimmeres. Und wie resigniert ihre Stimme geklungen hatte!

Unwillkürlich musste Leander an Thore denken, an ihre erste Begegnung. Auch der Räuberhauptmann hatte sich damals über seinen Willen hinweggesetzt, ihn mit schmerzhaft brennendem Hintern zurückgelassen und keinerlei Widerspruch geduldet. Doch war das vergleichbar?

Nein. Niemals! Der Unterschied war glasklar. Denn Thore hatte ihm gezeigt, dass selbst in Momenten der Strenge Zuneigung und Respekt mitschwingen konnten. Der Räuberhauptmann hatte ihm Schutz geboten, ihn in den Arm genommen, ihm sein Handeln erklärt und ihn niemals hilflos zurückgelassen. Schließlich hatte Thore ihm sogar seine Liebe gestanden.

All das hatte der Begegnung zwischen Magda und dem Landgrafen gefehlt.

Leander spürte, wie eine Welle kalter Wut in ihm aufstieg – nicht unkontrolliert, sondern scharf und klar. All das musste aufhören! Er musste seinem Vater das Handwerk legen – und das würde er gewiss nicht schaffen, indem er sich weiterhin unter einem Bett versteckte!

Leise kroch er hervor, klopfte den Staub von seinen Kleidern, ehe er vorsichtig zur Tür schlich und ein Ohr an das schwere Holz legte. Kein Laut war zu hören. Als Leander die Tür einen Spalt öffnete, stellte er erleichtert fest, dass der Flur leer war. Mit schnellen, leisen Schritten glitt er hinaus, die kostbaren Beweise sicher unter seinem Hemd verborgen, und eilte in Richtung seiner Gemächer.

Zwischen Hoffnung und Zweifeln

Kaum hatte Leander den Korridor vor seinen Gemächern erreicht, da kam ihm Madalwin entgegen, sein Gesicht eine Mischung aus Entsetzen und Erleichterung. »Hoheit! Wo wart Ihr nur? Ich habe Euch überall gesucht!«

Angriff ist die beste Verteidigung, dachte Leander und reckte das Kinn. »Das sollte ich dich fragen! Ich habe *dich* überall gesucht – hier, bei den Gästezimmern, wieder hier … ich habe es satt, wie ein Huhn hin und herzulaufen. Bring mir eine Erfrischung! Der Thronfolger wird ja erst zum Ball anreisen, da scheint es mir nicht nötig, schon jetzt in ein Gästezimmer zu ziehen.«

»Aber …« Madalwin entkam ein protestierender Laut, doch er unterbrach sich schnell. Einem Prinzen durfte man keine Wankelmütigkeit nachsagen, also verneigte sich der Diener hastig und sagte beflissen: »Eine Erfrischung, Hoheit. Gewiss! Macht es Euch nur bequem, ich bringe gleich etwas.«

»Und ein neues Buch!«, erinnerte ihn Leander beiläufig, während er sich in den Sessel fallen ließ.

Erst jetzt erlaubte er sich, erleichtert aufzuatmen. Er hatte es geschafft! Nun hoffte er nur, dass Madalwin sich Zeit ließ – denn er musste unbedingt den Brief lesen. Hastig holte er ihn hervor, und sein Blick huschte über eine akkurate Schrift.

… den flüchtigen Thore aufzuspüren … Gefahr für Eure Pläne … ein gedungener Mörder …, las der Prinz, ehe er sich zwang, durchzuatmen und das Schreiben in Ruhe zu studieren.

Eurer Gnaden, dem edelsten aller Herrscher,

mit allertiefster Ehrerbietung und unverbrüchlicher Loyalität melde ich mich, um über den Fortgang meiner Bemühungen zu berichten, den flüchtigen Thore aufzuspüren.

Ihr habt mir versichert, seine bloße Existenz stelle eine Gefahr für Euch und Eure Pläne dar, wenngleich mir die genauen Umstände noch verborgen bleiben. Dennoch habe ich alles darangesetzt, den gesetzlosen Verbrecher zu finden!

Er lebt, das steht außer Zweifel. Trotz meiner umfassenden Bemühungen habe ich bislang jedoch keine Spur gefunden, die mich direkt zu ihm führen könnte.

Gerüchte weisen in Richtung Trällerbach und den Wolfstann, diese aber zu entwirren, erfordert Zeit und … angemessene Mittel. Bestechung, Gaben, damit die Zungen der Ängstlichen und Verschwiegenen sich lösen – all dies ist unabdingbar, um Licht in die Dunkelheit zu bringen. Doch, verzeiht, Eure Gnaden, die mir zur Verfügung gestellten Mittel sind bereits erschöpft. Eure Weisheit allein kann entscheiden, ob ich meine Bemühungen fortsetzen soll, um die Gefahr ein für alle Mal zu bannen. Ein gedungener Mörder steht bereit, um Eurem Wunsch gemäß dem Leben des Verbrechers Thore ein rasches Ende zu bereiten und der königlichen Familie den Schmerz zu ersparen, ihm erneut gegenübertreten zu müssen.

Eurer erhabenen Weisheit stets verpflichtet, verharre ich in treuester Ergebenheit.

L. von Grünfeld

Leander ließ den Brief langsam sinken, seine Finger krampften sich um das Papier. Es war schlimmer, als er befürchtet hatte: Sein Vater jagte Thore noch immer – nicht, um ihn gefangen zu nehmen, nicht, um ihn dem König zu übergeben, sondern um ihn endgültig zum Schweigen zu bringen.

Natürlich! Nach all der Zeit musste Konstantin von Trällerbach fürchten, dass der König Thore inzwischen anhören würde. Dieses Risiko durfte er nicht eingehen.

Leanders Gedanken rasten. Er durfte jetzt nicht unüberlegt handeln! Seinen Vater direkt zu konfrontieren, würde nichts bringen. Nach allem, was Leander in den letzten Tagen erfahren hatte, musste er davon ausgehen, dass der Landgraf auch nicht davor zurückschrecken würde, seinen eigenen Sohn verschwinden zu lassen – mitsamt dem Brief und Eninas Schmuck!

Nein, er brauchte einen besseren Plan …

Der Ball! Vor den Augen von Prinz Eryndor und den anderen Gästen würde er die Beweise präsentieren, seinen Vater öffentlich bloßstellen. Eryndor würde nicht zögern, ihn verhaften zu lassen. Und damit …

Hexenschuss und Hühnerbein! Dann wäre Leander der nächste Landgraf.

Gewiss würde der König ihm den Titel antragen – warum auch nicht? Ein junger Mann, der für das Recht kämpfte, sein eigenes Blut anklagte, um das Reich von einem Verbrecher zu befreien … das klang nach einem wahren Helden.

Leander lachte bitter. »Ein Scheiß bin ich!«

Er wollte keinen Titel, keine Macht, keine Verantwortung. Er wollte Thore.

Aber selbst wenn sein Vater verurteilt und Thore rehabilitiert wurde, würde sich nichts ändern. Ein Landgraf mit einem ehemaligen Räuberhauptmann als Gefährten? So weit würde der König dann doch nicht gehen.

Leanders Griff um den Brief verstärkte sich. Er hatte keine Wahl. Thore würde ihm beistehen, solange er konnte – das hatte er versprochen. Wenn er jetzt nichts unternahm, würde er Thore sowieso verlieren. Also würde er tun, was getan werden musste, auch wenn das bedeutete, dass er einen Platz einnehmen musste, den jeder andere besser ausgefüllt hätte.

Aber war das wirklich der Grund, warum er zögerte? Weil er an Thore dachte – oder weil er keine Lust hatte, sich der Verantwortung zu stellen? War er einfach nur feige? Er wusste es selbst nicht.

Einmal mehr wünschte Leander, er könne mit Felix sprechen. Hatte Felix nicht immer einen weisen Ratschlag für ihn gehabt? Ein solcher wäre jetzt nötiger denn je!

Ein Klopfen riss ihn aus seinen Gedanken. Hastig schob er den Brief unter sein Hemd.

»Hoheit?« Madalwin trat ein. »Die Erfrischung, die Ihr gewünscht habt … und ein neues Buch!«

Leander zwang sich zu einem Nicken, setzte sich in den Sessel und nahm das Buch entgegen, ohne es zu beachten. Was sollte er bloß tun?

In den folgenden Tagen trieb Leander Madalwin mit einer endlosen Reihe widersprüchlicher Anweisungen in die Verzweiflung. Erst befahl er den sofortigen Umzug in ein Gästezimmer, nur um kurz darauf zu klagen, die Ballvorbereitungen erschöpften ihn zu sehr für einen Zimmerwechsel.

Obwohl Madalwin natürlich genau wusste, dass sein Prinz in Wahrheit keinen Finger rührte, gehörte es sich nicht, zu widersprechen. Auch wenn es offensichtlich war, wie sehr Leanders Launenhaftigkeit ihn frustrierte.

Leander hingegen hatte andere Pläne. Zwar amüsierte ihn Madalwins wachsende Ratlosigkeit, doch sein Motiv war ein anderes: Er fürchtete den Umzug. Was, wenn Thore ihn noch einmal aufsuchen wollte, nur um dann vor einem leeren Gemach zu stehen? Der Gedanke war unerträglich.

Zwar befürchtete Leander, dass Thore gar nicht erst kommen würde – schließlich musste dieser annehmen, Leander habe einfach den Mut verloren und sich vor einer Auseinandersetzung mit seinem Vater gedrückt. Doch wenn er Thore alles erklären könnte, würde dieser es sicher verstehen. Und dann würde er sein Versprechen halten, Leander beistehen, ihn beschützen und ihm die Sicherheit schenken, die er so dringend brauchte.

Ein Lächeln stahl sich auf Leanders Lippen, während er sich ausmalte, wie er in Thores Armen lag, wie er sich an die breite Brust des Hauptmanns schmiegte, sie mit Küssen übersäte, bis Thore ihm mit dieser leisen, rauen Stimme befahl, seinen Phallus in den Mund zu nehmen, ihn tief in seine Kehle aufzunehmen …

Leanders Gesicht wurde heiß, und eine verräterische Spannung wuchs in seinem Unterleib. Seit Thore gegangen war, hatte er sich nicht mehr selbst berührt, sich keine Befriedigung gegönnt. Nun genügte ein flüchtiger Gedanke daran, wie er unter dem kräftigen Mann lag, dieser unbändigen Kraft herrlich ausgeliefert, so schön hilflos und bebend vor Erregung, während Thore tat, was auch immer ihm beliebte, ihm Pein und Lust gleichermaßen schenkte, bis er völlig den Verstand verlor … Leander biss die Zähne zusammen, dachte angestrengt an Krötenschleim und Entengrütze, um sich selbst von seinem harten Schwanz abzulenken, doch auch das half nur mäßig. Die Vorstellung war einfach zu mächtig. Wann, fragte er sich düster, würde allein Thores Name reichen, und er würde den Gipfel der Lust erklimmen, ohne sich auch nur anzufassen? Lang konnte es nicht mehr dauern, denn so sehr er auch hoffte … er blieb jede Nacht allein.

Die Tage vergingen, und der Ball rückte unaufhaltsam näher. Schließlich gelang es dem Prinzen, dem Tuchhändler

Edgar bei der finalen Anprobe seines Festgewands erneut eine Nachricht zuzustecken.

Thore, ich brauche dich. Kaspar.

Mehr wagte Leander nicht zu schreiben. Und doch hoffte er, dass Edgar oder Felix den Räuberhauptmann finden würden, dass diese wenigen Worte genügten, um Thore zurückzubringen.

Zwei Tage später fiel dem Landgrafen auf, dass Leander seine Gemächer noch immer nicht geräumt hatte. Er befahl scharf, dass der Umzug unverzüglich zu geschehen habe, und Leander wagte es nicht, sich zu widersetzen.

Am Abend fand er sich in einem der Gästezimmer wieder, allein und verlassen. Die Räume wirkten karg und fremd, trotz des prunkvollen Mobiliars. Er trat ans Fenster und starrte in die Dunkelheit hinaus, glaubte gar, in der Ferne einen Schatten des Wolfstanns erahnen zu können.

Eine Träne kullerte lautlos über seine Wange. »Thore«, flüsterte er in die Stille der Nacht. »Thore, wo bist du? Ich habe solche Angst, alles falsch zu machen.«

Die Worte verflogen in der Dunkelheit, ohne dass jemand da war, um sie aufzufangen. Vielleicht hatte Thore seine Nachricht nie erhalten. Vielleicht hatte er sie bekommen – und es doch vorgezogen, nicht zu kommen.

Oder schlimmer noch: Vielleicht hatte Thore beschlossen, dass er es die Mühe doch nicht wert war. Ein Prinz, der nicht wusste, was er tat, und den er vielleicht nie wirklich haben konnte. Doch die Nacht blieb ihm eine Antwort auf all die Fragen schuldig.

Prinz, Prinzessin ... und Leander

Auch wenn das Schloss vor Geschäftigkeit vibrierte, zogen sich die Tage bis zum Ball zäh wie Honig dahin. Überall wuselten Bedienstete, Soldaten und Boten umher, doch Leander blieb ein Gefangener. Sobald er sein Gästezimmer verließ, wichen ihm entweder Madalwin oder ein Lakai nicht von der Seite. Leander wagte nicht, um mehr Freiheiten zu bitten. Er wollte keine Aufmerksamkeit auf sich lenken, zumal er immer noch fürchtete, dass das Fehlen des Medaillons entdeckt werden könnte.

Auch in der Stadt wimmelte es von Soldaten, und mit jedem Tag wurde es unwahrscheinlicher, dass sich Thore unbemerkt ins Schloss schleichen könnte. Je länger Leander darüber nachdachte, desto mehr bereute er die Nachricht, die er geschickt hatte. Wie eigennützig war es doch gewesen, Thore aufzufordern, sich in Gefahr zu bringen, nur weil er selbst Trost brauchte!

Wenn alles nach Plan lief, würde Thore gewiss ins Schloss kommen, sobald ihn die Kunde erreichte, dass der Landgraf als Mörder überführt worden war. Das musste Ansporn genug sein.

Zum Glück geschah endlich etwas, das Leander von seinen Zweifeln und seiner Sehnsucht nach Thore ablenkte: Ein Bote des Fürsten von Hohenquell erreichte das Schloss, um anzukündigen, das Fürstenpaar und seine Tochter Aurora werde in Kürze in Trällerbach eintreffen – zwei Tage vor dem Ball. Die

Damen sollten Gelegenheit haben, sich ausgiebig von den Strapazen der Reise zu erholen, hieß es.

Konstantin von Trällerbach zitierte Leander zu sich und rieb sich die Hände, als hätte er bereits einen großen Triumph errungen, während er die Botschaft mit unverhohlener Befriedigung verkündete.

»Es scheint, der Fürst von Hohenquell zieht eine Verbindung zu unserer Familie ernsthaft in Erwägung«, begann er mit einem listigen Lächeln. »Warum sonst sollten sie früher anreisen, wenn nicht, um euch beiden die Möglichkeit zu geben, euch vor dem Ball kennenzulernen?« Seine Stimme triefte vor Selbstgefälligkeit.

Leander verkniff sich eine Antwort, doch sein Magen zog sich zusammen, als sein Vater weitersprach: »Nutze diese Gelegenheit gut, Leander. Und sollte es dir gelingen, mit Aurora in einer kompromittierenden Situation ertappt zu werden, werde ich dich gewiss nicht schelten!« Ein amüsiertes Schnauben folgte, als ob er sich über seine eigene Großzügigkeit freute.

Leander zwang sich, den Ekel herunterzuschlucken, der in ihm aufstieg. Er verneigte sich leicht und sagte mit tonloser Stimme: »Was immer Ihr wünscht, Vater.«

Selbstverständlich würde er sich so gut es ging von Aurora fernhalten – obwohl er zugegebenermaßen beeindruckt war, als ihre prächtige Kutsche vor dem Schloss Trällerbach vorfuhr. Das Gefährt schimmerte in einem tiefen Goldton, der in der untergehenden Sonne leuchtete wie flüssiger Bernstein. Filigrane Schnitzereien aus dunklem Holz verzierten die Räder, während das Wappen von Hohenquell – eine stilisierte Quelle, umgeben von einer glühenden Sonne – in poliertem Silber auf den Türen prangte.

Auroras Ankunft war nicht weniger beeindruckend. Kaum hatte ein Diener den Schlag geöffnet, wurde ein kleiner Hocker mit Goldverzierungen vor die Kutsche gestellt. Zuerst erschien ein Hofmeister, der sich tief verneigte, gefolgt von einer zierlichen Hand, die in einem elfenbeinfarbenen Handschuh steckte und einem Begleiter entgegengestreckt wurde.

Dann trat Aurora hervor, in ein Kleid aus dunkelblauer Seide gehüllt, das sich bei jedem ihrer Schritte wie Wellen um sie bewegte. Ihr Haar, so schwarz wie Rabenfedern, war zu einem kunstvollen Knoten aufgesteckt, in dem eine einzelne silberne Nadel glitzerte. Um ihren Hals funkelte ein filigranes Collier aus Diamanten, und ihr Lächeln war so makellos wie ihr Porzellanteint.

Leander biss sich auf die Lippe, während er die Prinzessin musterte. Der Landgraf würde zweifellos begeistert sein – Aurora verkörperte all die Eleganz und Anmut, die er sich für seine zukünftige Schwiegertochter erträumte.

Auch wenn Leander nicht plötzlich von romantischen Gefühlen für Aurora überwältigt wurde, so konnte er nicht leugnen, dass sie Eindruck machte. Ärgerlicherweise spürte er, wie seine Wangen heiß wurden, und ausnahmsweise war er seinem Vater dankbar, dass dieser ihm nicht zugetraut hatte, die Gäste allein zu begrüßen. Andernfalls hätte er womöglich nur Blödsinn gestammelt und sich vor Aurora bis auf die Knochen blamiert. Sie würde es sich wohl nicht anmerken lassen – aber insgeheim hielt sie ihn sicher längst für einen unfähigen Trottel.

»Wir haben uns erlaubt, eine kleine Erfrischung vorzubereiten. Sollte es Ihnen jedoch nach der langen Reise lieber sein, sich erst in Ihre Gemächer zurückzuziehen ...«, sagte der Landgraf salbungsvoll, nachdem er die Gäste begrüßt hatte.

»Eine Erfrischung käme mehr als gelegen«, erwiderte die Fürstin von Hohenquell, und ihre Begleiter nickten zustimmend.

Der Landgraf stieß Leander unübersehbar mit dem Ellbogen an. »Geleite Prinzessin Aurora in den Empfangssalon!«, zischte er leise, aber mit Nachdruck.

Leander spürte, wie ihm das Blut in die Wangen schoss. »Sehr gerne«, brachte er hervor und hoffte, eine halbwegs passable Verneigung zustande zu bringen, bevor er Aurora seinen Arm reichte. Sie lächelte perfekt – genau so, wie es von einer Prinzessin erwartet wurde. Doch Leander konnte sich nur zu gut vorstellen, wie sie innerlich den Kopf schüttelte.

Schließlich war es Aurora, die das Gespräch eröffnete, während sie gemessen durch die Flure von Schloss Trällerbach schritten. »Das Schloss ist wirklich beeindruckend. Die Arkaden an der Westfassade – sie stammen doch aus dem frühen zweiten Jahrhundert, wenn ich mich nicht irre?«

Wie bitte? Möglich, dass das Thema irgendwann im Unterricht zur Sprache gekommen war, aber Architektur hatte Leander nie wirklich interessiert. Er erinnerte sich dunkel an einen Aufsatz über Schloss Trällerbach – einen, den Felix für ihn geschrieben hatte. »Die Westfassade ist in der Tat eine besondere Attraktion«, sagte er schließlich, bemüht, souverän zu klingen. Er hoffte inständig, dass Aurora das Thema damit ruhen ließ.

Kurz glaubte er, ein neckisches Glitzern in Auroras Augen zu sehen, doch ehe er sicher sein konnte, richtete sie ihre Aufmerksamkeit bereits auf einen Wandteppich, der irgendeinen von Leanders Vorfahren auf dem Schlachtfeld zeigte.

»Oh, wie sehr ich es liebe, wenn lange Flure mit solch prachtvollen Kunstwerken geschmückt werden!« Aurora lächelte kokett. »Wir Damen sind ja durch die Mode dazu gezwungen, gemessen zu schreiten – da ist jede Ablenkung willkommen.«

Leander war sich nun sicher: Sie machte sich über ihn lustig.

»Ich nehme an, er wurde im Rosenstich ganz in der Tradition der legendären Äbtissin Luise gefertigt?«, fragte die Prinzessin unschuldig.

Leander hatte keinen blassen Schimmer, was ein Rosenstich war und wer diese Äbtissin gewesen sein mochte. »Ja«, sagte er dennoch mit der Festigkeit eines Mannes, der die Wahrheit kennt. »Ein wirklich schönes Stück«, fügte er ein wenig lahm hinzu.

Aurora neigte den Kopf leicht zur Seite und zwinkerte ihm zu, gerade, als sie den Empfangssalon betraten. Ihre Höflichkeit blieb makellos, doch Leander konnte sich des nagenden Gefühls nicht erwehren, dass sie ihn gewogen und für zu leicht befunden hatte.

Das Gespräch im Empfangssalon verlief ähnlich zäh wie der Weg dorthin. Zwar fiel es Leander leicht, mit nichtssagenden Phrasen ein Gespräch am Laufen zu halten – das hatte er schließlich bei zahllosen Festen perfektioniert –, doch bei Aurora hatte er zum ersten Mal das Gefühl, dass sie sich wirklich für die Themen interessierte, die sie ansprach. Und schlimmer noch: Sie wusste tatsächlich etwas darüber. Jede ihrer Bemerkungen war präzise und klug, mit einer feinen Eleganz vorgetragen, die Leander unwillkürlich daran erinnerte, wie wenig er selbst über die Geschichte seines Landes wusste.

Er konnte sich nicht erinnern, dass je jemand so beiläufig ein Gefühl von Unzulänglichkeit in ihm ausgelöst hatte. Aurora war nicht wie seine Schwestern, die kaum über höfischen Klatsch hinauskamen, oder wie die Hofdamen, die ihm stets schmachtende Blicke zuwarfen, ganz gleich, was er sagte.

Als die Fürstenfamilie sich schließlich zurückzog, seufzte Leander innerlich vor Erleichterung. Er selbst zog sich ebenfalls in das ihm zugewiesene Gemach zurück und ließ sich von Madalwin einen Honigwein bringen. Der süße, schwere Duft des Getränks erfüllte den Raum, doch es gelang ihm nicht, die Anspannung in seinem Kopf zu lösen.

Er dachte an das Gespräch zurück und fragte sich, ob es einfacher gewesen wäre, wenn Felix noch hier wäre. Ein schmerzliches Lächeln stahl sich auf seine Lippen, als er sich an zahllose Bankette erinnerte, bei denen Felix ihm beim Servieren heimlich Fakten ins Ohr geflüstert hatte, während Leander zwischen Fürsten und Baronen saß, deren Namen er kaum kannte. Es war immer genug gewesen, um den Eindruck eines gebildeten Prinzen zu erwecken – eine Show, mehr nicht.

»Ach, Felix«, murmelte Leander und starrte in seinen Kelch. Die Leere, die Felix' Abwesenheit hinterlassen hatte, schien heute besonders groß. Er stellte sich vor, wie es wäre, wenn Felix wieder an seiner Seite wäre. Vielleicht als eine Art Berater? Oder hatte Felix längst die Nase voll von ihm? Vielleicht plante er längst ein neues Leben mit Rutger, weit weg von Schloss Trällerbach. Der Gedanke war schmerzlich, aber Leander konnte ihn nicht abschütteln.

Rutger würde ihm sicher erzählt haben, dass Leander Felix ursprünglich gar nicht befreien wollte, sondern nur aus Trotz gegenüber dem Stallmeister gehandelt hatte. Warum also sollte Felix ihm jetzt helfen?

Leander kannte Felix schon so viele Jahre, und so antwortete er sich schließlich selbst. Felix würde ihm helfen, weil er ein guter Mensch war. Felix würde wissen, dass Leander jede Unterstützung brauchen würde, wenn er Landgraf wurde und ihm selbstverständlich beistehen. Nicht um seinetwillen, sondern zum Wohle Trällerbachs. Felix war so.

Aber ach, wenn nur Felix der rechtmäßige Erbe wäre! Leander fühlte, wie ihm das Herz schwer wurde. Felix hätte so viel mehr zu bieten: Klugheit, Umsicht, einen klaren Kopf und die Gabe, Menschen für sich zu gewinnen. Er würde ein besserer Landgraf sein, als Leander es jemals sein könnte. Warum hatte das Schicksal nur ihm diese Bürde bestimmt?

Auch am nächsten Tag herrschte im Schloss ein geschäftiges Treiben. Diener eilten durch die Flure, trugen schwere Kisten und Poliermittel, während vor den Toren Lieferwagen mit Lebensmitteln vorfuhren. Alles wurde ein letztes Mal auf Hochglanz gebracht, um den Gästen einen makellosen Empfang zu bereiten. Da einige der Besucher erst spät in der Nacht erwartet wurden, hatte man auf ein großes Festbankett am Abend vor dem Ball verzichtet. Stattdessen speiste Leanders Familie erneut im kleinen Kreis mit den Fürsten von Hohenquell.

Aurora saß zwischen Leanders Schwestern eingeklemmt, die sich mit immer prachtvolleren Details ihrer Ballkleider zu übertreffen suchten. Selbst die liebliche Prinzessin konnte kaum ihre Anspannung verbergen.

»Prinzessin Aurora, Sie zeigten gestern großes Interesse an der Kunst«, unterbrach Leander charmant. »Malen Sie selbst?«

Sofort hellte sich ihr Gesicht auf. Während sie begeistert von ihrer Leidenschaft für die Malerei erzählte, bemerkte Leander, wie ihre Antworten nicht mehr nur höflich, sondern aufrichtig an ihn gerichtet waren. Als das Abendessen endete, war er sicher: Sie war ihm wieder wohlgesonnen – wenn auch vielleicht nur aus Dankbarkeit für die Rettung aus dem Modegespräch.

Nach dem Abendmahl zogen sich alle zurück, und Leander wagte es, Madalwin vorzuschlagen, dass sie die Ankunft des

Thronfolgers von einer Balustrade aus beobachten könnten. Zu seiner Überraschung willigte sein gewissenhafter Diener sofort ein, obwohl sich das nun wirklich nicht schickte. Aber offenbar konnte es Madalwin ebenso wenig wie Leander erwarten, einen Blick auf Prinz Eryndor zu werfen.

Da sie sich nicht viel zu sagen hatten, standen Leander und Madalwin schweigend nebeneinander und beobachteten den geschäftigen Hof unter ihnen. Die Minuten zogen sich zäh dahin, und Leander fragte sich bereits, ob es nicht klüger gewesen wäre, einfach ins Bett zu gehen. Als Prinz Eryndor endlich eintraf, hätte er es fast nicht bemerkt.

Das leise Klappern von Hufen auf dem Pflaster kündigte einen weiteren Gast an. Im Schein der Fackeln, mit denen zahlreiche Diener den Schlosshof erhellten, zeichnete sich die Silhouette einer Reitergruppe ab.

Zunächst wirkten sie wie gewöhnliche Soldaten, die ihren Anführer auf einem mächtigen schwarzen Hengst umringten. Doch mit jedem Schritt, den sie näher kamen, erkannte Leander mehr Einzelheiten.

Der Hengst war ein wahres Prachtstück – sein tiefschwarzes Fell glänzte wie polierter Obsidian im Fackelschein, während das silberbeschlagene Zaumzeug edel schimmerte. Die Schabracke, bestickt mit dem Wappen der Königsfamilie, ließ keinen Zweifel: Dies musste Prinz Eryndor sein, der nicht wie die anderen Gäste in einer prunkvollen Kutsche, sondern hocherhobenen Hauptes zu Pferd eintraf.

Ein wenig wehmütig dachte Leander an den gutmütigen Rumpel. Im Wolfstann hatte ihm das Reiten sogar Spaß gemacht, doch niemals würde er sich zutrauen, ein Tier wie diesen Hengst zu lenken, geschweige denn darauf in eine Schlacht zu reiten. Eryndor hingegen sah aus, als sei er jederzeit bereit, den Befehl zum Angriff zu geben – oder ihn selbst anzuführen.

Doch es war nicht nur das Pferd oder das Wappen. Leander konnte es nicht genau benennen, aber Eryndor strahlte eine natürliche Autorität aus, die alle um ihn herum instinktiv anerkannten. Er bellte keine Befehle, schien keine Anstrengung zu unternehmen, sich bemerkbar zu machen – und doch zog er mühelos die Aufmerksamkeit aller auf sich.

»Gebt ihm eine doppelte Portion Hafer – er mag ihn mit einem Schuss Leinöl«, sagte er mit dunkler, aber freundlicher Stimme zu dem Stallburschen, der herbeigeeilt war, um das Pferd zu übernehmen. Mit einer geschmeidigen Bewegung sprang er aus dem Sattel und bedankte sich knapp, aber ehrlich bei den Jungen, die sein Pferd übernahmen.

Madalwin, der mit offenem Mund neben Leander stand, gab ein leises Wimmern von sich. Auch er schien die Ausstrahlung zu spüren, die von dem Mann ausging.

Kaum hatte der Prinz festen Boden unter den Stiefeln, als Konstantin von Trällerbach die Treppe hinabstieg. Der Landgraf verneigte sich tief – tiefer, als Leander ihn je hatte grüßen sehen – und breitete die Arme aus, als wolle er Eryndor förmlich in das Schloss hineinziehen.

»Hoheit, es ist uns eine große Ehre, Euch in Schloss Trällerbach willkommen zu heißen«, begann er mit honigsüßer Stimme. »Wir haben alles vorbereitet, damit Ihr Euch nach Eurer langen Reise erholen könnt. Ein Bad erwartet Euch in Euren Gemächern, und ein kleines, aber feines Nachtmahl wird Euch sicher stärken. Und natürlich haben wir für morgen einige unterhaltsame Zerstreuungen arrangiert, die Euch die Zeit bis zum Ball verschönern sollen.«

Eryndor lächelte höflich und schüttelte den Kopf. »Ich danke Euch für die Gastfreundschaft, Graf Konstantin, aber ich

möchte Euch keine Umstände bereiten – es ist bereits spät.«
Seine Stimme war ruhig und klar, und doch lag eine unmissverständliche Festigkeit darin. »Ich gedenke, den morgigen
Tag zu nutzen, um die Verteidigungsanlagen von Trällerbach
zu inspizieren und die Schönheit Eurer Stadt kennenzulernen.
Es war mir eine Freude, Eure Einladung anzunehmen, denn ich
habe mir vorgenommen, dieses Land in seiner ganzen Vielfalt
zu bereisen, um es besser zu verstehen.«

Konstantin blinzelte überrascht, dann sammelte er sich
rasch. »Das ehrt Euch, Hoheit!«, erwiderte er und verbeugte
sich erneut. »Ihr werdet morgen jede Unterstützung erhalten,
die Ihr wünscht. Baldur, unser Hauptmann der Wachen, wird
Euch begleiten und alles zeigen.«

Eryndor nickte zufrieden. »Ich danke Euch, Graf. Ich bin
sicher, es wird ein lehrreicher und angenehmer Tag.«

Mit diesen Worten wandte sich Prinz Eryndor ab und folgte
mit ruhigen, entschlossenen Schritten dem Diener, der ihn zu
seinen Gemächern führte. Seine Begleiter reihten sich still
hinter ihm ein, und die Gruppe verschwand in den Schatten
der Flure.

Leander musste schlucken. Nun verstand er, warum der
König ausgerechnet Eryndor zu seinem Nachfolger bestimmt
hatte. Der Prinz war nicht nur ein geborener Anführer, sondern
schien die Bürde dieser Aufgabe mit einer Selbstverständlich-
keit zu tragen, die unerschütterlich wirkte.

Zum Glück würde er selbst nie König werden. Aber das war
kaum ein Trost. Thore, Felix … sie alle hatten behauptet, er
könnte ein guter Landgraf sein. Doch wenn er Eryndor ansah,
erschien ihm das lächerlich. Er hatte kein Talent für diese Aufgabe – und schlimmer noch, er wollte sie nicht einmal. Er
wollte nicht mit Soldaten über Verteidigungsanlagen
sprechen, nicht mit Fürsten um politische Bündnisse feilschen.

Viel lieber hätte er erfahren, wie die Köchin den Fasan zube-reitet hatte, der am Abend serviert worden war.

Sein Vater war ein grausamer Herrscher gewesen, daran hatte Leander keinen Zweifel mehr. Aber was, wenn er selbst einfach nur ein schwacher wäre?

Die Ruhe vor dem Sturm

Mit hängenden Schultern ließ sich Leander von Madalwin zu seinen Gemächern führen, entließ den Diener und sank schwer auf einen Sessel. Noch heute Morgen hatte sein Plan beinahe perfekt gewirkt. Doch jetzt, nachdem er Prinz Eryndor gesehen hatte, nagte die Angst an ihm.

Wie sollte er unter den Augen des Thronfolgers ein einziges vernünftiges Wort herausbringen? In seiner Vorstellung sah er sich bereits stammelnd vor der versammelten Gesellschaft stehen, während sich sein Vater amüsiert ins Fäustchen lachte.

Wer würde ihm unter solchen Umständen noch glauben?

Es würde eine Katastrophe werden.

Einen flüchtigen Moment lang spielte Leander mit dem Gedanken, doch den Turm ... Nein! Er hatte Thore sein Wort gegeben, und er würde es halten!

Ein bitteres Lächeln zuckte über sein Gesicht. Falls er sich morgen tatsächlich blamierte, hätte das immerhin einen Vorteil: Keine Dame würde ihn danach noch als Bräutigam in Erwägung ziehen.

Wenn das nicht mal großartig war!

Leander stand auf und zog die schweren Vorhänge des Bettes beiseite. Da entdeckte er einen kleinen, gefalteten Zettel auf dem Kopfkissen – ein Briefchen, wie Liebende es sich heimlich zustecken. Das fehlte ihm gerade noch! Hatte er etwa ungewollt die Aufmerksamkeit einer Dame geweckt? Stirnrunzelnd griff er danach, klappte es auf und erstarrte.

Wir werden da sein!

Seine Hände begannen zu zittern. Tränen schossen ihm in die Augen, als er die vertraute Handschrift sofort erkannte. Felix.

Wir.

Hatte sein Halbbruder tatsächlich einen Weg gefunden, zum Ball ins Schloss zu gelangen? Vielleicht mit Rutger … oder sogar mit Thore?

Leander wagte kaum zu hoffen, doch allein der Gedanke ließ seine Verzweiflung schwinden. Felix würde an seiner Seite sein. Und vielleicht nicht nur er. Ein Lächeln stahl sich auf seine Lippen, während er den kleinen Zettel an seine Brust presste. »Ich freue mich so!«

Wie Felix es wohl geschafft hatte, ihm diese Nachricht zukommen zu lassen? Er war wirklich ein Genie!

Die Erleichterung verwandelte sich rasch in rastlose Energie. Statt Ruhe zu finden, begann Leander, ungeduldig im Zimmer auf und ab zu gehen. Seine Gedanken wirbelten durcheinander – von Felix und ihrem letzten Treffen bis hin zur Ankunft von Prinz Eryndor.

Ob Thore den Prinzen gekannt hatte? Als Thore fliehen musste, könnte Eryndor dem König bereits als Knappe bei Hofe gedient haben. Der König hatte keine leiblichen Kinder, aber offenbar hatte er schnell erkannt, dass dieser junge Mann das Zeug zum Herrscher hatte.

Sein Cousin …

Der König hatte die natürliche Erbfolge übergangen, weil Eryndor ihm geeigneter erschien als seine eigenen Brüder.

Leander blieb mitten im Raum stehen. Es war wirklich zu schade, dass er selbst keinen Bruder hatte, der ihn ersetzen könnte.

Moment.

Er hatte einen Bruder.

Felix!

Felix wäre ein tausendmal besserer Landgraf als er selbst!

Sein Herz begann schneller zu schlagen. Felix war so viel klüger als er! Und er kannte nicht nur das höfische Leben, sondern auch die einfachen Leute, die den Befehlen der Adligen folgen mussten. Er würde klug und gerecht herrschen.

Wenn Prinz Eryndor ihm glaubte, den Landgrafen verhaften ließ und tatsächlich Leander den Titel antrug ... warum sollte er dann nicht ablehnen und stattdessen Felix vorschlagen?

Leander jubelte innerlich, doch dann wurde ihm ein wenig mulmig. Er musste Felix vorher fragen, bevor er in aller Öffentlichkeit seine Herkunft enthüllte. Aber würde er die Gelegenheit dazu bekommen? Und wenn nicht ... konnte er Felix diese Bürde wirklich ungefragt auf die Schultern laden?

Leander seufzte und ließ sich auf die Bettkante sinken. Die Unruhe in ihm ließ sich nicht mehr bändigen, und er ahnte bereits, dass ihn diese Gedanken die ganze Nacht wachhalten würden.

Erst in den frühen Morgenstunden war Leander in einen unruhigen Schlaf gefallen, gequält von Träumen, die ihn nicht zur Ruhe kommen ließen. Immer wieder versuchte er darin, das schwarze Ross des Thronfolgers einzufangen – doch das Pferd galoppierte ihm mühelos davon. Als Madalwin ihn schließlich am späten Vormittag weckte, fühlte der Prinz sich, als hätte er tatsächlich stundenlang ein Pferd gejagt, statt in seinem Bett zu liegen.

Zum Glück verlangte der Tag nicht viel von ihm. Alles, was er tun musste, war, sich auf den Abend vorzubereiten – ein Bad, das aufwendige Ankleiden. Doch selbst diese Zeremonien füllten die Stunden nicht, die sich zäh wie trüber Honig dahin-schleppten.

Leander hatte keinen Appetit, jedes Buch, das er aufschlug, klappte er sofort wieder zu. Stattdessen strichen seine Finger immer wieder über den kleinen Zettel, den er unter seinem Hemd verborgen hatte.

Wo Felix wohl gerade war? Ob er wirklich im Schloss war, wie seine Nachricht es versprach? Der Gedanke an seinen Halbbruder war ein Trost, doch auch dieser wurde von der Angst vor dem Abend überschattet.

Leander hatte lange überlegt und schließlich einen Plan gefasst: Er würde die Wahrheit über seinen Vater enthüllen, wenn alle Augen auf ihm ruhten – wenn er verkünden sollte, mit welcher Dame er den Tanz eröffnen würde. Der Saal wäre still, alle Blicke auf ihn gerichtet. Einen besseren Moment konnte es nicht geben.

Nicht auszudenken, wie es wäre, beim Festbankett aufzu-stehen und einfach übergangen zu werden. Die Vorstellung, dass die Gespräche unbeirrt weitergingen, während er sprach, ließ ihn frösteln. Nein, der Tanz war der perfekte Zeitpunkt.

Doch das bedeutete leider auch, dass er sich zunächst dem Festbankett stellen musste. Das allein wäre schon unangenehm genug gewesen, doch zu allem Überfluss wurde er in unmittel-barer Nähe des Ehrengastes platziert – Prinz Eryndor.

Der Thronfolger, wie hätte es auch anders sein können, erwies sich als perfekter Gesprächspartner. Mit müheloser Selbstsicherheit plauderte er mit dem Landgrafen über Träller-bachs Verteidigungsanlagen, sprach mit Aurora über Kunst und zollte sogar Leanders Schwestern Lob für ihre Anmut. Jede seiner Bemerkungen saß genau.

Gewiss lernte man so etwas, wenn man der Cousin eines Königs war. Eigentlich beherrschte Leander solche höfischen

Künste auch – zumindest einigermaßen. Aber das war es ja nicht allein.

Eryndor war nicht nur höflich, sondern unheimlich aufmerksam. Zwar schenkte er Leander hin und wieder ein freundliches Lächeln, doch er unternahm keinen Versuch, ein Gespräch mit ihm zu beginnen. Es war, als spürte er instinktiv, dass Leander dazu nicht in der Lage war.

Und das war irgendwie beängstigend.

Eigentlich hätte sich Leander darüber ärgern sollen, dass der Thronfolger ihn offenbar für einen ungeschickten Tölpel hielt – einen, der so aufgeregt war, weil er gleich den Ball eröffnen musste, dass er kein Wort heraus und keinen Bissen hinunterbrachte. Aber Leander war einfach nur froh.

Schließlich war es geschafft. Diener räumten die Schüsseln und Teller ab, und Konstantin von Trällerbach erhob sich mit gewinnendem Lächeln: »Fürsten und Fürstinnen, erhabene Grafen und Gräfinnen, edle Ritter und holde Damen, Eure Hoheit – ich darf Sie alle nun herzlich einladen, sich mit mir in den Ballsaal zu begeben, wo der Abend seine wahre Pracht entfalten wird.«

Diener eilten herbei, um die Stühle zurückzuschieben, während das leise Murmeln der Gäste und das Rascheln von Kleidern fast die Gespräche übertönten.

Leander erhob sich mit weichen Knien und wandte sich gerade Aurora zu, um sie in den Ballsaal zu geleiten – nur um festzustellen, dass Prinz Eryndor schneller gewesen war. Mit der Eleganz eines Mannes, der keine Zweifel an seiner Wirkung hatte, bot der Thronfolger der Prinzessin seinen Arm. Aurora nahm ihn mit einem sanften Lächeln an.

Leander blinzelte. Nun blieb ihm nichts anderes übrig, als sich an eine seiner Schwestern zu wenden. Doch kaum hatten sie den Flur erreicht, hielt diese abrupt inne. »Ich muss mir noch einmal die Nase pudern!«, behauptete sie und rauschte davon.

Wie unangenehm, den Ballsaal nun allein betreten zu müssen! Als wäre er ein Mauerblümchen – und nicht der Mann, der an diesem Abend eine Braut wählen sollte. Leander biss die Zähne zusammen und versuchte, sich nichts anmerken zu lassen.

Doch in der nächsten Sekunde hätte er nicht glücklicher sein können.

»Hoheit!« Eine leise Stimme rief ihn, und ehe er sich versah, wurde er in eine kleine, versteckte Nische gezogen.

»Felix!« Sein Herz machte einen Satz. »Was machst du hier? Wenn unser Vater dich entdeckt …«

Doch ungeachtet seiner warnenden Worte zog er seinen Halbbruder in eine Umarmung, so fest, als wollte er ihn nie wieder loslassen.

»Bitte, Hoheit … Leander!«, flüsterte Felix eindringlich und sah sich hastig um. »Wenn uns jemand so sieht, bin ich wirklich in Schwierigkeiten!«

»Wie bist du hier reingekommen?«, murmelte Leander und ließ ihn widerstrebend los.

»Es wurden so viele Diener für den Ball benötigt, da war es leicht, eine kurzfristige Anstellung zu bekommen. Und außerdem …«

Doch Leander unterbrach ihn hastig. Denn mit einem Mal ging ihm auf, dass dies die Gelegenheit war, auf die er gehofft hatte.

»Hör zu«, stieß er hervor, seine Worte überschlugen sich beinahe. »Es wird keinen Tanz geben. Keinen Ball! Unser Vater … er ist ein Verbrecher, ein Mörder sogar, und ich werde das heute hier enthüllen!«

Felix starrte ihn an, seine Augen weiteten sich vor Überraschung.

»Willst du dabei an meiner Seite sein?«, fügte Leander hinzu. Seine Stimme zitterte leicht, doch seine Entschlossenheit blieb unerschütterlich. »Als mein Bruder?«

»Was hast du vor?«, fragte Felix mit leiser, drängender Stimme. »Diese Nachricht … wir machen uns Sorgen. Der Landgraf ist ein gefährlicher Feind. Bitte, Leander, mach keine Dummheiten. Thore …«

Doch Leander schüttelte energisch den Kopf. »Mach dir um mich keine Gedanken – und um Thore auch nicht! Aber die ganze Welt soll erfahren, dass du mein Bruder bist. Ich muss wissen, ob du dazu bereit bist.«

Felix' Gesicht war ein Wirbel aus Verwirrung und Sorge.

»Wenn dein Geheimnis gewahrt bleiben soll, musst du es mir jetzt sagen!«, drängte Leander, fast flehentlich.

Einen Moment lang schien Felix' Antwort in der Luft zu hängen. Sein Mund öffnete sich – doch bevor er sprechen konnte, hallte eine donnernde Stimme durch den inzwischen beinahe leeren Flur.

»Leander!«

Der Landgraf.

»Geh!«, zischte Felix und packte Leander an den Schultern, um ihn aus der Nische zu schieben. Leander stolperte fast über seine eigenen Füße, sein Herz raste, während sein Kopf sich wie im Kreis drehte. *Hexenschuss und Hühnerbein!* Was sollte er jetzt tun? Durfte er Felix da wirklich mit hineinziehen?

Doch dann hörte er Felix leise, doch eindringlich flüstern:

»Immer. Ich bin immer an deiner Seite, Bruder.«

Leander atmete auf, und sein Herz wurde leichter – bis sein Blick auf die finstere Miene seines Vaters fiel. Das

Donnerwetter, das jetzt folgen würde, war hoffentlich das letzte seines Lebens.

»Was soll das?«, fuhr der Landgraf ihn an. »Willst du Eryndor die Frau überlassen? Verdammt noch mal, so einen heißen Feger lässt man sich doch nicht durch die Lappen gehen! Alles, was du machen musst, ist, diesen Eröffnungstanz hinter dich zu bringen, ohne dass jemand merkt, was für ein Narr du in Wahrheit bist! Den Rest – die Verlobung und all die Formalitäten – handle ich dann schon mit ihrem Vater aus. Und wenn sie erst hier im Schloss lebt, werde ich mich persönlich darum kümmern, dass es ihr an nichts fehlt!«

Leander biss die Zähne zusammen, da er befürchtete, die paar Bissen, die er beim Festmahl heruntergewürgt hatte, würden jeden Moment wieder hochkommen. Aber dann fühlte er, wie sich kalte Entschlossenheit in ihm breitmachte.

Es war genug!

Sein Vater mochte ihn sein Leben lang klein gemacht haben, aber seine Macht über ihn würde heute enden. Vielleicht waren die widerlichen Worte des Landgrafen genau das gewesen, was er gebraucht hatte, um seinen Plan durchzuziehen.

Das – und das Wissen, dass Felix hier war.

Leander hob den Kopf und sah seinem Vater in die Augen. »Keine Sorge. Ich weiß, was ich zu tun habe.«

Seine Stimme klang so kühl und fest, dass er sich selbst kaum wiedererkannte.

Konstantin von Trällerbach blinzelte überrascht. Doch bevor er auch nur ein Wort erwidern konnte, hatte sich Leander bereits umgedreht.

Mit straffen Schultern und hocherhobenem Kinn ließ er seinen Vater stehen und betrat den Ballsaal.

Der letzte Vorhang

Leander trat durch die hohen Türen des Ballsaals. Langsam verstummte das Murmeln der Gäste, und alle Blicke richteten sich auf ihn.

Der Saal war in goldenes Licht getaucht. Gläserne Lüster warfen Reflexe auf den polierten Marmor, Kerzen brannten in kunstvollen Leuchtern, und durch hohe Fenster fiel der Blick auf den sternenübersäten Nachthimmel. Noch spielte keine Musik, die Musiker saßen regungslos an ihren Plätzen, ihre Instrumente bereit – sie warteten. Auf ihn.

Seine Schritte hallten auf dem glatten Boden, während er mit festen Schritten in die Mitte des Saals trat, die Finger unauffällig um das Medaillon in den Falten seines Gewandes geschlossen. Nur wenige Schritte trennten ihn noch von Prinz Eryndor.

»Verehrte Gäste, Eure Hoheit«, begann er mit einer leichten Verneigung. »Ich bitte vielmals um Entschuldigung. Sie alle erwarten von mir, dass ich den Tanz eröffne – und nicht, dass ich Sie erneut mit einer Rede langweile.«

Ein höfliches, amüsiertes Lachen erklang, doch Leander sah nur Eryndor, der ihn mit ernstem, aufmerksamem Blick musterte.

Leander holte tief Luft. »Aber es ist ein schreckliches Verbrechen geschehen«, fuhr er fort, »und der Täter ist hier – unter uns!«

Das Lachen verstummte augenblicklich. Stattdessen brach aufgeregtes Getuschel aus. Edle Damen und Herren warfen sich erschrockene Blicke zu, manche schauten sogar nervös über die Schulter, als erwarteten sie, jemand würde mit einem gezückten Dolch hinter ihnen stehen.

Auf Leander achtete niemand mehr.

Er spürte, wie ihm das Blut in den Ohren rauschte. Seine Worte hatten die falsche Wirkung erzielt. Natürlich, der Mord lag Jahre zurück – was seine ungeschickte Formulierung nicht verraten hatte. Er hob die Hände, um die Menge zu beruhigen. »Hört mir doch zu …!«, rief er, doch seine Worte gingen im Stimmengewirr unter.

»Sprecht!« Ein einziges Wort, das wie Donner durch den Raum hallte. Eryndor.

Augenblicklich verstummten die Anwesenden.

»Es geht um Enina«, begann Leander mit leichtem Zittern in der Stimme. Er hasste es, dass er nicht mit der gleichen souveränen Autorität wie Prinz Eryndor auftreten konnte. Stattdessen klang er piepsig, als ob ihm das Gewicht seiner eigenen Aussage zu schwer wäre. »Sie wurde vor vielen Jahren ermordet, doch dieses Verbrechen wurde nie aufgeklärt.«

»Unfug!« Trällerbachs scharfe Worte zerschnitten die Stille wie eine Klinge. Der Landgraf trat vor, sein Gesicht eine Maske gespielter Entrüstung. »Es ist doch klar, dieser gemeine Soldat war es, der feige geflohen ist. Wie kommst du nur auf solchen Unsinn, Leander? Verzeiht, Hoheit.«

Leander spürte, wie ihm die Hitze ins Gesicht stieg. »Ich kann es beweisen!« Seine Stimme schraubte sich in unangenehme Höhen, doch er zwang sich, die Hand zu heben und das Medaillon aus den Falten seines Gewandes hervorzuziehen. Das goldene Schmuckstück funkelte im Licht der Kronleuchter, als er es hochhielt. »Dieses Medaillon gehörte

der Schwägerin des Königs, und ich habe es in der Schmuckschatulle meines Vaters gefunden! Nur der Mörder kann es
besitzen.«

Ein Raunen ging durch die Menge, doch Konstantin unterbrach es mit einem scharfen Lachen. »Was redest du da?«, rief
er aus, seine Stimme triefte vor Spott. »Ich muss mich entschuldigen, meine Damen und Herren – mir scheint, meinem
Sohn ist der Wein zu Kopf gestiegen! Wer weiß, woher er
dieses Medaillon hat. Aus meiner Schmuckschatulle sicher
nicht. Ich trage den Schlüssel immer bei mir.«

Er machte eine theatralische Pause, bevor er fortfuhr: »Aber
Leander hat sich in letzter Zeit mit zwielichtigen Gestalten
abgegeben. Dabei wird er an den Schmuck gekommen sein. Ich
musste ihm den Umgang mit diesen Verbrechern verbieten
und ihn zwingen, im Schloss zu bleiben – zu seiner eigenen
Sicherheit! Doch mir scheint, er will mir nun eins auswischen.«

Die Menge raunte erneut, und Konstantin wandte sich direkt
an Leander, seine Stimme eiskalt: »Geh in dein Gemach. Für
dich ist der Ball vorbei. Ich werde morgen entscheiden, wie mit
dir zu verfahren ist.«

Leanders Hände zitterten, als er das Medaillon an seine Brust
presste. »Ihr müsst mir glauben!«, stieß er verzweifelt aus und
wandte sich flehend an Prinz Eryndor. Doch der Thronfolger
blieb regungslos, seine Miene undurchdringlich wie Stein.

Leander fühlte, wie die Welt um ihn herum zu ver-
schwimmen schien. Mit einiger Mühe wandte er sich erneut an
den Landgrafen. »Ihr tragt den Schlüssel immer bei Euch, ja?
Und was war vor ein paar Tagen, als Ihr in Euer Schlafgemach
gestürmt seid, wild schimpfend, dass der Schlüssel nicht da
sei? Der dann plötzlich auf dem Nachttisch lag?«

Leander ließ die Worte einen Moment wirken, bevor er nachsetzte: »Woher ich das weiß? Stellt Euch vor, ich habe mich unter dem Bett versteckt!«

Ein kollektives Keuchen ging durch die Menge. Konstantins Gesicht lief rot an, doch bevor er etwas entgegnen konnte, erklang die tiefe, ruhige Stimme des Thronfolgers.

»Darf ich das Schmuckstück einmal sehen?«

Leander zögerte einen Augenblick, dann trat er mit wackeligen Schritten auf Prinz Eryndor zu. Seine Hand zitterte, als er ihm das Medaillon überreichte, und für einen Moment hatte er Angst, es könnte ihm aus den Fingern gleiten.

Der Prinz nahm das Medaillon mit beiden Händen, als sei es ein zerbrechliches Relikt, und wendete es bedächtig hin und her. Die Gäste hielten den Atem an, während Eryndor die Gravur auf der Rückseite studierte.

Schließlich hob er den Blick. »Das gehörte Enina.« Seine Stimme war leise, und doch hallten die Worte durch den Raum wie ein Glockenschlag. »Die Gravur beweist es.«

Er hielt inne, sein Blick schien in die Ferne zu schweifen. Als er weitersprach, war sein Tonfall von einer leisen Traurigkeit durchzogen. »Ich kannte sie nur kurz. In meinen Erinnerungen erscheint sie wie eine Fee – eine Frau von einer solchen Anmut und Güte, dass sie jeder im Raum zum Leuchten brachte. Ihre Stimme war sanft, ihre Worte voller Weisheit. Es ist eine Tragödie, dass sie uns so früh genommen wurde.«

Prinz Eryndor sah Leander mit ernster Miene an. »Aber das ist kein Beweis, Leander. Da muss ich Graf von Trällerbach recht geben.« Seine Stimme blieb ruhig, fast bedauernd. »Der Schmuck ist seit jener Nacht verschwunden, das stimmt. Aber wer kann sagen, wo er all die Jahre über gewesen ist? Hast du noch etwas, das belegt, was du behauptest? Irgendeinen anderen Beweis als dein Wort, dass du das Medaillon in der Schmuckschatulle deines Vaters gefunden hast?«

Es war, als bräche der Boden unter Leanders Füßen weg. War alles umsonst gewesen? Sollte sein Vater wirklich ungeschoren davonkommen, weil er nicht mehr hatte als ein Schmuckstück? Er ließ den Blick über die Menge schweifen. Die Gäste schienen zu schwanken – einige wirkten nachdenklich, andere amüsiert. Konnte es sein, dass sie das alles für ein lustiges Schauspiel hielten?

Konstantin von Trällerbach räusperte sich, das triumphierende Glitzern in seinen Augen kaum verborgen. »Nun, da das geklärt ist, schlage ich vor, wir vergessen diese kleine … Unannehmlichkeit.« Seine Stimme war honigsüß, doch Leander hörte das kalte Messer darin. »Es wäre doch jammerschade, wenn wir uns den Ball durch haltlose Beschuldigungen verderben lassen.«

Leander spürte, wie seine Schultern sanken. Das war es also. Seine Gedanken rasten. Seine Mutter hätte bezeugen können, dass der Landgraf den Schlüssel vermisst hatte – aber sie würde niemals gegen ihren Mann aussagen. Und Magda? Die schüchterne Magd würde sicher nicht vor versammelter Gesellschaft gestehen, dass sie im Schlafgemach des Landgrafen gewesen war, auch wenn es bewiesen hätte, dass Leander die Wahrheit sagte.

»Einen Augenblick noch«, ergriff Eryndor erneut das Wort. »Konstantin von Trällerbach ist seit Jahren ein treuer Untertan der Krone. Wohingegen ein Mann der Wache dieses Verbrechens angeklagt wurde – und geflohen ist, anstatt sich zu erklären. Also, Leander, warum beschuldigst du deinen Vater eines solch unglaublichen Verbrechens? Was steckt dahinter?«

Leander öffnete den Mund – und schloss ihn wieder. Er fand keine Antwort. Die Worte blieben ihm im Hals stecken, während sein Kopf raste. Hätte er doch nur auf Thore gehört und sich mit mehr Freiheiten zufrieden gegeben! Oder … wäre er doch einfach vom Turm gesprungen. Sie alle wären besser dran.

Er wandte sich ab. *Weg. Nur noch weg.* Weg von den starrenden Blicken, weg von der schmerzhaften Erkenntnis, dass er gescheitert war. Einfach einen Becher Wein nehmen und alles vergessen.

Doch bevor er einen Schritt machen konnte, erklang eine Stimme – fest, ruhig und unüberhörbar:

»Ihr sagt, der Mann der Wache sei geflohen, ohne sich zu erklären. Ich frage euch: Wer wäre bereit gewesen, mich anzuhören?«

Leander erstarrte.

Thore!

Vor Erleichterung schossen ihm Tränen in die Augen, und er suchte hastig nach der Quelle der Stimme. Am Eingang des Ballsaals stand er, breitbeinig, die Arme verschränkt … und er trug eine Uniform, wie sie die Begleiter des Thronfolgers bei ihrer gestrigen Ankunft getragen hatten. Was hatte das zu bedeuten?

Erst beim zweiten Blick bemerkte Leander, dass der Schnitt ein wenig anders war, die Farben verblichen und der Stoff abgenutzt. Es musste Thores eigene, alte Uniform sein, die er einst mit Stolz getragen hatte.

Auch Eryndor verschränkte die Arme vor der Brust und musterte ihn mit durchdringendem Blick. »Du bist es also.« Seine Stimme war ruhig, doch die Spannung darin war unüberhörbar. »Nun gut – *ich* höre dich an. Oder soll ich dich gleich abführen lassen?«

Eine eisige Welle kroch Leander den Rücken hinauf. Thore war in Gefahr! Und das war seine Schuld! Alles in ihm drängte, zu Thore zu eilen, ihn zu schützen, doch seine Beine fühlten sich an wie aus Blei.

Thore hingegen blieb unbewegt. Seine Stimme war ruhig und fest, als er zu sprechen begann – er erzählte, was sich zugetragen hatte, genauso, wie er es Leander berichtet hatte. Seine Worte füllten den Raum, jedes Detail schien sich in die Stille des Saals einzubrennen.

Konstantin von Trällerbach versuchte mehrmals, ihn zu unterbrechen, doch Eryndor hob jedes Mal eine Hand und wies ihn mit scharfem Ton zurecht: »Ich habe diesem Mann zugesichert, ihn anzuhören, und ich halte immer mein Wort.«

Doch er musste seinem Gefolge unbemerkt ein Zeichen gegeben haben, denn nun standen mehrere Bewaffnete diskret, aber wachsam an den Eingängen des Ballsaals. Ihre Hände lagen ruhig auf den Griffen ihrer Schwerter, doch ihre Augen musterten die Menge aufmerksam. Niemand würde den Saal verlassen können, ohne dass sie es bemerkten.

Leanders Blick wanderte weiter. Hinter den Reihen der Gäste hatten sich weitere Wachen positioniert. Der Ballsaal war zur Bühne geworden – und niemand konnte gehen, bevor der Vorhang fiel.

»Das soll die Wahrheit sein?«, fragte Eryndor streng, als Thore geendet hatte. »Wo warst du all die Jahre? Warum hast du nicht längst versucht, deine Unschuld zu beweisen?«

Thore hob das Kinn. »Wie hätte ich das tun sollen? Ich lebte als Geächteter, gejagt und verachtet. Ich schloss mich einer Räuberbande an, um zu überleben. Wer hätte einem Dieb geglaubt? Ihr? Nein, ich wäre längst am Galgen gelandet – während Trällerbach weiter unschuldigen Frauen nachstellt.«

»Nicht nur ein Mörder, sondern auch ein Dieb!«, fuhr Konstantin von Trällerbach mit bebender Stimme dazwischen.

»Nehmt ihn gefangen!« Seine Hand zeigte zitternd auf Thore, und seine Worte schienen die Luft im Saal zu zerreißen.

Leander bebte vor Angst. Sah er Thore gerade zum letzten Mal?

Da plötzlich rief jemand laut und voller Zorn: »Pah! Besser ein Dieb als jemand, der Frauen Gewalt antut!«

Alle Köpfe wandten sich in Richtung der Stimme. Felix trat aus der Menge hervor, den Kopf hoch erhoben. »Enina war sicher nicht die Einzige, der Ihr nachgestellt habt. Es ist ein Wunder, dass meine Mutter überhaupt überlebt hat, nachdem sie von Euch schwanger wurde!«

Ein kollektives Keuchen ging durch den Saal, doch bevor der Landgraf antworten konnte, stellte sich Magda neben Felix. Ihre Hände waren fest ineinander verschränkt, als suche sie darin Halt.

»Jemandem, der einer Dienstmagd droht, ihre Stellung zu verlieren, wenn sie sich nicht fügt, ist doch alles zuzutrauen«, sagte sie leise, doch Leander glaubte nicht, dass irgendjemand an der Wahrheit ihrer Worte zweifelte.

»Was hat das zu bedeuten?«, warf Leanders Mutter ein, ihre Stimme dünn wie nie zuvor. Sehr zögerlich trat auch sie vor, und ihr Blick glitt suchend von Felix zu Magda und dann zu ihrem Mann.

Magda knetete ihre verschränkten Hände, doch dann hob sie den Kopf und sah die Landgräfin fest an. »Es bedeutet, dass keine Frau von niederem Stand in diesem Schloss sicher ist. Nicht, solange Ihr Ehemann tun kann, was ihm beliebt.«

Ein Zittern lief durch die Schultern der Landgräfin, als sie den Blick wieder auf Konstantin richtete. »Mich rührst du seit Jahren nicht an – und treibst es mit den Dienstboten? Und wer weiß mit wem noch? Aber damit nicht genug: Du nötigst sie, dir zu Willen zu sein?«

Ein Schluchzen entrang sich ihrer Brust, doch sie zwang sich offenbar dazu, weiterzusprechen. Ihr Blick richtete sich auf Prinz Eryndor. »Leander sagt die Wahrheit, Eure Hoheit. Vor ein paar Tagen, als Eure Zusage zum Ball eintraf, vermisste mein Mann den Schlüssel zu seiner Schatulle. Er verdächtigte unsere Töchter – doch wie es scheint, hat er eines seiner Kinder unterschätzt.«

Sie lächelte Leander traurig an, dann fuhr sie fort, ihre Stimme nun fester: »Niemand durfte je einen Blick in diesen geheimnisvollen Kasten werfen, doch ich bin sicher, dass sich darin noch mehr Beweise finden lassen. Beweise für seine Taten, für alles, was er jahrelang verborgen hat. Ich bitte Euch, Hoheit, lasst ihn öffnen.«

Prinz Eryndor nickte bedächtig, seine Augen ruhten einen Moment lang auf der Landgräfin. »Das werde ich tun. Verlasst Euch darauf.« Seine Worte waren ruhig, doch in ihnen lag die unmissverständliche Autorität eines Mannes, der kein Versprechen bricht.

Leander konnte es kaum glauben, als er nun sah, wie sich Bewaffnete leise hinter seinem Vater positionierten. Ein Symbol dafür, dass die Macht des Landgrafen zu bröckeln begann.

Doch mit einem Mal richtete der Thronfolger seine volle Aufmerksamkeit auf Leander. »Eines aber will mir nicht einleuchten«, sagte der Prinz. »Woher wusstest du von all dem, Leander?«

Leander spürte, wie seine Wangen brannten, und sein Herz schien für einen Moment stillzustehen. Hilfesuchend ließ er seinen Blick zu Thore hinübergleiten, und in diesem Augenblick wurde ihm klar, dass er damit bereits verraten hatte, wer die Quelle seines Wissens war.

Aber warum sollte er es verbergen? Die ganze Welt konnte es erfahren!

»Ich weiß es von Thore selbst. Er ist der Mann, den ich liebe!«

Der Preis der Freiheit

Ein überraschter Aufschrei durchbrach die Stille nach Leanders Geständnis. Seine Mutter hatte die Hand vor den Mund geschlagen, während sein Vater nur verächtlich schnaubte. »Natürlich«, murmelte er. »Ein gemeiner Dieb. Es war ja nur eine Frage der Zeit, bis du uns alle blamierst.«

Doch Leander hörte ihn kaum. Sein Herz raste, seine Knie waren weich, aber er zwang sich, standhaft zu bleiben. Sein Blick huschte zu Thore – und als er dessen warmes, unerschütterliches Lächeln sah, wusste er: Es war richtig gewesen, es auszusprechen.

»Sieh an«, erklang die Stimme von Prinz Eryndor, und der leicht spöttische Unterton zwang Leander, seinen Blick wieder auf den Thronfolger zu richten.

Eryndor hob eine Augenbraue, seine Lippen zu einem winzigen Lächeln verzogen. »Das erklärt natürlich einiges«, sagte er, und in seinen Augen funkelte ein Hauch von Amüsement. Doch im nächsten Moment verschwand das Lächeln, und seine Miene wurde wieder ernst. Er richtete sich zu voller Größe auf und wandte sich an den Landgrafen.

»Ihr habt einiges zu erklären!« Eryndors Stimme hallte durch den Saal, unnachgiebig wie ein Richter. »Natürlich werdet Ihr Gelegenheit erhalten, Euch zu verteidigen. Doch seid gewiss – ich werde nicht ruhen, bis ich die Wahrheit über Eninas Tod erfahren habe.«

Seine Stimme wurde noch schärfer. »Damit nicht genug. Ihr habt Eure Stellung offenbar über Jahre hinweg missbraucht. Damit habt Ihr jedes Recht auf Eure Herrschaft verwirkt.« Er wandte sich an einen seiner Männer. »Adrian!«

Der Hauptmann der Wachen trat sofort vor, Haltung straff. »Trällerbach steht ab sofort unter Arrest. Nehmt ihm den Schlüssel zur Schatulle ab. Ich will, dass sie unverzüglich untersucht wird.«

Ein Raunen ging durch die Menge, während die Wachen sich um den Landgrafen formierten. Doch Konstantin machte keine Anstalten, zu weichen. Seine Brust hob und senkte sich heftig, sein Gesicht lief rot an. »Das könnt Ihr nicht tun!«, fuhr er auf. »Ihr könnt doch nicht meinem verlogenen Sohn mehr Glauben schenken als mir!«

Einer der Soldaten legte eine Hand auf die Schulter des ehemaligen Landgrafen. Der zuckte zusammen, riss sich los, und sein Gesicht verzog sich zu einer Fratze aus Hass. »Enina war nichts als eine Schlampe!«, brüllte er. »Sie hat sich jedem hingegeben – nur mich wollte sie nicht ranlassen! Und dafür hat sie bekommen, was sie verdient hat!«

Ein erstickter Aufschrei entfuhr Leanders Mutter, der Saal erstarrte. Das letzte Wort verhallte wie ein Echo des Grauens.

»Abführen«, sagte Eryndor in die entstandene Stille hinein.

Die Wachen packten Konstantin, seine Schreie wurden von den schweren Türen des Ballsaals verschluckt.

Dann wurde es wieder gespenstisch ruhig.

Eryndor ließ den Blick durch die Menge schweifen, bis er schließlich an Leander hängen blieb. »Was du heute getan hast, Leander von Trällerbach, hat Mut erfordert«, sagte er, und seine Stimme klang warm und freundlich dabei. »Dank deines Mutes wird Eninas Mörder nach all den Jahren Gerechtigkeit erfahren. Dafür stehe ich in deiner Schuld.«

Leander fühlte, wie ihm die Knie weich wurden. Doch Eryndor war noch nicht fertig.

»Konstantin von Trällerbach hat seine Stellung verwirkt. Doch die Grafschaft braucht einen Herrscher.«

Der Saal hielt den Atem an. Dann, mit unerschütterlicher Autorität, verkündete Eryndor: »Leander von Trällerbach – du bist nun der neue Landgraf.«

Ein neuerliches Raunen ging durch die Reihen. Leander spürte, wie Dutzende Augen auf ihm ruhten, sich das Gewicht der Worte in seine Haut brannte. Er fühlte sich gleichzeitig überwältigt und wie ein Betrüger. Dabei war Eryndor noch nicht mal fertig. »Die Söhne sollten nicht für die Sünden ihrer Väter büßen müssen. Und du hast heute bewiesen, dass du die richtigen Entscheidungen triffst. Ich bin sicher, dass Seine Majestät mir zustimmen wird«, sagte er fest.

Leander sammelte all seinen Mut. »Aber ich nicht«, erklärte er ruhig. »Ich wäre ein schrecklicher Landgraf.«

Stille breitete sich aus wie eine gespannte Saite, bereit zu zerreißen. Prinz Eryndor hob eine Braue. »Du bist aufgewühlt, das ist verständlich …«, begann er, doch Leander hob die Hand – eine Unhöflichkeit, die einige Gäste hörbar nach Luft schnappen ließ.

»Nein«, sagte er, selbst ein wenig überrascht von der Festigkeit seiner Stimme. »Ich habe lange darüber nachgedacht. Von Kindesbeinen an war es mir zu mühsam, all das zu lernen, was für dieses Amt nötig wäre. Aber damit nicht genug.« Sein Blick traf den des Prinzen. »Ich habe nicht das, was Ihr habt – oder Thore. Die Menschen folgen mir nicht aus Überzeugung, sondern aus Pflicht. Vieles könnte ich mir mühsam aneignen, aber manche Dinge kann man nicht lernen.«

Leander ließ die Worte wirken. »Unter der Herrschaft meines Vaters kam es zu vielerlei Ungerechtigkeiten. Es braucht einen starken Herrscher, um all das ungeschehen zu machen.«

Eryndor verschränkte die Arme. »Hat deine Entscheidung zufällig damit zu tun, dass du fürchtest, nicht mit dem Mann zusammen sein zu können, dem du heute deine Liebe gestanden hast?«

»Auch«, gab Leander offen zu. »Aber selbst, wenn sich Thore jetzt von mir abwenden würde, wäre ich ungeeignet.«

Eryndor runzelte die Stirn. »Hm. Du hast nur drei unverheiratete Schwestern. Das würde also bedeuten, dass deine Familie, die seit Jahrhunderten über diese Grafschaft herrscht, sie verlieren würde. Willst du das wirklich, Leander? Hast du auch daran gedacht, was dies für deine Mutter und deine Schwestern bedeuten würde?«

»Ich habe daran gedacht, Hoheit«, erwiderte Leander ernst. »Aber es gibt jemanden, der würdig wäre, diesen Titel zu tragen – mein Halbbruder Felix.«

Ein Raunen ging durch den Saal. Doch Leander ließ sich nicht beirren. Hastig fuhr er fort, als fürchte er, man würde ihn auslachen, bevor er alles gesagt hatte.

»Ich weiß, dass mein Vorschlag ungewöhnlich erscheint«, sagte er und rang um Ruhe in seiner Stimme. »Aber Felix wäre der bessere Landgraf. Ich kenne ihn mein ganzes Leben lang. Während ich von Drachen und Abenteuern träumte, lernte er. Während ich meine Pflichten vernachlässigte, sorgte er dafür, dass ich sie nicht ganz vergaß. Und das Wichtigste ist: Felix kennt beide Seiten – die der Herrschenden und die der Beherrschten. Wer wäre besser geeignet, die Gräben zu überbrücken, die mein Vater hinterlassen hat?«

Die Kraft seiner eigenen Worte riss Leander mit. »Felix kann versöhnen, wo Hass gesät wurde. Er kann Vertrauen schaffen, wo Misstrauen herrscht. Was könnte Trällerbach mehr brauchen als das?«

Endlich wagte Leander es, zu Felix zu schauen. Sein Halbbruder sah überrascht aus – überrumpelt, aber ruhig. Eine Haltung, um die Leander ihn nur beneiden konnte.

Außerdem war er froh, dass zumindest einer nicht lachte.

Doch Hohn und Spott blieben allgemein aus. Alle Augen ruhten auf Prinz Eryndor.

Schließlich durchbrach der Thronfolger die Stille. »Du bringst mich in eine missliche Lage, Leander von Trällerbach.« Seine Stimme blieb ruhig, doch ein Hauch von Verärgerung war nicht zu überhören. »Eine Entscheidung solcher Tragweite kann nur Ihre Majestät, der König, treffen. Das bedeutet, ich muss nun auch noch dafür sorgen, dass Trällerbach bis dahin nicht führungslos bleibt.«

Leander senkte den Blick. »Tut mir leid, aber ich kann doch nicht deswegen so tun, als wäre ich für dieses Amt geeignet.«

Eryndor schnaubte. »So, so.« Es klang spöttisch. »Dann verrate mir, Leander – wenn du deinen Titel so großzügig deinem Halbbruder überlässt, was gedenkst du stattdessen mit deinem Leben anzufangen? Willst du weiter von Drachen träumen, während andere die Verantwortung tragen?«

Leander spürte, wie ihm die Hitze ins Gesicht stieg. Doch die Frage war berechtigt. Was wollte er eigentlich?

»Ich … ich koche gerne«, platzte es aus ihm heraus. »Vielleicht kann ich lernen, ein Koch zu sein!« Rebellisch hob er das Kinn, den Blick fest auf den Thronfolger gerichtet. Er war kein Schmarotzer – na ja, jedenfalls wollte er nicht länger einer sein.

Zum ersten Mal zeigte Eryndor so etwas wie Überraschung. Eine Braue hob sich, doch sein Gesicht wurde schnell wieder ausdruckslos. »Nun denn. Wenn das dein Wunsch ist, Leander … dann soll er dir erfüllt werden. Ab in die Küche mit dir.«

Leander blieb der Mund offen stehen. Meinte der Prinz das ernst? Doch einem Befehl des Thronfolgers zu widersprechen, war keine Option. Mit einer Mischung aus Trotz und Unglauben wandte er sich ab. Sein Blick fiel auf Thore, der wie ein unbeweglicher Fels dastand, die Szene mit unergründlicher Miene verfolgend.

Leander fuhr wieder zu Eryndor herum. »Aber … was wird denn nun aus Thore?«, fragte er atemlos.

Der Prinz ließ sich Zeit mit der Antwort. »Tja, er mag nicht Eninas Mörder sein, aber er hat selbst gestanden, ein Dieb zu sein. Er wird im Kerker landen. Was dachtest du denn, Küchenjunge?«

Leander stockte der Atem. »Aber … ihm blieb doch nichts anderes übrig …« Seine Stimme klang dünn, und er fühlte, wie ihm das Blut aus dem Gesicht wich.

Eryndor musterte beiläufig seine Fingernägel. »So? Nun, mit dem künftigen Landgrafen hätte ich vielleicht über eine Begnadigung gesprochen. Aber es gehört nicht zu meinen üblichen Gepflogenheiten, solche Entscheidungen mit Küchenjungen zu erörtern.«

Leander blieb einen Moment die Luft weg. Die Schuld lastete schwer auf ihm – Thore war nur in dieser Situation, weil er selbst den Ball ins Rollen gebracht hatte. Doch er würde nicht einfach weggehen, ohne für den Mann zu kämpfen, den er liebte.

Er trat einen Schritt näher an den Thronfolger heran, ließ sich geschmeidig auf ein Knie sinken und sagte leise: »Bitte, Hoheit. Ihr seid wütend auf mich, und ich verstehe das. Doch ich flehe Euch an – bestraft nicht Thore für meine Torheit.«

Einen Moment lang wagte niemand zu atmen.

Dann sagte Eryndor kühl: »Du darfst gehen, Leander.«

Leander erhob sich langsam, verneigte sich tief – er wusste, jedes weitere Wort wäre zu viel. Doch als er den Saal verließ, war er sich sicher, dass ein Hauch von Versöhnung in Eryndors Stimme gelegen hatte. Oder war das nur Wunschdenken?

Er straffte die Schultern, bemüht, seinen Abgang so würdevoll wie möglich zu gestalten. Aber er wagte es nicht, Thore noch einmal anzusehen.

Küchenjunge ...

Leander zuckte zusammen, als die Türen des Ballsaals mit einem Knall ins Schloss fielen. Doch er hielt sich nicht auf. Hastig eilte er durch die Flure, doch nach wenigen Schritten hielt er inne. So konnte er unmöglich in der Küche auftauchen! Also machte er kehrt, zog in seinem Gemach seine edlen Kleider aus und griff nach einem schlichten Gewand.

Auf dem Weg zur Küche wurde ihm erst bewusst, wie leicht sich mit einem Mal alles anfühlte – nicht nur seine Kleidung. Auch die Last, die auf ihm gelegen hatte, war weg. Sein Vater war gestürzt, und Leander hatte laut und deutlich erklärt, dass er nicht Landgraf werden wollte. Fast hätte er darüber gelacht. Doch dann fiel ihm Felix ein, dem nun die Bürde drohte, die Leander abgestreift hatte. Und Thore ...

Thore saß im Kerker. Seinetwegen.

Doch im Augenblick gab es nichts, was er tun konnte. Nichts, außer dem Thronfolger zu gehorchen. Leander betrat den Küchentrakt. Menschen eilten umher, ein stämmiger Kerl mit fleckiger Schürze brüllte herum, jemand schubste Leander zur Seite, und ehe er sich versah, stand er am Spülbecken, die Ärmel hochgekrempelt, und schrubbte jene Teller, die er vielleicht vor Kurzem noch selbst benutzt hatte. Das Chaos, die monotone Arbeit – alles half, nicht zu denken.

Doch als die Küche nach und nach leerer wurde, kehrte die Unruhe zu ihm zurück. Irgendwann würde er hier fertig sein. Und dann? Durfte er zurück in das Gästegemach? Aber wo sollte er sonst hin? Und war es nicht schändlich, sich darüber Gedanken zu machen, während Thore in einer finsteren Zelle schmorte?

»Sieh an! Da hat sich doch schon wieder ein feiner Herr in meine Küche eingeschlichen!«

Leander fuhr herum. Felix' Mutter stand mit verschränkten Armen hinter ihm und musterte ihn streng. »Nicht nur, dass der Tanz abgesagt wurde, jetzt finde ich Euch auch noch beim Abwasch! Was geht hier vor sich, Hoheit?«

Seufzend ließ Leander einen Teller ins Wasser gleiten. »Nicht mehr ›Hoheit‹«, sagte er leise. »Ich bin kein Prinz mehr. Mein Vater steht unter Arrest … und Felix …«

Er kam nicht weiter, denn die Köchin war mit einem Satz bei ihm und packte ihn am Kragen. »Felix? Was hast du ihm diesmal angetan?«

»Nichts!«, rief Leander erschrocken. »Ich habe Prinz Eryndor nur gesagt, dass Felix mein Bruder ist – und dass er ein besserer Landgraf wäre als ich. Ob er den Titel bekommt, entscheidet der König.«

Felix' Mutter ließ ihn los, als hätte er sie gebissen. »Willst du mich auf den Arm nehmen?«

Leander konnte sich ein schiefes Lächeln nicht verkneifen und verneigte sich leicht. »Aber nein, Mylady, das würde ich nie wagen. Ihr seid vermutlich die Mutter des nächsten Grafen von Trällerbach. Was treibt eine Lady in der Küche?«

Die Köchin schnaubte. »Wenn Ihr nicht der Prinz wärt, würde ich Euch die Ohren langziehen!«

Leander drückte kurz ihre rauen Hände. »Verzeiht, das war unpassend. Aber es stimmt: Ich bin kein Prinz mehr. Statt den Ball zu eröffnen, habe ich Prinz Eryndor von einem Verbrechen berichtet. Mein Vater wird des Mordes angeklagt. Und dann … dann habe ich Felix als seinen Nachfolger vorgeschlagen.«

Die Köchin blinzelte, schüttelte dann den Kopf. »Unsinn«, schnappte sie. »Du willst mir nur nicht erzählen, was wirklich passiert ist. Aber wenn du schon hier bist, dann kannst du mir wenigstens helfen. Prinz Eryndor hat nach einem Imbiss geschickt.«

Sie schob ihm ein Messer zu und deutete auf einen Stapel Brotlaibe. »Also mach dich nützlich.«

Leander seufzte, griff nach dem Messer und begann, das Brot zu schneiden. Während er arbeitete, erzählte er ihr die ganze Geschichte – von Anfang bis Ende. Zunächst brummte die Köchin nur unverständliche Kommentare, doch nach und nach begann sie, aufmerksam zuzuhören.

»Potzblitz!«, rief sie schließlich aus, stemmte die Hände in die Hüften und musterte ihn mit funkelnden Augen. »Na, wenn das mal nicht Gesprächsstoff für Jahre liefert! Ich glaube zwar nicht, dass Felix wirklich der nächste Landgraf wird, aber es ehrt dich, dass du es vorgeschlagen hast. Er hat immer gut von dir gesprochen – und mir scheint, er hatte recht.«

Leander schluckte und wandte sich wieder dem Brot zu. »Ich weiß nicht«, murmelte er verlegen. Nach kurzem Zögern fügte er hinzu: »Aber wer weiß? Als ich den Vorschlag machte, dachte ich, alle würden mich auslachen – was definitiv nicht passiert ist.«

»Hm«, machte die Köchin nachdenklich und legte ihm sanft eine Hand auf die Schulter. »Hoheit ... ich meine, Leander. Vielleicht ist es anmaßend, und was versteht schon eine alte Frau davon, aber darf ich dir vielleicht einen Rat geben?« Ihr Ton war sanft, doch bestimmt.

Leander bejahte. Im Augenblick war ihm jeder Rat willkommen.

»Du hasst es, wenn du glaubst, dass andere über dich lachen, nicht wahr?«

Seine Wangen wurden heiß, und er wandte den Blick ab. Natürlich dachte sie an diesen vermaledeiten Vorfall mit der Gans. *Alle denken immer noch an die Gans*, schoss es ihm durch den Kopf. Zögernd nickte er und sah sie wieder an.

Die Köchin schmunzelte. »Warum lachst du nicht einfach mal mit? Den meisten Menschen passieren ständig Missgeschicke. Solange sich niemand verletzt, sind die meisten doch einfach nur komisch, findest du nicht?«

Leander blickte sie zweifelnd an, doch sie ließ sich nicht beirren. »Als ich heute Morgen die Tomatensuppe umgerührt habe, ist alles herausgespritzt. Ich sah aus, als hätte ich die Masern. Die Küchenjungen haben sich fast totgelacht – und ich mich selbst auch. Und weißt du was? Sie respektieren mich deswegen nicht weniger. Im Gegenteil.«

Ein kleines Lächeln umspielte ihre Lippen. Aber Leander hatte so lange mit der Vorstellung gelebt, alle Welt würde sich insgeheim über ihn lustig machen, dass ihm ihr Rat absurd erschien. »Lachen …«, murmelte er und strich nachdenklich über die Messerklinge. »Ich weiß nicht, ob ich das könnte.«

Die Köchin knuffte ihn freundschaftlich in die Seite. »Wenn du wirklich kein Prinz mehr sein willst, kann dir doch egal sein, was die Leute denken. Ganz ehrlich, Junge … diese Gans für einen Drachen zu halten, das war urkomisch!«

Zu Leanders Überraschung fühlte er, wie etwas in ihm zu wanken begann. Erst nur ein schwaches Kribbeln, dann ein unerwartetes Gefühl der Leichtigkeit. Seine Lippen zuckten – und obwohl er es nicht wollte, brach ein leises Lachen aus ihm hervor. Erst unsicher, dann lauter, bis er schließlich schallend lachte.

Die Köchin stemmte die Hände in die Hüften und musterte ihn mit einem belustigten Funkeln in den Augen. »Siehst du? Gar nicht so schwer.«

Ihr Blick wanderte zu den akkurat geschnittenen Broten. Zufrieden arrangierte sie sie neben einem Teller dampfender Suppe, stülpte eine Wärmehaube darüber und winkte einen Diener herbei.

Dann sah sie Leander wieder an. »Wenn du das ernst meinst mit dem Kochen – hier ist immer ein Platz für dich.«

Leander strahlte – doch dann fiel ihm wieder ein, in welch misslicher Lage er steckte – und nicht nur er. »Nichts lieber als das«, sagte er. »Aber ich weiß nicht, wie es weitergehen soll. Was wird jetzt aus mir, aus Thore, aus meiner Mutter und meinen Schwestern? Und Felix – er verflucht mich sicher längst! Und ich … ich weiß nicht mal, wo ich heute Nacht schlafen soll!«

Die Köchin lachte leise, ein warmer, beruhigender Ton. »Wenn du magst, kannst du es dir auf der Bank hinter dem Ofen bequem machen. Es ist zwar kein Prinzenbett, aber gemütlich genug für jemanden, der den ganzen Tag hart gearbeitet hat.« Sie zwinkerte ihm zu. »Und was Prinz Eryndor angeht – wenn selbst der König ihm vertraut, kannst du das auch. Der wird wissen, was zu tun ist.«

Leander seufzte. Ob er das wirklich glauben konnte? Aber inzwischen schmerzten sämtliche Muskeln in seinem Körper, und die Müdigkeit zog an ihm wie eine schwere Decke. Mit einem leisen Nicken schlurfte er zu der Bank, ließ sich darauf fallen und zog die Beine an. Während er die Augen schloss, hoffte er trotz allem, dass er morgen nicht aufwachen und feststellen würde, dass dieser ganze verrückte Tag nur ein Traum gewesen war.

Leander erwachte mit schmerzenden Muskeln und einem steifen Hals. Mühsam erhob er sich von der harten Küchenbank, während die Ereignisse des letzten Tages auf ihn einstürmten. Er streckte sich und fragte sich gerade, wie er nun herausfinden könnte, wo Thore war, da öffnete sich die Tür zur Küche auch schon, und Felix' Mutter stürmte herein.

»Rasch, Hoh... ich meine, Leander. Ich habe erfahren, dass sich dein Thore in den Gemächern des Thronfolgers aufhält. Mir wurde aufgetragen, dass mein neuer Küchenjunge sich ebenfalls dort einfinden soll. Also hurtig – wasch dir das Gesicht und ab mit dir!«

Leander stolperte nach draußen. Hastig tunkte er seine Hände in den Zuber im Küchenhof, spritzte sich das kühle Nass ins Gesicht.

Thore! Er war also beim Prinzen, das war doch gut. Oder? Hatten irgendwelche finsteren Schergen die Nacht genutzt, während Leander unzählige Teller gespült hatte, hatten den Räuberhauptmann gefoltert und ihm sein Wissen um den Weg zum Räuberlager mit Gewalt entrissen?

Sein Magen krampfte sich zusammen, als diese Vorstellung sich in seinem Geist festsetzte.

Nein! Nein, das war nicht passiert. Das durfte nicht passiert sein!

Hastig wischte sich Leander das Wasser aus dem Gesicht, ignorierte die Tropfen, die über seinen Kragen liefen, und eilte los. Er fiel fast über seine eigenen Füße, während er durch die Flure des Schlosses rannte. Die kühlen Steine unter seinen Schuhen hallten mit jedem Schritt – aber je eher er bei Prinz Eryndor war, umso eher würde er erfahren, wie es Thore ging!

... und Räuberhauptmann

Fast hätte Leander die Tür zu Eryndors Gemächern einfach aufgerissen – schließlich hatte er selbst bis vor Kurzem hier gewohnt! Doch im letzten Moment hielt ihn die Erinnerung an seine neue Stellung zurück. Stattdessen klopfte er so zögerlich an, dass es ein Wunder war, dass überhaupt ein »Herein« ertönte.

Mit weichen Knien trat er ein. Das vertraute Gemach wirkte fremd, obwohl er doch jeden Winkel kannte. Der Thronfolger stand am Fenster, die Hände hinter dem Rücken verschränkt. Neben ihm einer seiner Soldaten – reglos wie eine Statue.

Leander verneigte sich tief, unfähig, ein Wort herauszubringen. Doch dann fiel sein Blick auf einen Mann, der ein wenig abseits stand ... und lächelte.

Thore.

Keine Ketten. Keine Wunden. Nur dieses warme, ruhige Lächeln.

»Nun lauf schon«, ertönte Eryndors Stimme mit einem Hauch von Spott. »Nachdem du so für ihn gekämpft hast.«

Das war alles, was Leander brauchte. In der nächsten Sekunde war er in Thores Armen, wurde umhüllt von dem vertrauten Duft nach Moos, Leder und Wald.

»Ich hab dich«, flüsterte Thore und zog ihn noch näher an sich.

Leanders Kehle wurde eng. »Es tut mir so leid«, murmelte er, während er gegen die Tränen kämpfte. »Ich wollte dich nie ...«

»Schhh«, murmelte Thore sanft und strich ihm mit einer rauen Hand zärtlich durch das Haar. »Es ist alles in Ordnung. Ich bin unheimlich stolz auf dich.«

Unsicher hob Leander den Kopf und sah Thore zweifelnd an. »Wirklich?«, fragte er zaghaft, seine Stimme kaum mehr als ein Flüstern. Der Kampf gegen die Tränen ging verloren, und sie rollten über seine Wangen. »Aber ich habe dich mit meiner dummen Nachricht in Gefahr gebracht ...«

Ein Schauer durchlief ihn, als ihm plötzlich klar wurde, dass diese Gefahr noch nicht vorbei war. Vorsichtig wandte er sich um und richtete seinen Blick auf Prinz Eryndor.

Der Thronfolger musterte ihn mit unergründlicher Miene. »Ich habe nicht vergessen, dass ich in deiner Schuld stehe, weil du Eninas Mörder überführt hast, Leander«, sagte er ruhig. »Und mir scheint, du wünschst dir die Freiheit für den Mann, den du liebst.«

Leander nickte hastig. »Mehr als alles andere! Ich würde alles dafür tun!«

Eryndors Augen verengten sich leicht. »Vorsicht«, mahnte er. »Gib keine leichtfertigen Versprechungen. Denn ich habe Bedingungen – und wenn diese nicht erfüllt werden, habe ich kein Problem damit, euch beide in irgendeinem Verlies verrotten zu lassen.«

Leander schluckte schwer und schmiegte sich enger an Thore, als Eryndor einen Schritt näher trat.

»Die Straßen durch den Wolfstann müssen sicher werden. Es kann nicht sein, dass Reisende ständig Überfälle fürchten müssen.«

Leander protestierte, ohne nachzudenken. »Aber, Hoheit, viele dieser Männer hatten doch keine Wahl! Wie Gustav und Kalle …«

»Schweig!«, donnerte Eryndor, seine Stimme hallte durch den Raum. »Wage es nicht noch einmal, mich zu unterbrechen! Hör zu, bevor du urteilst.«

Leander biss sich auf die Lippe und senkte hastig den Kopf.

Der Prinz ließ einen Moment der Stille verstreichen, dann sprach er ruhig, aber unnachgiebig weiter: »Ich weiß, dass viele dieser Männer nicht freiwillig Räuber geworden sind. Das Unrecht, das unter der Herrschaft des früheren Landgrafen herrschte, wird ein Ende haben! Recht und Ordnung kehren nach Trällerbach zurück.«

Leander nickte vorsichtig.

»Wer bereit ist, sein räuberisches Tun zu beenden und zu schwören, fortan ein rechtschaffenes Leben zu führen, soll begnadigt werden. Wer aber sein Versprechen bricht, wird die volle Härte des Gesetzes spüren.«

Aber … das war ja großartig! Fast zu gut, um wahr zu sein!

Eryndor verschränkte die Arme. »Es wird nicht leicht werden, die Menschen, die nun im Verborgenen leben, zu erreichen. Wo könnten sie hingehen, wem würden sie trauen? Ich habe mich letzte Nacht mit Thore beraten. Und mir scheint, ich habe genau den richtigen Ort für mein Vorhaben gefunden: das Wirtshaus im Wolfstann.«

Leander blinzelte verwirrt. Das Wirtshaus?

Doch Eryndor ließ ihm keine Zeit, sich zu fangen. »Das ist meine Bedingung an euch beide«, fuhr er fort und ließ den Blick zwischen Leander und Thore hin und herwandern. »Ihr werdet dieses Wirtshaus führen. Ihr sorgt für Unterkunft, Nahrung und Arbeit für jene, die den Schwur leisten. Und ihr schafft einen sicheren Halt für Reisende – einen Ort, an dem sie Schutz finden, statt Überfällen zum Opfer zu fallen.«

Leander spürte, wie seine Knie fast nachgaben. Er – ein Wirt? Mit Thore? Freude und Aufregung blubberten in seinem Magen ... bis ihm wieder einfiel, in welchem Zustand das Gebäude gewesen war.

Es würde Unsummen kosten, das zu renovieren.

»Mir scheint, du hast Fragen, Küchenjunge.« Der spöttische Unterton in Eryndors Stimme war zurück.

Zum Glück knuffte Thore ihn warnend in die Seite, sonst wäre ihm ein »Ach, jetzt darf ich doch wieder reden?« herausgerutscht. Stattdessen wählte Leander seine Worte mit Bedacht. »Das Wirtshaus ist alt, Hoheit. Wer Arbeit sucht, könnte beim Wiederaufbau helfen, aber Materialien und Verpflegung kosten ... einiges.«

Eryndor nickte zufrieden. »Gut, du denkst mit. Es gibt da einen gewissen Schatz von 20.000 Gulden – eine Summe, die dein Vater den Räubern überlassen hat. Wäre das nicht ein hervorragendes Startkapital?«

Leander blinzelte überrascht, doch Eryndor fuhr gelassen fort: »Und ich bin mir sicher, dass sich in der Schatzkammer des ehemaligen Landgrafen noch so manche Kostbarkeit findet, die auf ... fragwürdige Weise in seinen Besitz gelangt ist. Ein Teil davon könnte einer ehrbaren Sache zugutekommen.«

»Ich brauche nichts!«, versicherte Leander sofort. »Alles, was mir gehörte, könnt Ihr haben. Aber ... meine Mutter, meine Schwestern ... darf ich fragen ... was wird aus ihnen?«

Eryndor winkte ab. »Das muss der neue Landgraf entscheiden.« Sein Blick wurde prüfend. »Ich habe lange mit deinem Halbbruder gesprochen, Leander. Er ist klug – und bereit, sich dieser Aufgabe zu stellen. Ich kann nichts versprechen, doch Felix wird mich nach Celestia begleiten. Ich gehe davon aus, dass der König meinen Rat beherzigen wird und ihm den Titel verleiht.«

Leander hielt den Atem an.

»Bis dahin sorgt einer meiner Männer hier für Ordnung. Ihr aber macht euch auf den Weg zum Wirtshaus. Und, Leander …«, Eryndor ließ sich Zeit, bevor er schmunzelnd hinzufügte: »Ich erwarte, dass mir dort bei meiner nächsten Reise ein hervorragendes Mahl serviert wird. Also streng dich an, Koch Leander.«

Ein Lachen bahnte sich in Leanders Brust an den Tränen vorbei. Es war geschafft! Er trat auf den Prinzen zu, sank auf ein Knie und hauchte einen Kuss auf dessen Hand. »Danke, Hoheit«, sagte er leise. »Ich wünsche Euch eine sichere Reise nach Celestia.«

Eryndor lächelte leicht. »Steh auf. Gib dein Bestes – das ist alles, was ich erwarte.« Dann fiel sein Blick aus dem Fenster, und ein Hauch von Bedauern schwang in seiner Stimme mit: »Ah. Die Fürstenfamilie Hohenquell reist ab. Ich hatte gar keine Gelegenheit, mich von Aurora zu verabschieden. Vielleicht sollten Felix und ich auf dem Heimweg einen Zwischenstopp einlegen.«

Leander bemerkte den verträumten Ausdruck in Eryndors Gesicht – aber er konnte sich jetzt nur auf eines konzentrieren. Er suchte Thores Blick, verschränkte die Finger mit seinen. »Ist es das, was du willst?«, fragte er leise.

Thore lächelte warm. »Ich könnte mir nichts Schöneres wünschen.«

Sie verneigten sich ein letztes Mal vor dem Thronfolger, dann verließen sie Hand in Hand die Gemächer – bereit, ihrem neuen Leben entgegenzutreten.

Und wenn sie nicht gestorben sind ...

Da Leander so großzügig darauf verzichtet hatte, auch nur das Geringste aus dem Schloss mitzunehmen, mussten sich Thore und Leander damit begnügen, gemeinsam auf Rumpel in Richtung Wolfstann zu reiten. Der Wallach trottete gemächlich dahin, während Leander hinter Thore im Sattel saß, sich eng an seinen Rücken schmiegte und die Arme fest um Thores Mitte geschlungen hielt. Er schien sich nicht daran zu stören, dass sie nur im Schritttempo vorankamen – im Gegenteil.

Jetzt, da sich alles zum Guten gewendet hatte, sprudelte Leander förmlich über vor Redseligkeit. Jede Einzelheit der vergangenen Tage musste erzählt werden, angefangen bei seinem kühnen Diebstahl des Schlüssels bis hin zu den kleinsten Reaktionen der Anwesenden im Ballsaal.

»… und dann habe ich mich unter dem Bett versteckt! Ich meine, wer hätte gedacht, dass das funktioniert? Er hat so wild geschimpft, weil der Schlüssel weg war, dass ich dachte, er würde gleich den ganzen Raum zerlegen.«

Thore brummte nur zustimmend, obwohl er ahnte, dass es keine Ermunterung brauchte, um Leander in Fahrt zu halten.

»Und weißt du, was dann passiert ist?«, fuhr Leander aufgeregt fort.

Thore zupfte an den Zügeln, und Rumpel hielt an. Mit einem schelmischen Lächeln drehte er sich halb zu Leander um. »Ich bin mir sicher, du erzählst es mir gleich.«

»Natürlich!«, rief Leander, als ob das selbstverständlich sei. »Ich habe …«

»Leander«, unterbrach ihn Thore schließlich und musterte ihn mit hochgezogenen Augenbrauen.

Leander verstummte überrascht. »Ja?«, fragte er, ein wenig außer Atem.

Thore lehnte sich leicht zu ihm zurück, bis sein Gesicht fast Leanders berührte. »Ich freue mich schon auf später, wenn wir in meinem Baumhaus sind. Wenn du erst meinen Schwanz im Mund hast, wird es dir schwerfallen, so viel zu plappern.«

Leanders Augen wurden riesengroß, und ein leises Wimmern entfuhr ihm, was Thore ein breites Grinsen entlockte. Ach, wie sehr hatte er dieses Geräusch vermisst.

Zufrieden wandte er sich wieder nach vorne, klopfte Rumpel auf den Hals und gab ihm ein leises Kommando, weiterzugehen. Für einen Moment war er überzeugt, dass er nun ein wenig Ruhe haben würde.

Weit gefehlt.

»Aber so richtig spannend wurde es ja erst, als meine Mutter das Schlafgemach verlassen hat …«, kam es von hinten, atemlos – aber unbeirrt. »… dann kam nämlich Magda …«

Thore stöhnte leise. Das Letzte, was er jetzt hören wollte, waren Details über die Eskapaden des ehemaligen Landgrafen.

»Du legst es wohl darauf an, dass ich dir den Hintern versohle, sobald wir angekommen sind, hm?«, knurrte er und warf einen Blick über die Schulter.

Er spürte, wie sich Leander anspannte – doch statt zu protestieren, klammerte sich der junge Mann nur noch fester an ihn.

»Ja«, hauchte er schließlich direkt in Thores Ohr, sein warmer Atem strich sanft über die Haut.

Ein heißer Schauer lief Thore über den Rücken, und er schluckte schwer. Verdammt, jetzt hatte er zwar eine

Vorstellung in Leanders Kopf gepflanzt – aber sie spukte ebenso in seinem eigenen herum. Am liebsten hätte er Rumpel angetrieben, um ihr Ziel schneller zu erreichen, doch mit zwei Reitern wollte er dem treuen Wallach diese Anstrengung nicht zumuten.

Inzwischen hatten sie den Wolfstann erreicht, und unter den dichten Zweigen wurde es merklich kühler. Doch von Abkühlung konnte in Thores Gedanken keine Rede sein. Er wünschte sich plötzlich, Leander möge einfach weiterplappern – irgendetwas, egal was. Alles wäre besser als das drängende Verlangen, das ihn zu übermannen drohte.

Doch als Leander schließlich die Stille brach, erzählte er keine lustige Mär.

»Thore …«, begann er zögernd. »Ich habe das vorhin ernst gemeint. Ich mag das, wenn du mich übers Knie legst. Ist das … seltsam?«

Thore bemerkte, wie sich Leanders Finger in seine Weste krallten, die Knöchel weiß vor Anspannung. Beruhigend legte er seine Hand darüber und strich sanft über die verkrampften Finger.

»Nein, das ist nicht seltsam«, erwiderte er warm. »Du genießt es, die Kontrolle abzugeben«, erklärte er behutsam, »keine Verantwortung tragen zu müssen, einfach loszulassen. Und ja, ein gewisser Schmerz kann die Lust intensivieren – etwas, das viele Menschen schätzen. Dass du dazugehörst, macht mich sehr glücklich, Leander.«

Leander schmiegte sich enger an ihn, doch nach einem Moment folgte ein zögerndes: »Aber …«

Thore wartete geduldig, doch als keine Fortsetzung kam, fragte er sanft nach: »Aber?«

Da kam ein Schwall Worte von hinten, ohne Punkt und Komma, so schnell, dass Thore kaum mitkam: »Wir wollen doch dieses Wirtshaus eröffnen und ich soll da der Koch sein also machen wir das zusammen aber ich bin froh wenn du mir Ratschläge gibst weil du weißt so viel mehr als ich aber ich will auch selber was machen und nicht immer nur gehorchen und ich weiß nicht wie das gehen soll!«

Thore zog die Zügel an, und Rumpel blieb mit einem leisen Schnauben stehen. Thore drehte sich halb um, doch ihm wurde sofort klar, dass das nicht reichte. Er sprang vom Pferd und streckte Leander die Arme entgegen. Ohne zu zögern ließ dieser sich aus dem Sattel gleiten – direkt in seine Arme.

Thore hielt ihn fest, strich beruhigend über seinen Rücken. Dann schob er ihn ein Stück zurück, bis sie sich direkt in die Augen sahen.

»Leander«, sagte er leise. »Ja, ich liebe es, dich zu führen, und ich liebe es, wenn du unter mir liegst – aber das ist nur ein Teil von uns. Ich will einen Gefährten, der mit mir unser Leben gestaltet, einen Mann mit eigenem Willen, eigenen Gedanken. Wir tun das gemeinsam. Und hinter verschlossenen Türen kannst du trotzdem mein frecher Kaspar sein, der hin und wieder über mein Knie wandert.«

Leanders Gesicht hellte sich auf. Mit einem begeisterten Aufschrei warf er sich an Thores Hals, überschüttete ihn mit ungestümen Küssen und lachte.

»Ja! So soll es sein! So wird es sein!«

Thore zog ihn grinsend enger an sich, erwiderte die Küsse mit genauso viel Leidenschaft, bis ihre Lippen sich in einem tiefen, langen Kuss fanden. Leander schmolz in seinen Armen dahin – und in diesem Moment wusste Thore, dass er nicht mehr warten konnte.

Wenn sie jetzt ins Lager ritten, würden sie stundenlang aufgehalten werden. August würde jedes Detail wissen wollen, Kalle und Gustav würden Leander mit Fragen löchern – es würde ewig dauern, bis sie endlich wieder allein waren. Das konnte, das wollte Thore nicht aushalten.

»Ich muss dir etwas zeigen«, grollte er, seine Stimme rau vor Verlangen.

Leander hob eine Braue, ein freches Lächeln huschte über sein Gesicht. »Ach ja?«, fragte er und ließ die Hüften spielerisch kreisen. »Kann es sein, dass ich dieses ›etwas‹ schon spüren kann?«

Thore schnaubte, zog ihn fest an sich und presste einen fordernden Kuss auf seine Lippen. »Nicht hier. Ich will es genießen. Ich will dich genießen. Und ich kenne den perfekten Ort dafür – einen Ort, den ich noch niemandem gezeigt habe. Es ist nicht weit.«

Leanders Augen leuchteten auf. »Oh!«

Für einen Moment war er tatsächlich sprachlos. Dann machten sie sich daran, wieder aufzusteigen – ein wenig ungelenk, denn der Kuss hatte eine gewisse Wirkung auf sie beide gehabt. Als sie endlich saßen, schlang Leander seine Arme fest um ihn, als wolle er ihn nie wieder loslassen.

Sie schwiegen auf dem kurzen Ritt zum See, doch es war eine Stille voller Vertrautheit – die Art, die zwischen Menschen herrscht, die sich in ihrer Nähe sicher fühlen. Thore spürte Leanders Atem an seinem Rücken, warm und gleichmäßig, und wie der junge Mann sich bei jedem Schritt des Pferdes ein wenig enger an ihn schmiegte.

Als sie den kleinen See erreichten, hielt Thore Rumpel an und schwang sich aus dem Sattel. Sonnenstrahlen fielen durch die dichten Äste der Bäume, brachen sich auf der Wasseroberfläche und tauchten die Lichtung in ein märchenhaftes Schimmern.

»Wundervoll«, hauchte Leander, als sich Thore zu ihm umwandte, um ihm beim Absteigen zu helfen. Seine Finger hielten Leanders einen Moment länger fest, als nötig gewesen wäre – und er stahl sich einen schnellen Kuss.

»Was habe ich dir gesagt?«, murmelte er, als sich ihre Lippen wieder voneinander lösten. »Der perfekte Ort.«

Leander nickte nur. Thore löste Rumpels Sattelzeug, ließ das treue Tier frei grasen und wandte sich dann wieder seinem Gefährten zu. Der junge Mann stand am Ufer und blickte auf den See hinaus. Sonnenstrahlen verfingen sich in seinem blonden Haar – Leander sah aus, als gehöre er genau hierher.

Thore trat an seine Seite, nahm Leanders Hand, und ihre Finger verschränkten sich wie von selbst. »Komm mit«, sagte er leise, rau und zärtlich zugleich.

Er führte ihn zu jener Stelle unter der Weide, wo das Gras weich war und sie ungestört sein würden.

»Ich will dich«, sagte Thore schlicht. Keine Schnörkel, keine Zweifel.

»Und ich will dir gehören«, entgegnete Leander, kaum mehr als ein Flüstern – doch in seinen Worten lag ein Versprechen.

Thore legte ihm eine Hand an die Wange, sein Blick fest. »Diese Nacht wird unseren Bund besiegeln«, sagte er ernst. »Eines Tages können wir vor den Bürgermeister treten und unseren Lebensbund offiziell machen. Aber jetzt und hier will ich dir versprechen, dass wir fortan zueinander gehören. Das hier soll nur für uns sein.« Er ließ eine Pause, strich mit dem Daumen sanft über Leanders Lippen. »Heute Nacht will ich Leander. Nicht Kaspar.«

Leander zitterte leicht, doch seine Stimme war fest, als er erwiderte: »Ja, ich will.«

»Zieh dich aus«, sagte Thore, die Stimme dunkel vor Verlangen.

Leander gehorchte sofort, warf die Weste beiseite und zog sich das Hemd einfach über den Kopf, ohne sich mit den Knöpfen aufzuhalten. Thore trat einen Schritt zurück und bestaunte den jungen Mann, der sich nun eifrig und ohne Scham daran machte, die Schnüre seiner Beinkleider zu lösen, während er nebenbei schon aus den Stiefeln schlüpfte.

Thore schmunzelte. Irgendwann würde er Leander bitten, sich mehr Zeit zu lassen, um die Vorfreude noch ein wenig auszudehnen, aber heute war ihm die Eile ganz recht, zeigte sie ihm doch, dass Leander ihre Vereinigung ebenso sehr herbeisehnte wie er. Thores Blick wanderte über all die helle, nackte Haut, die nun zum Vorschein kam. Im Zwielicht unter der Weide sah Leander aus, als sei er aus Porzellan. Thore konnte es kaum glauben, dass Leander wirklich und wahrhaftig alles aufgegeben und ein Leben an seiner Seite gewählt hatte.

Unfähig, seine Hände noch länger bei sich zu behalten, machte er einen Schritt auf den jungen Mann zu, strich mit seinen rauen Händen die wunderbar zarte Haut an seinen Flanken hinauf, spürte die Wärme des jungen Mannes ebenso unter seinen Fingern wie den lustvollen Schauer, der durch Leanders Körper lief.

Die Brustwarzen, kleine neckische rosafarbene Knöpfe, reckten sich ihm entgegen, und Thore beugte sich vor, leckte darüber und biss dann sanft hinein.

Leander stöhnte, bog sich ihm entgegen. »Thore«, wimmerte er und versuchte, den längst harten Phallus an Thores Hüfte zu reiben.

Doch der machte energisch einen Schritt zurück.

»Nicht so hastig, junger Mann! Komm, hilf auch mir aus meinem Gewand.«

Thore biss sich auf die Zunge. So ganz konnte er es doch nicht lassen und kommandierte Leander herum. Dabei wollte er dieses erste Mal als gleichberechtigter Partner mit Leander erleben, schon, damit der Jüngling auch frei heraus sagte, wenn er überfordert war.

Leander schien weder von Thores Zweifel etwas mitzubekommen, noch schien er sich an der Anweisung zu stören, im Gegenteil, er gab einen dieser entzückten Quietschelaute von sich, als hätte sein Gefährte ihm gerade das schönste Geschenk der Welt gemacht. Auch ließ er sich mit Thores Auskleiden viel mehr Zeit, schenkte ihm viel mehr Beachtung, als er es mit seinem eigenen, wunderschönen Körper getan hatte. Thore fühlte sich, als sei er eine wertvolle Statue, die gerade zum ersten Mal enthüllt wurde, als Leander ihm nun vorsichtig die Weste über die Schultern streifte, sie ordentlich beiseitelegte, um dann sorgfältig die Schnüre von Thores Hemd zu öffnen.

Auf gar keinen Fall wollte sich Thore noch einmal einmischen, blieb ganz ruhig stehen und genoss, was Leander da veranstaltete – denn jedes noch so winzige Stückchen nackter Haut, das er entblößte, wurde sogleich mit einem zärtlichen Kuss bedacht. Als Leander ihn zwischendurch einmal ansah, strahlten seine Augen vor Glück, sodass Thore keinen Zweifel daran hatte, dass der junge Mann alles, was er tat, aus Vergnügen tat und nicht, weil er das fürchtete, was kommen würde, wenn sie erst beide nackt waren.

Das Hemd folgte schließlich der Weste und wurde ebenfalls zur Seite gelegt. Leander drehte sich zu ihm um, strich geradezu ehrfürchtig über Thores nackte Brust … bis seine Fingerspitzen kurz vor einer tiefen, aber längst verheilten Narbe anhielten. Erschrocken blickte der junge Mann ihn wieder an, die Augen nun weit aufgerissen und voller Sorge.

»Das ist lange her«, brummte Thore beruhigend.

Eines Tages würde er die Geschichten hinter all seinen Narben mit Leander teilen, doch gewiss nicht heute, denn jede davon war geeignet, ihr Begehren im Keim zu ersticken.

Leander nickte verständig, dann sank er zu Thores Überraschung einfach vor ihm auf die Knie. Er wollte ihn schon bitten, wieder aufzustehen, da sah er, was der junge Mann im Sinn hatte: Eifrig machte er sich daran, die Schnallen seiner Stiefel zu lösen, ehe er sie ihm von den Füßen zog.

Dann wanderten seine Hände wieder nach oben, doch anstatt sich an Thores Beinkleidern zu schaffen zu machen, sah Leander fragend nach oben, als flehe er stumm um Erlaubnis, weitergehen zu dürfen.

»Nur zu«, lockte Thore.

Zitterten seine Hände ein wenig, als Leander nun die Schnürung seiner Beinkleider öffnete? Thore vermochte es nicht mit Sicherheit zu sagen, doch als er den Stoff nun langsam nach unten schob und sich Thores Phallus, endlich befreit, zu seiner vollen Größe aufrichtete, gab er wieder diese kleinen, glücklichen Laute von sich.

Jeder Zweifel, ob es seinem Gefährten nicht schon zu viel wurde, wurde beseitigt, als Leander begann, kleine Küsse auf Thores Schwanz zu drücken, und schließlich erschien sogar die rosafarbene Spitze seiner Zunge und leckte über Thores gesamte Länge.

Der konnte ein Stöhnen nicht länger zurückhalten, was Leander nur noch anzufeuern schien. Weitere Küsse folgten.

»Wenn das hier nicht schnell vorbei sein soll, solltest du langsamer machen!«, keuchte Thore. Er ballte die Hände zu Fäusten, versuchte die erregten Schauer, die durch seinen Körper rannten, ebenso zu ignorieren wie den sengenden Wunsch, Leanders Kopf zu packen und seine ganze Länge in diesen verführerischen Mund zu rammen, sich anzusehen, wie die feuchten Lippen sich um seinen Schwanz schlossen …

»Ich kann nicht glauben, dass du ausgerechnet mich willst«, holte Leanders Stimme ihn vom Rand der Klippe, an der er gerade entlangbalanciert war, wieder zurück. »Du bist so schön!«

»Ich?« Thore rang nach Luft. »Sieh mich doch an.« Er wies auf die Narben, die Leander zuvor schon entdeckt hatte. »Ganz ramponiert bin ich schon und auch nicht mehr der Jüngste!«

»Unsinn!« Leander sprang auf und drückte zu Thores Überraschung einen Kuss genau auf das schrumpelige Narbengewebe. »Du bist so groß und stark, und die zeigen nur, wie mutig du bist! Und ich …«

»Du bist es, der mutig ist, du hast es in den letzten Tagen so oft bewiesen«, unterbrach Thore ihn rasch, bevor der junge Mann sich in unsinnigen Vergleichen verlieren konnte. »Zeig es mir noch einmal. In den Satteltaschen findest du ein kleines Fläschchen, das dir bekannt vorkommen dürfte. Lauf und bring es her.«

Der Eifer, mit dem Leander gehorchte, erfreute Thore ebenso wie das neckische Lächeln, das die Mundwinkel des jungen Mannes umspielte, als er den Flakon in der Hand zurückkam. »Du reist mit einem Ölfläschchen in der Satteltasche?«, fragte er frech und schlang einen seiner Arme um Thores Taille. »Was hattest du denn damit vor?«

»Ich wollte den Rest meines Lebens in deiner Nähe bleiben«, erwiderte Thore ernst.

»Oh! Ich …« Leander verstummte.

Thore küsste ihn sanft. »Ich habe dir doch gesagt, dass ich dich liebe. Es war ein Fehler, dich allein gehen zu lassen, das habe ich viel zu spät erkannt.«

»Aber du bist zu mir gekommen«, gab Leander ebenso ernst zurück. »Das ist alles, was zählt.« Das freche Grinsen kehrte zurück. »Dann sollten wir das Fläschchen jetzt benutzen, was denkst du?«

»Das werden wir«, versprach Thore, verwickelte Leander erneut in einen tiefen Kuss, wobei er ihm jedoch den Flakon sanft entwendete – jetzt und heute konnte er es wirklich nicht brauchen, dass er zu Bruch ging!

»Leg dich hin. Auf den Rücken«, hauchte er schließlich, und wieder tat Leander sofort, was er gefordert hatte, als sei es das Natürlichste der Welt.

»Du bist wundervoll«, sagte Thore ehrfürchtig und betrachtete seinen Mann mit einer Mischung aus Lust und Liebe. »Zieh die Beine an die Brust. Ich will es sehen.«

Thore konnte kaum glauben, dass Leander nicht eine Sekunde lang zögerte, sich ihm weit, offen und verletzlich präsentierte. Dieses Vertrauen! Ja, Leander war schön, aber das Vertrauen, das er ihm schenkte, machte ihn geradezu unwiderstehlich. Langsam kniete sich Thore vor ihn, küsste Leanders weiche Haut an der Innenseite der Schenkel und arbeitete sich langsam und gründlich in die Körpermitte seines Gefährten vor.

Immer schneller ging Leanders Atem, an der Spitze seines harten Schwanzes glitzerten die ersten Lusttropfen, und alsbald stieß er auch ein leises Wimmern aus, was immer mehr in ein Betteln überging. Doch Thore ließ sich nicht beirren, benetzte dieses niedliche, kleine Loch mit seinem Speichel, leckte immer wieder darüber, bis Leander schließlich verzweifelt ausstieß: »Oh bitte, ich will dich so sehr. Bitte! Es fühlt sich so … so leer an!«

Ja, sein Gefährte war definitiv bereit für den nächsten Schritt. Thore öffnete den Flakon und massierte sanft ein wenig Öl um

Leanders Eingang, ehe er seinen Finger erneut benetzte und ihn sanft in diese herrliche, warme Enge hineinschob.

Keine Sekunde lang ließ er Leander dabei aus den Augen, sah zu, wie Verblüffung, Schmerz und noch mehr Lust sich in der Miene des jungen Mannes spiegelten, ehe er ausstieß: »Mehr! Bitte, bitte, mehr!«

Das konnte er haben! Thore nahm einen weiteren Finger hinzu, bewegte sie langsam, ganz langsam hin und her, krümmte sie ein wenig – und traf schließlich jenen geheimnisvollen Punkt, der Leander sofort vor Lust aufschreien ließ.

»Thore! Thore! Wie … Was … Hilf mir, Thore! Mach das noch mal!«

»Ganz ruhig, Liebster. Mein Schwanz wird es noch besser machen. Versuch, dich zu entspannen.« Er verteilte eine großzügige Menge des Öls auf seinem Schaft, ehe er sich vor Leander platzierte, der immer noch heftig atmete und immer wieder leise »Bitte« murmelte.

»Halt dich an meinen Armen fest«, keuchte Thore und kämpfte den Wunsch nieder, Leander einfach zu nehmen, brutal in ihn hineinzustoßen und ihn so endlich ganz zu dem seinen zu machen.

»Bitte«, wiederholte Leander nur. »Bitte, bitte …«

Er verstummte, als sich Thore langsam in ihn schob, ein winzig kleines Stück weit nur. Thore zitterte vor Anstrengung, sich zu beherrschen. Ein Schweißtropfen rannte über seine Stirn, kullerte in sein Auge und brannte unangenehm. Das half ihm seltsamerweise, sich zu beherrschen, nicht einfach wild loszurammeln.

Leander war jetzt ganz still, krallte sich an Thores Armen fest und starrte ihn mit weit aufgerissenen Augen an.

Thore wagte sich noch ein winziges Stück weiter vor, mehr von dieser warmen, verführerischen Enge umfing ihn, und es schien, als würde sein Gefährte, sein Liebster, sich ein wenig entspannen, ihn willkommen heißen – oder bildete er sich das nur ein. »Leander?« Er wollte nicht fragen, zu groß war die Angst, dass es zu viel war, er würde sich zurückziehen, natürlich würde er das, aber …

»Mehr!«

Halleluja! Thore wagte sich weiter vor, drang bis zur Hälfte in ihn ein, ehe er langsam begann, sich ein wenig hin und herzubewegen, seinen Gefährten an das Gefühl zu gewöhnen. Erregung prickelte durch seinen ganzen Körper, doch eisern hielt er sich zurück, und es dauerte nicht lange, da wurde Thore dafür belohnt. Leander bog sich ihm entgegen, Angst und Schmerz verschwanden aus seiner Miene und machten purer Lust Platz.

»Du … hast gesagt … dein Schwanz soll besser sein …«, keuchte er abgehackt und versuchte, seinen Mann näher an sich heranzuziehen. Thore lachte leise, bewegte sich ein wenig schneller, drang mit jedem Stoß tiefer in seinen Liebsten ein, und der feuerte ihn weiter an. »Mehr! Schneller! Thore, bitte Thore, das ist so gut!«

Inzwischen perlten auch über die Stirn seines Liebsten Schweißperlen, sein Mund war vor Anstrengung verzogen und dennoch hatte er nie schöner ausgesehen. Haut klatschte auf Haut, als sich Thore schließlich bis zum Anschlag in ihn versenkt hatte. Leanders Worte wurden zu undefinierten Lauten, einer Mischung aus Flehen und Jubel. Thore schob seine vom Öl noch glitschige Hand zwischen ihre schweißglänzenden Körper, bearbeitete den Schaft des jungen Mannes im gleichen Takt, wie er immer wieder in ihn stieß.

Leander schrie, schrie seine Lust so laut hinaus, dass der ganze Wolfstann es hören musste, sein Körper zog sich um Thores Schwanz herum zusammen und sein Saft spritzte zwischen sie, und nun, endlich, ließ sich auch Thore gehen, hielt nichts mehr zurück, bis der Höhepunkt ihn schließlich mit sich riss.

Leander klammerte sich wie ein kleines Äffchen an ihn, seine Arme fest um Thores Hals geschlungen, sein schweißnasser Körper zitternd und warm gegen seinen eigenen gepresst … und er schluchzte leise.

Thore erstarrte. Er hatte kaum eine Erinnerung an die letzten Sekunden … oder waren es Minuten gewesen? Stunden? Alles ging in einem Nebel von Lust unter, einer intensiven Erfahrung, die alles, was er zuvor erlebt hatte, in den Schatten stellte.

Panik blitzte in seinem Inneren auf. Hatte er Leander in diesem wilden Rausch verletzt? »Leander? Liebster?«, fragte er, die Stimme heiser vor Sorge.

Leanders Antwort war ein ersticktes »Es war so schön!«, das von einem neuen Schluchzen begleitet wurde.

Thores Brust wurde mit einer Welle aus Erleichterung und Zärtlichkeit geflutet. Er neigte den Kopf und suchte Leanders Mund, küsste ihn tief und innig, ein Kuss, der keine Fragen mehr stellte, nur noch Liebe und Dankbarkeit ausdrückte. Leander erwiderte ihn mit einer Leidenschaft, die unmissverständlich zeigte, dass alles gut war – mehr als gut.

Vorsichtig zog sich Thore schließlich zurück, ließ ihre Körper langsam voneinander lösen. Leander wimmerte leise bei dem Verlust, und Thore drückte sanfte Küsse auf seine Stirn, seine Wange, seinen Mund, beruhigte ihn, bis das Zittern nachließ.

»Komm, Liebster«, murmelte Thore und stand auf. Mit einer Leichtigkeit, die ihn selbst überraschte, hob er Leander in seine Arme und trug ihn zum See.

Kaum hatte Leander begriffen, worauf das hinauslief, begann er zu zappeln. »Thore, nein!«, quietschte er empört, doch Thore ignorierte ihn – bis sie beide vollständig von dem kühlen Wasser umschlossen wurden.

»Du schrecklicher Mann!«, kreischte Leander und klammerte sich an ihn, doch sein Protest ging in schallendem Gelächter unter. Ein Lachen, das ansteckend war, denn Thore konnte nicht anders, als einzustimmen.

»Ich denke nur praktisch«, entgegnete er schließlich mit gespielter Unschuld und ließ seine Hände über Leanders Körper wandern – Reinigung und Liebkosung zugleich. Sein Gefährte revanchierte sich sofort.

Der See war zu kalt für ein weiteres Liebesspiel, also stiegen sie bald darauf Hand in Hand aus dem Wasser und kehrten unter die Weide zurück. Thore breitete die Satteldecke über das weiche Gras aus, fügte ihre Hemden und Leanders Umhang hinzu, um eine improvisierte Lagerstatt zu schaffen.

»Nicht gerade königlich«, brummte er, doch als er sich neben Leander niederließ und ihn erneut in seine Arme zog, konnte er sich keinen besseren Platz auf der Welt vorstellen.

»Es ist perfekt«, flüsterte Leander und schmiegte sich an ihn, seinen Kopf auf Thores Brust gebettet.

Der Duft von feuchtem Holz, frischem Gras und dem fernen Wasser des Sees umhüllte sie, während das sanfte Rauschen der Blätter wie eine beruhigende Melodie klang. Thore spürte, wie Leander in seinen Armen schwerer wurde, die Müdigkeit nach einem Tag voller Aufregung und Nähe forderte ihren Tribut.

Er lächelte, drückte einen Kuss auf Leanders Haar und flüsterte: »Schlaf, mein Liebster. Morgen beginnt unser neues Leben.«

Ende

Drei Wünsche für Eva Lucia

Wenn ihr bis hierher gelesen habt, dann habt ihr Leander und Thore durch allerlei Herzschmerz, Missgeschicke und magische Momente begleitet – und damit bereits einen meiner größten Wünsche erfüllt: Ihr habt die beiden bis zum Ende begleitet und nehmt euch sogar noch die Zeit für mein Nachwort!

Doch wie es sich für ein gutes Märchen gehört, habe ich noch zwei weitere Wünsche – und vielleicht mögt ihr mir dabei helfen, sie wahr werden zu lassen:

Wunsch Nummer zwei:

Lasst eine kleine Bewertung oder Rezension da – sei es ein kurzer Satz oder ein paar Worte mehr. Denn wie soll jemand wissen, ob ein *kinky gay fairytale* die perfekte Lektüre für eine verregnete Nacht ist, wenn nicht durch eure Erfahrungen – von all den mutigen Leserinnen und Lesern, die sich schon darauf eingelassen haben?

Wunsch Nummer drei:

Tragt euch in meinen Newsletter ein. Natürlich nicht für nichts – ich bin ja keine böse Hexe!

Ihr bekommt dann nicht nur ein Mail von mir, wenn ein neues Buch erscheint, sondern auch Zutritt zum geheimen Bereich meiner Autorenkammer – und als kleines Dankeschön findet ihr dort auch die Geschichte, wie Felix und Rutger zueinanderfanden.

(Spoiler: Es gibt einen wilden Hengst. Und ein noch wilderes Missverständnis.)

Hier geht es zur magischen Tür:
https://www.bolsani.de/#Newsletter

Falls ihr nun immer noch nicht genug von Eva Lucia habt, dann findet ihr auf der nächsten Seite noch einen kleinen Auszug aus meinen bisherigen Veröffentlichungen. Wir lesen uns!

Alles Liebe 🖤 Eva Lu

Auf Wiederlesen

Falls ihr neugierig seid, was sonst noch so aus meiner Feder entstanden ist, habe ich hier ein paar Empfehlungen für euch:

Für Herz und Humor: Maple Meadows (gay romance)

Zwei Wohlfühlromane aus einer charmanten Kleinstadt mit einem magischen Eichhörnchen, romantischen Verwicklungen und einem garantierten Happy End.

Eva Lucia Bolsani: River – Just an innocent kiss, ISBN: 978-3758366765

Eva Lucia Bolsani: Parker – Just a very good friend, ISBN: 978-3759778567

Für alle, die Spannung lieben: Fatal Mistake (dark gay romance)

Ein Dark Romance Einzelband über Rache, Liebe und ein riskantes Spiel mit dem Schicksal.

Lucia Bolsani: Fatal Mistake: Jasper und Nathan, ISBN: 978-3744885782

Nichts für Zartbesaitete: Der Cortone-Clan

Zweiteilige Dark Romance über eine Anwältin im Fadenkreuz der Münchner Mafia. Heiß. Gefährlich. Und ganz sicher nichts für schwache Nerven.

Lucia Bolsani: Tosh - La Famiglia, ISBN: 978-3753408927
Lucia Bolsani: Vico - Il Conte, ISBN: 978-3754339268

Eine etwas andere Weihnachtsgeschichte: Nur ein Tag (gay romance)

Ein unglücklicher Pianist, ein kreativer Obdachloser, ein freundlicher Hund – und ein Tag, der alles verändert.

Eva Bolsani: Nur ein Tag, ISBN: 978-3757816100

Ihr habt gerade Lust auf etwas ganz anderes?

Dann schaut doch bei Sabine Schumacher vorbei, hier findet ihr **intelligente Psychokrimis** zum Mitfiebern.
Seit 2021 ermitteln Kommissar Franz Branntwein und sein Team in und um München in mysteriösen Kriminalfällen.

Los geht es mit einer makaberen Mordserie: Der Täter trennt die Gliedmaßen seiner Opfer mit einer Knochensäge ab. Ein Wettlauf gegen die Zeit beginnt …

Sabine Schumacher: Gemeinsam sind wir tot, ISBN: 978-3752641066